KB238202

문장강화

문장강화

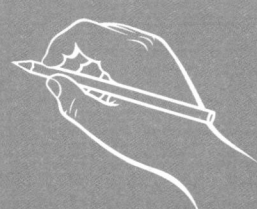

이태준 지음
임형택 해제

창비
Changbi Publishers

개정판『문장강화』를 내면서

　이태준(李泰俊)의『문장강화(文章講話)』는 그야말로 글쓰기 교본
으로서 작자의 문학정신이 깃든 개성적인 저술인데 아직도 '국민적
교양서'로서의 의미를 잃지 않고 있다.

　이『문장강화』란 이름이 처음 등장한 것은 저자 자신이 주간한 문
예지『문장』의 창간호에 연재를 시작하면서부터였고, 책으로 존재
하게 된 것은 1940년 단행본으로 간행하면서부터였다. 광복 직후인
1946년에는 그 증정판(增訂版)이 박문출판사에서 간행되는데, 해방
적 감격과 함께 우리의 말과 글을 자유롭게, 바르게 쓰자는 '국민적
각성'에 따라 보급되는 추세였다. 이런『문장강화』가 분단상황의 악
화·경직으로 절판되어 자취를 감췄다가 무려 40여 년의 시간이 지
나 다시 햇빛을 보게 된 것이다. 창비는 지난 1988년에『문장강화』
신판을 간행했다. 그리고 이제 그 개정판을 낸다.

　『문장강화』는 증정판으로부터 잡더라도 60년 전의 책이다. 실로

두 세대의 시차가 있다. 그럼에도 사회적 수요가 여전히 높다는 사실이 놀랍다. 논술 작문이 중시되는 오늘의 교육현실에서 학생들의 문장력의 내공을 착실히 쌓아주는 자료로서 이만한 책이 없다는 것이다. 그런데 현재의 수요에 적응하려면 어느 정도의 가공작업은 불가피하다. '글쓰기 교본'이라는 실용적 목적에 비추어 필히 고려해야 할 점이 아닐 수 없다.

당초 신판을 발간할 때 창비의 요청으로, 내용을 안내하는 글을 써서 실은 바 있다. 그런 연유로 이 개정판을 내면서도 나에게 먼저 의논을 했고 또 개정내용의 검토를 부탁했다. 그래서 검토해보니, 시차에 따른 생활의 변화, 언어관습의 차이를 반영해서 지금 독자들에게는 난해하고 생소한 어휘나 대목을 바꾸거나 바로잡고 풀이를 붙이기도 한 것임이 확인되었다. 그러면서도 저자의 본래 취지에는 조금도 손상이 가지 않고 잘 살려지도록 조심하였음을 느낄 수 있었다. 이미 고전이 된 『문장강화』가 이번 개정판으로 그 본래의 취지와 내용이 현대적으로 부활할 수 있지 않을까 하는 기대에서 나는 다시 이와 같이 책머리에 말을 붙인다.

2005년 2월
임형택

새로 내는 『문장강화』에 부쳐

이태준의 『문장강화』는 원래 1939년 2월 그가 주관하던 『문장』지 창간호부터 연재되다가 9회로 그치고 이듬해 문장사에서 단행본으로 출판한 책이다. 반백 년이 흘러간 지금에 이 해묵은 책을 신간하는 것은 무엇 때문인가?

우리가 글을 우리 문자로 쓰게 된 것은 실상 오래된 일이 아니다. 금세기로 들어와서 신문학 운동의 발전과 함께 비로소 국문이 민족의 표현수단으로 확정이 되었다. 글을 잘 쓰기 위한 노력과 고심, 그런 경험의 축적은 오로지 한문으로 해왔을 뿐, 국문을 구사하는 문제는 별로 고려해본 바 있지 않았다. 지금 돌아보건대 한문에 토를 단 식의 애국계몽기 문체로부터 1930년대의 썩 세련되고 발랄하고 현대적 의사를 담은 문장으로 비약한 사실은 참으로 놀랍다. 그러나 이런 표현 능력은 작가의 특수한 기술에 속하였으며, 국민 일반이야 말할 나위 없고 유식층 사이에도 거의 파급되지 못한 상태였다. 그런 데는 달리 까닭이 있다. 국어교육을 괄시하고 끝내 '조선어 말살'까지 획책한 식민지적 제약이 작용했던 것이다.

『문장강화』는 곧 '글을 어떻게 써야 하나?'라는 주제를 내걸고 거기에 관해 장절을 나누어 곡진하고 진지하게 강론한 내용이다. 소위 문화적 암흑기라고 규정된 상황에서 민족교양에 이바지하는 뜻을 지녔음과 아울러 민족어를 아름답게 지키기 위한 노력에 값하자는 것이었다.

이 책은 한우충동(汗牛充棟)으로 쌓인 책더미 속에서 결코 흔히 만나기 어려운 미덕을 지니고 있다. 글은 이렇게 쓰느니라고 논설을 펴기보다는 우리의 눈앞에 좋은 글이란 이런 것이다라고 보여주는 쪽이다. 동원된 예문이 적절하고 예문의 앞뒤로 들어간 설명 또한 간결하고 명료해서 우리의 머릿속에 쏙쏙 들어온다. 예문의 풍부함은 신문학 20년이 도달한 우수한 성과를 집결해 놓았다 할 것이다.

우리에게 있어서 이론과 행동이 둘이 아니듯, 자기의 삶을 어떻게 하고 자기를 어떻게 표현하느냐 역시 하나로 통합되는 문제다. 그렇기에 문장이란 소홀해도 괜찮을 일이 아니요, 어떻게 살아갈 것이냐와 연관해서 고통해야 하고 그 공부에 정련까지 요망되는 것이다.

오늘날 국어교육에서 누구나 언필칭 글짓기를 강조한다. 대학의 교양과정에도 작문이 필수의 교과로 들어가 있다. 과연 작문교육이 어떤 실효를 거두고 있는가? 여기에 관해서 책은 숱하지만 쓸 책을 찾자면 귀한 것 같다. 극히 형식적·고식적 아니면 수사학적 지식을 긴치 않게 나열한 따위들이 걸거칠 뿐이다. 이『문장강화』는 시대적 갈구에 응해서 나온 것으로 이미 고전적 노작이 되었거니와, 현재적으로도 아직 빛이 바래지 않고 쌕쌕하다.

무릇 어느 사물이고 다 그렇지만, 이 책에 대해서도 비판적 안목이 일정하게 주어져야 한다고 본다. 저서의 구석구석에까지 미친 작자의 문장관은 안목이 높고 건실하다. 그런데 스타일리스트적인 편향이 엿보인다. 문체의 폭넓고 힘차며 생동하고, 천태만상을 포용하는 변화를 감당하려 않는다. 정제·우아의 아름다움에 조야·골계의 미는 가려져 있다. 우리의 고전 문장에 애정 어린 관심이 베풀어져 있는 것은 곧 건전한 양식의 반영이다. 그럼에도 『춘향전』 등이 가지고 있는 문체의 민중적 역동성을 느끼지 못한 것이다. 이 점은 당시 학계의 인식수준의 한계지만 저자 자신의 문장관에도 문제는 없지 않다.

지은이 이태준에 대해서, 그의 작품들이 독자들로부터 오랫동안 차단되어 있었다 해도 여기에 소개하는 말을 붙인다면 부질없이 될 듯싶다. 당시 소설가로서의 이태준의 작가적 명성은 시인으로서의 정지용(鄭芝溶)과 쌍벽을 이루었다. 시인 정지용은 그의 『지용문장독본』의 서문에서 이렇게 쓰고 있다.

남들이 시인 시인 하는 말이 너는 못난이 못난이 하는 소리같이 좋지 않았다. 나도 산문을 쓰면 쓴다 — 태준(泰俊)만치 쓰면 쓴다고 변명으로 산문 쓰기 연습으로 시험한 것이 책으로 한 권은 된다.

이번 신판은 1947년 박문출판사에서 펴낸 증정판(增訂版)을 대본으로 삼았다. 원래의 체제와 내용을 그대로 살렸다. 다만, 종서체를 횡서체로 개조하고 표기법을 현실화했으며, 노출된 한자를 죽이고 필요한 경우에 한정해서 괄호 안에 집어넣었다. 명백히 오자로 판정되는 것은 바로잡았고 『한중록』『인현왕후전』 등 인용문은 다른 선본과 비교했다. 그러나 원저에 조금이나마 손상이 가는 손질은 가하지 않았음을 밝혀둔다. 그리고 여러 인용문들의 작자에 대한 간단한 인명 해설을 끝에 붙여서 독자의 참고가 되도록 했다.

상허(尙虛) 이태준 선생의 고전적 노작에 내가 해제를 얹는 것은 실로 외람된 노릇이다. 나는 이태준 소설의 애독자다. 더욱이 이 『문장강화』는 나 자신 글쓰기에 유의하던 젊은 시절에 흥미롭게 읽어서 많은 것을 배우고 얻어낸 책이다. 창작과비평사에서 이 책을 교양문고의 하나로 간행하는 것이 어떻겠느냐고 문의해와서 나는 즉각 좋은 뜻이라고 찬성하고 기뻐했다. 그래서 이렇게 해제의 고역을 떠맡게 된 셈이다. 이 책에 대한 나의 사적인 부채를 이토록 거친 말로 갚게 되어 부끄러울 따름이다.

1988년 11월

임형택

■ 일러두기

1. 이 책은 증정판『문장강화(文章講話)』(박문출판사 1947)를 대본으로 한『문장
   강화』(창작과비평사 1988)를 개정한 것이다.
2. 원래의 글 뜻을 해치지 않는 범위 내에서, 본문의 한자어나 옛 말투는 되도록
   쉬운 말이나 현대어로 고쳤다.
3. 현재의 표기법과 다른 것들은 현재의 표기법에 맞게 고치되, 인용문, 방언, 북
   한말, 의태어, 의성어는 그대로 살렸다.
4. 외래어, 외국어는 창비의 표기법에 따라 고쳤다.
5. 어려운 낱말이나 문장에 풀이를 달았다.
6. 원본과 초판의 몇몇 오류를 바로잡았다.

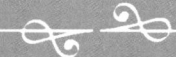

제 1 강
문장작법의 새 의의

1. 문장작법이란?

문장(文章)이란 언어의 기록이다. 언어를 문자로 표현한 것이다. 언어, 즉 말을 빼놓고는 글을 쓸 수 없다. 문자가 그림으로 바뀌지 않는 한, 발음할 수 있는 문자인 한, 문장은 언어의 기록임을 벗어나지 못할 것이다.

장근 보름 만에 햇발다운 햇발을 보게 된 것은 겨우 어제 오늘 이틀뿐이다. 그러나 더위는 한층 더 뭉싯뭉싯 찌는 듯하다.
　　　　　　　　　　　　　　　　　─ 염상섭의 소설 「사랑과 죄」에서

풍우(風雨) 한설(寒雪)에 대하여 우리가 이를 피할 수 있는 집이라는 안

장근(將近) 거의.

전지대를 가진다는 것은 고마운 일이지만 이 안전지대인 우리들의 집 창문에 우리가 서로 기대어 거리와 거리의 모든 생활이 임림(霖霖)히 내리는 세우(細雨)에 가벼이 덮이어 거대한 몸을 침면(沈湎)시키고 있는 정경을 볼 때 누가 과연 그 마음이 기쁘지 않다 할 수 있으랴.

— 김진섭의 수필 「우찬(雨讚)」에서

시가(詩歌)의 발생은 어느 나라, 어느 민족을 물론하고 아득한 옛적 일이다. 이를 극단으로 말하면 인간이 발생하는 동시에 시가가 발생하였다고 볼 수 있을 것이다.

— 조윤제의 『조선시가사강』에서

고요히 그싯는 손씨로
방안 하나 차는 불빛!

별안간 꽃다발에 안긴 듯이
올빼미처럼 일어나 큰눈을 뜨다.

— 정지용의 시 「촛불과 손」에서

하나는 소설, 하나는 수필, 하나는 논문, 하나는 시이되, 모두 말을 문자로 적은 것들이다. 한자어가 적기도 하고 많기도 할 뿐, 울림이 고운 말을 모으기도 하고 안 모으기도 했을 뿐, 결국 말 이상의 것이

임림(霖霖) 장마, 비가 그치지 않는 모양. 세우(細雨) 가랑비. 침면(沈湎) 술에 절어서 아주 헤어나지 못함.

나 말 이하의 것을 적은 것은 하나도 없다. 문장은 어떤 것이든 언어의 기록이다. 그러기에

'말하듯 쓰면 된다.'

'글이란 문자로 하는 말이다.'

하는 것이다. 글은 곧 말이다.

"벌써 진달래가 피었구나!"를 소리 내면 말이요 써놓으면 글이다. 본 대로 생각나는 대로 말을 하듯이, 본 대로 생각나는 대로 문자로 쓰면 곧 글이다. 아직 봄이 멀었거니 하다가 뜻밖에 진달래꽃을 보고, "벌써 진달래가 피었구나!"란 말쯤은 누구나 할 수가 있다. 이 누구나 할 수 있는 말은, 또 문자만 알면 누구나 써놓을 수도 있다. 그럼 누구나 말을 할 수 있듯이 글도 문자만 알면 누구나 쓸 수 있는 것이 아닌가?

물론 누구나 문자만 알면 쓸 수 있는 것이 글이다.

그러면 왜 일반적으로 말은 쉽게 하는 사람이 많지만, 글은 쉽게 써내는 사람이 적은가?

거기에 말과 글이 같으면서도 다른 점이 존재하는 것이다.

말과 글이 같으면서 다른 점은 여러 각도에서 발견할 수 있다. 우선 말은 청각에 이해시키는 점, 글은 시각에 이해시키는 점이 다르다. 말은 그 자리, 그 시간에서 사라지지만, 글은 공간적으로 널리, 시간적으로 얼마든지 오래 남을 수 있는 것도 다르다. 그러나 여기서 더 중요한 지적으로는,

먼저, 글은 말처럼 저절로 알게 되는 것이 아니라 일부러 배워야

글자도 알고, 글 쓰는 법도 알게 된다는 점이다. 말은 외국어가 아닌 이상엔 커가면서 거의 의식적인 노력 없이 배워지고, 의식적으로 연습하지 않아도 날마다 말하는 것이 절로 연습이 된다. 그래서 누구나 자기 생활만큼은 별걱정 없이 말로 표현하고 있다. 그러나 글은 배워야 알고, 연습해야 잘 쓸 수 있다.

또 말은 머리도 꼬리도 없이 불쑥 나오는 대로, 한 마디 혹은 한두 마디로 쓰이는 경우가 거의 전부다. 한두 마디만 불쑥 나오더라도 제3자가 이해할 수 있는 환경과 표정과 함께 지껄여지기 때문이다. 연설이나 무슨 행사에서 쓰는 말 외에는 앞에 할 말, 뒤에 할 말을 꼭 꾸며가지고 할 필요가 없다.

"요즘 한 이틀쨴 꽤 따뜻해, 아지랑이가 다 끼구…… 벌써 봄이야."

이렇게 느껴지는 대로, 생각나는 대로 말하면, 말로는 완전히 사용되는 것이다. 그러나 글로야 누가 전후에 보충되는 다른 아무 말 없이

"요즘 한 이틀쨴 꽤 따뜻해, 아지랑이가 다 끼구…… 벌써 봄이야."

이렇게만 써놓을 것인가. 물론 이렇게만 써놓아도 문장은 문장이다. 그러나 한 구절, 혹은 몇 구절의 문장이지 실제로 발표할 수 있는 제목이 있는 한 편의 글은 아니다. 혼자 보는 일기나 비망록이나, '금일 상경' 식의 전보 약문(略文)이나, '관계자 외 출입금지'류의 표지이기 전에는, 글은 사람들에 내놓기 위해서는 물론이고, 개인 간에 주고받는 편지 한 장이라도, 작든 크든 한 편의 글로서 체재를

갖추어야 한다.

"요즘 한 이틀쨴 꽤 따뜻해, 아지랑이가 다 끼구…… 벌써 봄이야."

이것은 말이요 몇 토막의 문장일 뿐이다. 아직 한 편의 글은 아니다.

"요즘 한 이틀쨴 꽤 따뜻해, 아지랑이가 다 끼구…… 벌써 봄이야."

이런 재료가 한 편의 글이 되려면 적어도 얼마만한 계획과 선택과 조직(組織)이 필요한가는 다음의 예에서 볼 수 있을 것이다.

조춘(早春)

아침 햇빛이 유리창 밖으로 내다보이는 붉은 벽돌담 앞에 어리었다. 그 위로는 쪽빛 같은 푸른 하늘이 어슴프레 얹히었다. 아래로 보이는 스리가라스에는 벽돌담이 일광(日光)에 반사하여 분홍색으로 빛나고 다시 그 위로는 벽공(碧空)이 마주 이어 보이는 색채의 고운 대조는 무어라고 형용키 어려운 안타까운 정서를 자아낸다.

동안 뜬 담 위로는 아지랑이가 껴서 양염(陽炎)에 아물거린다. 그 위에 앉은 참새 두세 마리, 이따금 짹, 짹, 울어 주위의 적막을 깨뜨릴 뿐, 고요한 빈 방 안에 홀로 부처같이 정좌(正坐)하여 전경(前景)을 바라볼 때, 아! 그때의 심경! 그것은 청정, 동경, 기도, 정열 등 복잡한 감정이 바닷속의

스리가라스(すり-ガラス, 磨硝子) 젖빛 유리. 간유리. 벽공(碧空) 푸른 하늘. 동안 뜬 거리가 먼.

조류같이 흘렀다.

　초춘(初春)! 작금(昨今)의 기후는 어느덧 지난 시절의 그때를 문득 추억케 한다.

── 이기영의 소품

　소품(小品)이나 이만한 조직체를 이룬 뒤에야 비로소 한 편의 글로 떳떳한 것이다. 르나르(J. Renard)는 '뱀'이란 제목의 글에 "너무 길었다"라고 두 마디밖에 쓰지 않았지만, 그것은 『박물지(博物誌)』라는 큰 작품의 일부로서였다.

　그러면 글이 되려면 먼저 길어야 하느냐 하면 그런 것도 아니다. 한 사람이 일상생활에서 하는 말을 아무리 몇 십 년치를 기록해놓는다고 해도 글이 되기엔 너무 쓸데없는 말이 많고, 너무 연결이 없고 산만한 어록(語錄)의 나열일 것이다.

　그러니까 글은 아무리 소품이든 대작이든, 마치 개미면 개미, 호랑이면 호랑이처럼, 머리가 있고 몸이 있고 꼬리가 있는, 일종의 생명체이기를 요구하는 것이다. 한 구절, 한 부분이 아니라 전체적인, 생명체적인 글에서는, 전체적이요 생명체적인 것이 되기 위해 말에서 보다 더 설계하고 더 선택하고 더 조직·개발·통제하는 공부와 기술이 필요할 수밖에 없는 것이다. 이 필요한 공부와 기술을 곧 '문장작법(文章作法)'이라고 부를 수 있을 것이다.

　글 쓰는 데 무슨 특별한 방법이 있나? 그저 수굿하게 '많이 읽고〔多讀〕 많이 쓰고〔多作〕 무엇을 어떻게 쓸지 많이 생각하면〔多商量〕' 그만이라고 하던 시대도 있었다. 지금도 타고난 천재라면 이 삼다

(三多)의 방법조차 필요치 않다. 그러나 배워야 아는 일반인에게는, 더욱이 심리나 행동이나 모든 표현이 기술화하는 현대인에게는, 어느 정도의 과학적인 견해와 이론, 즉 작법(作法)이 천재에 접근하는 유일한 방도가 아닐 수 없다.

명필 완당(阮堂) 김정희(金正喜)는 "난초를 그리는 데 법이 있어도 안 되고 법이 없어도 안 된다〔寫蘭有法不可無法亦不可〕"고 했다. 문장도 마찬가지다.

2. 과거의 문장작법

문장작법은 이미 있었다.

동양의 수사(修辭)나 서양의 레토릭(rhetoric)은 애초부터 문장작법은 아니었고 원래는 변론술(辯論術)이었다. 문장보다는 언어가 먼저 있었고 출판술 이전에 변론술이 먼저 발달되었으니, 수사법이나 레토릭은 다 말하는 기술로서 시작한 것이다. 그러다가 한번 인쇄기가 발명되어 문장이 대량으로 출판되고 말보다는 문장이 시간적으로나 공간적으로 장수할 수 있게 되자, 문장이 말보다 절대적인 세력으로 인류문화를 지도하게 된 것이다.

따라서 근대에 와 수사학은 말보다는 글의 수식법(修飾法)으로서 완전히 뒤바뀌는 운명에 이르렀다.

수사(修辭) 말이나 글을 다듬고 꾸며서 보다 아름답고 정연하게 하는 일. 또는 그런 기술. 레토릭(rhetoric) 수사학(修辭學).

그런데 조선시대 산문에서는 이 수사를 이론화한 바가 극히 적었다. 그러면서도 과거의 문장을 읽어보면 수사관념에 얽매이지 않은 문장이 별로 없다. 비판 없이 맹목적으로 한문체를 모방하는 바람에, 수사로 인해 문장이 발달한 것이 아니라 도리어 중독에 빠지고 말았다.

金風이 瀟颯하고 玉露凋傷한대 滿山紅樹가 猶勝二月花辰이라 遠上白
금풍   소삽   옥로조상   만산홍수 유승이월화진   원상백

雲石徑하야 共詠停車坐愛楓林晚之句가 如何오
운석경   공영정거좌애풍림만지구   여하

— 어느 척독대방(尺牘大方)에서

친구에게 단풍구경을 가자고 청하는 편지다. 그런데 한 마디도 자신의 말이나 감정이 없다. '옥로조상(玉露凋傷)'은 두보(杜甫)의 시 "옥로조상풍수림(玉露凋傷楓樹林)"에서, '유승이월화진(猶勝二月花辰)'은 당시(唐詩) "상엽홍어이월화(霜葉紅於二月花)"에서, '원상백운석경(遠上白雲石徑)'은 "원상한산석경사(遠上寒山石徑斜) 백운생처유인가(白雲生處有人家)"에서, '정거좌애풍림만(停車坐愛楓林晚)'은 당시(唐詩) "정거좌애풍림만(停車坐愛楓林晚)"에서 그대로, 모두 고전(古典)에서 따다 넣어 연결만 한 것뿐이다. 제 글을 쓰기보다 전고(典故)에서 남의 글을 잘 따다 채우는 것이, 과거 문장작법의 중요한 일문(一門)이었다.

얼마나 자기를, 개성을 잃어버린 그릇된 문장정신인가.

척독(尺牘) 편지. 특히 짧은 편지를 이름. 전고(典故) 전례(典例)와 고사(故事).

24

이때, 좌수 비록 망처의 유언을 생각하나 후사를 아니 돌아볼 수 없는지라 이에 두루 혼처를 구하되 원하는 자 없으매 부득이하여 허씨를 취하매 그 용모를 의논할진대 양협은 한 자이 넘고 눈은 퉁방울 같고 코는 질병 같고 입은 미여기 같고 머리털은 돗태솔 같고 키는 장승만 하고 소리는 시랑의 소리 같고 허리는 두 아름 되고 그중에 곰배팔이며 수중다리에 쌍언챙이를 겸하였고 그 주둥이는 써을면 열 사발이나 되고 얽기는 명석 같으니 그 형용을 차마 견대어 보기 어려운 중, 그 용심이 더욱 불측하여……

—『장화홍련전』의 일절

장화(薔花)와 홍련(紅蓮)의 계모 되는 허씨의 묘사다. 이런 인물이 실제로 있었다 하더라도 자연스러움을 살리기 위해서는 그중에서도 가장 특징될 만한 것만 한두 가지 지적하는 데 그쳐야 할 것이다. 『춘향전』에, 이도령이 춘향의 집에 갔을 때, 과일을 내오는 장면 같은 데도 보면, 그 계절에 있고 없고, 그 지방에 나든 안 나든 생각해 볼 새 없이 천하의 과일 이름은 모조리 주워섬기는데, 그런 과장 역시 과거 수사법이 끼친 중대한 폐해의 하나다.

과거 우리 문학에 좋은 작품이 없었던 것은 먼저 좋은 문장이 없었기 때문이다. 『춘향전』 같은 것도 그 문장이 전고, 과장, 대구(對

망처(亡妻) 죽은 아내. 양협(兩頰) 두 뺨. 퉁방울 품질이 낮은 놋쇠로 만든 방울. 질병 질흙으로 만든 병. 미여기 메기. 돗태솔 돼지털. 시랑(豺狼) 승냥이와 이리. 곰배팔 꼬부라져 붙어 펴지 못하게 된 팔. 또는 팔뚝이 없는 팔. 수중다리 병 때문에 퉁퉁 부은 다리. 얽다 얼굴에 우묵우묵한 마맛자국이 생기다. 용심 남을 시기하는 심술궂은 마음. 불측(不測) 생각이나 행동 따위가 괘씸하고 엉큼함.

句) 등에 얽매이지 않았어보라. 얼마나 그대로 전승할 수 있는, 완전한 소설이요, 완전한 희곡이었으랴!

동양 수사이론의 발상지인 중국에서도 후 스(胡適)는 그의 「문학개량추의(文學改良芻議)」에서 다음과 같은 여덟 가지 조목을 들었다.

(1) 언어만 있고 사물이 없는 글을 짓지 말 것.

   (즉 엉성한 관념만으로 꾸미지 말라는 것.)

(2) 아프지도 않은데 신음하는 글을 짓지 말 것.

   (공연히 오! 아! 류의 애상에 쏠리지 말라는 것.)

(3) 전고(典故)를 일삼지 말 것.

   (앞에서 예로 든 단풍구경 가자는 편지처럼.)

(4) 현란한 어조와 상투적인 말을 쓰지 말 것.

   (허황한 미사여구를 쓰지 말라는 것.)

(5) 대구를 중요시하지 말 것.

(6) 문법에 맞지 않는 글을 쓰지 말 것.

(7) 옛사람〔古人〕을 모방하지 말 것.

(8) 속어, 속자(俗字)를 쓰지 말 것.

이 8개 항목 중에 (1)(2)(3)(4)(5)(7)의 여섯은 직접·간접으로 구(舊)수사이론에 대한 항의라 볼 수 있는 것이다.

그런데 여기서 한 가지 이해하고 넘어갈 사실은 그처럼 폐단이 많았던 옛날의 수사법이 당시엔 무엇 때문에 그렇듯 생명력을 가졌던가 하는 점이다.

활판술이 유치하던 시대에는 오늘날처럼 책을 구하기가 쉽지 않았을 것이다. 따라서 책 한 권을 가지고 여러 사람이 보는 수밖에 없었고, 또는 글을 알지 못하는 사람이 많았기 때문에 자연히 한 사람이 읽되 소리를 내어 읽어 여러 사람에게 들려주는 경우가 많았을 것이다. 소리를 내어 읽자니 문장이 먼저 낭독조로 써져야 할 필요가 생긴다. '문장 곧 말'만이 아니라 음악적인 면이 한 가지 더 필요하게 되었던 것이다. 내용은 아무리 진실한 문장이라도 소리 내어 읽기에 거북하거나 멋이 없는 문장은 널리 읽히지 못했을 것이니, 쓰는 사람은 내용보다 먼저 문장에 현란한 어조와 상투적인 말을 대구체로 많이 넣어, 노래조가 나오든 연설조가 나오든, 아무튼 낭독자의 목청에 흥이 나도록 하는 데 주의했을 것이다. 더구나 과거의 수사법은 문장보다는 사설(辭說)을 위한 것이었던 만큼 문장을 낭독조로 꾸미기에는 가장 합리적인 방법인 데다가 객관적 정세까지 그랬으니 더욱 반성할 여지 없이 전고와 과장과 대구 같은 데 몰두할 수밖에 없었을 것이다.

3. 새로운 문장작법

'쌀은 곡식의 하나다. 밥을 지어 먹는다.'
선생이 이런 예를 주면
'무는 채소의 하나다. 김치를 담가 먹는다.'
이런 문장을 써놓아야 글을 잘 짓는 학생이었다. 자기의 감각이란

사설(辭說) 늘어놓는 말이나 이야기.

사용될 데가 없었다. 양쯔강(揚子江) 이남에서 "서리 맞은 잎이 2월의 꽃보다 붉구나(霜葉紅於二月花)"라 한 것을 2월달에 꽃이라고는 냉이꽃이나 볼지 말지 한 조선에 앉아서도 허턱 "온 산 가득한 단풍이(滿山紅樹) 오히려 2월의 꽃다운 계절보다 낫구나(猶勝二月花辰)" 하였다. 뜻이 어떻게 되든, 말이 닿든 안 닿든, 그것은 문제가 아니었다. 오직 글만 지으면 된다. 자기 신경은 딱 봉해두고 작문(作文)이란 말 그대로 문장의 조작(造作)이었다.

여기서 새로운 문장작법이란 글을 짓는다는 것이 아니라

첫째, 말을 짓기로 해야 한다.

글짓기가 아니라 말짓기라는 것을 더욱 선명하게 인식해야 한다. 글이 아니라 말이다. 우리가 표현하려는 것은 마음이요 생각이요 감정이다. 마음과 생각과 감정에 가까운 것은 글보다 말이다. '글 곧 말'이라는 글에 입각한 문장관은 구식이다. '말 곧 마음'이라는 말에 입각해 최단거리에서 표현을 계획해야 할 것이다. 과거의 문장작법은 글을 어떻게 다듬을까에 주력해왔다. 그래서 문자는 살되 감정은 죽는 수가 많았다. 이제부터의 문장작법은 글을 죽이더라도 먼저 말을 살리는 데, 감정을 살려놓는 데 주력해야 할 것이다.

둘째, 자신만의 문장작법이어야 한다.

말은 사회에 속한다. 개인의 것이 아니라 사회의 소유인 단어는 개인적인 것을 표현하기엔 원칙적으로 부적당할 것이다. 그러기에, 개인의식의 개인적인 것을 언어를 통해 타인에게 전하는 것은 불가

허턱 이렇다 할 이유나 근거 없이 함부로.

능하다는 비관적인 결론을 가진 학자도 있다.

아무튼 현대는 문화 만반에서 개성을 강렬히 요구한다. 개인적인 감정, 개인적인 사상의 교환을 현대인처럼 절실히 요구하는 시대는 일찍이 없었을 것이다. 그런데 감정과 사상을 교환하는 수단으로 문장처럼 편리한 것이 없을 것이니, 개인적인 것을 표현할 수 있는 방법을 탐구하는 것은 현대 문장연구의 중요한 목표 중 하나라 생각한다.

전화로 말소리를 그대로 들을 뿐 아니라 텔레비전으로 저쪽의 표정까지 마주보는 시대가 되었다. 어찌 문장에서만 의연히 척독대방식(尺牘大方式), 만인적(萬人的)인 투식문장(套式文章)에다가 현대의 복잡다단한 자기 표현을 맡길 수 있을까.

셋째, 새로운 문장을 위한 작법이어야 한다.

산 사람은 생활 그 자체가 언제든지 새로운 것이다. 고전과 전통을 무시해서가 아니라 '오늘'이란 '어제'보다 새것이요 '내일'은 다시 '오늘'보다 새로울 것이기 때문에, 또 생활은 '오늘'에서 '어제'로 가는 것이 아니라 '오늘'에서 '내일'로 나아가는 것이기 때문에, 비록 의식적은 아니라도 누구나 정신적으로 물질적으로 자꾸 '새것'에 부딪쳐나감은 어쩔 수 없을 것이다. 아무리 보수적인 머리를 가진 사람이라도 생활 자체가 무한한 새날을 통과해나가는, 그 궤도에서 역행하지는 못한다. 아무리 평범한 사람이라도 생활을 하다보면 어쩔 수 없이 나날이 새것을 표현해야 할 필요가 생기고 만다. 그러나 흔히는 새것을 새것답게 표현하지 못하고 새것을 의연히 구식으로 비효과적이게 표현해버리고 마는 사람이 대부분이다.

언어는 이미 존재한 것이다. 기성의 단어들이요 기성의 토들이다. 그러기 때문에 생전 처음으로 부딪쳐보는 생각이나 감정을, 이미 경험한 단어나 토로는 만족스럽게 표현할 수 없다는 이론이 성립될 수 있다. 회화에서처럼 제 감정대로 절대의 경지에서 선을 긋고 색을 칠할 수는 없지만, 제3자에게 통할 수 있는 한에서는 새로운 용어와 새로운 문체를 쓸 필요가 있다.

현대 프랑스 문단에서 가장 비전통적인 문장으로 비난을 받는 뽈 모랑(Paul Morand)은 자기가 비전통적 문장을 쓸 수밖에 없는 것에 대해 다음과 같이 답변했는데 그 답변은 어느 문장계에서나 경청할 가치가 있다고 생각한다.

> 물론 나도 완전한, 전통적인, 그리고 고전적인 프랑스어로 무엇이고 쓰고 싶기는 하다. 그러나 무엇이고 그런 것을 쓰기 전에 먼저 나에겐 나로서 말하고 싶은 것이 따로 있는 것이다. 더욱이 그 나로서 말하고 싶은 그런 것은, 유감이지만 재래의 전통적인, 그리고 고전적인 프랑스어로는 도저히 표현해낼 수 없는 종류의 것들이기 때문이다.

이 전통적인, 그리고 고전적인 말만으로는 도저히 표현해낼 수 없는 것이 뽈 모랑 한 사람에게만 있을 리 없다.

제2강
문장과 언어의 제 문제

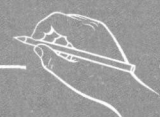

1. 한 언어의 범위

언어는 고요한 자리에 놓고 위하기만 하는 미술작품이 아니다. 일용잡화와 마찬가지의 생활용품으로 존재한다. 눈만 뜨면 불을 쓰듯, 물이나 비누를 쓰듯, 아니 그보다 더 절박하게 먼저 사용되는 것이 언어라 하겠다. 언어는 철두철미 생활용품이다. 그러므로 잡화나 마찬가지로 생활에 필요한 대로 언어는 생기고 변하고 없어지고 한다.

상쾌! 룩쌕에 가을을 지고
산천돌이하는 좋은 씨 ─ 즌
현대적 주말휴양을 위한 토요특집

이것은 1937년 가을 어느 토요일, 『조선일보』에 실린 산책지 특집기사의 제목이다. '룩쌕(rucksack)'과 '씨즌(season)'은 외래어다. '주말휴양'이나 '토요특집'도 한자어긴 하나 전 시대에 없던 새 말들이다. 여기서 우리는 이런 외래어나 한자어를 쓰지 않고는 의사를 표현할 수 없는 것인가? 한번 의문을 가져볼 수 있다.

> 길이 없기어든 가지야 못하리요마는 그 말미암을 땅이 어데며 본이 없기어든 말이야 못하리요마는, 그 말미암을 바가 무엇이뇨. 이러므로 감에는 반드시 길이 있고, 말에는 반드시 본이 있게 되는 것이로다.
>
> — 김두봉의 『말본』에서

외래어나 한자어가 하나도 없다. 그러나 자연스럽지 못한 문장인 것은 어쩔 수가 없다. 시험해보느라고 만든 것 같다. 더구나 그 『말본』의 본문에 들어가

쓰임 {
ㅏ, 몸은 다른 씨 위에 쓰일 때가 있어도 뜻은 반드시 그 아래 어느 쏨씨에만 매임
ㅓ, 짓골억과 빛갈억은 흔히 풀이로도 쓰임
}

이런 문장이 나오는데 아무리 읽어봐도 무슨 암호로 쓴 것같이 보통상식으로는 이해할 수가 없다. 거의 저자 개인의 전용어란 느낌이 든다. 개인 전용어의 느낌을 주며라도 무슨 내용이든 다 써낼 수나 있을까가 의문이다.

선풍기의 동작에 관한 조출(操出) 공기량, 발생압력, 회전도, 소요마력 및 효율 등의 상호관계로 일어나는 변화상황을 표시하는 것을 선풍기의 성능이라 한다.

이런 내용을 '씀씨' '짓골억' 식 용어법으로 어떻게 제3자가 선뜻 인식할 수 있게 써낼 수 있을 것이며, 더욱이

그는 클로우크에서 캡을 찾아 들고 트라비아타를 휘파람으로 날리면서 호텔을 나섰다. 비 갠 가을 아침, 길에는 샘물같이 서늘한 바람이 풍긴다. 이제 식당에서 마신 짙은 커피 향기를 다시 한번 입술에 느끼며 그는 언제든지 혼자 걷는 남산 코스를 향해 전찻길을 걷는다.

이 문장에서 클로우크, 캡, 트라비아타, 호텔, 커피, 코스 등의 외래어를 굳이 안 쓴다고 해보라. 이 외에 무슨 말로 '그'라는 현대인의 생활을 묘사해낼 것인가? 만일 춘향이라도 그가 현대의 여성이라면 그도 머리를 파마로 지질 것이요 코티를 바르고 파라솔을 받치고 초콜릿, 아이스크림 같은 것을 먹을 것이다. "흑운(黑雲) 같은 검은 머리, 반달 같은 와룡소(臥龍梳)로 솰솰 빗겨 전반같이 넓게 땋아……"나 "초록갑사 곁마기" "초록우단 수운혜(繡雲鞋)" 이런 말들

클로우크 (극장, 호텔 따위의) 휴대품 보관소인 '클로우크룸(cloakroom)'을 말함. 코티(Coty) 향수제조업자인 코티가 세운 화장품회사. 또는 그 회사의 상품. 흑운(黑雲) 검은 구름. 여기선 검고 고운 머리칼을 가리킴. 와룡소(臥龍梳) 용틀임 무늬가 조각된 빗. 전반(剪板) 종이를 자를 때 쓰는 좁다랗고 얇은 긴 나뭇조각. 갑사(甲紗) 품질이 좋은 여름용 비단. 곁마기 ①여자가 예복으로 입던 저고리의 하나. 연두나 노랑 바탕에 자줏빛으로 겨드랑이, 깃, 고름, 끝동을 닮. ②저고리 겨드랑이 안쪽에 자줏빛으로 댄 헝겊.

로는 도저히 형용할 수 없을 것이다.

새말을 만들고 새말을 쓰는 것은 유행이 아니라 유행 이상 엄숙하게, 생활에 필요하니까 나타나는 사실임을 이해해야 할 것이다. 커피를 먹는 생활이 먼저 생기고, 파마식으로 머리를 지지는 생활이 먼저 생기니까 거기에 적응한 말인 '커피' '파마'가 생기는 것이다. 교통이 발달되어 문화의 교류가 밀접해지면 밀접해질수록 신어(新語)가 많이 생길 것은 정한 이치로, 어디 말이 와서든지 음과 의의가 그대로 차용되게 될 경우에는 그 말은 벌써 외국어가 아닌 것이다. 한자어든 영어든 괘념할 필요가 없다. 그 단어가 들지 않고는 자연스럽고 적확(的確)한 표현이 불가능할 경우엔 그 말들은 이미 여깃말로 여겨 안심하고 쓸 것이다.

그러나 한 가지 주의할 것은, 신어의 남용으로, 넉넉히 표현할 수 있는 말에까지 버릇처럼 외국어를 꺼낼 필요는 없다. 신어를 남용함은, 문장에선 물론 담화에서도, 어조가 자연스럽지 못한 것으로 보나 현학(衒學)이 되는 것으로 보나 다 품위 있는 표현이라 할 수 없을 것이다.

2. 언어의 표현 가능성과 불가능성

말은 사람이 의사를 표현하려는 필요에서 생긴 것이다. 그러나 사

우단(羽緞) 거죽에 곱고 짧은 털이 촘촘히 돋게 짠 비단. 벨벳. 수운혜(繡雲鞋) 구름을 수놓은 신발.

람의 의식 속에 있는 것을 무엇이나 다 표현해내는 완전한 능력은 없는 것이다. 말도 역시 신이 아닌 사람이 만든 한낱 생활도구다. 완미전능(完美全能)한 신품(神品)이 아니다.

뜻은 있는데, 발표하고 싶은 의식은 있는데 마땅한 말이 없는 경우가 얼마든지 있다. 그래서 옛날부터 '이루 측량할 수 없다'느니 '불가명상(不可名狀)'이니, '언어절(言語絶)'이니 하는 말이 따로 발달되어오는 것이다. 이것이 어느 한 언어에만 있는 결점이냐 하면 결코 그렇지 않다. 거의 세계어인 영어에서도 'inexpressible'이니 'beyond expression'이니 하는 유의 말이 얼마든지 쓰이는 것을 보면 세계 어느 언어나 표현 불가능한, 어두운 일면은 다 가지고 있는 것으로 짐작할 수가 있다.

그런데 이 표현할 수 있는 면과 표현할 수 없는 면이 언어마다 같지 않다. 이 언어엔 '그런 경우의 말'이 있는데 저 언어엔 그런 말이 없기도 하고, 저 언어엔 '그런 경우의 말'이 있지만 이 언어엔 없기도 하다. 영어 'wild eye'에 꼭 맞는 우리말이 없고 또 우리말의 '뿔뿔이'에 꼭 맞는 영어가 없다. 꼭 'wild eye'를 써야 할 데서는 우리말은 표현을 못하고 마는 것이요, 꼭 '뿔뿔이'를 써야 할 데서는 영어는 벙어리가 되고 마는 것이다. 어느 언어가 아직 이 표현할 수 없는 어두운 면을 더 많이 가지고 있나 하는 것은 지극히 어려운 연구재료의 하나이므로, 우선은 어느 언어든 표현할 수 있는 일면과 아울러 표현할 수 없는 일면도 가지고 있다는 것, 그리고 이 표현할 수 없

불가명상(不可名狀) 사물의 상태를 말로 표현할 수 없음. 언어절(言語絶) 말로 나타낼 수 없음.

는 면은 언어마다 달라서 완전한 번역이란 영원히 불가능하다는 사실쯤은 알아야겠다. 이것을 의식하기 전엔, 무엇을 번역하다가 자기가 필요로 하는 번역어가 없다고 해서 이 언어는 저 언어보다 표현력이 부족하다느니, 저 언어는 이 언어보다 우수하다느니 하고 부당하게 단정하기 쉬운 것이다. 번역을 받는 원문은 이미 그 언어로 표현할 수 있는 측면의 말로만 표현된 문장이다. 그런데 표현할 수 있는 면, 표현할 수 없는 면은 언어마다 같지 않다. 나중의 언어로는 표현할 수 없는 것도 있을 것은 오히려 당연한 이치다. 이 우열감은, 하나는 구속 없이 마음대로 표현한 것이요, 하나는 원문에 구속을 받고 재표현해야 하는 번역, 피(被)번역의 위치관계이지 결코 어느 한 언어와 다른 언어의 본질적인 차이는 아니다.

그런데, 언어에는 못 표현하는 면이 으레 있다 해서 자기의 표현욕을 쉽사리 단념할 바는 아니다. 산문이든 운문이든 언어에 대한 문장가들의 의무는 실로 이 표현할 수 없는 어두운 면을 타개하는 데 있을 것이다. 눈매, 입 모양, 어깻짓 하나라도 표현은 발달하고 있다. 언어문화만이 이 어두운 면을 그대로 가지고 나갈 수는 없다. 훌륭한 문장가란 모두 말의 채집자, 말의 개조·제조자들임을 기억해야 한다.

3. 방언과 표준어와 문장

어느 말에든지 방언(方言)과 표준어가 있다. 방언이란, 언어학상으로는 얼마든지 복잡한 설명이 있겠지만, 쉽게 말하면 사투리다. 어떤 한 지방에서만 쓰는 (말소리로나 말투로나) 특색 있는 말이다.

"아매 계심둥." (함경북도 지방)
"할메미 기시는기요." (경상남도 지방)
"클마니 계십네께." (평안북도 지방)
"할매 계시유." (전라남도 지방)
"할머니 계십니까." (서울 지방)

이렇게 모두 다르다. 모두 다른 중에 어느 도(道) 사람이나 다 비교적 쉽게 알아들을 수 있는 것은 아무래도 서울 지방 말인 '할머니 계십니까'다. 서울은 문화의 중심지일 뿐 아니라 지리로도 중앙지대다. 동서남북 사람이 다 여기에 모이기도 하고 흩어지기도 한다. 그러니까 서울말은 동서남북 말의 영향을 받기도 하고 또 동서남북 말에 영향을 주기도 한다.

그래서 어느 편 사람 귀에도 가장 가까운 인연을 가진 것이 서울 말이다. 서울말의 장점은 이것뿐이 아니다. 인구가 가장 많은 데가 서울이니까 말이 가장 많이 쓰이는 데도 서울이다. 그러니까 말이 다른 곳보다 세련된다. 또 제반 문물의 발원지이며 집산지이기 때문에 어휘가 풍부하다. 또 계급의 층하가 많고 유한(有閑)한 사람들의 사교가 많은 데라 말에 품위가 있기도 하다. 그러니까 어느 편 사람이나 다 함께 표준으로 삼아야 할 말은 무엇으로 보나 서울말이다.

그렇지만 서울말이라고 다 좋은 것은 아니다. 그러기에 조선어학회에서 표준어를 사정(査定)할 때 서울말을 본위로 하되 중류 이하, 이른바 '아래대 말'은 방언과 마찬가지로 처리한 것이다.

그런데 문장에서 방언을 쓸 것인가 표준어를 쓸 것인가는, 길게 생각할 것도 없이

첫째, 널리 읽히자니 어느 도 사람에게나 쉬운 말인, 표준어로 써야겠고,

둘째, 같은 값이면 품위 있는 문장을 써야겠으니 품위 있는 말인 표준어로 써야겠고,

셋째, 말과 글의 통일이라는 큰 문화적 의의에서도 표준어로 써야 할 의무가 문필인에게 있다 생각한다.

그러나 방언이 문장에서 전혀 문제가 안 되는 것은 아니다. 방언이 존재하는 날까지는 방언이 방언 그대로 문장에 나올 필요가 있기도 하다.

만날 복녀는 눈에 칼을 세워가지고 남편을 채근하였지만 그의 게으른 버릇은 개를 줄 수는 없었다.

"볏섬 좀 치워달라우요."

"남 졸음 오는데 님자 치우시관."

"내가 치우나요?"

아래대 예전에 서울 성안의 지역을 일컫는 말로, '우대'에 상대되는 곳. 그곳이 어딘지는 견해가 엇갈리는데, 동대문과 광희문 쪽이라는 설이 있음.

"이십 년이나 밥 먹구 그걸 못 치워."

"에이구, 칵 죽구나 말디."

"이년, 뭘."

이러한 싸움이 그치지 않다가, 마침내 그 집에서도 쫓겨나왔다. 이젠 어디로 가나? 그들은 하릴없이 칠성문 밖 빈민굴로 밀리어 나오게 되었다.

— 김동인의 「감자」에서

여기서 만일 복녀 부부의 대화를 표준어로 써보라. 칠성문(七星門)이 나오고, 기자묘(箕子墓)가 나오는 평양 배경의 인물들로 얼마나 현실감이 없어질 것인가?

작자 자신이 쓰는 말, 즉 지문(地文)은 절대로 표준어일 것이나 표현하는 방법으로 인용하는 것은 어느 지방의 사투리든 상관할 바 아니다. 물소리의 '졸졸'이나 새소리의 '뻐꾹뻐꾹'을 그대로 흉내 내어 효과를 내듯, 방언 자체를 살리기 위해서가 아니요 그 사람이 어디 사람이란 것, 그곳이 어디란 것, 또 그 사람의 리얼리티를 여러 설명 없이 효과적으로 표현하기 위해 그들의 발음을 그대로 흉내 내는 것으로 봐야 마땅할 것이다.

그러니까 어느 지방에나 방언이 존재하는 한, 또 그 지방 인물이나 풍정(風情)을 기록하는 한, 말소리를 흉내 내기 위한 효과로서 문장은 방언을 묘사하지 않을 수 없을 것이다.

4. 담화와 문장

가. 담화와 문장을 구별할 것

말을 문자로 기록한 것이 문장이지만, 그 말이란 것이 글 쓰기 좋게만 나오는 것은 아니다. 같은 사람이 같은 뜻을 말하더라도, 경우 따라 기분 따라 말의 조직이 달라진다.

"그 사람이 비행기를 타고 왔다지요?"를,

"비행길 타고 왔다죠 그 사람?"

하기도 한다. 즉 누구에게나 말의 조직에 주의해서 말하는 경우와 말에는 관심을 둘 여유가 없이 목적에만 급해서 호흡하기 편한 대로 지껄여버리는 경우가 있다. 그런데 누구나 일상적인 대화에서는 어체(語體)를 생각지 않는다. '그 사람이 비행기를 타고 왔다지요'보다 '그 사람 비행길 타고 왔다죠' 하는 편이 더 많다. 그러나 글을 쓸 때에는 생활 속에서 누구를 만나 말할 때처럼 목적에 절박하지 않다. 천천히 단어와 토를 골라 조직에 관심을 쏟을 여유가 있다. 그래서 글로 쓸 때에는 '그 사람이 비행기를 타고 왔다지요'로 많이 쓴다. 이것이 쓰는 사람에게나 읽는 사람에게나 다 관례가 되어 토가 완전히 다 달린 것은 담화보다 문장다운 맛을 더 받고, 토가 생략된 것은 문장보다 담화다운 맛을 더 받는다. 이렇게 받아지는 맛이 다른 것을 글 쓰는 사람들은 이용할 필요가 있다. 즉 문장으로 쓰는 말은 토를 완전하게 달아 문장감을 살리고, 담화로 쓰는 말은 호흡감이 나게 토에 농간을 부려 담화풍을 살릴 수 있는 것이다.

내가 알기에도 기름이 떨어졌느니, 초가 떨어졌느니 하고 안해가 사다 달라는 부탁이 다른 식모 때보다 갑절이나 잦았다. 안해가 아무리 잔소리를 해도 기름병이나 초병(醋甁)을 막아놓고 쓰는 일이 없다 한다.

"뭬 힘들어 그걸 못 막우?"

하면

"쏠랴구 할 때 마개 막힌 것처럼 답답한 일이 세상에 어딨에요."

하고 남이 막아놓은 것까지 화를 내는 성미였다. 하 어떤 때는 성이 가시어 안해가

"그리구 어떻게 시집살일 했수?"

하면

"그래두 시아범 작잔 힘든 일 잘해낸다구 칭찬만 했는데요."

하고 킬킬거리었고,

"그건 그런 힘든 일을 메누리헌테 시키는 집이니까 그렇지 인제 가지게 사는 집으루 가두."

하면

"인제 내 살림이문 나두 잘허구 싶답니다."

하는 뱃심이었다.

그는 별로 죽은 남편에 대해서는 말도 없었고 조용히 앉기만 하면 다시 시집갈 궁리였다. 월급이라고 몇 원 받으면 그날 저녁엔 해도 지기 전에 저녁을 해치우고 문안으로 들어가서 분이니 크림이니 하는 화장품에 쓸데없이 여러 가지를 사들이었고, 우리가 무슨 접시나 찻잔 같은

문안 사대문 안.

것을 사오면 이건 얼만가요, 저건 얼만가요 하고 가운데 나서 덤비다가 으레

"나두 인제 살림험 저런 거 사와야지…… 화신상회랬죠?"

하고 벼르는 것이다.

— 졸작 단편 「색시」에서

이 글에서 만일,

"뭬 힘들어 그걸 못 막우?"를

"무엇이 힘이 들어 그것을 못 막우?" 한다든지,

"쓸랴구 할 때 마개 막힌 것처럼 답답한 일이 세상에 어딨에요"를

"쓰려고 할 때에 마개가 막힌 것처럼 답답한 일이 세상에 어디 있어요."

라 해보라. 아무리 딴 줄로 끌어내어 쓴다 하더라도 어감이 나지 않을 것이다. 호흡이 느껴지지 않으니까 산 인물의 면모가 비치지 않는 것이다. 그러니까, 이것이 자기가 쓰는 문장인가, 등장인물의 담화인가를 분명히 의식하고 가려 써야 할 것이다. 이것은 다만 소설에서만 필요한 방법은 아니다.

나. 담화의 표현효과

글에서 담화를 인용할 필요가 어디 있느냐 하면

(1) 인물의 의지, 감정, 성격의 실면모를 드러내기 위해서요

(2) 사건을 쉽게 발전시키기 위해서요

(3) 담화 그 자체에 흥미가 있기 때문이라 할 수 있다.

담화는 그 글을 쓰는 사람의 것이 아니라 그 글 속에 나오는 인물의 것이다. 글에서 인물의 다른 소유물은 보여줄 수 없어도, 담화만은 그대로 기록해 보일 수 있다. 즉 그 인물의 것을 그대로 가져다 보일 수 있는 것은 담화뿐이다.

그런데 담화는 누구에게나 가장 보편적이요 가장 전적인 표현이다. 그 보편적이요 전적인 표현을 그대로 인용하는 것처럼 그 인물의 인상을 보편적으로, 전적으로 전해줄 것은 없다.

"쓸라구 할 때 마개 막힌 것처럼 답답한 일이 세상에 어딨에요."

한마디로 그 식모의 성미 괄괄한 것을 구구히 설명할 필요가 없게 되었고,

"인제 내 살림이문 나두 잘허구 싶답니다."

한마디로 그 식모의 뻔뻔스러운 것,

"나두 인제 살림험 저런 거 사와야지…… 화신상회랬죠?"

한마디로 그 식모의 부러워 잘하는 것, '제 살림'을 어서 가져보고 싶어하는 생활욕에 타는 것들이, 또 이런 담화들의 총화(總和)에서는 그 식모의 유들유들한 외모까지도 긴 설명이 없이 드러나는 묘리가 있다.

담화는 인물의 성격과 심리를 독자에게 단정시키는 귀중한 증거다.

인물들의 심리는 곧 인물들의 행동이 될 수 있다. 그러니까 심리를 단정시키는 담화는 곧 행동까지 단정시킬 수 있어 담화 한두 마디로 행동, 사건을 긴축·비약시킬 수가 있다.

처음 어린것들이 담요를 밀고 당기게 되면 어른들은 서로 마주 보고 웃게 된다. 그러나 어머니, 안해, 나 — 이 세 사람의 웃음 속에는 알 수 없는 어색한 빛이 흘러서 극히 부자연스러운 웃음이었다. K의 안해만이 상글상글 재미있게 웃었다.

담요를 서로 잡아다릴 때에 내 딸년이 끌리게 되면 얼굴이 발개서 어른들을 보면서 비죽비죽 울려 울려 하는 것은 후원을 청하는 것이었다. 이것은 K의 아들도 끌리게 되면 하는 표정이었다.

그러다가 서로들 어우러져서 싸우게 되면 어른들 낯에 웃음이 스러진다.

"이 계집애, 남의 애를 왜 때리느냐."

K의 안해는 낯빛이 파래서 아들과 담요를 끄집어다가 싸 업는다. 그러면 내 안해도 낯빛이 푸르러서

"우지 마라 우지 마. 이담에 아버지가 담요 사다 준다."

하고 내 딸년을 끄집어다가 젖을 물린다. 울음은 좀처럼 그치지 않았다.

"아니! 응 흥!"

하고 발버둥을 치면서 K의 안해가 어린것을 싸 업은 담요를 가리키면서 섧게섧게 눈물을 흘린다. 이렇게 되면 나는 차마 그것을 볼 수 없었다. 같은 처지에 있건마는 K의 안해나 아들의 낯에는 우월감이 흐르는 것 같고 우리는 그 가운데 접질리는 것 같은 것도 불쾌하지만 어린것이 서너 살 나도록 포대기 하나 변변히 못 지어주는 것을 생각하면 너무도 못생긴 느낌도 없지 않았다. 그리고 그 어린것이 말은 할 줄 모르고 그 담요를 손가락질하면서 우는 양은 차마 눈으로 볼 수 없었다.

그 며칠 뒤에 나는 일삯전을 받아가지고 집으로 가니 안해가 수건으로

머리를 싼 딸년을 안고 앉아서 쪽쪽 울고 있다. 어머니는 그 옆에서 아무 말 없이 담배만 피우시고…… 나는 웬일이냐고 눈이 둥그래서 물었다.

"○○(딸년 이름)가 머리 터졌다."

어머니는 겨우 목구멍으로 우러나오는 소리로 말씀하시었다.

"네? 머리가 터지다뇨?"

"K의 아들애가 담요를 만졌다고 인두로 때려……"

이번은 안해가 울면서 말하였다.

"응! 인두로……"

나는 나로도 알 수 없는 힘에 문밖으로 나갔다. 어머니가 쫓아나오시면서

"얘, 철없는 어린것들 싸움인데 그걸 타가지고 어른쌈 될라……"

하고 나를 붙잡았다. 나는 그만 오도 가도 못하고 가만히 서 있었다. 그때 나는 분한지 슬픈지 그저 멍한 것이 얼빠진 사람 같았다. 모든 감정이 점점 가라앉고 비로소 내 의식에 돌아왔을 제 나는 눈물이 흐리고 가슴이 메이는 것 같았다.

나는 그길로 거리에 달려가서 붉은 줄 누른 줄 푸른 줄 진 담요를 사 원 오십 전이나 주고 샀다. 무슨 힘으로 그렇게 달려 갔던지 사가지고 돌아설 때 양식 살 돈 없어진 것을 생각하고 이마를 찡기는 동시에 흥! 하고 냉소도 하였다.

— 최서해의 「담요」에서

담요 이야기를 발전시키는 데 담화들이 얼마나 사건 기록을 경제적으로 압축하고 행동을 비약시키는가.

그런 객쩍은 생각을 구보(仇甫)가 하고 있을 때, 문득, 또 한 명의 계집이 생각난 듯이 물었다.

"그럼 이 세상에서 정신병자 아닌 사람은 선생님 한 분이겠군요?"

구보는 웃고,

"왜 나두…… 나는, 내 병은, 다변증(多辯症)이라는 거라우."

"무어요 다변증……"

"웅, 다변증. 쓸데없이 잔소리 많은 것두 다아 정신병이라우."

"그게 다변증이에요오."

다른 두 계집도 입안말로 '다변증' 하고 중얼거려보았다.

—— 박태원의 「소설가 구보씨의 일일」에서

담화 그것에 흥미가 있다. 그 글 전체에 군더더기가 되지 않는 정도라서 쓰는 자신도 즐기고, 읽는 남도 즐기게 할 수만 있다면, 그것은 훌륭히 담화 자체의 미덕일 수 있는 것이다.

이렇게 인물묘사가 많은 소설에서만 담화 인용이 필요한 것은 아니다. 담화로 시작해 담화로 끝나는 극(劇)은 워낙 별개 문제지만, 보통 일반기록에서도 담화를 인용할 경우가 없는 것은 아니다. 우리가 누구를 형용할 때, 그의 행동거지만을 흉내 내지 않고 말투까지도 흉내 내는 때가 얼마든지 있다. 아무리 소설 아닌 기록에서라도 한 인물이나, 인물의 어떤 사정이나 심리나 환경을 보여줄 필요가 있다면 그런 때, 그 인물의 단적인 말을 그대로 옮겨놓는 것이 천언만어(千言萬語)의 구구한 설명보다 오히려 선명한 인상을 줄 수 있는 것이다.

그리고 담화는 그냥 문장보다 두드러지는 것이다. 말을 하면 받는 사람이 있으니 대립감이 나오고, 문장은 평면인데 어감은 입체적인 것이니 전체 글의 맵시가 조각적이요 동적일 수 있다. 반대로 담화가 적거나 없는 글이면 전체가 평면적이요 정적일 수 있다. 동적이어야 할 내용과 정적이어야 할 내용을 미리 가려서 담화를 계획적으로 넣고 안 넣고, 적게 넣고 많이 넣고 해서 표현을 보다 더 효과적이게 할 것이다.

다. 담화와 문장을 한가지로 쓴 경우

앞에서 '자기가 쓰는 문장인가, 등장인물이 말하는 담화인가' 분명히 의식하고 가려 써야 할 것이라고 했다. 그런데 그것을 가려 쓰지 않은 것 같은 표현들이 여기 있다.

> 이튿날 내가 눈을 떴을 때 안해는 내 머리맡에 앉아서 제법 근심스러운 얼굴이다. 나는 감기가 들었다. 여전히 으시시 춥고, 또 골치가 아프고 입에 군침이 도는 것이 쓸쓸하면서 다리팔이 척 늘어져서 노곤하다.
> 안해는 내 머리를 쓱 짚어보더니 약을 먹어야지 한다. 안해 손이 이마에 선뜩한 것을 보면 신열이 어지간한 모양인데 약을 먹는다면 해열제를 먹어야지 하고 속생각을 하자니까 안해는 따뜻한 물에 하얀 정제약 네 개를 준다. 이것을 먹고 한잠 푹 자고 나면 괜찮다는 것이다. 나는 널름 받아먹었다.
>
> ── 이상의 「날개」에서

이 글에서 안해라는 인물의 말로 "약을 먹어야지"와 "이것을 먹고 한잠 푹 자고 나면 괜찮다"가 있는데 딴 줄로 끌어내지도 않았고 어세(語勢)도 지문세(地文勢)에 묻혀버리고 말았다.

　　바로 그저껜가두 전화가 왔는데 낮잠을 자다 머리도 쓰다듬지 않고 달려온 옥희는 수화기를 떼어들기가 무섭게 요새는 대체 게서 무슨 재미를 보구 있기에 내게는 발그림자두 안하느냐고 내일이라도 곧 좀 올라오라고, 제일에 돈이 없어 사람이 죽을 지경이라고, 그래 내일 못 오더라도 돈은 전보환으로 부쳐주어야만 된다고, 그럼 꼭 믿고 있겠다고 한바탕 재껄이고 나서 웅 그럼 꼭 믿구 있겠수 하고 전화를 끊기에 미쳐서야 생각난 듯이 참 몸이 편찮다더니 요새는 좀 어떻수 하고 그런 말을 하였다고, 그는 그 계집의 음성까지를 교묘하게 흉내 내어 내게 여실히 이야기하였다.

　　　　　　　　　　　　　　　　　　　　　── 박태원의 「거리」에서

　　어떤 여자가 전화로 한 담화, '그'라는 사람이 다시 그것을 이야기해준 담화, 모두를 담화대로 묘사하는 대신 작가 자신이 말하는 투로 써 내려가고 "그는 그 계집의 음성까지를 교묘하게 흉내 내어 내게 여실히 이야기하였다"고 했다. 그런데 이 두 글은 자기가 쓰는 '문장'인지, 인물의 '담화'인지, 그 취급이나 표현에나 의식 없이 쓴 것은 아니다. 취급엔 물론 표현에서도 의식적으로 계획해서, 담화를 딴 줄로 끌어내다 어감대로 묘사하기를 피한 것이다. 여기에 이르러서는 당연히 문체론이 나와야 한다. 문체에 관해서는 뒤에서 제목을 달리해 말하겠으므로, 여기서는 다만 이런 표현들은 담화를 의식적으로 지문에 섞고, 섞더라도 담화만 두드러지지 않게 지문까지도 담화체로 쓴 것이란 것, 또는 자기의 문체를 담화풍으로 쓰려는데 담화가 지문과 그다지 대립감이 나지 않으니까 의식적으로 한데 섞어 쓴 것이란 것을 밝히는 데 그치려 한다.

라. 담화술

말은 한 개인의 것이 아니라 민중 전체의 것이다. 문장에는 둔감한 독자라도 담화에서는 '그 인물에 어울리느니 안 어울리느니' 하는 평을 곧잘 한다. 글 쓰는 사람이 문장은 제 문체대로 쓸 수 있으나, 말은 자기 것이 아니라 그 인물의 것을 찾아놓는 데 충실하지 않을 수 없다. '그 인물의 말'을 찾는 데는 몇 가지 생각할 점이 있다.

(1) 하나밖에 없는 말을 찾을 것

여러 사람의, 여러 경우의 말은 무한히 많을 것이다. 그러나 당황할 필요는 없다. 무한히 많다는 것은 찾기 이전일 뿐, 그 사람이 그 경우에 꼭 쓸 말이란 찾아만 들어간다면 결국엔 한 가지 말밖에는 없을 것이다. 전에 이런 이야기가 있었다. 갯가 뱃사람 하나가 서울 구경을 오는데, 서울 가서 뱃사람 티를 내지 않으리라 하였으나 멀리 남대문의 문 열린 구멍을 바라보고 한다는 소리가

"똑 키통구멍 같구나."

키통 배의 키를 다는 부분.

해서 그에 뱃사람 티를 내고 말았다는 것이다. 이 사람이 만일 철로를 놓는 요즘 인부라면 궁금스럽게 나무배의 키를 꽂는 구멍을 생각해내기 전에 철로의 터널부터 먼저 생각했을 것이다. 그 사람으로서 무심결에 할 만한 말, 말에 그 사람의 체취, 성미, 신분, 그 사람의 때가 묻은 말을 찾아야 하는데 그런 말이란 얼마든지 있을 것이 아니라 결국은 하나일 것이다. 뱃사공이 남대문 구멍을 형용하는 데는 "똑 키통구멍 같구나"가 최적의, 하나밖에 없는 말일 것이요, 철로 인부가 남대문 구멍을 형용하는 데는 "똑 터널 같구나"가 최적의, 하나밖에 없는 말일 것이다. 이 하나밖에 없는 말을 찾아야할 것이다.

(2) 어감이 있게 쓸 것

문장은 시각에 보여주는 것이요 담화는 청각에 들려주는 것이다. 담화는 눈에 보여주는 게 아니라 귀에 들려주는 것이니까 읽힐 소리로 쓸 것이 아니라 들릴 소리로 써야 한다. 정말 말로 들리자면 어감이 나와야 한다.

"나 좀 봐요."

"나를 좀 보아요."

는, 뜻은 조금도 다를 것이 없다. 그러나 형식에서 전자는 담화요 후자는 문장이다. 담화감이 나게 하고 문장감이 나게 하는 것은, 오직 어감 때문이다. 앞에서 이미 예를 들어 설명하였거니와 여기서 한

궁금스럽다 몹시 궁하다.

가지 더 밝히려는 것은, 그때 그 인물의 호흡에 더 관심을 두고,

　무엇을 말하나?

가 아니라

　어떻게 말하나?

에 주의하라는 것이다.

> "오늘 아무 데두 안 갔구나."
>
> "아 영감께서나 불러주시기 전에야 제가 갈 데가 어딨에요?"
>
> "아따 고것……"
>
> "근데 참 왜 그렇게 뵐 수 없에요?"
>
> "웅 좀 바뻐서……"
>
> "참 저어 춘향전 보셨에요?"
>
> "춘향전이라니?"
>
> "요새 단성사에서 놀리죠."
>
> "거 재밌나?"
>
> "좋다구들 그래요. 오늘 동무 몇이서 구경 가자구 맞췄는데…… 영감 같이 안 가시렵쇼?"
>
> "가두 좋지만 글쎄 좀 바뻐서……"
>
> ──박태원의 『천변풍경』 중 민 주사와 취옥의 담화

　'근데' '놀리죠' '재밌나?' '가시렵쇼' 등을 보면 작자가 '어떻게 말하나?'에 얼마나 날카롭게 주의했나를 넉넉히 엿볼 수 있다. 그러기에 평상시에 여러 인물이 여러 경우에 무심코 내뱉는 말투를 베껴

수집할 필요가 있다. 이 어록을 그대로 쓸 경우도 없지 않을 것이요, 또 쓰려는 내용에 맞도록 고친다 하더라도 결국 그 고치는 어감 실력이란 베끼고 수집하는 일에서처럼 쌓을 길이 없을 것이다.

(3) 성격적이게 쓸 것

담화를 그대로 끌어오는 것은, 인물의 의지와 감정과 성격의 실면모를 드러내기 위해서라 하였다. 담화는 내용이 표시하는 뜻만이 아니라 인물의 풍모까지 간접적으로 나타내는 음영(陰影)이 있는 것이니, 이런 효과까지 거두기 위해서는 뜻에 맞는 말이되, 되도록은 의지와 감정이 담기게, 통틀어 성격적이게 쓸 필요가 있다.

> 제법 가을다웁게 하늘이 맑고 또 높다. 더구나 오늘은 시월 들어서 첫 공일 —
>
> 그야 봄철같이 마음이 들뜰 턱은 없어도 그냥 이 하루를 집 속에서 보내기는 참말 아까워 그렇기에 삼복더위에도 딴말 없이 지낸 한약국집 며느리가 조반을 치르고 나서
>
> "참, 어디 좀 갔으면……"
>
> 옆에 앉은 남편이 들으라고 한 말이다.
>
> "어디?"
>
> 물어주는 것을 기화로 그러나 원래 어디라 꼭 작정은 없던 것이라 되는대로
>
> "인천 —"
>
> 한 것을 의외에도 남편은 앞으로 나앉으며

"인천?…… 그것두 준 말이야. 인천 가본 지두 참 오랜데…… "

남편이 그러니까 젊은 안해도 참말 소녀와 같이 마음이 들떠

"돈 뭐 그렇게 많인 안 들죠?"

"돈이야 몇 푼 드나?…… 허지만 여행을 해두 괜찮을까?"

"뭬?…… "

"이거 말야."

그의 약간 나올까 말까 한 배를 손가락질하는 것이 우스워

"아이 참 당신두…… 달 차구두 돌아댕기는 사람은 으떡허우?"

"으떡허긴 그런 사람들은 그럭 허구 댕기다 기차 속에서두 낳구 전차 속에서두 낳구 그래 신문에 나구 법석이지."

"어이 참 당신두…… "

"책에두 삼사 개월 됐을 때 조심허라지 않어?"

"글쎄 괜찮어요. 어디 먼 데 가는 것두 아니구…… 기차를 탄대야 그저 한 시간밖에 안 되는걸…… "

그래 두 사람은 어디 요 앞에 물건이라도 살 듯이 가든하게 차리고 경성역으로 나갔다.

───박태원의 『천변풍경』 중 한약국집 젊은 내외의 대화

'참'이니 '아이 참'이니 하고, 생각 없이 감탄사를 많이 쓰고, 또 '인천' '뭬?'처럼 단어 한 개만 쓰기도 하고, "돈 뭐 그렇게 많인 안 들죠?"니 "참, 어디 좀 갔으면……"처럼, 목적에 급해 토가 나올 새 없이 단어만 연달아 나오는 말을 하는 것은, 무엇이나 앞뒤로 헤아려 곰곰 생각할 새 없이, 돌발적으로 마음 솟는 대로 지껄이는, 아직

도 소녀다움이 가시지 않은 젊은 여인의 성격이 훌륭히 보이는 말들이요, "으떡허긴 그런 사람들은 그럭 허구 댕기다 기차 속에서두 낳구 전차 속에서두 낳구 그래 신문에 나구 법석이지"의 이죽거리는 품이나 "……낳구 ……낳구 그래……"하는 투와 "그것두 준 말이야" "허지만" 등의 늘어진 품은, 말 자체로만 그의 아내와 대립될 뿐 아니라 엿보이는 성격까지도 훌륭히 대립되어 드러난다.

　　형님 되시는 왕의 문약(文弱)을 불만히 여기는 수양대군은 자연히 문학과 풍류를 좋아하는 아우님 안평대군이 미웠다. 더구나 안평대군이 근래에 와서 명망을 크게 떨치며 그의 한강 정자인 담담정(淡淡亭)과 자하문(紫霞門) 밖 무이정사(武夷精舍)에는 날마다 풍류호걸들이 모여들어 질탕히 놀므로 세상에서 안평대군이 있는 줄은 알고 수양대군이 있는 줄은 모르는 것이 분하였고 더구나 형제분이 혹시 서로 대할 때면 안평이 형님 되시는 수양을 가볍게 보는 빛이 있을 때에 분하였다. 한번은 무슨 말 끝에

　　"형님이 무얼 아신다고 그러시오? 형님은 산에 가 토끼나 잡으슈."
하고 수양대군이 활 쏘는 것밖에 능(能)이 없는 것을 빈정거릴 때에 수양은 분노하여

　　"요 주둥이만 깐 것이."
하고 벽에 걸린 활을 벗겨 든 일까지 있었다.

　　　　　　　　　　　　　　　　　　　— 이광수의 『단종애사』에서

아우님 안평대군이 형님 수양대군에게 하는 말로는 좀 과장되었

다고 할 수 있다. 그러나 담화를 내세우는 것은, 그 인물과 그 사태의 성격을 단적으로 인상 주기 위해서니까 조화를 잃지 않는 범위 내에서는 어의(語意), 어세(語勢)를 강조하지 않으면 안 된다. 담화를 '성격적이게' 쓰란 말은 조화를 잃지 않는 정도의 **강조**를 의미한다 할 수도 있다. 그 인물, 그 사태에서, 가능한 한 정점적(頂點的)인, 초점적(焦點的)인 담화라야 할 것이다.

성격적인 것이란 개인과 개인이 다르다고 널리 보아버릴 것이 아니라 좀 더 구체적으로 남녀가 다르고, 또 같은 남성, 같은 여성끼리도 신분과 교양 따라 다르고, 또 동일인이라도 연령 따라 다른 점에 착안할 필요가 있다.

　　진지 ── 잡수셨습니까?

　　진지 ── 잡쉈습니까?

　　진지 ── 잡수셨어요?

　　진지 ── 잡쉈어요?

　　진지 ── 잡수셨에요?

　　진지 ── 잡쉈에요?

　　진지 ── 잡수셨나요?

　　진지 ── 잡쉈나요?

　　진지 ── 잡수셨수?

　　진지 ── 잡쉈수?

　　진지?

　　진진?

다 밥 먹었느냐 묻는 말이다. 그러나 말이 가지고 있는 신경이 모두 다르다. '잡수셨습니까?' 하면 '까'가 몹시 차고 딱딱하고 경우 밝고 도드라진다. '잡쉈수'는 너무 텁텁해서 사십 넘은 마나님의 흉허물 없는 맛이 난다. '잡수셨에요'나 '잡수셨나요'는 휘우뚱하는 리듬이 생긴다. 날씬한 젊은 여자의 몸태까지 보인다. 그냥 '진지' 하는 말에는 은근한 맛이 나고 그 '진지'에 'ㄴ'을 붙여 '진진' 하면 악센트가 훨씬 또렷해진다. 말하는 사람의 명랑한 눈이 보인다.

위에서 봤듯이 받침의 선택은 여간 중요하지 않다. 될 수 있는 대로 받침이 없는 말만 시키면 말이 가벼워질 것이요, 받침이 있는 말만 시키면 무게와 탄력이 생기되 'ㄱ'이나 'ㄷ'이 많이 나오면 거셀 것이요 'ㄴ' 'ㅁ' 'ㅂ' 'ㄹ'이 많이 나오면 연싹싹하고 매끄러워 대체로 명랑할 것이다. 뜻에 닿는 한에서는 소리의 울림까지도 성격적인 것에 통일되어야 할 것이다.

    ① 그런 데 가기 나는 싫어.
    ② 싫어 나는 그런 데 가기.
    ③ 나는 찬성할 수 없네 그런 데 가는 것.
    ④ 난 단연 불찬성 그런 데 가는 건.

얼마든지 다르게 말할 수 있으려니와 ①과 ②는 단어들의 위치만 다르다. ①은 "그런 데 가기"란 설명부터 나왔고 ②는 "싫어 나는" 하고 의욕과 자기, 즉 주관부터 나왔다. 아무래도 ②는 주관이 강한 성격이다.

③과 ④는 단어들의 위치가 다르기보단, 토가 있고 없는 것과 '단연'이란 단어가 있고 없는 것과, 하나는 "찬성할 수 없"다 했는데 하나는 "불찬성"이라고 한 것이 다르다. 첫째, 토가 있고 없는 것인데, 토가 제대로 달리면 말이 느린 만큼 순하고, 토가 없으면 급하다. 둘째 '단연'이란, 긍정과 부정을 강조하는 부사다. 소리의 울림까지도 '단연'은 'ㄴ'이 포개놓인 말이라 말의 뜻과 힘이 여간 강해지지 않는다. 셋째로, "찬성할 수 없"에서는, 설명인 "찬성할 수"가 먼저 나왔으니 순하고, "불찬성"에서는 설명보다 "불(不)"이란 의욕부터 먼저 나왔으니 훨씬 의지적이다. ④는 ③보다 몇 배 의지가 강한 성격이라 하겠다.

다음의 논설들도 참고하라.

언어의 미. 한 언어를 미화시키는 그것이야말로 문단인의 특수한 업무요 또 직책이 아니랄 수 없다. 그 언어의 미화 정도를 가져서 그 언어에 소속된 문학의 길이와 깊이를 함께 점칠 수 있다고 하여도 과언이 아니다. 그런데 만일 미화라는 말이 연문학(軟文學)의 교구여사(巧句麗辭) 즉 메이지(明治) 연대 소위 성동파(星童派)류의 음영(吟咏)으로 오해될 우려가 있다면 언어의 세련이라고 고쳐도 무방하다. 언어의 세련은 너무나 의의가 범박(汎博)하기 때문으로 오해를 무릅쓰고 미화라는 말을 썼을 뿐이다. 그러나 현재의 조선어를 더한층 미화시키는 것도 오직 문단인을 기

연문학(軟文學) 대중적 문학을 일컫는 말. 즉 정통의 시문에 대해 소설, 희곡 따위의 문학작품을 이름. 교구여사(巧句麗辭) 말을 꾸밈. 음영(吟咏) 시가(詩歌) 따위를 읊음. 범박(汎博) 데면데면하여 구체적이지 못하고 범위가 넓음.

다리어서 가능하겠지마는 조선어가 목하 가지고 있는 미 그것도 그들의 힘을 빌려서 발휘할 수밖에 없는 형편이다. 아직도 문학적으로 발달되지 못한 조선어에 무슨 미가 있겠느냐고는 물을지도 모르되 한 언어는 그 독특한 문체를 가지듯이 반드시 독특한 미를 가지고 있다는 것을 잊어서는 안 된다. 가령 '발갛게, 벌겋게, 볼고레하게, 불구레하게'나 '파랗게, 퍼렇게, 포로소름하게, 푸루수름하게' 등의 말을 살피어보라. 조선어가 아닌 다른 말에 어디 그렇게 섬세한 색채감각이 나타나 있는가? 또 '이, 그, 저'나, '요, 고, 조' 등의 지시사를 살피어보라. 거기도 조선어의 독특한 맛이 있지 않은가?

— 홍기문의 「문단인에게 향한 제의」에서

어감이란 것은 언어의 생활감 다시 말하면 언어의 생명력입니다. 어감 없이는 모든 말이 개념적으로 취급되어버립니다. 즉 어감 없는 말은 언어의 시체거나 그렇지 않으면 정신 상실자입니다. 이와 같이 어감은 언어활동에 있어서 생동하는 힘을 가지고 있습니다. 그리하여 사상을 전달하는 언어활동은 감정을 이입함으로써 표출자의 표현효과를 훨씬 증대시킬 수 있습니다.

그러면, 어감의 정체는 무엇인가. 그것을 다시 한번 생각하여보려 합니다. 대개 언어에는 의미 즉 뜻과 음성 즉 소리 두 방면이 있습니다. '사람'이란 말은 '사'란 발음과 '람'이란 발음이 합하여 성립되어가지고 '인(人, 사람)'이란 개념 즉 의미를 나타내게 됩니다. 그러므로 발음은 말의 형식이요, 의미는 말의 내용입니다. 그리하여 어감이란 것이 이 형식과 내용에 다 관계를 가지고 있습니다.

① 형식 즉 발음이 어감을 규정하는 데는 다음과 같은 조건이 있습니다.

(가) 발음의 강약입니다. '바람' '구름' '달' '꽃' 등과 같은 명사라든지 '얼른' '천천히'와 같은 부사라든지 '아름답다' '탐스럽다' 등의 형용사와 같은 동일한 어휘라도 그 발음의 강약은 무수히 변화시킬 수 있습니다. 그 강약이 이와 같이 변화됨을 따라 그 말에 따르는 어감도 실로 무수히 다를 수 있습니다. 그리하여 그 발음을 조절함으로써 그 말의 표현효과를 크게도 할 수 있고 작게도 할 수 있습니다.

(나) 발음의 지속 즉 장단(長短)입니다. 발음의 장단은 명사의 어감에도 크게 관계가 있겠지마는, 형용사, 부사, 감탄사 같은 것에 더욱 효과적이리라 생각합니다. '바람이 솔솔 분다'는 말과 '바람이 소—ㄹ소—ㄹ 분다'는 말이라든지 '걸음을 느릿느릿 걷는다'는 말과 '걸음을 느리— ㅅ느리— ㅅ 걷는다'는 말의 어감의 차는 지금 저의 발음을 들으시는 여러분이 용이히 판단하실 줄 압니다.

(다) 발음의 고저(高低)입니다. 이 발음의 고저는 발음의 강약과는 다른 것입니다. 발음의 강약은 음파의 진폭의 대소에 달렸습니다마는 그 고저는 음파의 진동수에 달렸습니다. 그리고 강음과 고음, 약음과 저음은 항상 일치되는 것은 아닙니다. 남성은 저음인 동시에 강음이요, 모깃소리〔蚊聲〕는 약하면서도 높은 소립니다. 그리하여 이 고저가 또한 어감을 크게 좌우합니다.

(라) 발음 속에 섞인 모음의 명암입니다. 명랑한 모음이 포함되고 음암(陰暗, 컴컴)한 모음이 포함됨을 따라 그 말의 어감은 엄청나게 달라집니다. 그리하여 그 의미까지 달라지다시피 합니다. 조선말에는 이와 같

은 예가 퍽 많습니다. 명사로도 '가짓말'과 '거짓말'이라든지, '모가지'와 '며가지', '뱅충이'와 '빙충이' 등의 '가' '모' '뱅'이란 발음은 퍽 명랑하고 가벼운 소리요, '거' '며' '빙'이란 발음은 매우 어둡고 무거운 소립니다.

그러나, 형용사나 부사에 이런 예가 가장 많습니다.

동사: 빌어먹다/배라먹다, 잘린다/졸린다

형용사: 보얗다/부옇다, 까맣다/꺼멓다, 하얗다/허옇다, 까칠하다/꺼칠하다, 복실복실하다/북술북술하다, 배뚜룸하다/비뚜룸하다, 쌉쌀하다/씁쓸하다, 짭짤하다/찝찔하다 등의 예만 들겠습니다.

부사: 팔랑팔랑/펄렁펄렁, 달랑달랑/덜렁덜렁, 모락모락/무럭무럭, 바실바실/부실부실, 발긋발긋/불긋불긋, 복작복작/북적북적 등 이루 셀 수 없을 만큼 많습니다. 그 어감의 차가 어쩌나 심한지 명랑한 모음을 포함한 말들을 얕잡아 하는 말이라고 하기까지에 이르렀습니다.

(마) 발음 속에 섞인 자음의 날카롭고 둔함입니다. 그 자음의 날카롭고 둔한 데 따라 역시 어감은 큰 차이가 납니다. 몇 개의 예를 말씀한다면

명사: 주구렁이/쭈구렁이, 족집게/쪽집게, 고치/꼬치

동사: 떤다/턴다, 반다/빤다

형용사: 검다/껌다, 발갛다/빨갛다, 뜬뜬하다/튼튼하다, 감감하다/깜깜하다/캄캄하다

부사: 반작반작/빤짝빤짝, 기웃기웃/끼웃끼웃, 곰실곰실/꼼실꼼실, 부시시/뿌시시/푸시시, 덜렁덜렁/떨렁떨렁/털렁털렁, 번번히/뻔뻔히/펀펀히, 바싹/바짝, 재깔재깔/재잘재잘

뱅충이 똑똑하지 못하고 어리석으며 수줍음만 타는 사람. 배라먹다 남에게 구걸하여 거저 얻어먹다.

이상은 그 말 속에 포함된 자음의 날카롭고 둔함으로 인하여 어감이 사뭇 다른 것들입니다.

(바) 접미음 혹은 접두음을 가진 말.

접미음을 가진 말: 뺨/뺨따귀, 코/코빼기, 눈/눈깔, 배/배때기, 등/등때기, 팔/팔때기

접두음을 가진 말: 밟는다/짓밟는다, 주무른다/짓주무른다, 자빠진다/나자빠진다, 추긴다/부추긴다, 질기다/검질기다

이상에 든 여섯 가지 조건은 주로 그 말의 '악센트'와 리듬 즉 운율을 규정하여가지고 각각 그 말이 독특한 어감을 나타내게 됩니다. 대개 언어의 음성은 각각 독특한 청각적 성질을 띠고 있어서 여러 가지 형태를 표현합니다. 그리하여 시각이나 촉각이나 후각이나 미각 등 다른 감각과도 서로 통하는 성질을 가지고 작용한다고 볼 수 있습니다. 이 음성이 가지고 있는 성격이 각종의 감각을 통하여 결국 그 말의 의미에까지 영향을 주어서 변동이 생기게 됩니다. 이런 종류의 문제는 여러 가지로 실험적 연구가 행하여지고 있습니다. 호른보스텔(E.M.Hornbostel) 씨의 연구 발표한 것이 있습니다.

② 그리고 내용 즉 의미가 어감을 규정하는 조건은 다음과 같으리라 생각합니다.

(가) 계급성. 말의 계급성이란 것은 그 말이 경어(敬語)인가 비어(卑語)인가 보통 평등한 사람 사이에 쓰는 말인가를 가리키는 것입니다. 잡숫는다/먹는다/처먹는다/처든지른다

이를테면

주무신다/잔다, 계시다/있다, 돌아가셨다/죽었다/거꾸러졌다

편치 않으시다/앓는다

수라/메/진지/밥, 간자/숟갈

갱/국, 치아/이/이빨

이점(痢漸)/이질(痢疾) 등

이 위에 예 든 말들은 그 의미는 똑같으면서도 상대자에 주는 인상은
다 다릅니다. 그리하여 상대자의 존비(尊卑) 친소(親疎)에 따라서 다 달리
써야 합니다. 참으로 이 조건이 어감으로는 다른 어느 조건보다도 중대성
을 가졌습니다.

(나) 친밀성. 말의 친밀성이란 것은 상대자의 계급에는 아무 관계가 없
고 다만 친애(親愛) 정도를 나타낼 뿐입니다. 즉

아버지/아빠, 어머니/엄마

오라버니/오빠, 형님/언니

이 아빠, 엄마 등의 말들은 아이들이 많이 사용하는 말인데, 아이들이
쓰는 만큼 그 말들을 들어서 말할 수 없이 친애미를 느끼게 됩니다.

이상은 결국 언어의 품위를 결정하는 것이 됩니다. 말의 품위와 리듬이
잘 조화 일치될 때에 그 말은 한 개의 단어로서 생동 발랄한 힘을 가지고
나타나게 됩니다.

이 위에서 말씀한 것은 개개의 단어에 대한 문제입니다마는, 어구라든
지 문장 전체로서는 어떠하냐 하면 여러 개의 단어가 종합될 때에 또한
그 각개 단어의 발음이나 의미와 잘 조화되도록 전체로서의 억양(인토네
이션)과 완급이 이루어져야 할 것입니다. 그리하여 의미와 음향의 훌륭한

간자 어른의 숟가락을 높여 이르는 말. 갱(羹) 제사에 쓰는 국. 존비(尊卑) 사회적 지위나 신분의 존귀
함과 비천함. 친소(親疎) 친함과 친하지 않음.

선율(멜로디)과 율동이 창조될 것입니다. 언어가 이와 같이 표현될 때에 그것은 듣는 이에게 호감을 줄 뿐 아니라, 사상을 가장 완전히 전달할 수 있으며 언어 그것만으로도 훌륭한 예술이 될 것입니다.

— 이희승의 「언어표현과 어감」에서

(4) 암시와 함축이 있게 쓸 것

아이들은 배가 고프면 곧

'배가 고파.'

하고 솔직하게 말한다. 그러나 언어표현에 노련한 어른들은 좀 여유를 가지고 간접적인 말을 쓰는 수가 많다.

'좀 시장한데.'

'좀 출출한데.'

이 말들은 '배가 고픈데'보다는 훨씬 덜 절박하게 들린다고 할 수 있다.

'나는 당신을 사랑합니다.'

'나는 밥이 먹고 싶습니다.'

똑같은 말들이다. '나는 당신을 사랑합니다'는 워낙 'I Love You'를 직역한 말로 동양식 감정의 말은 아니다. 동양인의 감정에는 이런 말을 마주 대고 하기가 뻔뻔스럽고 억지로 하면 신파연극 같아서 오히려 진정을 상한다.

'어머니!'

'엄마!'

하면 우리 감정으로는 어머니를 찾는 자식의 진정이 아무리 심각한 것이라도 그 속에 다 함축되고 만다.

'오오 사랑하는 어머님이시여!'

하면, 서양식의 직역이거니와 호들갑스럽기만 해서 넋두리 잘하는 사람의 울음처럼 진정이 상하고 만다. 미인의 표정을 말하는 데 '반은 교태를 띠고 반은 부끄러워한다〔半含嬌態半含羞〕'란 문구가 많이 돌아다니거니와 노골적인 표정보다도 이면에 함축된 정염(情炎)에 더 매력을 느낄 줄 아는 동양인이라, 감정표현이긴 마찬가지인 모든 예술의 표현도 노골적이기보다 암시와 함축을 더 존중해왔다. 이것은 우리 문화 전반에 있어 아름다운 전통의 하나려니와 요즘와 너무나 많이 읽고 너무나 많이 보는 서양예술을 덮어놓고 본뜨게 되어 심지어는 엽서 한 장에 쓰는 사연에다가도, 유서나 쓰는 것처럼

'오! 나의 사랑하는 어머니!'니

'당신의 사랑하는 ○○로부터'니 하고 허턱대고 호들갑을 떠는 사람이 하나 둘이 아니다.

한 자의 문자, 한 마디의 말로 족할 수 있으면 그것은 최상의 표현이다. '족하다'는 것은 그 한 문자, 한 단어의 표면만이 아니라 그 뒤의 실제 힘, 즉 암시와 함축을 말함이다. 중국 고대소설 『수호지(水滸誌)』에 이런 묘한 한 자의 문자, 한 마디의 말이 있었다. 그 제23회분에 반금련(潘金蓮)이란 여자가 나오는데 남편 무대(武大)는 못난이요 시동생 무송(武松)은 인물 밝고 힘세어 호랑이를 때려잡아 상가지 탄 헌헌장부(軒軒丈夫)다. 금련이 딴마음이 움직여 무송을 조용히 만나 술을 권하는데 "정욕이 불같아〔慾心似火〕"란 대목에 이르기까

지는 무송을 서른아홉 번 부르되 모두 '슈슈(叔叔, 아주버님)'라 하다
가,

　"부인이 정욕이 불같아 무송을 보지 못하면 초조해 못 견디던 차
에 부젓가락을 집어 내던지고 스스로 술 한 잔을 따라 한입에 반 잔
을 마신 뒤 무송을 보고 말하기를〔那婦人慾心似火不看武松焦燥便放
了火筯却篩一盞酒來自啣了一口剩了大半盞看看武松道〕"에 이르러서는
'슈슈(叔叔)'로 부르지 않고 돌연히 '니(你, 여보)'라 불러

　"여보, 내게 마음이 있다면 내가 남긴 이 반 잔을 마시구려〔你若有
心喫我這半盞兒殘酒〕."

　라 하였다. 부젓가락을 집어 내던지며 술을 따라 제가 먼저 한입
을 마시고 권하는 그 태도만으로도 정욕심리가 나타나지 않은 바는
아니나 여태껏 '아주버니'라 부르던 형수가 갑자기 '여보'라 터놓
자, '여보' 그 한 단어에 반금련의 심리가 그만 전적으로, 결정적으
로 드러나고 말았다. '여보' 한 마디 속에, 팽창된 정욕의 덩어리 반
금련이가 훌륭히 뭉쳐졌다. 그러기에 명문장비평가 김성탄(金聖嘆)
은 그 문구 밑에 주를 달되

　"누차 아주버니라 부르다가 홀연 여기에 이르러 나오는 '여보' 한
마디로 이뤄낸 교묘한 필법〔己上凡叫過三十九箇叔叔至此忍然換做一
你字妙心妙筆〕"
이라 감탄하였다.

헌헌장부(軒軒丈夫) 외모가 준수하고 풍채가 당당한 남자.

김옥균은 금릉위(朴泳孝)와 함께 난간을 붙들고 서서 인제는 벌써 윤곽조차 보이지 아니하는 고국의 육지가 놓여 있던 방위로 시선을 주었다.

조선이 인저는 보이지 않는구나! 자기들이 실력을 양성해가지고 재거해올 때까지 저 땅의 백성들이 기다리고 있을까? 혹은 어쩌면 흘러가는 물결에 싸여서 눈 깜짝하는 동안에 왔다가 다시 눈 깜짝하는 동안에 가버리는 물거품 모양으로 자기들은 지나가버리고 마는 인물이 되고 말지 아니할까? 그리고 조선은, 저 땅의 백성들은 까마득하게 모르는 장래로 자기들을 떼어버리고 달음질쳐서 목적한 대해로 흘러들어가지 아니할까? 혹은 중간에까지 흘러가다가 물거품이 저절로 사라지듯이 형적조차 남기지 아니하고 없어지지나 아니할까. 이렇듯 지향 없는 생각에 헤매이다가 그는 문득 조금 전 꿈속에서 들은 유대치 선생의 마지막 말을 생각하고서 자기 자신에게 이같이 말했다.

"요원한 내 뒤엣 일을 뉘 알랴? 다음 일은 다음에 오는 사람에게 맡기고 지금 우리가 해야 할 일만 해보는 것이다."

— 김기진의 『청년 김옥균』의 끝

긴 소설의 끝을 주인공이 혼자 하는 말 한 구절로 막았다. 이런 경우에 이 담화 일절은 유대치나 김옥균의 말로만 제한되는 표현은 아니다. 이 작품 전체의 점정(點睛)이 되기 때문에 작자 자신의 말로도 볼 수 있다. 유대치의 말일 수도 있고, 김옥균의 말일 수도 있고, 작

점정(點睛) 화룡점정(畵龍點睛)의 준말. ①무슨 일을 하는 데에 가장 중요한 부분을 완성함을 비유적으로 이르는 말. ②글을 짓거나 일을 하는 데서 가장 요긴한 어느 한 대목을 잘함으로써 전체가 생동하게 살아나거나 활기 있게 됨을 이르는 말.

자의 말일 수도 있는 것은, 이 말이 이 세 사람이 전하고 싶은 뜻을
다 포함하고 있다는 증거다. 이 함축 있는 말 한마디로 말미암아 전
작품이 천근 중량을 얻는 듯하다. 암시와 함축과 여운을 가진 담화
를 잘 이용했다 할 수 있다.

5. 의음어, 의태어와 문장

수수께끼에
"따끔이 속에 빤빤이, 빤빤이 속에 털털이, 털털이 속에 오드득이
가 뭐냐?"
하는 것이 있다. 그것은 밤〔栗〕을 가리킨 것인데 모두 재미있게 감
각어들로 상징되었다.
또 옛날 이야기에

　이차떡을 눌어옴치래기,
　흰떡을 해야반대기,
　술을 올랑쫄랑이,
　꿩을 꺼 ─ 꺽푸드데기

라고 형용하는 것도 있다. 이런 데서도 우리는 감각어가 얼마나 풍

이차떡 인절미.

부한지 느끼지 않을 수 없다. 감각은 오관(五官)을 통해 얻는 의식이다. 시각, 청각, 미각, 후각, 촉각, 이 다섯 신경에 자극되는 현상을 형용하는 말이 실로 놀랄 만치 풍부한 것이다.

몇 가지 예를 들면, **시각**에서 적색(赤色) 한 가지에도 붉다, 뻘겋다, 빨갛다, 벌겋다, 벌 ─ 겋다, 새빨갛다, 시뻘겋다, 불그스름, 빨그스름, 불그레, 빨그레, 볼그레, 볼그스름, 보리끼레, 발그레 등, 세밀한 시신경 성능을 말이 거의 남김없이 표현해낸다.

동물이 뛰는 것을 보고도

깡충깡충, 껑충껑충, 까불까불, 꺼불꺼불, 깝신깝신, 껍신껍신, 껍실렁껍실렁, 호닥닥, 후닥닥, 화닥닥 등, 의태(擬態)용어에 퍽 자유스럽다.

청각에서도 그야말로 바람소리, 학 우는 소리〔風聲鶴唳〕, 닭 우는 소리, 개 짖는 소리〔鷄鳴狗吠〕, 모든 소리에 의음(擬音) 못할 것이 없다.

바람이 솔 ─ 솔, 살 ─ 살, 씽 ─ 씽, 솨 ─ 솨, 쏴 ─ 쏴, 앵 ─ 앵, 웅 ─ 웅, 윙 ─ 윙, 산들산들, 살랑살랑, 선들선들, 휙, 홱……

미각에서도, 감미(甘味)만 해도 달다만이 아니요,

달다, 달콤하다, 달큼, 달크므레, 달착지근……

층하가 있고

후각에서도, 고소하다와 꼬소하다가 거리가 있고 고소와 구수, 꾸수가 또 딴판이다.

촉각에서도, 껄껄하지 않은 하나만이라도

매끈매끈, 반들반들, 번들번들, 반드르르, 번드르르, 반질반질, 반

지르르, 번지르르, 빤지르르, 어른어른, 알른알른, 알신알신 등,

얼마나 자세하고 꼼꼼한가? 음악이나 회화에서처럼 얼마든지 느껴지는 그대로 구체적으로 말해낼 수 있다.

정확한 표현이란 가장 구체적인 표현이다. 삑 — 하는 기차소리와 뚜 — 하는 기선소리를 삑 — 과 뚜 — 로 구별하지 못한다면 그것은 정확한 표현일 수 없다.

살랑살랑 지나가는 족제비의 걸음과 아실랑아실랑거리는 아낙네의 걸음을 '살랑살랑' '아실랑아실랑'으로 구별하지 못한다면 그것은 우수한 표현일 수 없다. 바람소리, 개 짖는 소리, 무슨 소리든 소리를 그대로 따라 내는 의음어(擬音語)와, 바람, 물, 달리는 새 등 무슨 움직임이든 움직임 그대로를 흉내 내는 말이 많은 것은 언어로서 풍부함은 물론, 곧 문장으로서, 표현으로서 풍부함일 수 있는 것이다.

……원산(遠山)은 첩첩 태산(泰山)은 **주춤**하야 기암(奇巖)은 층층(層層) 장송(長松)은 낙락(落落) 에이 구부러져 광풍(狂風)에 흥(興)을 겨워 **우쭐우쭐** 춤을 춘다. 층암절벽상(層巖絶壁上)에 폭포수는 **콸콸**, 수정렴(水晶簾) 드리운 듯, 이 골 물이 **주루루룩** 저 골 물이 **쏼쏼**, 열에 열 골 물이 한데 합수(合水)하여 천방져 지방져 소코라지고 평퍼져 넌출지고 방울져, 저 건너 병풍석(屏風石)으로 **으르렁 꽐꽐** 흐르는 물결이 은옥(銀玉)같이 흩어지니, 소부(巢父) 허유(許由) 문답(問答)하던 기산 영수(箕山潁水)가

수정렴(水晶簾) 수정 구슬을 꿰어서 만든 아름다운 발.

이 아니냐.

──「유산가(遊山歌)」에서

바다 2

정지용

바다는 뿔뿔이
달어 날랴고 했다.

푸른 도마뱀떼 같이
재재발렀다.

꼬리가 이루
잡히지 않었다.

흰 발톱에 찢긴
산호(珊瑚)보다 붉고 슬픈 생채기!

가까스루 몰아다 붙이고
변죽을 둘러 손질하여 물기를 시쳤다.

소부(巢父) **허유**(許由) **문답하던 기산 영수**(箕山穎水) 고대 중국의 요(堯) 임금이 허유에게 천자의 자리를 물려주려 하자 허유는 기산으로 숨은 뒤 영수라는 강에 가서 귀를 씻었다. 친구 소부가 왜 그러는지 물어 이유를 대답하자, 소부는 더러운 말(言)을 들은 귀를 씻은 더러운 물을 자신의 말(馬)에게 먹일 수 없다면서 말을 끌고 상류로 올라갔다는 데서 나온 고사(故事).

72

이 앨 쓴 해도(海圖)에
손을 싯고 떼었다.

찰찰 넘치도록
돌돌 굴르도록

회동그란히 받혀들었다!
지구는 연(蓮)잎인 양 오므라들고⋯⋯ 펴고⋯⋯

　콸콸, 주루루룩, 솰솰, 으르렁, 꽐꽐 등의 의음(擬音)과 주춤, 우줄
우줄, 찰찰, 돌돌, 회동그란 등의 의태(擬態)가 얼마나 능란하게 글
뜻의 구체성을 돕는가?
　운문인 경우엔 더욱 물론이지만, 산문에서도 특히 묘사인 경우엔
이 풍부한 의음·의태어를 되도록 많이 이용할 필요가 있다. 표현효
과를 위해서뿐 아니라 우리 문장의 독특한 소리 울림의 아름다움[聲
響美]을 살리는 것도 된다. 황진이(黃眞伊)의 노래

　　동짓달 기나긴 밤을 한 허리를 둘에 내여
　　춘풍(春風) 이불 아래 서리서리 넣었다가
　　어룬님 오신 날 밤이여드란 굽이굽이 펴리라.

를 신위(申緯)가

截取冬之夜半强
절 취 동 지 야 반 강

春風被裏屈蟠藏
춘 풍 피 리 굴 반 장

燈明酒煖郎來夕
등 명 주 난 낭 래 석

曲曲舖成折折長
곡 곡 포 성 절 절 장

이라 번역한 것이 좋은 번역이라 하나 '곡곡(曲曲)' '절절(折折)'로
는 원래 시의 구체성은 둘째 치고 소리의 울림만으로라도 '서리서
리' '굽이굽이'의 말맛을 도저히 따르지 못하는 것이다.

6. 한자어와 문장

'푸른 하늘' 하면 '푸른'은 푸르다는 뜻, '하늘'은 하늘이라는 뜻
외에는 다른 뜻이 없다. 음 그대로가 뜻이요 뜻 그대로가 음이다.

'청(靑)'이나 '천(天)'은 한자다. '청천(靑天)'이라 하면 한자어다.
'청천'이란 음이 곧 뜻은 아니다. '청천'이란 음의 뜻은 '푸른 하늘'
이다. 음은 '청천', 뜻은 '푸른 하늘', 이렇게 음과 뜻이 따로 있다.

소리가 곧 뜻인, '푸른 하늘'의 문장은 읽히는 소리가 곧 뜻인, 소
리와 뜻이 하나인(聲意一元的) 문장이다.

소리와 뜻을 따로 가진 한자어로 된 문장은 읽히는 소리가 곧 뜻
이 아닌, 소리와 뜻이 다른(聲意二元的) 문장이다.

양복을 혼자 주섬주섬 떼어 입고 안방으로 나오려니까 아씨는 그저 뾰루퉁하여 경대 앞에 앉아서 열심으로 가름자를 타고 있는 모양이다.

"오늘은 언제 들어오시랴우? 회사 시간이 늦어도 좀 들러 오시지."

돌려다도 보지 않고 연해 바가지를 긁다가 남편이 안방문을 열려는 것을 거울 속으로 보고 입을 잽싸게 놀린다.

"그 빌어먹을 전화, 내 이따 떼어버려야. 기생년하고 새벽부터 이야기하라구 옷을 잡혀가며 매었드람? 참 기가 막혀! ……그럴 테면 마루에 매지 말구 아주 저 방에 매지."

하며 구석방을 돌려다보다가 남편과 눈이 마주치자 외면을 하더니 빤드를한 머리밑에 빨간 자름댕기를 감아서 뽀얀 오른편 볼을 잘록 눌러 입에 물고 곁눈으로 거울을 들여다보며 머리를 땋기 시작한다. 주인은 한참 바라보다가

"느느니 말솜씨로군!"

하고 방 밖으로 휙 나오다가 좌우 북창 사이에 달린 전화통을 건너다보았다. 네모반듯한 나무갑 위에 나란히 얹힌 백통빛 새 종 두 개는 젊은 내외의 말다툼에 놀란 고양이 눈같이 커다랗게 빤짝한다.

— 염상섭의 「전화」에서

소리가 모두 그대로들이어서, 새겨야 할 말이나 구절이 없다. 생활어 그대로기 때문에 현실 광경이 노골적으로 드러난다. "주섬주섬"이니, "뾰루퉁"이니, "빤드를한 머리밑에 빨간 자름댕기를 감아서

가름자 가르마. **백통** 구리, 아연, 니켈의 합금. 은백색으로 화폐나 장식품 따위에 씀.

뽀얀 오른편 볼을 잘록 눌러 입에 물고 곁눈으로 거울을 들여다보며"니, "네모반듯한 나무갑 위에 나란히 얹힌 백통빛 새 종 두 개는 젊은 내외의 말다툼에 놀란 고양이 눈같이 커다랗게 빤짝"이니 그 얼마나 표현에 구체력이 강한가.

"나는 벌써 처녀가 아니다"라는 굳센 의식은 아직 굳지 않은 이십 전후의 어린 마음에 군림합니다. 그것은 마치 종교 신자의 파계라는 것이, 결코 용이하지 않으나, 단 한 번의 실족(失足)이 반동적(反動的)으로 타락의 독배(毒杯)를 최후의 일적(一滴)까지 말리지 않으면 만족할 수 없는 것과 다를 게 없습니다. 성적(性的) 감로(甘露)에 한번 입을 댄 젊은 피의 약동과 기갈은 절제의 의지를 삼키어버렸습니다.

─ 염상섭의 「제야(除夜)」에서

군림(君臨), 파계(破戒), 용이(容易), 실족(失足), 반동적(反動的), 타락(墮落), 독배(毒杯), 최후(最後), 일적(一滴), 만족(滿足), 성적(性的) 감로(甘露), 약동(躍動), 기갈(饑渴), 절제(節制), 의지(意志) 등 한자가 많이 섞였다.

구절마다 소리 외에 딴 관념을 일으킨다. 보이는 정경이 아니라 마음을 통해 내용이 인식되는 것이다. 눈으로 어떤 정경을 보며 읽는 것이 아니라 마음으로 생각하며 읽게 된다. 묘사이기보다도 논리인 편이다. 같은 작가의 문장인데도, 용어에 따라 이렇게 다르다. 묘

일적 (一滴) 한 방울.

사 본위라야 할 데서는 아무래도 한자어는 구체력이 적다 아니할 수 없다.

그러나 문장이 모두 묘사를 위해서만 쓰이는 것은 아니다. 문학의 대부분은 묘사지만, 학문과 논설은 묘사가 아니라 이론이다.

나는 한편으로 덮어놓고 한문학(漢文學)을 배척하기만 하는 인사에게 할 말이 있다. 한문학은 수천 년의 전통을 가지어온 세계에 가장 유구한 연원(淵源)과 풍부한 내용을 가진 인류문화의 중요한 유산이요, 더구나 우리의 문화와는 일천 년래 심심(深甚)한 관계를 맺어온 것이다. 문학 자체로 보더라도 그것이 당연히 영미문학보다 못지않게(혹은 그 이상) 우리의 지식의 일 단층(一斷層)을 형성하여야 할 것은 저 서인(西人)이 희랍의 고전 수양을 필요로 하는 것 이상이려니와 더구나 우리 문화의 저류(底流)에는, 우리의 사유와 감정에는 아직도 한문학의 난류(暖流)와 혈맥(血脈)이 통하여 있느니만치 우리 문화의 과거와 현재를 통찰함에 있어서 우리는 도저히 한문학을 부인할 수 없다. 우리는 자문화(自文化)의 수립 선양(宣揚)을 위하는 나머지 성급하게 한문학을 거부함이 무모한 태도임을 안다. 하물며 이 전통적인 저류를 모르고 극히 피상적인 서문학(西文學)에만 심취하여 한문학을 경시하는 태도는 성급과 천려(淺慮) 이외의 아무것도 아니다.

비근한 일례를 든다면 『유사(遺事)』나 『사기(史記)』나 퇴계(退溪)나 화담(花潭)이나 내지 성호(星湖), 다산(茶山), 완당(阮堂)의 학(學)을 일찍이 요해(了解)한 것도 없이 조선문학을 하노라 하면 그것은 전혀 망발이다.

천려(淺慮) 얕은 생각. 요해(了解) 깨달아 알아냄.

그런데 그것들은 모두 한문학의 소양을 필요로 한다. 우리의 요구하는 새로운 지식은 선인(先人)의 문화유산을 먼저 그 자체를 엄밀히 조사 검토하여 그 속에 깊이 침잠유영(沈潛游泳)한 뒤에, 그것을 다시 엄정한 과학적 체계로써 새로운 방법론으로써 연구·정리·규정하는 것이다. 무론(無論) 후자 없는 전자의 지식만은 죽은 기계적·골동적(骨董的) 소재 지식에 불과하고 도리어 종종 그 소재조차 왜곡·곡해할 우(虞)가 있으나 또 한편으로 전자의 예비한 지식이 먼저 축적되지 않은 후자의 판단은 일종 모험, 무모에 가깝다. 텍스트와 체계, 고증학과 방법론은 금후 엄밀한 통일을 요구한다.

— 양주동의 「한문학의 재음미」에서

화담(花潭)의 학(學)은 궁리진성(窮理盡性) 사색체험(思索體驗)을 주로 삼아 언어문자로써 발표하기를 좋아 아니하여 그 저술이 매우 적고 상기 수편의 논문이란 것도 극히 간단하여 설(說)이 미진한 감이 없지 아니하나 그래도 그의 고원한 철학적 사상은 이에 의하여 잘 규지(窺知)되고 그 의미로 보아 이들 논문을 수집한 『화담집(花潭集)』일책(一冊)은 오인(吾人)이 귀중히 여기는 바의 하나이다. 화담의 사상의 대체(大體)는 이율곡(李栗谷, 珥)의 설파(說破)함과 같이 송(宋)의 장횡거(張橫渠, 載)류의 사상에 속하되 간혹 독창의 견(見)과 자득(自得)의 묘(妙)가 없지 아니하며 그 우주의 근저를 들여다보려 함이 비교적 심각하였다. 지금 화담의 우주본체관에 취(就)하여 보면 그는 횡거와 같이

침잠유영(沈潛游泳) 깊이 가라앉아 헤엄침. **궁리진성**(窮理盡性) 사물의 이치를 깊이 연구하고 인간의 본성을 다함. **규지**(窺知) 엿보아 앎. **오인**(吾人) 나. 우리.

우주의 본체를 태허(太虛)에 불과한 양으로 생각하고, 태허(太虛)의 담연무형(淡然無形)한 것은 **선천**(先天)의 **기**(氣)로서, 이는 시간 공간의 제약에서 전혀 독립한 무제한·무시종(無始終)·항구불멸의 실재라고 인(認)하였다.

— 이병도의 「서화담 급(及) 이연방에 대한 소고」에서

이런 문장들에서 한자어들의 정당한 힘을 무시할 수는 없다. 음 뒤에 뜻을 따로 가진 것은 글자 그 자체의 함축이다. 함축이란, 어구, 문장 그 자체의 비밀이요 여유다. 인물이나 사건을 묘사하는 문장에서는 구체적으로 인물과 사건을 보여주니까 독자가 시각적으로 만족하지만, 인물도, 아무 사건도 보이지 않는 문장에서 어구나 문장 그 자체까지 아무 맛볼 것이 없다면 읽는 데 너무 흥미 없이 힘만 들 것이다.

그러기에 문예문장에서도 아무 시각적 흥미가 없는 수필류의 문장은 한자가 섞인 편이 훨씬 읽기 좋고 풍치(風致)가 난다.

전원의 낙(樂)

경산조수(耕山釣水)는 전원생활의 일취(逸趣)이다.

도시문명이 발전될수록 도시인은 한편으로 전원의 정취를 그리워하여 원예를 가꾸며 별장을 둔다. 아마도 오늘날 농촌인이 도시의 오락에 끌리

태허(太虛) 음양을 낳는 기(氣)의 본체. 담연무형(淡然無形) 엷어 형체가 없음. 경산조수(耕山釣水) 산에서 밭을 갈고 물에서 낚시를 함. 일취(逸趣) 뛰어나고 색다른 흥취.

는 이상으로 도시인이 전원의 유혹을 받고 있는 것이 사실이다.

인류는 본래 자연의 따스한 품속에 안겨 토향(土香)을 맡으면서 손수 여름지이를 하던 것이니 이것이 신성한 생활이요 또 생활의 대본(大本)일 는지 모른다.

이른바 운수(雲水)로써 향(鄕)을 삼고 조수(鳥獸)로써 군(群)을 삼는 도 세자류(逃世者流)는 좋은 것이 아니나 궁경(躬耕)의 여가에 혹은 임간(林間)에서 채약(採藥)도 하고 혹은 천변(川邊)에서 수조(垂釣)도 하여 태평세(太平世)의 일 일민(一逸民)으로서 청정(淸淨)하게 생활함은 누가 원하지 않으랴.

유수유산처 무영무욕신(有水有山處 無榮無辱身).

이것은 고려 때 어느 사인(士人)이 벼슬을 내어놓고 전원으로 돌아가면서 자기의 소회(所懷)를 읊은 시구이거니와 세간에 어느 곳에 산수가 없으리요마는 영욕(榮辱)의 계루(係累)만은 벗어나기 어렵다. 첫째 심신의 자유를 얻어야만 하는데 심신의 자유는 염담과욕(恬淡寡慾)과 그보다도 생활안정을 반드시 전제요건으로 삼는다.

그렇지 않으면 산수 사이에 가 있어도 무영무욕(無榮無辱)의 몸이 되지 못할 것이다. 그러나 이 시구를 읊은 그로 말하면 아마도 그만쯤 한 수양과 여요(餘饒)는 있던 모양이다. 아무리 단사표욕(簞食瓢欲)의 청빈철학

토향(土香) 흙냄새. 여름지이 농사. 대본(大本) 크고 중요한 근본. 도세자(逃世者) 세상을 피해 사는 사람. 궁경(躬耕) 자기가 직접 농사를 지음. 천변(川邊) 냇물의 주변. 수조(垂釣) 물속에 낚시를 드리움. 유수유산처 무영무욕신(有水有山處 無榮無辱身) 산수 좋은 곳에, 영화도 욕도 잊고 지내는 몸. 사인(士人) 벼슬을 하지 않는 양반이나 선비. 소회(所懷) 마음에 품고 있는 회포. 영욕(榮辱) 영화와 치욕. 계루(係累) 다른 일이나 사물에 얽매임. 혹은 그로 인한 괴로움. 염담과욕(恬淡寡慾) 사물에 집착하지 않고 욕심이 없음. 여요(餘饒) 흠뻑 많아서 넉넉함. 단사표욕(簞食瓢欲) 대나무 밥그릇에 담은 밥을 먹고 표주박에 든 물을 마시며 살고 싶다는 뜻으로, 청빈하고 소박하게 살고 싶음을 이르는 말.

(淸貧哲學)을 고조(高調)하는 분이라도 안빈낙도(安貧樂道)할 생활상 기초가 없고서는 절대 불가능할 것이 아닌가. 인생이 공부는 고요한 곳에서 하고 실행은 분주한 곳에서 하는 것이 좋으나 그러나 권태(倦怠)해지면 다시 고요한 곳으로 가는 것이 상례이니 전원생활은 권태자의 위안소이다.

권태자뿐이 아니라 병약자에 있어서도 도시생활보다 전원생활이 유익함은 말할 것도 없다. 맑은 공기와 일광과 달큼한 천수(泉水)는 확실히 자연의 약석(藥石)이며, 좋은 산채(山菜)와 야소(野蔬)며 씩씩한 과실은 참말로 고량(膏粱) 이상의 진미이니 이것은 전원생활에서 받는 혜택 중의 몇 가지로서 병약자에게도 크게 필요한 바이다.

'흔연작춘주 적아원중소(欣然酌春酒 摘我園中蔬).'

이것은 전원시인 도연명(陶淵明)의 명구로서 이익재(李益齋: 李齊賢)의 평생 애송하던 바이다.

청복(淸福)이 있으면 근교에 조그만 전원을 얻어서 감자와 일년감을 심고 또 양이나 한 마리 쳐서 그 젖을 짜 먹으며 살아볼 것인데 그러나 이것도 분외과망(分外過望)일는지 모른다.

　　　　　　　　　　── 문일평의 『영하만필(永夏漫筆)』에서

한자어는 술어(述語), 즉 교양어(敎養語)가 많다. 교양인의 사고나 감정을 표현하려면 도저히 속어(俗語)만으로는 만족할 수 없는 것

안빈낙도(安貧樂道) 가난한 생활을 하면서도 편안한 마음으로 도(道)를 즐겨 지킴. 천수(泉水) 샘물. 약석(藥石) 약과 침이라는 뜻으로, 여러 가지 약을 통틀어 이르는 말. 야소(野蔬) 야채. 고량(膏粱) 기름진 고기와 좋은 곡식으로 만든 맛있는 음식. 흔연작춘주 적아원중소(欣然酌春酒 摘我園中蔬) '즐거이 혼자 술을 따라 마시며 텃밭의 나물 뜯어 안주를 삼는다.' 청복(淸福) 좋은 복. 일년감 토마토. 분외과망(分外過望) 분에 넘치는 욕심.

이다. 이「전원(田園)의 낙(樂)」에서도 한자어를 모조리 속어로 돌려놓는다 쳐보라. 얼마나 품(品)과 풍치가 감쇄될 것인가. 극히 개념적인, 생기 없는 과거의 한자문체는 배격해 마땅할 것이나 한자어가 나온다 해서 필요범위 내의 한자어까지 배척할 이유는 없다 생각한다.

속어만의 문장과, 한자어가 주로 쓰인 문장이 성격으로, 표현효과로 서로 다른 장단점을 가진 것은 이미 설명한 바와 같다. 그러기에 자기가 표현하려는 내용이 속어로 된 문장이어야 효과적일지, 한자어가 주로 씌어야 효과적일지, 또는 속어와 한자어를 반씩 섞어야 효과적일지 한번 계획할 필요가 있다.

7. 신어, 외래어와 문장

언어는 미술품이 아니라 잡화와 같은, 일상생활품이란 것, 신어(新語)나 외래어를 쓰는 것은 쓰고 싶어서기 전에 신어, 외래어의 생활부터가 생기니까 안 쓸 수 없으리란 것은 이미 앞에서 말했다. 현대에는 남녀를 막론하고 전통 복장만으로는 실생활에서 불편하다. 양장을 하고 싶어 하는 사람도 많겠지만, 대체로는 시대와 생활에 순응하는 것으로 볼 수밖에 없다. 그런데 양복을 입고 유행하는 외제 장신구를 지닌다면 이른바 모던해 보이고, 스마트해 보이는 것이 사실이다. 같은 이치로 문장에서도 신어가 많이 나오면 모던해 보이고 스마트해 보인다.

나는 눈을 감고 잠시 그 행복스러울 어족(魚族)들의 여행을 머릿속에 그려본다. 난류(暖流)를 따라서 오늘은 진주의 촌락, 내일은 해초의 삼림으로 흘러댕기는 그 사치한 어족들. 그들에게는 천기예보(天氣豫報)도 트렁크도 차표도 여행권도 필요치 않다. 때때로 사람의 그물에 걸려서 호텔 식탁에 진열되는 것은 물론 어족의 여행 실패담이지만 그것도 결코 그들의 실수는 아니고 차라리 카인의 자손의 악덕 때문이다. 나는 그들이 해저에 국경을 만들었다는 정보도 프랑꼬 정권을 승인했다는 방송도 들은 일이 없다. 그러나, 나는 둥글한 선창에 기대서 홀수선(吃水線)으로 모여드는 어린 고기들의 청초와 활발을 끝없이 사랑하리라. 남쪽 바닷가 생각지도 못하던 써니 룸에서 씹는 수박맛은 얼마나 더 청신하랴. 만약에 제비같이 재잴거리기 좋아하는 이국(異國)의 소녀를 만날지라도 나는 조금도 두려워하지 않고 서투른 외국말로 대담하게 대화를 하리라. 그래서 그가 구경한 땅이 나보다 적으면 그때 나는 얼마나 자랑스러우랴! 그렇지 않고 도리어 나보다 훨씬 많은 땅과 풍속을 보고 왔다고 하면 나는 진심으로 그를 경탄할 것이다. 허나 나는 결코 남도(南道) 온천장에는 들르지 않겠다. 북도(北道) 온천장은 그다지 심하지 않은데 남도 온천장이란 소란해서 위선 잠을 잘 수가 없다. 지난 봄엔가 나는 먼 길에 지친 끝에 하룻밤 숙면을 찾아서 동래온천에 들른 일이 있다. 처음에는 오래간만에 누워보는 온돌과 특히 병풍을 두른 방 안이 매우 아담하다고 생각했는데 웬걸 밤이 되니까 글쎄 여관집인데 새로 한시 두시까지 장구를 따려부시며 떠드는 데는 실로 견딜 수 없어 미명(未明)을 기다려서 첫차로 도망친 일

홀수선(吃水線) 배가 물 위에 떠 있을 때 배와 수면이 접하는, 경계가 되는 선. 위선(爲先) 우선.

이 있다. 우리는 일부러 신경쇠약을 찾아서 온천장으로 갈 필요는 없다. 나는 돌아오면서 동래온천장 시민 제군의 수면부족을 위해서 두고두고 걱정했다.

나는 '투어리스트 뷰로우'로 달려간다. 숱한 여행안내를 받아가지고 뒤져본다. 비록 직업일망정 사무원은 오늘조차 퍽 다정한 친구라고 지녀본다.

— 김기림의 수필 「여행」에서

트렁크, 호텔, 카인, 프랑꼬, 써니 룸, 투어리스트 뷰로우 등 외래어와 난류, 어족, 천기예보, 여행권, 정보, 방송, 흘수선, 이국, 신경쇠약, 시민, 여행안내 등, 한자어라도 현대적인 뉘앙스를 가진 신어들이 연달아 나왔다.

참신하고 경쾌한 맛이 십이분(十二分) 풍겼다. 참신이나 경쾌만이 최상의 미라는 것은 아니다. 사람 따라 극단일 수 있는 것이니 그것은 문제가 다른 것이요, 아무튼 말은 문장의 재료라 재료 따라 현대미가 나오고 고전미가 나오고 할 것은 복장이나 마찬가지로 단순한 이치란 것이다. 그러나 신제품과 외제를 많이 쓴다고만 스마트한 몸태가 나는 것은 아니다. 몸과 조화되지 못하면 잡속(雜俗)을 면치 못한다. 문장에서도 신어와 외래어만 쓴다고 스마트함이 나오는 것은 아니다.

그러면 어떤 내용에라야 신어나 외래어를 써서 아름다워질까? 그것은 간단하다. 신어와 외래어가 자연스럽게 나올, 또는 신어와 외

미명(未明) 날이 채 밝지 않음. 또는 그런 때. **투어리스트 뷰로우**(tourist bureau) 여행사. **십이분**(十二分) 충분한 정도를 훨씬 넘는 정도로.

래어가 아니고는 표현할 수 없는 내용에뿐이다. '여행'하더라도, '트렁크'를 들게 되고, '호텔'에 들게 되고, 차와 배에서 신문을 볼 것이니 '프랑꼬'도 나올 법하고, 배나 호텔에는 '써니 룸'이 있을 것이요, 차표를 미리 사기 위해서나 여행할 것에 대해 조사하기 위해서는 '투어리스트 뷰로우'에 찾아갈 것이니 이 모든 외래어가 자연스럽게 읽히는 것이다. 즉 '여행'이란 내용에 이 외래어들이 조화되어 여행 기분을 돋우는 것이다. 신어도 마찬가지다.

8. 평어, 경어와 문장

'나는 세상을 비관하지 않을 수 없다.'

'저는 세상을 비관하지 않을 수 없습니다.'

'나는'이나 '없다'는 평범하게 나오는 말이다. '저는'과 '없습니다'는 상대자를 존칭하는 정적(情的) 의식, 상대의식이 들어 있다. '나는'과 '없다'는 들떠워놓고 여러 사람에게 하는 말 같고, '저는'과 '없습니다'는 어떤 한 사람에게만 하는 말 같다. 평어(平語)는 공공연하고 경어(敬語)는 사적인 어감이다. 그래서 '습니다 문장'은 읽는 사람이 더 개인적인 호의와 친절을 느끼게 한다. 호의와 친절은 독자를 훨씬 빠르게 이해시키고 감동시킨다.

어떤 토요일 오후였습니다. 아저씨는 나더러 뒷동산에 올라가자고 하셨습니다. 나는 너무나 좋아서 곧 가자고 하니까

"들어가서 어머님께 허락 맡고 온."

하십니다. 참 그렇습니다. 나는 뛰어들어가서 어머니께 허락을 맡았습니다. 어머니는 내 얼굴을 다시 세수시켜주고 머리도 다시 땋고 그리고 나를 아스러지도록 한번 몹시 껴안았다가 놓아주었습니다.

　"너무 오래 있지 말고 온."

하고 어머니는 크게 소리치셨습니다. 아마 사랑 아저씨도 그 소리를 들었을 게야요.

　　　　　　　　　　　—주요섭의 「사랑손님과 어머니」에서

　나긋나긋 읽는 사람의 귀 옆에 와 소곤거려 주는 것 같다. 내가 안 들어주면 들어줄 사람이 없을 것 같다. 퍽 사적인, 개인적인 어감이다. 그래서 경어는 일인칭(나)으로 쓰는 데 적당하고 내용을 독자에게 자세하고 찬찬하게 호소할 필요가 있는 회고류, 정한류(情恨類)와 권격류(勸檄類)에 적당하다.

　그러나 이와 반대로, 정(情)으로써 나설 필요가 없는 일반기록, 서술에서는 경어는 도리어 아첨하는 듯한 흠이 될 수 있는 것은 주의할 점이다.

───

권격류(勸檄類) 권하여 널리 알리는 종류.

9. 일체 용어와 문장

　전래어든 신어든 외래어든, 문장은 일체(一切)의 언어로 짜지는 직물이다. 언어에 따라 비단이 되고, 인조견이 되고, 무명이 되고 한다. 언어에 대한 인식과 세련이 없이는 비단 문장을 짜지 못할 것이다. 언어에 대한 인식으로는 무엇보다 먼저 유일어(唯一語)의 존재를 의식해야 한다.

(1) 유일어를 찾을 것

　"한 가지 생각을 표현하는 데는 오직 한 가지 말밖에는 없다" 한 플로베르의 말은 너무나 유명하거니와 그에게서 배운 모빠쌍도

　　우리가 말하려는 것이 무엇이든 그것을 표현하는 데는 한 말밖에 없다. 그것을 살리기 위해선 한 동사밖에 없고 그것을 드러내기 위해선 한 형용사밖에 없다. 그러니까 그 한 말, 그 한 동사, 그 한 형용사를 찾아내야 한다. 그 찾는 곤란을 피하고 아무런 말이나 갖다 대용(代用)함으로 만족하거나 비슷한 말로 맞추어버린다든지, 그런 말의 요술을 부려서는 안 된다.

하였다. 명사든 동사든 형용사든, 오직 한 가지 말, 유일한 말, 다시 없는 말, 그 말은 그 뜻에 가장 적합한 말을 가리킴이다. 가령, 비가

인조견(人造絹) 사람이 만든 명주실로 짠 비단.

온다는 뜻의 동사에도

비가 온다.
비가 뿌린다.
비가 내린다.
비가 쏟아진다.
비가 퍼붓는다.

가 모두 정도가 다른 것은 두말할 필요가 없거니와 달이 밝다는 표현에도

달이 밝다.
달이 휘영청 ― 하다.
달이 훤 ― 하다.
달이 환 ― 하다.

가 모두 다르다. 달이 보이고 쨍쨍하게 밝은 데서는 '밝다'나 '휘영청'인데 그중에도 '휘영청'이 더 쨍쨍한 맛이 날 것이요, 달은 보이지 않고 빛만 보이는 데서는 '훤 ―'이나 '환 ―'인데 그중에도 '훤 ―'이라 하면 멀리 보는 맛이요 '환 ―'이라 하면 가까이 미닫이나 벽 같은 데 어린 것을 가리키는 맛이다.
　토에 있어서도

한번 죽기로 각오하고서야
한번 죽길 각오했을진댄

이 다르다. 뜻은 한뜻이나 비장한 정도에 차이가 크다.

> 외모로 사람을 취하지 말라 하였으나 대개는 속마음이 외모에 나타나
> 는 것이다. 아무도 쥐를 보고 후덕스럽다고 생각은 아니할 것이요 할미새
> 를 보고 진중하다고는 생각지 아니할 것이요 돼지를 소담한 친구라고는
> 아니할 것이다. 토끼를 보고 방정맞아는 보이지마는 고양이처럼 표독스
> 럽게는 아무리 해도 아니 보이고 수탉은 걸걸은 하지마는 지혜롭게는 아
> 니 보이며 뱀은 그림만 보아도 간특하고 독살스러워 구약(舊約) 작가의
> 저주(咀呪)를 받은 것이 과연이다 — 해 보이고 개는 얼른 보기에 험상스
> 럽지마는 간교한 모양은 조금도 없다. 그는 충직하게 생기었다. 말은 깨
> 끗하고 날래지마는 좀 믿음성이 적고 당나귀나 노새는 아무리 보아도 경
> 망꾸러기다. 족제비가 살랑살랑 지나갈 때 아무라도 그 요망스러움을 느
> 낄 것이요 두꺼비가 입을 넓적넓적하고 쭈그리고 앉은 것을 보면 아무가
> 보아도 능청스럽다.
>
> — 이광수의 「우덕송(牛德頌)」에서

이 글을 보면 한마디의 형용마다 한 가지 동물의 모양, 성질이 눈
에 보이듯 선뜻선뜻 나타난다.

수탉은 수탉, 족제비면 족제비다운 제일 적합한 말을 골라 형용했
기 때문이다. 만일 "족제비가 살랑살랑 지나갈 때"를 '족제비가 설

렁설렁 지나갈 때'라 고친다면 그 아래 '요망스럽다'는 말을 수긍할 수 없을 것이다. '요망스럽다'는 것이 족제비의 성질에 알맞은 말이라면 그 '요망스러움'을 살리기 위해서는 아무래도 '설렁설렁'보다 '살랑살랑'이 더 적합한 형용이다. 이런 경우에 '살랑살랑'은 제일 적합한 말, 즉 유일어다.

모빠쌍의 말대로 유일어를 찾는 노력을 피해 아무 말로나 비슷하게 꾸려버리는 것은, 자기가 정말 쓰려던 문장은 아니요 그에 비슷한 문장으로 만족하고 마는 것이나 마찬가지다. 자기가 쓰려던 문장은 끝내 못 쓰고 마는 것이다.

(2) 말을 많이 알아야 할 것

유일어란 그중 골라진 말, 최후로 선택된 말임에 틀림없다. 선택이란 만취일수(萬取一收)를 의미한다. 여럿에서 하나를 골라내는 것이다. 먼저 여럿이 없이는 고를 수 없다. 먼저 말을 많이 알아야 할 것이다. '밝다'와 '휘영청 ─' 둘밖에 모른다면, 이 사람은 달이 아직 솟지는 않고 멀리 산머리에 빛만 트인 것을 보고도 '밝다' 아니면 '휘영청 ─'으로밖에 형용 못할 것이 아닌가? 그러니까 자기가 아는 범위 내에서 하나를 택하기만 했다고 유일어의 가치가 발휘되는 것은 아니다. 비슷한 말을 있는 대로 전부 모아놓고 그중에서 하나를 택하는 데만 유일어의 의의가 있는 것이다.

먼저는 말 공부를 해야 한다. 말 공부라니까 무슨 학문어, 술어를 배우라는 게 아니다. 학문어, 술어는 정해져 있다. 일상생활에서 쓰이는 속어(俗語) 일체에 통달해 훤히 알아야 한다. 말 공부의 방법으

로는,

① 듣는 것

② 읽는 것

③ 만드는 것

이 세 길일 것이다. 듣는 것과 읽는 것을 졸업할 정도가 되어야 만들어 쓰는 데 비로소 짐작이 날 것이다.

(3) 스스로 발견해 만들어 쓸 것

'퍽 그리워.'

'몹시 그리워.'

'못 견디게 그리워.'

'퍽' '몹시' '못 견디게' 다 떠돌아다니는 부사다. 아무나 할 줄 아는 말이다. 그리움에 타는 지금 내 속만을 처음으로 형용해보는 무슨 새로운 부사가 없을까 하고, 내 그리움을 강조할 내 말을 찾아냄이 마땅하다.

예전엔 미처 몰랐어요

김소월

봄가을 없이 밤마다 돋는 달도
예전엔 미처 몰랐어요

이렇게 **사뭇차게** 그리울 줄도

예전엔 미처 몰랐어요

달이 암만 밝아도 쳐다볼 줄은
예전엔 미처 몰랐어요

이제금 저 달이 설움인 줄은
예전엔 미처 몰랐어요

소월은 '사뭇차게'라 하였다. 힘차기도 하거니와 훌륭히 신선한 말이다. "이제금 저 달이 설움인 줄"의 '이제금'도 좋은 발견이다. '이제는' 한다든지 '지금엔' 하면 '이제금' 같은 향토적·민요적인, 자기만의 풍정이 느껴지지 않을 것이다.

해협

정지용

포탄으로 뚫은 듯 동그란 선창(船窓)으로
눈썹까지 부풀어오른 수평(水平)이 엿보고,

하늘이 **함폭** 나려앉어
크낙한 암탉처럼 품고 있다.

투명한 어족(魚族)이 행렬하는 위치에

92

훗하게 차지한 나의 자리여!

망토 깃에 솟은 귀는 소라 속같이
소란한 무인도의 각적(角笛)을 불고 ──

해협(海峽) 오전 2시의 고독은 **오롯**한 원광(圓光)을 쓰다.
서러울 리 없는 눈물을 소녀처럼 짓자.

나의 청춘은 나의 조국!
다음 날 항구의 개인 날씨여!

항해는 정히 연애처럼 비등하고
이제 어드메쯤 한밤의 태양이 피어오른다.

'함폭' '크낙' '훗' '오롯', 다 이 시인의 발견이요 가공이다.

세월이 빠른 것 같은 것은 예나 지금이나 다 같이 느끼는 바다. 옛
사람과 요즘 사람이 공통으로 느끼는 것에는 옛사람들의 말을 그대
로 쓰게 되는 것이 많다.

세월은 유수(流水) 같다.
광음(光陰)이 살같이 지나……

각적(角笛) 뿔로 만든 피리. 원광(圓光) ①둥글게 빛나는 빛. ②후광. 광음(光陰) 햇빛과 그늘, 즉 낮과
밤이라는 뜻으로, 시간이나 세월을 이르는 말.

진리는 의연하되 얼마나 케케묵은 형용인가? 귀에 배고 절어서 도리어 거짓말처럼 느껴진다. 남이 이미 해놓은 말을 쓰는 것은 흉내다. 세월이 빠른 것을 "유수 같다" 한 것은, 처음 말한 그 사람의 발견이다. 정도 문제지만 남의 발견을 써선 안 된다. 문장에서야말로 특허권 윤리를 지켜야 한다. 될 수 있는 대로 스스로 발견해 써야 한다.

> 옥수수 밭은 일대 관병식(觀兵式)입니다. 바람이 불면 갑주(甲冑) 부딪치는 소리가 우수수 납니다.
>
> ── 이상의 「산촌여정(山村餘情)」에서

옥수수 밭을 관병식으로 형용한 것은 이상(李箱)의 발견이다.

> 마스트 끝에 붉은 기가 하늘보다 곱다.
> 감람(甘藍) 포기포기 솟아오르듯 무성한 물이랑이여!
>
> ── 정지용의 시 「다시 해협」에서

탐스러운 물결이 갈피갈피 솟는 바다를 포기포기 무성한 양배추 밭에다 형용했다.

남이 쓰던 묵은 말들이 아니어서 얼마나 신선하기도 한가?

좋은 글을 쓰려는 노력은 좋은 말을 쓰려는 노력일 것이다. 생활

───

관병식(觀兵式) 지휘관이 군대를 사열하는 의식. 갑주(甲冑) 갑옷과 투구. 감람(甘藍) 양배추.

은 자꾸 새로워지고 있다. 말은 자꾸 낡아지고 있다. 말은 영구히 '헌것, 부족한 것'으로 존재한다. 글 쓰는 사람은 전래어든 신어든 외래어든, 그 오늘 아침부터라도 이미 존재하는 어떤 언어에도 만족해서는 안 될 것이다. 끊임없는 새 언어의 탐구자라야 한다.

보편성이 있어 아무나 편히 쓸 수만 있는 말이면 누구의 발견이든, 가공이든 창작이든, 민중은 따른다. '느낌'이란 말도 근년에 누가 쓰기 시작해 퍼뜨린 말이다. 지금 일반적으로 쓰는 '하였다'도 '도다'나 '하니라'에 불만을 가진 누군가의 발견일 것이다. '거니와'도 고어 냄새가 나면서도, '였지만'에 단조로움을 느껴 새로 많이 쓰이는 새 맛의 토다. 과거 조선의 문장은 어휘는 풍부하면서도 토가 없는 한문맥(漢文脈)의 영향을 받아 토가 발달하지 못했다. 신문학이 일어나며 문장에 있어 첫 번째로 고민한 것도 이 토였음이 틀리지 않을 것이다.

아무튼 언어는 민중 전체가 의식주보다도 평등하게 가지는 최대의 문화물이다. 글 쓰는 이는 문장보다 먼저 언어에 책임이 크다는 것은 다시 말할 필요가 없다.

제3강

운문과 산문

1. 운문과 산문의 차이

문자는 눈으로 보기만 하는 부호가 아니라 입으로 읽을 수 있는 소리를 가졌다. 악기처럼 소리가 나는 것을 이용하면 뜻, 사상뿐 아니라 기분, 정서를 음악적으로 표현할 수 있다. 그래서 문장은 대체로 소리를 주로 하는 것과 뜻을 주로 하는 것으로 갈리게 된다. 소리를 주로 하는 글은 '운문(韻文)' 또는 '율문(律文)'이라 하고 뜻을 주로 하는 글은 '산문(散文)'이라 일러오는데, 이 운문과 산문이 근본적으로 성격이 다름을 의식하지 않고, 반(半)운문, 반(半)산문인 글, 혹은 비(非)운문, 비(非)산문인 글을 써 표현효과를 철저히 하지 못하는 사람이 많기 때문에 여기서 잠깐 운문과 산문이 다름을 간략히나마 밝히려 한다.

2. 운문

창 안에 혓는 촉불 눌과 이별하였관대
겉으로 눈물지고 속 타는 줄 모르는고
저 촛불 날과 같하여 속 타는 줄 모르더라.

— 이개의 시조

이 글은 운문이다. 문장에 뜻만 읽힐 뿐 아니라 운율이 일어나기 때문이다.

$$\underset{\text{창안에}}{3}\quad\underset{\text{혓는촉불}}{4}\quad\underset{\text{눌과이별}}{4}\quad\underset{\text{하였관대}}{4}$$

에는 음절수에 벌써 계획적인 데가 있다. '창 안에 켠 촛불은 누구와 이별을 해서'란 뜻만 담겨 있는 것이 아니라, 3·4, 4·4조의 율격(律格)이 나온다. 즉 뜻뿐 아니라 음악적인 일면까지 가지고 있다. 이 음악적 일면이 나타나지 않게

창 안에 켠 촛불은 누구와 이별을 해서 겉으로 눈물을 흘리며 속이 타는 줄은 모르는 것일까. 저 촛불은 나처럼 속이 타는 줄을 모르고 있다.

해보라. 이 글의 맛은 반 이상 없어지고 만다. 그러면 이 글의 맛 반

이상을 살리고 죽이고 하는 것은, 음악적인 일면, 리듬에 있다. 운문은 리듬이 주(主)요 뜻이 종(從)이다. 먼저 즐겁거나 슬픈 기분을 주고 사상은 나중에 준다. 알랭은 그의 「산문론」에서 산문은 **도보**(徒步)요 운문은 **무도**(舞蹈)라 했다. 우리는 볼일이 있어야 걷는다. 도보는 실용적인 행동이다. 춤은 볼일이 있어 하는 행동은 아니다. 흥에 겨워야 절로 추어지는 것이다. 흥이 먼저 있고서야 나타날 수 있는 행동이다.

금잔디

잔디,
잔디,
금잔디.
심심산천에 붙는 불은
가신 님 무덤가에 금잔디
봄이 왔네 봄빛이 왔네
버드나무 끝에도 실가지에.
봄빛이 왔네 봄날이 왔네
심심산천에도 금잔디에.

가는 길

그립다

말을 할까
하니 그리워

그냥 갈까
그래도
다시 더 한번……

저 산에도 까마귀, 들에 까마귀,
서산에는 해 진다고
지저귑니다.

앞 강물, 뒷 강물,
흐르는 물은
어서 따라 오라고 따라 가자고
흘러도 연달아 흐릅디다려.

—김소월의 시

　"심심산천에도 금잔디에"나, "앞 강물, 뒷 강물, 흐르는 물은" 같
은 리듬은 산새소리와 강물소리에 자라난, 소박하면서도 처량한 향
토 정조의 가곡조가 썩 잘 풍긴다.
　이렇게 뜻이 아니라 모두 정서가 주가 되었고 정서는 설명으로가
아니라 음조를 맞추어 직접 음악적으로 드러내었다. 자기가 표현하
고 싶은 것이 뜻으로 알릴 것인지 정(情)으로 알릴 것인지를 먼저 가

려서, 만일 뜻인 것보다 정인 것이면 철저히 운문에 입각해 표현할 것이다. 다시 말하지만 운문은, 극단적인 예를 든다면, 먼저 있는 곡조에 가사를 지어 맞추는 것과 마찬가지다. 아무리 노래처럼 부를 것은 아니라도 읊을 수는 있어야 할 것이니, 먼저 멜로디를 정하고 다음에 거기 맞는 말과 글자를 골라서 맞추는 것이 운문의 탄생과정일 것이다.

3. 산문

산문은 쉽게 말하면 줄글이다. 줄글이란 마디의 길고 짧음에 관심을 둘 필요 없이 뜻만을 내려쓰는 글이다. 세상의 문장 대부분, 과학, 논문, 사기(史記), 신문기사, 소설, 수필, 평론 모두가 산문이다. 이 강화(講話) 역시 산문을 본위로 하는 것이며, 지금 이 강화를 쓰는 이 문장도 산문이다. 내가 알리고 싶은 뜻을, 생각을, 사상을, 감정을 실상답게 써나갈 뿐이다. 운문이 노래하듯 쓰는 것이라면 산문은 말하듯 쓰는 편이다.

'윗가지 꽃봉오리 아랫가지 낙화로다.'

하면 이것은 노래하듯 쓴 것이요,

'윗가지는 아직도 봉오리인 채로 있는데, 아랫가지는 벌써 피었다 떨어진다.'

강화(講話) 강의하듯이 쉽게 풀어서 이야기함. 또는 그런 이야기.

하면, 이것은 말하듯 쓴 글, 즉 산문이다. 표현하려는 뜻에 충실할 뿐, 결코 음조에 관심 둘 필요가 없다. 관심 둘 필요가 없다는 것보다,

'산문이란 오직 뜻에 충실한다.'

는 의식을 가지지 않으면 어느 틈엔지 음조에 관심이 가고 만다. 글을 쓸 때는 누구나 속으로 중얼거려 읽으며 쓴다. 읽으며 쓰다가는 읽기 좋도록 음조를 다듬게 된다. 음조를 다듬다가는 그만 '뜻에만 충실'을 지키지 못하기가 쉽다.

춘향이 집 당도하니, 월색은 방농(方濃)하고 송죽(松竹)은 은은한데 취병(翠屏) 튼 난간(欄干) 하에 백두루미 당거위요, 거울 같은 연못 속에 대접 같은 금붕어와 들쭉, 측백, 잣나무요 포도, 다래, 으름덩굴 휘휘친친 얼크러져 청풍(淸風)이 불 때마다 흔들흔들 춤을 춘다. 화계상(花階上) 올라 보니, 동백, 춘백, 영산홍, 모란, 작약, 월계화, 난초, 지초, 파초, 치자, 동매, 춘매, 홍국, 백국, 유자, 감자, 능금, 복숭아, 사과, 황실, 청실, 앵두, 온갖 화초 갖은 과목, 층층이 심었는데……

——『춘향전』'옥중화(獄中花)'에서

뜻에 충실하기를 잊고 음조에 맹종되고 말았다. 운문을 읽는 것처럼 일종 흥취는 나되, 뜻은 거짓이 많다.

방농(方濃) 바야흐로 짙어감. 취병(翠屏) 꽃나무의 가지를 이리저리 틀어서 문이나 병풍 모양으로 만든 물건. 화계(花階) 꽃을 심기 위해 흙을 한층 높게 해 꾸며놓은 꽃밭. 맹종(盲從) 옳고 그름을 가리지 않고 남이 시키는 대로 덮어놓고 따름.

```
 3      4      3      4      3      4
월색은  방농하고 송죽은  은은한데 취병튼  난간하에

 4      4      4      4      4      4
거울같은 연못속에 대접같은 금붕어와 들쭉측백 잣나무요

 4      4      4      4
포도다래 으름덩굴 휘휘친친 얼크러져……
```

　3·4조, 혹은 4·4조가 글의 대부분이다. 이런 문장은 산문이라기보다, 또 운문이기보다, 낭독문체라고 할까, 낭독하기 위해 다듬어진, 의식적인 일종의 율문(律文)이다. 한 사람이 목청을 돋우어 멋지게 군소리를 넣어가며 읽으면, 여러 사람이 듣고 즐긴다. 독자가 아니라 연자(演者)요 청중이다. 독서와는 거리가 먼 낭독 연기를 위해 씌어진 대본이다.

　산문이 아니라 가사(歌詞) 그대로다. 그런데 이런 글, 『춘향전』이나 『심청전』을 보면 손으로 베낀 것이나 인쇄한 것이나 모두 줄글로 되었기 때문에 무의식중 산문이거니, 산문을 이렇게 써도 좋거니, 그보다, 무슨 글이든 이렇게 우선 낭독하기 좋아야 좋은 글이거니 여기게 되었다. 이것이 조선의 산문발달을 더디게 한 큰 병폐의 하나였다.

　　커다란 체경 앞에 서니까 노인의 발가벗은 몸뚱이는 그냥 앙상하다. 아

체경(體鏡) 몸 전체를 비추어 볼 수 있는 큰 거울.

주 늙은 편은 아니건만 무섭게 말랐다. 곳곳이 뼈가 드러났다. 가슴패기
는 똑 자라배때기처럼 늑골(肋骨)이 나와 금이 생겨서 임금 왕(王) 자를
두어 개나 그렸고, 양편 어깨는 움푹하니 앞으로 오므라졌으며 엉덩이에
서부터 아래는 골격만이 기다랗게 말라깽이일 뿐이다.

— 안회남의 「노인」에서

기준이 놈이 입원한 삼등병실에는 도합 환자 여섯 명이 들어 있었다.
태풍자(문둥이)같이 얼굴을 싸맨 사나이, 연주창이 났는지 턱을 잔뜩 싸
매고 목도 잘 놀리지 못하는 젊은 사나이, 다릿매디가 곪아 터져서 다리
를 찍어야 한다고 잉잉 울고 있는 사나이, 얼굴이 팅팅 부어서 눈이 잘 보
이지 않는 주먹만 한 어린애, 치질이 나서 노상 엉덩이를 움키고 오만상을
찌푸리고 있는 중년 사나이, 거게 기준이까지 들어가서 만원이 되었다.

— 한설야의 「술집」에서

뜻을 전하는 것 외에 어디 무엇이 있는가? 오직 뜻에만 충실한 글
들이다. 뜻의 세계가 환하게 보인다. 이 환하게 보이는 뜻, 그것을 가
리며 나설 다른 것(음조)을 허용하지 않았기 때문이다. 실증(實證),
이것은 산문의 육험(肉驗)이요 정신이다.

연주창(連珠瘡) 림프샘의 결핵성 부종인 갑상선종(甲狀腺腫)이 헐어서 터진 부스럼.

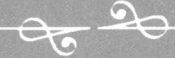

제4강

각종 문장의 요령

1. 일기

그날 하루의 중요한 견문, 처리사항, 감상, 사색 등의 사생활을 적는 글이다.

누구나 '그날'이 있고 '그날' 하루의 생활이 있다. '그날'은 자기 일생의 하루요, '그날' 하루의 생활은 자기 전 생명의 한 토막이다. 즐겁거나, 슬프거나, 즐겁지도 슬프지도 않거나, '그날'의 하루를 말소하지는 못하는 만큼 '그날'이란 언제 어느 날이든 자기에게 의의가 있다. 하물며 즐거워서 잊어버리기 아까운 날, 슬퍼서 백천(百千)의 인생 감상(感想)을 새로 경험하는 날이랴. 우리는 이런 의의 있는 날을 곧잘 사진을 찍어 기념하는 수가 있다. 그러나 사진이란 결혼식이라든지 장례식같이 눈으로 볼 수 있는 형태 있는 사건이 아니고는 촬영할 수가 없다. 인생의 고락(苦樂), 중하고 가벼운 일이 반드시 형태를 갖는 것에만 있지 않으니, 실연한 사람의 아픈 마음이 렌즈에 비쳐질 리 없고, 석가나 예수가 큰 깨달음을 얻은 것도 형태 없는 마음속에서였다. 누구나 그날그날의 잊어버리기 아까운, 의의 있는 생활을 기록하는 것이 일기다. 보고 들은 것 가운데, 또 생각하고 행동한 것 가운데 중요한 것을 적어두는 것은, 형태가 있는 것이나 형태가 없는 것이나 모조리 촬영한 생활 전부의 앨범일 것이다.

그러나 일기는 앨범과 같이 과거를 기념하는 데서만 의미가 다하지 않는다. 과거보다는 오히려 장래를 위한 의의가 더욱 크다.

첫째는, 수양이 된다. 그날 자기가 한 일을 가치를 붙여 생각하게 될 것이니 날마다 자기를 반성하는 기회가 되고, 사무적으로도 정리와 청산(淸算)을 얻는다.

둘째로는 문장 공부가 된다. '오늘은 여러 날 만에 날이 들어 내 기분이 다 청쾌해졌다' 한마디를 쓰더라도, 이것은 우선 생각을 정리해 문자로 표현한 것이다. 생각이 되는 대로 얼른얼른 문장화하는 습관이 생기면 '글을 쓴다'는 데 새삼스럽거나 겁이 나거나 하지 않는다. 더구나 일기는 남에게 보이는 것이 목적이 아니기 때문에 쓰는 데 자유스럽고 자연스러울 수 있다. 글 쓰는 것이 어렵다는 압박을 받지 않고 글 쓰는 공부가 된다.

셋째, 관찰력과 사고력이 예리해진다. 보고 들은 것 중에서 중요한 것을 취하자면 우선 작은 사물도 치밀하게 관찰하고 생각할 필요가 있다. 관찰과 생각이 치밀하기만 하면 '만물을 조용히 지켜보면 모두 스스로 얻게 된다〔萬物靜觀皆自得〕'는 격으로 온갖 사물의 진상과 깊은 뜻을 모조리 밝혀나갈 수 있을 것이다.

일기는 훌륭한 인생 자습(自習)이라 할 수 있다.

7월 ×일 (금)

오늘부터 방학! 방학 중엔 여름방학이 제일이다. 어제 화신서 사온 밀
짚모자를 쓰고 포충망을 메고 청량리로 나갔다. 청량리는 전차에서부터
싱그러운 풀내가 풍겼다. 동무가 없어 좀 심심했지만 호랑나비를 많이 만
나 해 가는 줄 몰랐다. 호랑나비 일곱 마리, 작은 나비 흰 것, 노란 것, 알
록이 모두 스물네 마리, 청개구리 한 마리, 매미도 벌써 났는데 두 마리나
튕기기만 하고 모두 놓쳤다. 분했다. 나비는 모두 전시판(展翅板)에 꽂아
놓았다. 나비는 곤충인데 어떻게 저렇게 이쁠까!

어떤 중학생의 일기다. '나'라는 일인칭대명사가 하나도 없다. 일
기에는 없는 편이 오히려 생활감이 더 절실히 느껴진다.

11월 ×일 (수)

집에서 서류(書留)가 왔다. 시간이 늦어 돈을 찾지 못해서 소위체(小爲
替)째 주인에게 식비를 주고 거슬러 받았다. 거슬러 받은 것이 9원, 신문
값 1원 20전을 내면 7원 80전, 속셔츠를 한 벌 사면 용돈이 빠듯하겠다.

포충망(捕蟲網) 벌레를 잡는 데 쓰는 오구 모양의 그물. 전시판(展翅板) 채집한 곤충의 더듬이, 날개,
다리 따위를 잘 펴서 고정하는 판. 서류(書留) 등기우편. 소위체(小爲替) 우편 소액환.

집에 곧 돈 받았습니다 하고 답장 써 부치다.

순전히 사무적인 내용이다. 무엇을 내면적으로 생각하고 어떤 감상을 체득한 기록이 아니라 집에서 돈 온 것을 처리한, 또 처리할 것과, 편지 답장한 것뿐이다. 생활의 외면적인 기록뿐이어서 제3자가 읽을 맛은 조금도 없다. 그러나 일기에도 사무적인 것이 필요함은 물론이다.

×월 ×일

오늘도 나는 겨드랑에서 체온기를 꺼낼 때 조마조마하였다. 벌써 사오일을 내리 두고 단 1도의 미열이 나를 안타깝게 하는 것이다. 그러나 오늘은 다행히도 고 1도의 열이 자취를 감추고 말았다. 나는 얼른 손을 씻고 마당으로 나왔다. 늦은 봄, 벌써 모란은 이울고, 불두화(佛頭花)가 싱그럽게 피기 시작한다. 나는 흙내 향기로운 훈훈한 공기를 마음껏 들이마시고, 아직 쇠약한 눈이라 현기가 나서 그만 방으로 들어오고 말았다.

이번 20여 일을 앓는 동안, 나는 잊어버렸던 여러 예전 동무들을 생각해냈다. 그들 속에는 내 편에서 야속하다기보다 저편에서 나의 무신(無信)함을 야속하게 생각할 동무가 더 많았다. 나는 좀 더 건강해지면 우선 동무들에게 편지부터 쓰리라.

무신(無信) 소식이 없음.

112

내가 바쁘고, 내가 건강할 때는 잊었다가, 내가 아프고, 내가 외로울 때는 생각나는 사람들, 그리운 사람들, 그들은 이미 무얼로나 나에게 고마웠던 사람들임에 틀림없을 것이다. 고마운 사람들을 잊어버리고 지내는 생활, 그것은 그리 좋은 생활이었을 리 없다.

어느 동무에게고, 내 자신도 그들이 외로운 때 생각나는 사람이 되어 있을까? 알고 싶은 일이다. 나도 무얼로나 남에게 고마운 사람이 되어야 한다.

— 어느 학생의 일기

제3자도 읽을 맛이 있다. 맛만이 아니라 이 일기의 주인과 함께 수양됨이 있다. 내면생활의 기록은 훌륭히 문학에 접근할 뿐 아니라, 내면생활이 풍부한 사상가나 예술가들은 일기가 그들의 작품 못지않게 예술가치를 발휘하는 것이다.

(1) 일기와 날씨

누구에게나, 그날 하루 기분에 날씨처럼 영향을 주는 것은 없다. 더구나 한반도처럼 춘하추동 네 계절이 분명히 오고 가고 하는 데서는 날씨의 변화가 우리 생활에 직접·간접으로 미치는 영향은 결코 작은 것이 아니다. 그냥 '맑음' '흐림' '약간 비' 이렇게 표시만 할 것이 아니라 좀 더 자기 생활에 들어온 날씨를 인상적으로 써야겠다.

2월 ×일

제법 날이 따뜻하다. 봄이 주는 공포! 야릇한 변태심리다.

겨울이 아직도 물러가지 말기를 바라는 심리다.

── 모윤숙의 일기에서

12월 25일

대단히 추운 날이다. 하루 종일 책도 책다웁게 읽지 못하고 벌써 해가 졌다. 음력으로 동지가 지난 지 열흘이면, 해가 노루꼬리만치 길어진다 하니, 지금쯤은 아마 한 시간도 넘어 길었겠지만, 웬일인지 내겐 짧게 생각된다.

저녁밥을 먹고 홀로 책상 앞에 앉았으니, 마음의 정적을 한층 더 깨닫게 된다. 나는 무엇인지 모르게 생각의 갈피를 찾고 그 실끝을 잡아내려고 더듬었다. 어둠에 싸인 밖은 바람소리가 지동 치듯 하여, 더운 방에 들어앉은 나를, 마음으로 한없이 춥게 하였다.

── 박영희의 일기에서

(2) 일기와 사건

하루 세 끼 밥을 먹듯 으레 있는 일, 즉 학생이면 날마다 등교하는 것, 직장인이면 날마다 출근하는 것 같은 일은 사건이 아니다. 작든 크든 날마다 있는 게 아닌 일이라야 사건이다. 날마다 있는 일이 아니니까 우리는 주의하고, 주의하니까 가치를 붙여 생각하는 데 이른다. 무슨 사건이든 비판의식 없이 기록하기만 하는 것은 신문기사처럼 '자기'라는 것은 없이 쓰는 보도문일 따름이다. 일기에는 '자기'가 없으면 아무 의의도 없다.

1월 18일

두통이 나고 몸이 몹시 고단하였으나 열시 반부터 「대지(大地)」 시사회에 출석. M좌(座) 문간에서 대학교수를 만났다. 「대지」를 보면서 나는 자꾸 조선 생각을 하지 않을 수 없었다. 조선 사람의 눈으로 보면 「대지」가 갖고 있는 엑조티씨즘에서 오는 흥미는 반감되리라 생각하였다. 어머니가 해산을 하고 바로 일어나 바느질을 하는 것쯤은 조선서는 항다반한 일인데 관객의 몇 사람은 너무나 부자연하다고 야유까지 하고 있었다. 그러나 어쨌든 좋은 사진이다. 『런던 머큐리』의 영화평에는 작년도의 최대 걸작이라고 하였으나 그렇게까지 격칭할 것은 못 되어도 근래에 드물게 보는 좋은 영화였다. 너무나 통속적 흥미에 타(墮)하였다고 말할 사람이 있을는지도 모르나 통속적이라 해서 반드시 배척할 것도 아닐 것이다.

―유진오의 일기에서

(3) 일기와 감상

누구에게나 생활처럼 절실한 것은 없다. 절실한 생활이니까 생활에서 얻는 감상은 모두 절실하다. 공연히 꾸밀 필요가 없다. 돌을 다듬으면 오히려 돌의 무게가 없어 보이듯 워낙 자체가 절실한 것을 꾸미다가는 도리어 절실한 맛을 죽인다. 문득 깨닫고 느껴짐을 솔직히만 적을 것이다.

엑조티씨즘(exoticism) 다른 나라에 대한 취미. 항다반(恒茶飯) 항상 있는 차와 밥이라는 뜻으로, 항상 있어 이상하거나 신통할 것이 없음을 이르는 말. 타(墮)하다 떨어지다.

×월 ×일

오다가다 가다오는 도중에 창작에 대한 줄기가 생기나 국(局)에를 가면 잡무에, 집으로 돌아오면 아이들 재롱에 그만 모두 다 상(想)들이 어디론지 씻은 듯이 잃어지고 마니, 딱한 일이다. 시간의 여유가 있었으면 하는 생각이 간절하다.

욕심이라면 욕심이겠지만 읽고 싶을 때 읽으면서, 쓰고 싶을 때 쓸 만한 여유가 있었으면 나는 그 이상 더 만족이 없겠다. 그러나 이것도 모두 다 쓸데없는 생각이다.

— 김억의 일기에서

2월 ×일

방이 아늑하여 책 읽기에 편하다. 그놈의 공상이란 것이 순간순간마다 머리를 점하고 멍하니 밖을 내다보게 하는 데는 딱 질색이다. 요새는 시라곤 죽어도 못 쓸 것같이 생각된다. 그러니까 그전에 썼던 것은 시가 아니라 그저 기분에서 솟아나온 문구들인가보다.

오늘도 제목 없는 시를 여러 번 생각해보았으나 종시 붓으로 옮기지 못했다. 나는 책을 한참 읽고 나면 무엔지 쓰고 싶어지는 충동을 꼭 받는다. 그러나 오늘은 아무것도 못 썼다. 요새는 펄 벅이 머리에 큰 자리를 점하고 있다.

— 모윤숙의 일기에서

(4) 일기와 서정

거리에 나가 여러 사람에게 소리쳐 자랑하고 싶게 타오르는 정열, 그러나 자랑하자면 말은 할 수 없는, 비밀스러운 기쁨이 있는 반면에 또 그런 슬픔도 없지 않은 것이다. 더욱이 일기는 누구에게 보고하는 글이 아니니까 기쁘건 슬프건 간에 그 정서의 동기를 적을 필요는 없다. 그 정서에 가장 큰 쇼크를 주는 사태, 물정을 묘사하면 그 사물의 음영에는 자기의 정서가 반드시 깃드는 것이다.

5월 ×일

방 안에 햇발이 쫙 퍼졌을 때 뻐꾸기 우는 소리에 옅은 잠이 깨었다. 가슴이 후들후들 떨렸다. '뻐구우욱' '뻐구우욱' 하는 소리도 나고 '뻐꾹' '뻐꾹' 마디마디를 똑똑 끊어서 우는 소리도 들렸다.

어느 것이나 내겐 다 서글픈 소리였다. 중에도 '뻐구우욱' 하는 마디없는 소리가 더 마음을 흔들었다. 뻐꾸기 세상에도 무슨 원통한 일이 있고 억울한 일이 있고 슬픈 일이 있는가봐. 그렇지 않으면 어째서 저리 섧게 울랴.

문을 열고 뻐꾸기 우는 방향을 찾아보았다. 앞산 푸른 숲 그윽이 서 있는 데서 우는 듯. 그 숲 속엔 안개도 끼어 있어서 바람이 숲을 지날 때면 안개가 푸른 숲 위에 물결같이 넘실거렸다. 그런 데서 뻐꾹은 자꾸만 울고 있었다. 울어라. 울어라.

—— 최정희가 일기체로 쓴 「정적기(靜寂記)」에서

(5) 일기와 관찰

일기는 사생활을 적는 글이라 관찰도 대개 자기 신변을 범위로 한다. 신변 묘사가 많은 것이 일기의 특징일 것이다. 나뭇잎 하나가 떨어짐을 보고 세상이 모두 가을임을 느끼는 것도 신변적인, 일기적인 관찰이다. 꽃씨 하나를 묻고 그것이 싹터 나오고 그것이 자라는 것을 들여다보는 것도 일기에서나 맛볼 수 있는 관찰미일 것이다.

11월 23일

매헌(梅軒)이 수선화 분(盆) 둘을 갖다준다. 하나는 한 뼘이나 되는 전복껍데기에 시멘트를 이겨 발을 달고 투슬투슬 붙은 잔 조개껍데기들을 그냥 두어 천연한 정취를 지니고, 또 하나는 그보다 좀 작은 도기(陶器)인데 연엽형(蓮葉形)으로 우묵하게 되고 안은 연엽빛 같은 대춧빛이고 한모르엔 게와 조개를 만들어 붙였다. 옛날 북경서 사온 것이 지금은 고가(高價)를 가지고 북경을 가도 구할 수 없다 한다. 매헌과 함께 이궁(二宮) 앞 청인전(淸人廛)에 가서 장주(漳州)서 온 수선(水仙)을 여덟 뿌리 샀다. 양쪽에 덧뿌리가 달린 해형(蟹形)감으로 골랐다. 커도 푸석한 놈보다는 작아도 볼록하고 단단한 놈이 꽃망울이 많이 들었다. 그중 두 뿌리는 매헌을 주었다.

해형(蟹形) 게 모양.

118

11월 26일

해형 수선(蟹形水仙)을 깎다. 그 형상을 보아 한쪽을 가로 자르고 그 속의 겹친 껍질을 차례차례 후비어내다. 손을 너무 가볍게 놀려도 안 되고 무겁게 놀려도 안 된다. 성급히 굴다가는 꽃잎도 상하고 손도 다치겠다. 몇 껍질을 벗겨내고 본즉 이파리 끝이 누렇게 보이고 그 줄깃머리는 좀 볼록하다. 분명히 꽃망울이다. 자칫하면 터칠까 하여 퍽 조심스러이 칼질을 하였다. 꽃망울이 다섯이 나왔다. 또 한 뿌리를 깎다 이놈은 꽃망울이 셋인데 하나를 터쳤다. 몇 뿌리를 더 깎으려다 말았다. 깎은 놈은 맑은 물을 떠다 담가두었다. 향긋한 향취가 손끝에서도 움직인다.

─ 이병기의 일기에서

(6) 일기와 사교

누가 찾아온 것, 누구를 찾아간 것, 편지를 보내고 받은 것, 누구와 무슨 약속한 것 대강은 요건과 인상을 적어둘 필요가 있다. 당시엔 아무 소용 없을 것 같아도 뒷날에 참고가 될 뿐 아니라 읽는 재미도 난다.

2월 ×일

오후에 오래간만에 선희가 왔다. 소설 쓰기에 분주한 모양, 머릿속이 대단히 적막한 모양이나 내 수법이 가난하여 동무를 달래지 못했다. 무슨 찬란한 프로그램이 우리 세상에 있을 리 있나?

─ 모윤숙의 일기에서

×월 ×일

해가 높다래서 잠이 깨었다. 홈통으로 눈 녹아내리는 물소리가 주르륵 주르륵 장마 때 같아 구슬프다.

열한시에 윤(尹) 군과 만나자는 약속이 번뜩 머리에 떠올랐다.

허둥지둥 얼굴에 물칠만 하고, 늦잠 자는 버릇 빨리 고쳐야겠다 생각하며 부산히 본정(本町)으로 나갔다.

30분이나 기다렸다고 시무룩한 얼굴이다. 하릴없이 껄껄 웃어치우고 그 대신 내가 점심을 사기로 했다. ○○그릴에서 회담 한 시간, 결과는 좋지 못하다. 내일 저녁에 다시 만나기로 하고 명치정(明治町) 사거리에서 헤어졌다.

날이 따뜻한 탓인지 사람들이 들볶아친다. 전찻길까지 걸어오는 사이에 P, B, K 그리고 ○○사 친구들 한 떼, 합쳐 여섯 사람이나 만났다.

모두들 즐거운 얼굴이다. 같이 놀러 가자고 끄는 것이었으나 머리가 무거워 굳이 사양하고 혼자서 일찍 돌아왔다.

생각해보니 오늘이 첫 공일이었다.

우울한 일요일이다.

— 정인택의 일기에서

2. 서간문

서간(書簡)은 편지다. 편지는 하고 싶은 말을 만날 수 없으니까 글로 써 보내는 것이다.

우리나라처럼 편지를 어렵게 쓰고 무서워한 데는 고금동서에 드물 것이다. 자기 말과 자기 글이 있는데도, 자기 말과 자기 글로 쓰는 것은 부녀자들이나 할 것으로 돌리고, 서로 체면을 볼 만한 데서는 으레 한문으로 썼다. 한문은 우리말로 변한 얼마의 단어 외에는 전적으로 외국문자요 외국문장이다. 이 외국문장은 특별히 배우지 않으면 읽을 수 없고 쓸 수도 없다. 그럼에도 불구하고 행세하는 사람들이 다 이 외국문으로 쓰니까 그것을 읽을 줄도 쓸 줄도 모르는 사람은 수치스러울 수밖에 없게 되었다. 그래서 한문을 잘 쓰는 사람은 어려운 문장으로 상대편을 은연히 압박하였고, 나아가서는 난해한 문장이 개인 간에는 물론, 나라와 나라 사이에도 일종의 외교술이 된 예도 얼마든지 있다.

편지는 우선 할 말이 있어 쓰는 것이다. 그 사람을 곧 만날 수 있다면 편지를 쓸 것 없이 만나가지고 말로 하면 그만이다. 공간적으로 멀리 떨어져 좀처럼 만날 수가 없으니까 할 말을 글로 대신 써 보내는 것이다. 그러면 편지란 어려운 것이 아니다. 만나서 말로 하듯 할 말을 쓰면 그만일 것이다. 이쪽에서 먼저 알릴 내용이니까 이쪽에서 먼저 써 보낸다. 이쪽에서 알리고 싶은 대로, 될 수 있는 대로 쉽게 알려지는 것이 성공이다. 문장이 어려워서 잘 알아보지 못하게 되면 결국 이쪽이 손해다. 될 수 있는 대로 쉽게 뜻을 전하는 것이 편지뿐 아니라 모든 문장의 정도(正道)다.

> 모스끄바서 셀프 호프까지 오는 데는 퍽 지루했다. 옆에 앉은 사람들
> 이란 밀가루 시세밖에는 말할 줄 모르는, 참 강한 실제적인 성격자들이었
> 다. 열두시에 나는 구우스에 닿았다.
>
> ──『체호프 서간집』에서

문호(文豪) 체호프가 여행 중에 그의 누이에게 보낸 편지다. 얼마나 쉬운가? 서양의 편지만 이렇게 쉬운 것은 아니다. 우리나라 편지도 외국문자인 한문으로 쓴 것이 어렵지 한글로 쓴 것은 얼마든지 쉬운 것이 있었다.

> 그리 간 후의 안부 몰라 하노라 어찌들 있는다 서울 각별한 기별 없고
> 도적은 물러가니 기꺼하노라 나도 무사히 있노라 다시곰 좋이 있거라.
>
> 정유(丁酉) 9월 20일
> ── 선조대왕의 친서, 이병기 소장

이것은 난리로 궁궐을 떠나 계시던 선조(宣祖)대왕께서 역시 다른 피난처에 있던 셋째따님 정숙옹주(貞淑翁主)에게 보내신 편지다. 얼마나 마주 보고 말한 듯 씌어진 문장인가. 말하듯 쉽게 씌어졌다 해

기꺼하다 마음속으로 기뻐하다.

서 품(品)이 없는가 하면 그렇지도 않다. 어떤 문자로 쓰든 이렇게 간략하면서도 이만큼 품이 높기도 드문 것이다.

　편지는, 다른 글보다도 더욱, 말하듯 쓰면 그만이다. 아랫사람에겐 아랫사람을 만나서 물을 것은 묻고 이를 것은 이르듯이 쓰면 되고, 윗사람에겐 윗사람을 뵙고 여쭤볼 것은 여쭤보고, 아뢸 것은 아뢰듯 쓰면 된다. 첫머리와 끝에서만 **상서**(上書)니 **상백시**(上白是)니, **기체후 일향만강**(氣體候一向萬康)이니, **여불비상서**(餘不備上書)니 쓰면 무얼 하는가? 정말 사연에 들어가선 꼼짝 못하고 말한 듯 쓰고 말지 않는 가. 한문은 영어보다도 훨씬 어려운 문자다. 그것 한 가지만 방학도 없이 공부하기를 20년이나 해야 무슨 사연이든지 써낼 수 있을지 말지 한, 공리적으로 보면 세계 최악성(最惡性)의 문자다. 그런 한문을 요즘 학교에서 배우는 정도로는 대학을 졸업한대도, 한문으로 엽서 한 장을 써내지 못할 것이다. 한문체로 통일해 못 쓸 바에는 '상백 시'니 '복모구구불임하성지지(伏慕區區不任下誠之至)'류의 문구 를 외울 필요가 전혀 없다.

　'아버님 보옵소서.'

　'어머님께 올립니다.'

하면, 원만하다.

　'안녕히 계신지 알고자 합니다.'

하면, 훌륭히 안부를 여쭙는 것이 되고

상서(上書) '글을 올립니다.' 상백시(上白是) '사뢰어 올립니다.' **기체후일향만강**(氣體候一向萬康) '몸 과 마음이 언제나처럼 평안하신지요.' **여불비상서**(餘不備上書) '예를 다 갖추지 못하여 올립니다.' **복 모구구불임하성지지**(伏慕區區不任下誠之至) '삼가 사모하는 마음 그지없습니다.'

'오늘은 이만 그치나이다.'
하면, 끝맺음으로 나무랄 것 없다.

아버님 보옵소서

아버님께서와 어머님 안녕하시오며 집안이 다 무고하십니까? 제가 입학된 것은 라디오로 들으셨을 줄 아옵니다. 방(榜)이 붙을 때까지는 입격(入格)이 됐으면 하는 욕망뿐이더니, 입격된 그 순간부터는 벌써 집 생각이 나 어떻게 견디나? 하는 걱정이 생겼습니다. 그러하오나 우리 고향서 온 아이들이 모두 다섯이나 들었으니까 이제 자주 한자리에 모일 것 같습니다. 울도록 외롭진 않을 것이며 고향 학교와 달라 반 동무들이 전 조선적으로 모인 데라 공부로나 무얼로나 남보다 한번 뛰어나고 싶은 욕망이 더욱 불탑니다. 힘써 공부하겠습니다. 학교는 건물도 훌륭하고 선생님들도 유명하신 분이 많습니다. 너무 좋아서 어제저녁엔 잠이 안 와 혼났습니다. 동봉하옵는 입학수속 서류에 아버님 도장을 찍어 곧 보내주옵소서. 오늘은 이만 그치나이다.

4월 ×일 소자 ○○ 드림

어느 전문학교에 처음 온 학생의 편지다. '상백시' '일향만강' '여불비상서' 따위가 없어도 얼마나 말하고 싶은 사연이 뚜렷이 드러났는가? 뜻도 잘 모르는 한자술어로 쓴 것보다 도리어 얼마나 어울리고, 자신 있게 쓴 것으로 느껴지기도 하는가?

124

○ 숙에게 (결혼축하 편지)

오늘 내 편지통에서 나온 건 네 결혼 청첩(請牒), 암만 들여다봐도 네 이름이 틀리지 않는 것을 알고, 또 그 옆에 찍힌 남자의 이름이 낯선 걸 느낄 때, 나는 손이 떨리고 가슴이 울렁거려 그만 기숙사를 나와 산으로 올라갔다. 멀리 외국으로 떠나는 너를 바라보기나 하는 것처럼 하늘가를 바라보고 한참이나 울었다. 동무의 행복을 울었다는 것이 예의가 아닐지 모르나 나로는 솔직한 고백이다. 네가 날 떠나는 것만 같고, 널 한 번도 보도 듣도 못한 남자에게 빼앗기는 것만 같아서, 울어도 시원치 않은 안타까움을 누를 수 없는 것이다. 결코 너의 행복을 슬퍼하는 눈물이 아닌 것은 너도 이해해줄 줄 안다.

네가 어떤 남자와 결혼을 한다! 지금 이 편지를 쓰면서도 이상스럽기만 하다. 어떤 남자일까? 키는? 얼굴은? 학식은? 그리고 널 정말 나만큼 사랑할까? 나만큼 알까? 그이가 가까이만 있다면 곧 찾아가 이런 걸 따지고 또 눈에 보이지 않는 네 훌륭한 여러 가지를 더 설명해주고도 싶다. 아무튼 옷감 한 가지를 끊어도 누구보다도 선택을 잘하던 너니까 일생을 같이할 그이의 선택을 범연히 하였을 리 없을 것이다. 물론 어디 나서든 인망(人望)이 훌륭한 남자일 줄 믿는다.

네가 신부가 된다! 크리스마스 때 네가 하아얀 비단에 싸여 천사놀이를 할 때, 네가 제일 곱던 것이 생각난다. 그 고운 모양에 백합을 안고, 제비같이 새까만 연미복 옆에 선 네 전체가 얼마나 더 아름다울까! 아무것도 도와주지 못하는 이 동무이나 혼례사진이 되는 대로 나한테부터 한 장 보내다오. 그리고 결혼은 천국이 아니면 지옥이라 한 어느 시인의 말이 생각난다. 어디까지 자유의지에서 신성한 사랑으로 결합되는 너의 가정이야말로 지상의 천국일 것이다. 그 천국이 어서 실현되기를 너와 그이를 아는 모든 사람과 함께 나도 진심으로 축원한다. 그리고 변변치 못한 물건이나 정표로 한 가지 부치니 너의 아름다운 천국의 가구 중에 하나로 끼일 수 있다면 얼마나 영광일지 모르겠다.

　멀리 너 있는 곳을 향해 합장하며

×월 ×일 동무 ○순

어떤 여학생이 먼저 결혼하는 동무에게 보내는 편지다. 진정이 뚝뚝 흐른다. 그의 신랑 될 남자를 보지 못했으면서도 그가 평소에 옷감 한 가지라도 선택을 잘하던 것을 비쳐 그 남자가 훌륭한 사람일 것을 믿는다는 말, 묘한 생각 묘한 말이다. 시집가는 동무를 정말 즐겁게, 희망에 차게 해주었다. 흔히 보면 이런 편지에서 결혼은 인류 대사라는 둥, 현모양처가 되라는 둥, 사회에 모범이 되라는 둥, 동무로서는 더구나 자기보다 먼저 어른이 되는 사람에게 도리어 결혼의 정의와 훈계를 내리는 사람이 많다. 그런 것은 부질없는 지식의 나열만 된다. 저쪽은 당사자로 이쪽보다 그런 정도의 생각은 각오한 지가 벌써 오랜 것으로 아는 것이 예의요 현명한 일이다.

생일초대 편지

벌써 여름이야.

명이 참말 오래간만이지.

그래 그동안 잘 있었구 또 심심하지는 않았어. 난 꽤 심심하구먼. 글쎄 단 석 달 남짓한데 벌써 이렇게 심심하니 큰일 났어.

요전번에 남숙이를 길에서 만났구먼. 아주 새색시 티가 나던데. 그러니까 벌써 미씨즈가 셋이지. 그리고 영희도 약혼을 하였대. 남자는 명대(明大) 법학사라고. 아주 '케이끼(景氣)'들이 좋은데 우리들만 납작꿍이야.

오는 목요일이 내 생일날야. 좀 와요. 모두 모여서 저녁이나 같이 먹자구. 순경이한테도 알려주고 옥순이, 희영이, 순남이한테도 기별을 했으니까 오래간만에 모두 모일 거야.

어머니께 특청을 맡아서 이날은 아주 맘껏 놀기로 하였으니 떠들 준비를 맘껏 해가지고 꼭 와요.

그럼 그동안 싸두었던 이야기는 모두 그날 하기로 하고 이만 총총.

7월 초6일 길순

── 백철이 『여성』에 편지형식으로 쓴 것

어감을 그대로 낸, 짤막짤막한 말마디들은 전화로나 서로 주고받는 것처럼 실감이 난다. 거의 표정이 보일 듯하다. 편지도 표현이니 쓰는 사람이 더 잘 드러날수록 좋은 편지임에 틀림없다.

구조(久阻)하였습니다. 우리는 숭이동(崇二洞)으로 이사했습니다. 안해는 쌀 씻고, 나는 불 피우고…… 이게 마치 어린애들 소꿉질 같습니다. 인산(因山) 때 상경하십니까. 상경하시거든 꼭 들르셔서 우리가 지은 진지

구조(久阻) 소식이 오랫동안 막힘. 인산(因山) 태상황, 임금, 황태자, 황태손과 그 비(妃)들의 장례.

좀 잡수시오. 그러나 단 술과 안주는 지참해야 됩니다. 하하하. 너무 오래
되어 수자(數字)로 문안합니다.

— 최재서가 조규원에게 보낸 엽서

　수일 못 뵈었읍니다 가람 선생께서 난초를 보여주시겠다고 22일(수)
오후 5시에 그 댁으로 형을 오시게 알려드리라 하십니다. 그날 그시에 모
든 일 제쳐놓고 오시오. 청향복욱(淸香馥郁)한 망년회가 될 듯하니 즐겁
지 않으리까.

20일 지용 弟
— 정지용이 필자에게 보낸 엽서

이제 편지 쓰는 요령을 요약해 말하면

　(1) 쓰는 목적을 분명히 따져볼 것. 앞의 결혼축하 편지 같은 데서
도, 저편을 즐겁게 해주기 위함인가? 무슨 교훈이나 충고를 주기 위
함인가? 똑똑히 그 경우와 자기의 분수에 맞추어 목적을 분명히 가
지고 쓸 것이다.

　(2) 편지 받을 사람을 잠깐이라도 생각해서 그와 지금 마주 앉은
듯한 기분부터 얻어가지고 펜을 들 것.

　(3) 한문식 문구를 무시하고 말하듯 쓸 것.

　(4) 예의를 갖출 것. 말하듯 쓰랬다고 품이 없는 말을 쓴다든지, 문
안을 잊어버리고 제 말부터 내세운다든지 해선 안 된다.

청향복욱(淸香馥郁) 맑은 향기가 그윽함.

(5) 감정을 상하지 않게 쓸 것. 마주 대해서 말로 할 때는 얼굴표정이 있어 말은 비록 날카롭더라도 표정으로 중화시킬 수가 있다. 그러나 글에는 표정이 따라가지 못한다. 그래서 이쪽에선 심한 말이 아닐 줄로 믿고 쓴 것도 저편에선 오해하는 수가 있다. 그러기에 중대한 일에는 편지로 하지 않고 만나러 가는 것이다.

(6) 저편을 움직여놓을 것. 무슨 편지든 저편을 움직여놓아야 한다. 문안편지라도 저쪽에서 받고 무슨 자극이 있어야지, 그냥 왔나보다 하고 접어놓게 되면 헛한 편지다. 더구나 무슨 청이 있어 한 편지인데 저쪽이 움직이지 않는다면 그 편지는 완전히 실패. 써가지고 그 사연이 넉넉히 자기가 필요한 만치 저쪽을 움직일 힘이 있나 없나 읽어보고, 없으면 얼마든지 그런 힘이 생기도록 고쳐 써야 한다.

편지는 누구나 가져보기 쉬운 자기표현의 한 형식이다. 실용적인 말만 씌어지는 것은 아니다. 비실용적인 편지를 무시할 수 없다. 아무리 문화적으로 유치한 사람이라도 비실용적 감정, 비실용적 시간은 있다. 비록 유치한 문장으로라도 마음을 서로 주고받는 친구끼리는 인생을 논하고, 자연을, 운명을 논하는 문장을 곧잘 서로 주고받는다. 표현욕은 본능이어서 자기가 느낀 바를 그냥 묻어두면 갑갑하다. 그래서 누구에게나 편지는 문학적 표현의 첫 무대가 되는 수가 많다.

그러나 인생을 말하고 자연을 말하고 운명을 말하는 것은, 벌써 편지가 아니요 감상문이나 서정문일 것이다. 한 사람을 상대로 한 감상문이요 서정문으로 보는 것이 타당할 것이다.

이런 유의 편지는 따로 감상문과 서정문을 다룬 곳에서 참고하라.

그 외에 역시 편지에 속할 청첩(請牒)이 있다. 청첩은 편지로는 가장 의식적(儀式的)인 것이라 아무래도 속어로만 쓰면 품을 잃기 쉽고, 너무 상투적으로 써도 신선치 못하다. 내가 받아본 청첩 가운데 제일 품도 있고 신선키도 하고 간곡하기도 했던 것을 여기 소개한다.

이일주(李逸州) 씨 장남 위패(爲佩) 군

안여백(安汝伯) 씨 차녀 추란(秋蘭) 양

어버이 가리신 바이요, 서로 백년을 함께할 뜻이 서서, 이제 어른과 벗을 모신 앞에 화촉(花燭)을 밝히겠사오니 부디 오시어 양가(兩家)에 빛을 베푸시옵소서.

시일: 3월 15일 오후 1시

장소: 경성 부민관 중강당

1939년 3월 8일　　　주례 김용화 재배(再拜)

예필(禮畢) 후에 곽의정 명월관에서 다과(茶菓)로 다시 모실까 하와 나오시는 길로 차를 등대시키겠나이다.

─ 어떤 결혼청첩

인생(人生)의 무상(無常)함은 막을 길이 없습니다. 외로운 행인(行人)

재배(再拜) 웃어른에게 쓰는 편지에서, 사연을 끝낸 뒤 자기 이름 뒤에 쓰는 말. 두 번 절을 한다는 뜻으로, 상대편을 높이는 표현. 예필(禮畢) 인사를 끝마침. 행인(行人) 죽은 사람.

고(故) 김유정(金裕貞), 이상(李箱) 양 군(兩君)이 저같이 조서(早逝)함을 볼 때 우리는 다시 한번 차탄(嗟嘆)하였습니다. 그러나 정(情)과 사랑을 가진 우리는 그들에 대(對)한 아깝고 그리운 생각을 금(禁)할 수가 없습니다. 동도(同道)의 전배후계(前輩後繼)가 조촉(弔燭) 아래 같이 모여서 혹은 이야기하고 혹은 묵상(默想)하여 고인(故人)의 망령(亡靈)을 위로(慰勞)하고 명복(瞑福)을 빌고자 합니다. 세사(世事)에 분망(奔忙)하신 몸일지라도 고인(故人)을 위(爲)한 마지막 한 시간(時間)이오니 부디 오셔서 분향(焚香)의 성의(盛儀)에 자리를 같이해주시면 참으로 감사(感謝)하겠습니다.

시일: 5월 15일(토) 오후 7시 반

장소: 시내 부민관 소회의실

발기인(생략)

── 고 김유정·이상 추도회의 초청장

3. 감상문

자연, 인사(人事), 생활, 일체 사물에서 얻은 감상을 주로 쓰는 글이다.

감상(感想)은 정(情)과 달라 자기 자신에서보다 어떤 대상, 자연이

조서(早逝) 젊은 나이에 죽음. 차탄(嗟嘆) 탄식하고 한탄함. 동도(同道) ①길을 같이 감. ②같은 일에 종사함. 전배후계(前輩後繼) 선배와 후배. 조촉(弔燭) 장례식이나 위령제 때 켜는 초. 성의(盛儀) 성대한 의식.

나, 인사(人事)를 객관적으로 상대해 얻는 수가 많다. 산천에 대한 감상은 산천을 대해서 얻을 것이요 생사(生死)에 대한 감상은 생사라는 사태를 대해서 얻을 것이다. 그런데 산천이나 생사를 누구나 볼 수 있듯이, 자연, 인사의 모든 대상은 누구에게만 한한 것이 아니라 어떤 사람에게나 다 같이 열려 있는 것이다.

"개울물이 맑기도 하다! 속이 다 시원하구나!"

하는, 촌 아낙네의 말 한마디도 감상이요,

"그느므 땅 걸긴 허이! 흙내만 맡아두 속이 흐뭇허네그려!"

하는, 농부의 말 한마디도 훌륭히 감상이다. 높고 낮고 깊고 얕은 차이는 있을지언정 감상은 누구에게나 있다. 누구에게나 있는 것이니 글로 쓰기까지 할 감상이면 평범해서는 안 될 것이다. 기발하고, 참신해서 읽는 사람이 무엇으로나 놀랍고, 무엇으로나 새로울 수 있어야 한다. 그러자면 어떤 대상이고 무심히 보거나 쉽사리 생각해선 안 된다. 감각과 사고가 예민해서 어떤 대상, 어떤 사태든지 꿰뚫어 보는 힘이 있어야 할 것이다. 좋은 감상은 발견의 노력 없이 탄생하지 않는다. 육안(肉眼) 이상으로 정관(靜觀), 응시(凝視), 명상(瞑想)하지 않으면 안 된다.

　어린이가 잠을 잔다. 내 무릎 앞에 편안히 누워서 낮잠을 달게 자고 있다. 볕 좋은 첫여름 조용한 오후이다.

　고요하다는 고요한 것을 모두 모아서 그중 고요한 것만을 골라 가진 것이 어린이의 자는 얼굴이다. 평화라는 평화 중에 그중 훌륭한 평화만을 골라 가진 것이 어린이의 자는 얼굴이다. 아니 그래도 나는 이 고요한 자는 얼굴을 잘 말하지 못하였다. 이 세상의 고요하다는 고요한 것은 모두 이 얼굴에서 우러나는 것 같고 이 세상의 평화라는 평화는 모두 이 얼굴에서 우러나는 듯싶게 어린이의 잠자는 얼굴은 고요하고 평화롭다.

고운 나비의 나래, 비단결 같은 꽃잎, 아니아니 이 세상에 곱고 보드랍다는 아무것으로도 형용할 수 없이 보드랍고 고운 이 자는 얼굴을 들여다 보라. 그 서늘한 두 눈을 가볍게 감고 이렇게 귀를 기울여야 들릴 만큼 가늘게 코를 골면서 편안히 잠자는 이 좋은 얼굴을 들여다보라. 우리가 종래에 생각해오던 하느님의 얼굴을 여기서 발견하게 된다. 어느 구석에 먼지만큼이나 더러운 티가 있느냐. 어느 곳에 우리가 싫어할 한 가지 반 가지나 있느냐. 죄 많은 세상에 나서 죄를 모르고 부처보다도 예수보다도 하늘 뜻 그대로의 산 하느님이 아니고 무엇이랴.

아무 꾀도 갖지 않는다. 아무 획책도 모른다. 배고프면 먹을 것을 찾고 먹어서 부르면 웃고 즐긴다. 싫으면 찡그리고 아프면 울고 거기에 무슨 꾸밈이 있느냐. 시퍼런 칼을 들고 핍박하여도 맞아서 아프기까지는 방글방글 웃으며 대하는 이다. 이 넓은 세상에 오직 이이가 있을 뿐이다.

오오 어린이는 지금 내 무릎 위에서 잠을 잔다. 더할 수 없는 참됨과 더할 수 없는 착함과 더할 수 없는 아름다움을 갖추고 그 위에 또 위대한 창조의 힘까지 갖추어 가진 어린 하느님이 편안하게도 고요한 잠을 잔다. 옆에서 보는 사람의 마음속까지 생각이 다른 번루한 것에 미칠 틈을 주지 않고 고결하게 순화시켜준다. 사랑스럽고도 부드러운 위엄을 가지고 곱게곱게 순화시켜준다.

나는 지금 성당에 들어간 이상의 경건한 마음으로 모든 것을 잊어버리고 사랑스러운 하느님 — 위엄뿐만의 무서운 하느님이 아니고 — 의 자는 얼굴에 예배하고 있다.

── 방정환의 「어린이 예찬」에서

퍽 고요한 관찰이다. 아무나 다 보는 어린아이의 자는 얼굴이되, 정관(靜觀)하는 시야에는 이만큼 놀라운 것들이, 이만큼 새로운 것들이 떠오른 것이다. 그리고 정이 있으나 서정문처럼 격하지 않은 것도 감상문으로는 참고할 점이다.

미운 간호부

어제 S병원 전염병실에서 본 일이다.

A라는 소녀, 칠팔 세밖에 안 된 귀여운 소녀가 죽어 나갔다. 적리(赤痢)로 하루는 집에서 앓고 그 다음 날 하루는 병원에서 앓고 그리고 그 다음 날 오후에는 사망실로 떠메여 나갔다.

밤낮 사흘을 지키고 앉아 있던 어머니는 아이가 운명하는 것을 보고 죽은 애 아버지를 부르러 집에 다녀왔다. 그동안에 죽은 애는 사망실로 옮겨가 있었다. 부모는 간호부더러 사망실을 알려달라고 청하였다.

"사망실은 쇠 다 채우고 아무도 없으니까 가보실 필요가 없어요."

하고 간호부는 톡 쏘아 말한다. 퍽 싫증나는 듯한 목소리였다.

"아니 그 애를 혼자 두고 방에 쇠를 채워요?"

하고 묻는 어머니의 목소리는 떨리었다.

적리(赤痢) 급성 전염병인 이질의 하나.

"죽은 애 혼자 두면 어때요?"

하고 다시 또 톡 쏘는 간호부의 말소리는 얼음같이 싸늘하였다.

이야기는 간단히 이것이다. 그러나 나는 그때 몸서리쳐짐을 금할 수가 없었다.

"죽은 애는 혼자 둔들 어떠리!"

사실인즉 그렇다. 그러나 그것을 염려하는 어머니의 심정! 이 숭고한 감정에 동정할 줄 모르는 간호부가 나는 미웠다. 그렇게까지도 간호부는 기계화되었는가?

나는 문명한 기계보다 야만인 인생을 더 사랑한다. 과학상으로 볼 때 죽은 애를 혼자 두는 것이 조금도 틀릴 것이 없다. 그러나 어머니로서 볼 때에는…… 더 써서 무엇하랴! '어머니'를 이해하지 못하고 동정할 줄 모르는 간호부! 그의 그 과학적 냉정이 나는 몹시도 미웠다. 과학문명이 앞으로 더욱 발달되어 인류가 모두 '냉정한 과학자'가 되어버리는 날에 이른다면…… 나는 그것을 상상만 하기에도 소름이 끼친다.

정! 그것은 인류 최고의 과학을 초월하는 생의 향기다.

— 주요섭의 감상문

'문명한 기계보다 야만인 인생을 더 사랑한다' 하고 인간의 기계화를 저주하였다. 그러나 논문처럼 이론으로써 주장하고 남을 굴복시키려 하지 않았다. 이것도 감상문으로는 참고할 점이다.

매화옥

화초를 기르는 일도 적이 괴롭지 않음은 아니되 그 괴로움을 잊어야 한다. 괴로운 그곳이 도리어 함직하다. 손수 심고 옮기고 물도 주고 거름도 주고 북도 돋우고 하는 것이 실로 관심이 깊고 애정이 붙고 기쁨이 크게 된다.

분벽사창(粉壁紗窓)에 문방제구(文房諸具)와 서화골동(書畵骨董) 등을 비치하는 건 황금만 있으면 될 수 있으되 이건 황금만으로도 될 수 없다. 상노(床奴)나 원정(園丁)을 맡겨둔다면 한 권세요 거오(倨傲)는 될지언정 화초를 기르는 그 진의와 묘경(妙境)은 도저히 이르러보지 못하고 말 것이다.

나는 좁은 방에다 난, 매화, 수선, 서향(瑞香) 수십 분(盆)을 들여놓고 해마다 한겨울을 함께 난다. 어떤 친구는 와 보고 "이건 한 식물원이로군" 하고 동내(洞內) 부인들이 모이고 보면 "사내양반이란 한 가지 오입은 다 있다. 이 집 양반은 화초 오입을 하시는군" 하고 우리 집을 화촛집이라는 별명을 지어 부르기도 한다.

과연 나는 화초를 좋아하고 화초로나 더불어 일생을 소견(消遣)하려는 바 날마다 화초를 보고 거두는 것이 나의 한 일과다. 천복(天福)이다. 훌륭한 온실을 따로 지어놓고 거두는 것보다 이 모양으로 협착한 냉돌에서

분벽사창(粉壁紗窓) 하얗게 꾸민 벽과 비단으로 바른 창이라는 뜻으로, 여자가 거처하며 아름답게 꾸민 방을 이르는 말. 상노(床奴) 밥상을 나르거나 잔심부름을 하는 어린아이. 원정(園丁) 정원사. 거오(倨傲) 거드름을 피우고 남을 낮추보는 태도. 묘경(妙境) 오묘한 경지. 서향(瑞香) 팥꽃나뭇과의 상록관목. 천리향. 동내(洞內) 동네 안. 오입(誤入) 원래는, 아내가 아닌 여자와 성관계를 가지는 일을 뜻하나, 여기선 별난 취미를 뜻함. 소견(消遣) 어떤 것에 재미를 붙여 심심하지 않게 세월을 보냄.

살을 마주 대고 추위를 겪는 것이 더욱 따뜻하고 정다워진다.

　벽 한편 위에 걸린 '매화옥(梅花屋)'이라는 현판은 나의 친구 한 분이 어디서 추사(秋史)의 진적(眞蹟)을 얻어 모각(摸刻)하여 준 것이다. 추사 글씨란 워낙 범상치 않은데 전(篆)도 예(隷)도 아닌 이 매화옥 자(字)는 더구나 이상하게 되었다. 어찌 보면 무슨 물형(物形)도 같고 된 듯 만 듯 한 그것이 그 밑에 흐트러져 놓인 필연(筆硯), 책자, 화초분 들과는 꼭 조화가 된다. 조화 아닌 조화와 정제 아닌 정제와의 신운(神韻)과 향기가 서로 교류되는 그 속에 나는 한 자리를 차지하고 앉았다 누웠다 하며 때로 법희(法喜)와 미소를 하고 있다.

── 이병기의 소품

　화초라기보다 안빈자적(安貧自適)하는 생활의, 인생의 감상이다. 주장하지 않는다. 역설하지 않는다. 오직 자기로서만 느끼고 감사하고 즐거워한다. '자기로서만' 이것이 감상문의 본령이다.

4. 서정문

　자연, 인사(人事), 어느 현상에서나 정적(情的)으로 감동됨이 있을 때 그 정서를 주로 하고 쓰는 글이다.

진적(眞蹟) 친필. 모각(摸刻) 본떠 새김. 전(篆) 한자 글씨체의 하나. 예(隷) 한자 글씨체의 하나. 전서(篆書)보다 간략하고 해서(楷書)에 가까움. 필연(筆硯) 붓과 벼루. 신운(神韻) 신비스러운 운치. 법희(法喜) 참된 이치를 깨달았을 때 느끼는 황홀한 기쁨. 안빈자적(安貧自適) 가난하지만 아무런 속박을 받지 않고 마음껏 즐김.

사람은 감정의 동물이란 말도 있듯이 희, 노, 애, 락, 애, 오, 욕의 칠정(七情)은 언제든지 우리 마음속에서 타오를 수 있는 불이다. 다양한 인간 사물과 변화무궁한 자연현상에 부딪칠 때마다 이 칠정 중의 어느 한 가지는 반드시 불이 붙는다. 대상에 따라 크게 붙고 작게 붙는 것만 다를 뿐, 칠정이 모조리 무감각한 때는 잠든 때나 죽기 전에는 없을 것이다. 산이 온통 불이 날 듯이 기슭기슭 진달래가 피어 올라간다 치자. 그것을 보고 산 사람인 이상엔 아무런 감정도 안 일어날 수 없을 것이다. 밥이나 옷과 같이 먹고 입을 것이 아니지만, 우리는 얼마든지 절실하게 흥분한다. 칠정 중의 어느 하나나, 어느 한 둘이 불붙기 때문이다. 그 불붙는 것이 정서고, 이 정서를 서술하는 것이 서정문(抒情文)이다.

나의 나이 불과 사십이다. 험한 세상을 만난 까닭으로 고통에 많이 늙다시피 하였으나, 옛말로 경영사방(經營四方)할 나이다. 앞으로 나아가서 성취함이 있을 때다. 마차 말과 같이 앞만 보고 나아가고 싶은 생각이 많건마는 전일에 후회에 후회를 계속하고 비탄에 비탄을 거듭하여서 생활 내용의 전부를 삼던 타력(惰力)이 남아 있음인지, 지난 일을 돌치어 생각하며 후회하고 비탄할 때가 드물지 아니하다. 맑은 밤 잠 아니 올 때 이일 저일 생각하다가 알던 사람, 알던 사람 중에도 심지가 서로 합하던 사람의 수가 지하에 많이 간 것을 생각하고 흐르는 눈물을 금치 못하는 때가 있다. 작년에 같이 일하던 중에 지하로 보낸 사람이 여러 사람이요

타력(惰力) 버릇이나 습관이 갖는 힘. 돌치다 돌이키다.

138

그 여러 사람 중에 내가, 묻고 태우는 데까지 따라가 보낸 사람이 세 사람이요 그 세 사람 중에 참혹한 변사(變事)로 지하에 보낸 사람이 한 사람이다.

내가 신간회관(新幹會館)에 있다가 변사가 났다는 전화를 받고 천도교당으로 달려갈 때에 걸음이 걸리지 아니하여 갑갑하던 것을 지금까지 기억하고 길에서 엎드러지지 아니하고 간 것을 지금까지 별일로 생각한다. 그 사람과 나와는 사귄 동안은 짜르나 사귄 정은 깊고, 서로 말하여 거의 다름이 없던 사람이다. 나는 그 사람의 피를 보았고, 피가 묻은 자리를 보았고, 또 피가 빠진 살을 보았다. 한동안은 그 피가 눈에 어른거리지 아니하는 날이 없었다. 지금도 피 묻었던 자리를 볼 때에 마음이 움직이지 아니하지 못한다. 그 사람과 형제같이 지내던 사람으로 날마다 그 자리를 보고 지내는 여러 사람은, 이따금 보게 되는 나와 달라서 자연히 맘이 무디어지지 아니치 못하였을 것이라고 생각한다. 그러나 나의 눈에 어른거리던 것이 없어진 대신에 맘의 아픔을 참기 어려운 때가 있는 것과 같이, 여러 사람이 그 사람의 피를 생각하고 차마 그 자리에 발을 놓지 못해할 때가 있으리라 생각한다.

그 사람의 피는 아깝다. 귀한 피를 허무하다고 말하여 좋을 만큼 의외에 흘린 그 사람은 죽어도 눈을 감지 못하였을 것이다.

— 홍명희의 「죽은 사람을 생각하며」에서

불타는 정서를 지그시 누르고 차근차근 선후를 가려 써내려간 '침

변사(變事) 예사롭지 않고 이상한 일. 짜르다 짧다.

착'이 엿보이고도 남는다. 정서를 주로 하는 글에서는 무엇보다도 '차근차근'이 첫 번째 기술일 것이다.

눈 오는 밤

눈 오는 밤이면 끝없이 뻗은 큰길을 걷는 것이 좋다. 가등(街燈)은 모두 눈물에 어린 눈동자처럼 흐리고 하늘은 부풀어오른 솜꽃같이 지평선에 드리운 밤길을 유령과 같이 혼자서 걷는 것이 좋다.

이러한 길을 걸을 때는 누구와 더불어 이야기하는 것도 너무 번잡한 노릇이다. 발밑에서 바사삭바사삭 눈 다져지는 소리를 들으면서 나는 내 혈관이 가을물처럼 맑아지는 것을 깨닫는 때문이다.

이렇게 걸어가다가 다리가 지쳐지면 나는 그제서야 비로소 길가에 작은 등불이 깜박거리는 술집을 찾아드는 것이다. 되도록은 독한 술을 달래서 권하는 이 없이 잔을 거듭하노라면 대개는 저쪽 '복스'에 '과거'를 모를 헙수룩한 늙은이가 역시 혼자서 술잔을 기울이고 앉았는 것이다. 나는 수수께끼와 같은 그 노인의 '과거'를 푸는 동안에 밤은 한없이 깊어가고 바깥에서는 여전히 함박눈이 소리 없이 내린다.

이러한 하룻밤에 맛보는 보헤미안 취미는 또한 행복된 일순간이기도 하다.

— 이원조의 소품

가등(街燈) 거리의 조명이나 교통안전, 또는 미관을 위해 길가에 설치해 놓은 등. 보헤미안(Bohemian) 속세의 관습이나 규율 따위를 무시하고 방랑하면서 자유분방한 삶을 사는 시인이나 예술가.

상당히 애상이 있다. 감미(甘美)하다. 그러나 품이 떨어지지 않았다. 분노와 증오도 감정이요 정서지만, 정서적이니 서정적이니 하면, 아름다운 눈물, 추억, 동경 같은 것을 가리키는 것으로 이해되는 것이 사실이다. 그러나 너무 애상이나 공상에 치우치면 품이 떨어진다.

서정의 세 가지 수법

(1) 직서법(直敍法)

꽃도 좋다. 그러나 나는 신록(新綠)이 더욱 좋다. 밤비 뿌리는 소리에 꽃이 흩어질 것을 아까워하지 않는 사람은 무정한 사람일지도 모른다. 그러나 나는 꽃을 더 오래 보기보다 어서 신록이 드리운 푸른 그늘 아래를 거닐어보고 싶은 것이다. 비 갠 이른 아침, 흩어진 낙화는 밟으면서라도 그 금빛 같은 태양과 맑은 미풍에 선들거리는 녹엽들을 우러러볼 때, 그때처럼 내 자신까지 싱그럽고 내 자신까지 힘차지는 때는 없는 것이다.

자기의 감동됨을 독자에게 직접 호소한다. '신록이 더욱 좋다'는 감동이 독자에게서 절로 일어나도록 묘사한 것이 아니라 대뜸 자기의 격해진 감정대로 "나는 신록이 더욱 좋다"해버렸다. 일반적으로 많이 쓰는 단순한 수법이다.

(2) 묘사법

연주가 끝나자 나는 꿈을 깨는 것같이 전신이 허전하였다. 정신없이 청중을 향해 예를 하고 걸었는지 뛰었는지 모르게 연단 뒷방으로 나오니 내 귀에는 그제야 박수소리가 와르르 들리었다. 5초, 10초…… 박수소리는 아마 재청(再請)인 듯하였다.

"졸업연주도 이걸로 끝이 났구나!"

나는 내 방 책상 위에 걸려 있을 어머님 사진이 선뜻 눈앞에 떠올랐다. 웃으시는 얼굴이다. 내 이 졸업을 위해 남모를 눈물과 땀을 흘리신 어머니, 한 학기를 한 학년보다 더 지루하게 당해오시던 어머니, 오늘 이 저녁을 여섯 달을 남겨놓고 그만 돌아가시고 말았다. 동무들이 재청에 나가라고 어깨를 흔들었으나 나는 뜨거워지는 눈을 뜰 수가 없어 구석자리를 찾아가 쓰러지고 말았다.

직접 슬프다, 기쁘다 하지 않고, 객관적으로 그 감정을 묘사해서 독자가 절로 슬퍼지고 절로 기뻐지게 하는, 가장 뛰어난 수법이다.

(3) 영탄법

충정공 민영환(閔泳煥)의 결고문(訣告文)

우리 대한제국(大韓帝國) 이천만 동포에게 영결(永訣)의 말씀을 드리노니,

아 — 나라의 수치와 백성의 굴욕이 마침내 이에 이르렀는가? 우리 인민은 장차 생존경쟁 속에 진멸(殄滅)할는지도 모르리라. 그러나 무릇 살고자 하는 자 반드시 죽고, 죽기를 기약하는 자 반드시 사나니 여러분이 어찌 이것을 모를까보냐. 영환(泳煥)이 한갓 한 번 죽음으로써 우러러 황은(皇恩)을 갚고 우리 이천만 동포형제에게 사죄하노니 영환은 죽어도 죽지 않고 여러분을 저 구천(九泉) 아래에서 도와드리리로다. 행여 우리 동포형제는 더욱 분려(奮勵)해 지기(志氣)를 굳게 하라. 학문에 힘쓰라. 결심육력(結心戮力)해 우리의 자유와 독립을 회복한다면 죽은 자 명명(冥冥)한 가운데서도 마땅히 기뻐 웃으리이다. 아 — 조금이라도 희망을 잃지 말지어다.

— 원문은 순 한문, 이원조 역(譯)

고조된 감정은 파도같이 동적인 표현을 요구한다. 따라 어조가 율동화하며 나온다. 이것은 거의 운문의 경지다. 그러므로 시는 서정문의 최고형식이라 할 것이다.

산문에서도 서정문은 가장 감정적인 글이다. 자칫하면 값싼 감상(感傷)에 빠지기 쉬우니 내용이나 형식을 물론하고 고상한 풍격(風格)을 내는 데 각별히 주의해야 할 것이다. 품격이 없으면 거짓 울음이요, 거짓 넋두리가 되고 만다.

영결(永訣) 죽은 사람과 산 사람이 서로 영원히 헤어짐. 진멸(殄滅) 모조리 죽어 없어짐. 분려(奮勵) 기운을 내어 힘씀. 결심육력(結心戮力) 마음을 합해 서로 돕고 힘을 모음. 명명(冥冥) 나타나지 않아 모양을 알 수 없음.

지변 (池邊)의 신화

검푸른 하늘은 엷은 늦잠에 반눈만 뜨고 푸른 새 한 마리 동녘으로 푸르르 날아갔다. 선뜻한 바람결이 뱀같이 나의 치마폭을 스쳤을 때 난데없이 광석골로부터 달려와 내 옆을 살같이 지나친, 낯선 그 여인의 머리털은 비록 흥클어졌으며 고무신짝은 벗어 손에 들었으나 그가 미친 여인은 아니었음을 조금 후에 또렷이 알게 되었으니 불길한 예감에 주춤거리던 나의 걸음발이 이윽고 광석골 '긴 못' 앞까지 이르렀을 때 전날 같으면 미역 감는 아해들의 물장구소리와 웃음소리로 장미꽃 다발처럼 먼동이 터질 그 골짜기는 죽음처럼 고요하며 아직도 짙푸른 하늘 아래 '긴 못' 속에는 하얀 옷 입은 한 처녀의 시체가 길이 잠들어 있으므로였다.

외로이 남은 별 하나 지난밤 사이에 일어난 죽음의 비밀을 안다는 듯이 밝아오는 하늘에서 탄식처럼 깜박거리고, 못 속에 잠자는 그 처녀의 연유를 모르는 아해들은 못가에 쓸쓸히 둘러앉아 눈을 비비며 점점 환해오는 못 속을 굽어보며 하품들만 하고 있다.

바람은 불지 말고, 참새는 울지 말고, 태양은 떠오르지 말아, 영영 조용하고 희푸른 새벽대로 그냥 있으려무나. 그렇잖을진댄 차라리 그 처녀를 소생케 하려무나. 죽음? 아니다 고요한 잠이다. 세상의 시끄러움이 들리지 않는 삼간 남짓할 못 속을 아늑한 안방으로 삼고 누워 꽃 같은 꿈을 꾸는 그 처녀는 여섯 자 두터이의 맑은 물을 이불 삼아 고요한 영원의 잠 속에 들어 있는 것이다. 빛나는 광채로 떠오르는 태양의 광각(光覺)이 수면

지변(池邊) 연못의 가장자리. 두터이 두께.

144

에 반사되어 잠자는 처녀의 살결과 한 꺼풀 휘어감긴 치마는 흐릿한 무지
갯빛으로 물들었으며, 감은 눈과 벌어진 입술은 꽃과 같은 오오 미의 화신.

잘 자라 못 속의 처녀
백합화 장미화 너를 둘러 피었고
잘 자라 못 속의 처녀
아름다운 천사들 너를 보호하리니

오빠! 나는 햄릿에 나오는 처녀 오필리아의 죽음을 제일 사랑해요. 나
도 죽으려면, 아니 억지로라도 봄에, 그리고 벚꽃이 쌓인 못 위에 꽃으로
엮은 관을 쓰고, 머리는 풀어헤치고 또 하얀 옷을 입고, 못 속에 비친 저
꽃을 찾아 뛰어들어가겠어요. 불행히 그렇게 되지 못한다면 오빠는 죽은
내 몸을 꽃으로 엮어 잔잔한 이 물속에 얹어주세요. 오빠!

미친 여인처럼 새벽에 저자로 달려갔던 그 여인은 순사와 마을사람들
을 데리고 왔다. 높이 떠오른 태양은 못가에 고요히 내려앉았던 요정들
과 나의 아름다운 환상을 깨뜨려버렸다. 진통이 심해서 지난밤 참다못하
여 방문을 박차고 뛰어나와 '긴 못' 속에 빠져 죽은 것이라 한다. 못 속의
마술로써 영원한 열여덟의 처녀로 보이던 그 미의 화신을 순사와 마을사
람들이 건져내어 사장에 눕혔을 때 그것은 지옥에서나 볼 수 있을 추물의
상징이었다. 아름다운 꿈을 꾸던 처녀는 그가 아니고 나였었다. 그의 살

사장(沙場) 강가나 바닷가에 있는 넓고 큰 모래벌판.

결은 햇볕에 그을려 짙붉은 구릿빛이요, 배는 부풀어 더운물에 쪄낸 도야지와 같은, 아아 사십 가까운 여인! 주리고 헐벗어 괴로운 세파에 시달린 여러 어린것들의 어머니였다 한다.

— 장영숙의 소품

'오오' '아아' 모두 자연스럽다. 아름답다. 슬프든 즐겁든, '아름다움'은 서정문이 다른 글에 양보해서는 안 될 생명이다.

5. 기사문

어떤 사건을 과장 없이, 장식 없이, 누락 없이, 분명·정확하게 기록하는 글이다.

자기의 체험이나 보고 들은 사실을 빠뜨리지 않고 정확하게 기록해야 할 경우는 직업적인 신문기자뿐 아니라 누구에게나 있을 수 있다. 자기가 처음 체험한 일을 일기에 기록할 필요도 있고, 처음 보고 들은 바를 편지에, 기행문에 혹은 연구보고서에 기록해야 될 경우도 있다. 이 사실, 사건의 기록문을 대표하는 것은 신문기사(記事)로서 우선 신문기사에서 한 가지 예를 들기로 하자.

함남 북청(北青)에서
대호(大虎) 포살(捕殺)

(북청) 지난달 31일 오후 3시경에 북청군 하거서면 하신흥리 웅동(北靑郡 下車西面 下新興里 熊洞)이란 곳에서 백주에 큰 범 한 마리를 잡았다 한다. 잡은 사람으로 말하면 풍산군 안수면 장평리(豊山郡 安水面 長坪里) 이○○(李○○) 씨와 동군 안산면 파발리(同郡 安山面 把撥里) 김○○(金○○) 양 씨로 그렇게 큰 범은 근래에 보기 드문 범이라 한다.

어느 신문 지방면 기사의 하나다. 얼마나 싱거운가? '대호'라 하였으니 누구나 첫째, 얼마나 큰 범인가? 궁금할 것이요, '포살(捕殺)'이라 하였으니 둘째, 어떻게 잡았나? 총으로 잡았나? 몽둥이로 잡았나? 사람은 물리지 않았나? 그 점에 흥미가 있을 것이요 백주(白晝)라 하였으니, 어디서 어떻게 나타난 범인가에 호기심이 일어날 것이다. 그런데 이 기사는 독자에게 이 첫째 되고, 둘째 되고, 셋째 되는 중요한 사실들은 빼놓고 잡은 사람들의 주소와 이름만 호적등본처럼 캐어놓았다. 물론 주소, 이름도 필요하지만, 가장 뉴스가치가 있는 것, 기록·보고할 요점을 빠뜨렸기 때문에 주소, 이름만 쓸데없는 것처럼 두드러지는 것이다.

기사문은

① 누가(혹은 무엇이)

② 어디서

③ 언제

④ 무엇을

포살(捕殺) 잡아 죽임.

⑤ 어떻게 했다(혹은 됐다)

이 다섯 가지가 철칙이다. 그러나 이것만으로 정확하다 할 수 없는 것은 앞의 신문기사를 보고 알 수 있다. '누가, 어디서, 언제, 호랑이를 잡았다'는 다섯 가지는 다 드러났지만 독자는 물론, 그 기사를 쓴 기자도 얼마 뒤에 읽어보면 결코 만족하지 못할 기사다. 그러니까 '누가, 어디서, 언제, 무엇을, 어떻게 했다'의 5조를 밝혔더라도, 그 5조 중에서 가장 주안점이 되는 것, 요령(要領)이 되는 것에 치중해 써야 할 것이다. 사건의 내용을 따라 다섯 가지 중 어느 것이나 다 요령이 될 수 있는 것이다. 호랑이를 잡았다는 사건만으로도, 만일 어린아이가 잡았다면, '누가'에 치중해야 할 것이요, 종로 네거리서 잡았다면 '어디서'에, 백주에 잡았다면 '언제'에, 호랑이라도 그것이 굉장히 큰 것이면 '무엇을'에, 서로 싸워서 사람도 거의 죽을 뻔하다가 잡았다면 '어떻게 했다'에 치중해 써야 할 것이다.

이 기사문을, 신문기사만으로 논한다면 다음의 몇 가지 요점을 더 덧붙여야 할 것이다.

(1) 객관적일 것. 자기의 주관적인 감정은 털끝만큼도 넣어선 안 된다.

(2) 대상에겐 냉정하면서도 독자에겐 친절할 것. 자기의 기사가 명쾌히 읽히도록 할 것이다. 같은 토를 중복해서 어수선스럽게 하지 말 것이요, 기사가 좀 길어질 듯하면 첫머리엔 큰 윤곽만 쓰고 다음에 자세히 써서, 바쁜 사람은 윤곽만 알고 고만두고 더 잘 알고 싶은

요령(要領) 가장 긴요하고 으뜸이 되는 골자나 줄거리.

사람만 아래까지 보게 하는 것도 훌륭한 친절일 것이다.

홍등가에 넋을 잃은 탕자(蕩子)
그 아내가 경찰에 청원

　편모슬하에 고이 자라던 농촌 청년이 우연한 기회에 알게 된 네온의
환락경(歡樂境)에 빠진 나머지 귀여운 처자를 돌보지 않고 편모의 재산
조차 탕진하려던 이야기.
　─충남 ○○군 ○○면 ○○리에 사는 김○○는 지난 이렛날 이래 부
내 인사정(仁寺町) ××번지 ○○여관에 투숙하면서 까페, 요릿집 등의
환락에 취한 나머지 어머니 명의로 있는 토지 전부를 구천 원에 저당하여
그 돈으로 시내 일류 까페, 요릿집 등을 돌아다니며 하룻밤에 이백 원, 삼
백 원씩 계획 없이 탕진하고 있음을 안 그의 처 주씨는 생각다 못해 세 살
짜리 어린 아들을 업고 15일 종로경찰서로 찾아와 사랑하는 남편이 다시
자기 집으로 돌아오도록 타일러달라고 애원하고 있었다.

　어느 신문의 사회면 기사다. '……탕진하려던 이야기'까지는 윤곽
만 쓴 것이다. 바쁜 사람은 거기까지만 읽어도 대강은 알 수 있게 씌
었다.
　(3) 신속해야 한다. 이것은 신문기사의 생명이다.

6. 기행문

여행하며 쓴 일기, 여행기이니, 자연이든 인사(人事)든, 낯선 풍정(風情)
에서 얻은 감상을 쓰는 글이다.

여행처럼 신선하고 여행처럼 다정다감한 생활은 없다. 보고 듣는
모든 것이 새것들이다. 새것들이니 호기심이 일어나고 호기심을 갖
고 보니 무슨 감상이고 떠오른다. 이 객지에서 얻은 감상을 쓰는 것
이 기행문(紀行文)이다.

객지에서 얻은 감상, 그러니까 우선 어디로든 떠나야 한다. 가만히
자기 자리에 앉아서는 쓸 수 없는 글이다. 멀든 가깝든, 처음이든 여
러 번째든, 어디로든 떠나야 객지일 것이니, 기행문에는

(1) 떠나는 즐거움이 나와야 한다

대붕(大鵬)으로 하여금 북명(北溟)에 날게 하라. 그러나 나는 오히려
이와 꼭 같은 말을 사람들에게 주고 싶다.

광야와 대해가 어찌 무인(武人)에게만 허락된 곳이겠느냐. 글은 상머리
에서 쓰는 법이로되, 생각은 오히려 대자연 속에서 얻는 법이니, 단공(短
筇)에 몸을 맡겨 진구(塵區)를 벗어나매 분방한 생각이 마치 천마(天馬)와
같다.

대붕(大鵬) 하루에 구만 리(里)를 날아간다는, 매우 큰 상상의 새. 북명(北溟) 북쪽의 큰 바다. 단공(短
筇) 짧은 지팡이. 진구(塵區) 티끌세상. 즉 속세.

넘기는 책장으로 인하여 안막(眼膜)에 좀이 먹더니 이제 장풍(長風) 한 번에 씻은 듯이 맑아지고 유리보다 더 투명하여 가히 먼뎃것을 볼 수 있는 것이 얼마나 유쾌하냐.

자연의 신광(神光)이 눈앞에 번쩍이고 역사의 수시(垂示)가 발끝에 뻗힌 것을 분명히 느끼면서, 우리 한라산 순례자 53인은 7월 24일 오전 7시 50분 경성역을 떠나 목포로 향하였다.

차중(車中)은 담소로 떠나갈 듯하다. 그러나 이것은 그대로 대자연 앞에 바치는 귀향곡이요 법열로 가득 찬 교향악이다. 이만하면 활연(豁然)히 트이는 것을 삼척안두(三尺案頭)에 소견이 그렇게도 좁으랍던가. 이만하면 닫지 못하도록 열리는 입이 그다지도 무겁게 침묵했던가.

── 이은상의 「탐라 기행」의 서두

얼마나 즐거이 떠났는가? 날뛰는 기쁨이 아니라 심호흡을 하듯 깊숙한 큰 즐거움이다. 긴 기행문의 서두답다. 이렇게 그 자신이 기꺼해야 독자도 기대를 가지고 읽게 되는 것이다.

(2) 노정(路程)이 보여야 한다

경성역에서 차를 타고 35분도 못 걸리어 신촌·수색을 지나서 능곡역에 내리었다. 한가로운 향촌의 소역(小驛)이다. 양장(羊腸)같이 꾸불꾸불한 야로(野

안막(眼膜) 눈알의 앞쪽에 약간 볼록하게 나와 있는 투명한 막. 각막. 장풍(長風) 멀리서 불어오는 강한 바람. 수시(垂示) 가르침을 주거나 받음. 활연(豁然) 환하게 터져 시원한 모양. 삼척안두(三尺案頭) 세 자 폭의 책상머리. 향촌(鄕村) 시골 마을. 양장(羊腸) 양의 창자같이 굽이굽이 험한 모습. 야로(野路) 들길.

路)를 걸어 한 5리쯤 가면 권 도원수(權都元帥)의 기공사(記功祠)가 있다. 넓은 들에는 벼가 한창 무성하여 자란다. 야로를 한참 걸어 조그마한 산언덕을 넘으면 모옥(茅屋) 6, 7가가 산 밑에 그림같이 점철(點綴)하고, 그중에 단청(丹靑)이 퇴락한 기와집이 있으니 그 집이 기공사다.

— 유광렬의 「행주성 전적(戰跡)」에서

1936년 9월 26일—

아침에는 예정대로 기제의 '피라미드'와 '스핑크스'를 찾으려고 아홉 시쯤 되어서 애급의 수도 '카이로 시' 애급박물관 근방에 있는 여관 '호텔 비에노이즈'를 떠났다.

'샤리아 쿠브리' 네거리에서 전차를 타고 한참 교외로 나간다. 다음에 나일강의 지류를 따라 강변으로 전차가 달아나는데 거기는 집채만큼 한 이름 모를 아프리카대륙의 고목들이 가지에서 그 이상한 뿌리를 내려서 땅에 기둥이 되고 그 속은 작은 방 안같이 되어 보인다. 양 떼는 그 가에 몰려 있고 또 가난한 애급여인들이 남루(襤褸)를 입은 양으로 그늘에 앉아 있는데 대개 맨발이 많다.

맨발 이야기가 났으니 말이지 이곳 일꾼들같이 맨발의 가죽이 튼튼한 사람들은 드물 것 같다. 뜨거웁게 태양볕이 쪼이는 포도(鋪道) 위로 몇십 리 몇백리를 그대로 혹은 구루마를 끄을고 혹은 말과 낙타를 몰고 간다.

기공사(記功祠) 공훈을 기리는 사당. 모옥(茅屋) 띠나 이엉 따위로 지붕을 인 초라한 집. 점철(點綴) 흐트러진 여러 점이 서로 이어짐. 전적(戰跡) 전쟁을 한 흔적. 애급(埃及) '이집트'의 음역어. 남루(襤褸) 낡아 해진 옷. 포도(鋪道) 포장도로. 구루마 수레. 달구지.

여인들은 먼 길 갈 때는 대략 구루마 위에 그 검은 옷과 수건에 싸여서 실려 간다. 마침 그때 작은 나귀가 5, 6여인과 아이들을 싣고 가는 것을 보니 그놈도 꽤 고역일 것 같다. 조선 같으면 곁을 지나가는 나를 보니 정씨(鄭氏)라고, 놀림을 할 친구도 있을 만도 한데 이곳은 한자를 사용하지 않는 것은 물론, 그들의 옛 상형문자도 쓰지 않고 오직 국수를 이리저리 휘저어 놓은 듯한 '아라비아' 문자를 쓰는 곳이라 나는 조금도 내 성(姓) 때문에 놀림을 받을 염려는 없다. 이렇게 생각은 해보았으나 역시 듣던 관습이 추상되어 그놈 당나귀들의 고역이 퍽도 가련해 보이고 또 호을로 속으로 웃어보기도 했다.

이러한 생각에 잠기고 있는 동안에 화살같이 달아나던 전차는 한참 가서 대 나일강을 건너게 된다. 그 가에 초목도 상당히 무성하고 돛단배도 여러 개 떠 있다. 강변에 야자수를 흘겨보며 누른 물결 위로 범선을 멀리 굽어보는 풍경, 그리고 다른 한편으로는 도시의 회회교(回回敎) 대사원의 첨탑을 수평선으로 쳐다보는 홍취란 여기가 아니면 도저히 볼 수 없는 것이다.

두 번이나 전차를 바꾸어 타니 일등 신작로가 버젓이 깔려 있고 좌우 길가에는 이름 모를 가로수가 끝없이 연해 있다. 그 잎사귀는 마치 아카시아 잎사귀같이 보이는데 그보다는 훨씬 영롱하다. 물론 침도 없이 아담스럽고 깨끗해 보이는데 진홍빛 꽃이 그 사이에 피어 있다. 얼마나 귀여운 병목(竝木)들이냐! 그리고 차도와 보도 사이에는 화초재배를 시작한 모양이다. 나는 전차에서 뛰어내려서 낙타에 짐 싣고 가는 토인들과 발을 맞추어 그 길 위로 걸어보고 싶기도 했다.

회회교(回回敎) 이슬람교. 병목(竝木) 가로수. 토인(土人) 어떤 지방에 대대로 붙박이로 사는 사람.

십수 분을 지나니 눈앞에 사막의 산이 보인다. '알렉산드리아'에서 '카이로'로 오기까지는 산 하나 없고 또 '카이로'에서 여기 오기까지도 산 하나 없었다. 그 광활한 대(大)나일평야는 비옥해서 초목과 경작들이 많았건마는 여기부터는 그야말로 사막의 황지로 변한다.

종점에 내리니 눈앞에 태산같이 솟은 것이 있다. 그것이 곧 '피라미드'이다. 어릴 적부터 사진에서 보던 그대로의 모모(模貌)이나, 색은 내 상상과는 판이 다르다. 나는 '파라미드'라면 때까지 검푸른 것이거니 생각했더랬는데 와서 보니 그러하지 않고 검은색이란 하나도 없이 전체로 황백색이다. 적도에 가까워지는 열대지방인 만큼 태양광선의 직사로 약간의 연한 적갈색의 기미가 보이는 것 같으나 정작 곁에 와 보니 그야말로 백색의 바위와 그 사이에 섞인 흰모래와 흙뿐이다.

— 정인섭의 「애급의 여행」에서

모두 이분들의 노정이 눈에 선하다. 독자가 따라다니는 것 같다. 노정이 나타나는 것은 우선 독자에게 친절해 좋다. 그렇게 친절한 필자면 좋은 구경거리를 결코 빼놓지 않고 보여줄 것같이 믿어지는 것이다. 그러나 이 노정에 관한 친절이 지나쳐서 여행안내소, 여관조합 같은 데서 주는 안내기나 설명문처럼 되면 안 된다.

(3) 객창감(客窓感)과 지방색이 나와야 한다

향기로운 MJB의 미각을 잊어버린 지도 20여 일이나 됩니다. 이곳에는

모모(模貌) 모양. 객창감(客窓感) 나그네가 여행지에서 느끼는 감정. MJB 커피의 일종.

신문도 잘 아니 오고 체전부(遞傳夫)는 이따금 '하도롱' 빛 소식을 가져옵니다. 거기는 누에고치와 옥수수의 사연이 적혀 있습니다. 마을사람들은 멀리 떨어져 사는 일가 때문에 수심이 생겼나 봅니다. 나도 도회에 남기고 온 일이 걱정이 됩니다.

건너편 팔봉산에는 노루와 묏도야지가 있답니다. 그리고 기우제 지내던 개골창까지 내려와 가재를 잡아먹는 '곰'을 본 사람도 있습니다. 동물원에서밖에 볼 수 없는 짐승들을 사로잡다가 동물원에 갖다 가둔 것이 아니라, 동물원에 있는 짐승들을 이런 산에다 내어놓아준 것만 같은 착각을 자꾸만 느낍니다. 밤이 되면, 달도 없는 그믐 칠야(漆夜)에 팔봉산도 사람이 침소로 들어가듯이 어둠 속으로 아주 없어져버립니다.

그러나 공기는 수정처럼 맑아서 별빛만으로라도 넉넉히 좋아하는 '누가'복음도 읽을 수 있을 것 같습니다. 그리고 또 참 별이 도회에서보다 갑절이나 더 많이 나옵니다. 하도 조용한 것이 처음으로 별들의 운행하는 기척이 들리는 것도 같습니다.

객줏집 방에는 석유등잔을 켜놓습니다. 그 도회지의 석간(夕刊)과 같은 그윽한 내음새가 소년시대의 꿈을 부릅니다. 정 형! 그런 석유등잔 밑에서 밤이 이슥하도록 '호까'— 연초갑지(煙草匣紙) — 붙이던 생각이 납니다. 베짱이가 한 마리 등잔에 올라앉아서 슬퍼하는 것처럼 고개를 숙이고 도회의 여차장이 차표 찍는 소리 같은 그 성악을 가만히 듣습니다. 그러면 그것이 또 이발소 가위소리와도 같아집니다. 나는 눈까지 감고 가만히 또 자세히 들어봅니다.

체전부(遞傳夫) 우편집배원. 하도롱지(hatoron紙) 화학 펄프를 사용한 다갈색의 질긴 종이. 포장지나 봉투를 만드는 데에 씀. 개골창 개울. 칠야(漆夜) 아주 캄캄한 밤. 연초갑지(煙草匣紙) 담뱃갑을 싼 종이.

그리고 비망록을 꺼내어 머룻빛 잉크로 산촌의 시정(詩情)을 기초(起草)합니다.

그저께 신문을 찢어버린
때문은 흰나비
봉선화는 아름다운 애인의 귀처럼 생기고
귀에 보이는 지난날의 기사(記事)

얼마 있으면 목이 마릅니다. 자릿물 ── 심해처럼 가라앉은 냉수를 마십니다. 석영질 광석 내음새가 나면서 폐부에 한난계(寒暖計) 같은 길을 느낍니다. 나는 백지 위에 그 싸늘한 곡선을 그리라면 그릴 수도 있을 것 같습니다.

청석(靑石) 얹은 지붕에 별빛이 내려쪼이면 한겨울에 장독 터지는 것 같은 소리가 납니다. 벌레소리가 요란합니다. 가을이 이런 시간에 엽서한 장에 적을 만큼씩 오는 까닭입니다. 이런 때 참 무슨 재주로 광음을 헤아리겠습니까? 맥박소리가 이 방 안을 방째 시계를 만들어버리고 장침과 단침의 나사못이 돌아가느라고 양쪽 눈이 번갈아 간질간질합니다. 코로 기계기름 내음새가 드나듭니다. 석유등잔 밑에서 졸음이 오는 기분입니다.

'파라마운트' 회사 상표처럼 생긴 도회 소녀가 나오는 꿈을 조금 꿉니다. 그러다가 어느 사이에 도회에 남겨두고 온 가난한 식구들을 꿈에 봅

기초(起草) 글의 초안을 잡음. 자릿물 밤에 자다가 마시기 위해 머리맡에 준비해두는 물. 자리끼. 한난계(寒暖計) 온도계. 청석(靑石) 푸른 빛깔을 띤 응회암. 실내 장식이나 건물의 외부 장식에 씀.

니다. 그들은 포로들의 사진처럼 나란히 늘어섭니다. 그리고 내게 걱정을
시킵니다. 그러면 그만 잠이 깨어버립니다.

죽어버릴까 그런 생각을 하여봅니다. 벽 못에 걸린 다 해어진 내 저고
리를 쳐다봅니다. 서도천리(西道千里)를 나를 따라 여기 와 있습니다그려!

— 이상의 「산촌여정」에서

기행문은 나그네의 글이다. 글의 배경은 모두 산 설고 물 선 객지
다. 공연히 여수(旅愁)만을 하소연할 것은 아니지만, 그래도 객지에
나와 며칠이 지나면, 더구나 일행이 없이 혼자라면, 길손으로서의
애수가 없을 수 없다. 이 애수란 기행문만이 가질 수 있는 미(美)의
하나다. 그리고 타관다운, 눈에 선 풍정이 전폭으로 풍겨야 한다. 그
러자면 기이한 것을 어느 점으로는 묘사해야 한다. '하도롱빛 편지'
며 '팔봉산'이며 '공기는 수정처럼 맑아서'며 '석유등잔'이며 모두
지방색, 지방정조의 점철들이다.

(4) 그림이나 노래를 넣어도 좋다

우리는 점심을 먹고 이럭저럭 한 시간이나 넘어 기다렸으나 이내 운무
(雲霧)가 걷지를 아니합니다. 나는 새로 두시가 되면 운무가 걷으리라고 단
언하고 그러나 운무 중의 비로봉(毘盧峯)도 또한 일경(一景)이리라 하여
다시 올라가기를 시작했습니다. 동으로 산령을 밟아 줄 타는 광대 모양으

여수(旅愁) 객지에서 느끼는 쓸쓸함이나 시름. 타관(他官) 자기 고향이 아닌 고장. 타향.

로 수십 보를 올라가면 산이 뚝 끊어져 발아래 천인절벽(千仞絕壁)이 있고 거기서 북으로 꺾여 성루(城壘) 같은 길로 몸을 서편으로 기울이고 다시 수십 보를 가면 뭉투룩한 봉두(峯頭)에 이르니 이것이 금강 만이천 봉의 최고봉인 비로봉두외다. 역시 운무가 사색(四塞)하여 봉두의 바윗돌밖에 아무것도 보이지 아니합니다. 그 바윗돌 중에 중앙에 있는 큰 바위는 배바위라는데 배바위라 함은 그 모양이 배〔船〕와 같다는 말이 아니라, 동해에 다니는 배들이 그 바위를 표준으로 방향을 찾는다는 뜻이라고 안내자가 설명을 합니다. 이 바위 때문에 해마다 여러 천 명의 생명이 살아난다고 그러므로 선인(船人)들은 멀리서 이 바위를 향하고 제(祭)를 지낸다고 합니다.

이 안내자의 말이 참이라 하면 과연 이 바위는 거룩한 바위외다.

바위는 아주 평범하게 생겼습니다. 이 기교(奇矯)한 산령에 어떻게 평범한 바위가 있나 하리만큼 평범한 둥그러운 바위외다. 평범 말이 났으니 말이지 비로봉두 자신이 극히 평범합니다. 밑에서 생각하기에는 비로봉이라 하면 설백색의 검극(劍戟) 같은 바위가 하늘을 찌르고 섰을 것같이 생각되더니 올라와 본즉 아주 평평하고 흙 있고 풀 있는 일편(一片)의 평지에 불과합니다. 그리고 거기 놓인 바위도 그 모양으로 아무 기교(奇巧)함이 없이 평범한 바위외다. 그러나 평범한 이 봉이야말로 만이천 중에 최고봉이요 평범한 이 바위야말로 해마다 수천의 생명을 살리는 위대한 덕을 가진 바위외다. 위대는 평범이외다. 나는 이에서 평범의 덕을 배웁니다. 평범한 저 바위가 평범한 봉두에 앉아 개벽 이래 몇 천 만 년에 말 없이 있건마는 만인이 우러러보고 생명의 구주(救主)로 아는 것을 생각하

천인절벽(千仞絕壁) 천 길 낭떠러지. 성루(城壘) 성 둘레에 쌓은 담. 사색(四塞) 사방을 막음. 선인(船人) 뱃사람. 설백색(雪白色) 눈의 빛깔처럼 흰 색. 검극(劍戟) 칼과 창.

면 절세의 위인을 대하는 듯합니다. 더구나 그 이름이 문인 시객(文人詩客)이 지은 공상적·유희적 이름이 아니요 순박한 선인(船人)들이 정성으로 지은 '배바위'인 것이 더욱 좋습니다. 아마 이 바위는 문인 시객의 흥미를 끌 만하지 못하리라마는 여러 십 리 밖 만경창파로 떠다니는 선인의 진로의 표적이 됩니다.

배바위야 네 덕이 크다
　　만장봉두(萬丈峯頭)에 말없이 앉아 있어
창해(滄海)에 가는 배의
　　표적이 되다 하니
아마도 성인(聖人)의 공이
　　이러한가 하노라

만이천 봉이
　　기(奇)로써 다툴 적에
비로야 네가 홀로
　　범(凡)으로 높단말가
배바위 이고 앉았으니
　　더욱 기뻐하노라

이윽고 두시가 되니 문득 바람의 방향이 변하며 운무가 걷기 시작하여

창해(滄海) 넓고 큰 바다. 기(奇)로써 기묘한 모양으로.

동에 번쩍 일월출봉(日月出峯)이 나서고 서에 번쩍 영랑봉(永郞峯)의 웅혼한 모양이 나오며 다시 구룡연(九龍淵) 골짜기의 봉두들이 백운(白雲) 위에 드러나더니 문득 멀리 동쪽에 심벽(深碧)한 동해의 파편이 번뜻번뜻 보입니다. 그러다가 영랑봉 머리로 고고(杲杲)한 7월의 태양이 번쩍 보이자 운무의 스러짐이 더욱 속(速)하여 그러기 시작한 지 불과 4, 5분 후에 천지는 그 물로 씻은 듯한 적나라한 모양을 드러내었습니다. 아아 그 장쾌함이야 무엇에 비기겠습니까. 마치 홍몽(鴻濛) 중에서 새로 천지를 지어내는 것 같습니다.

'나는 천지창조를 목격하였다.'

또는

'나는 신천지의 제막식을 보았다.'

하고 외쳤습니다. 이 맘은 오직 지내본 사람이야 알 것이외다. 흑암(黑暗)한 홍몽 중에 난데없는 일조광선(一條光線)이 비치어 거기 새로운 봉두가 드러날 때 우리가 가지는 감정이 창조의 기쁨이 아니면 무엇입니까.

'나는 창조의 기쁨에 참여하였다.'

하고 싶습니다.

　홍몽(鴻濛)이 부판(剖判)하니

　　하늘이요 땅이로다

　창해와 만이천 봉

심벽(深碧) 매우 짙게 푸름. 고고(杲杲) 밝은 모양. 속(速)하다 빠르다. 홍몽(鴻濛) 하늘과 땅이 아직 갈리지 않은 혼돈상태. 일조광선(一條光線) 한 줄기 빛. 부판(剖判) 둘로 갈려 나누어짐.

160

신생의 빛 마시올 제
　사람이 소리를 높여
　　　창세송(創世頌)을 부르더라

　천지를 창조하신 지
　　　천만 년가 만만 년가
　부유(蜉蝣) 같은 인생으로
　　　못 뵈옴이 한일러니
　이제나 지척에 뫼서
　　　옛 모양을 뵈오니라

　진실로 대자연이
　　　장엄도 하구나
　만장봉 섰는 밑에
　　　만경파(萬頃波)를 놓단말가
　풍운의 불측한 변환(變幻)이야
　　　일러 무삼하리오

　　참말 비로봉두에 서서 사면을 돌아보면 대자연의 웅대·숭엄한 모양에 탄복하지 아니할 수 없습니다. 봉의 고(高)는 겨우 6천 9척에 불과하니 내가 5척 6촌에서 이마 두 치를 감하면 내 눈이 해발 6천 14척 4촌에 불과하

부유(蜉蝣) 하루살이.

지마는 첫째는 이 봉이 만이천 봉 중에 최고봉인 것과, 둘째, 이 봉이 바로 동해 가에 선 것 두 가지 이유로 심히 높은 감각을 줄뿐더러 그리도 아아(峨峨)하던 내금강의 제(諸) 봉이 저 아래 2천 척 내지 3, 4천 척 밑에 모형지도 모양으로 보이고, 동으로는 창해가 거리는 4십 리는 넘겠지마는 뛰면 빠질 듯이 바로 발아래 들어와 보이는 것만 해도 그 광경의 웅장함을 보려든 하물며 사방에 이 봉 높이를 당한 자 없으므로 안계(眼界)가 무한히 넓어 직경 수백 리의 일원을 일모(一眸)에 부감(俯瞰)하니 그 웅대하고 장쾌하고 숭고한 맛은 실로 비길 데가 없습니다.

비로봉 올라서니
　　세상만사 우스워라
산해만리(山海萬里)를
　　일모에 넣었으니
그따위 만국도성(萬國都城)이
　　의질(蟻垤)에나 비하리오

금강산 만이천 봉
　　발아래로 굽어보고
창해의 푸른 물에
　　하늘 닿은 곳 찾노라니
청풍이 백운을 몰아

아아(峨峨) 산이나 큰 바위 같은 것이 뾰족뾰족 치솟은 모양. 안계(眼界) 눈으로 바라볼 수 있는 범위. 일모(一眸) 한눈에 바라봄. 또는 한 번 봄. 부감(俯瞰) 높은 곳에서 내려다봄. 의질(蟻垤) 개밋둑.

귓가로 지나더라

— 이광수의 「금강산 기행」에서

홍취와 경이가 돌발적으로 나오는 글이 기행문이다. 이미 안 지 오랜 고적도 만나고 보면 감회가 새삼스럽고, 여태껏 기어오르던 산이라도 한 걸음 더 올라 보면 전혀 다른 광경이 펼쳐지는 수가 있다. 그런 돌발적으로 격해지는 감회, 홍취, 경이를 산문으로만 서술하기엔 너무나 늘어질 뿐 아니라 감격 그대로를 전할 수가 없으니 뜻보다 정(情)의 표현인 운문을 이용하게 되는 것이다. 그리고 방위를 위해서나 실경을 위해서나 그림을 그려 글 속에 끼워넣는 것도 일취(一趣)가 있는 솜씨다.

그러나 노래나 그림에 상당한 실력이 없어 본문에 손색이 될 만한 정도면 차라리 단념하는 것이 현명하다.

(5) 고증을 일삼지 말 것

일청전(日淸戰)의 명소로서 오인(吾人)의 인상이 얕지 아니한 성환(成歡)역의 부근에서는 벌써 눈록(嫩綠)을 바라보는 수주(數株)의 수양(垂楊)을 보았다. 속요(俗謠)에 나오는 천안삼거리 능수버들을 생각하게 한다. 부강(芙江)에 오니 황량한 촌락에 행화(杏花)가 만발하였고 신이화(辛荑花)는 더욱 한창이다.

오인(吾人) 나. 눈록(嫩綠) 새로 돋아나는 어린잎의 빛깔과 같이 연한 녹색. 수주(數株) 몇 그루. 수양(垂楊) 수양버들. 행화(杏花) 살구꽃. 신이(辛荑) '개나리'를 잘못 일컫는 말.

신이화락행화개(莘荑花落杏花開)라는 한시가 있거니와 두 가지 꽃이 일시에 만개한 것은 재미있다. 신이화를 속명(俗名)에 '개나리'라고 하니 '나리'는 백합의 속명이요 '개나리'는 가백합(假百合)의 속어이라. 이로써 구어(歐語) '캐나리'의 귀화어(歸化語)로 생각하는 이가 있는 것은 잘못일 것이다. 백합과 신이가 일(一)은 구근(球根)식물이요 일은 관목(灌木)이지마는 꽃이 동과에 속한 고로 이러한 명칭을 지은 것이다. 그러나 '개나리'를 신이로 쓰는 것은 잘못이니 연교화(連翹花)가 그 참인 것이다.

—— 안재홍의 「춘풍천리」에서

일찍이 강원도는 산천이 무무하여 그 산하의 정기를 받고 태어난 사람들은 둔탁(鈍濁)한 양으로 들었다. 춘향전 비두 팔도산천 타령에도 이러한 의미로 씌어진 듯 기억된다. 그러나 나는 이번에 이 산하를 대하고 그 그른 관찰임을 알았다. 옛날엔 교통이 불편하던 산협(山峽)지대라 아무리 산하의 영기(靈氣) 종집(鍾集)하더라도 문화의 중심지인 서울과 출입이 잦지 못하였음에 민지(民智)의 발달이 다른 곳에 비하여 떨어졌던 것이요 결코 산천의 죄는 아닌 것이다. 땅은 넓고 사람은 희소하니 대문만 나서면 산이요 밭이다. 평야가 없으니 화곡(禾穀)을 심을 생의도 안한다. 쌀밥을 아니 먹으니 반찬도 그리 필요하지 않다. 감자를 심고 콩을 거두어 감

신이화락행화개(莘荑花落杏花開) '개나리꽃이 지고 살구꽃이 피었네.' 구어(歐語) 유럽의 언어. 구근(球根) 알뿌리. 관목(灌木) 키가 작고 원줄기와 가지의 구별이 분명하지 않으며 밑동에서 가지를 많이 치는 나무. 연교화(連翹花) 개나리. 무무(貿貿) 어둡고 흐림. 비두(飛頭) 편지나 문서 따위의 첫머리. 산협(山峽) 산속의 골짜기. 종집(鍾集) 모임. 민지(民智) 백성의 슬기나 지혜. 화곡(禾穀) 벼에 딸린 곡식을 통틀어 이르는 말. 생의(生意) 어떤 일을 하려고 마음먹음.

자밥에 산채를 씹으니 소금 한 가지면 그만이다. 가끔 가다 노루를 잡고 사슴을 쏘니 고기에도 그리 주리지 않는다. 일출이경(日出而耕)하고 착정이음(鑿井而飮)하니 제력(帝力)이 하유어아재(何有於我哉)다. 이것이 옛날 그들의 순후관대(淳厚寬大)한 장자풍(長者風)의 생활이다. 물론 지금이야 어디 이것을 꿈에나 생각하랴. 기차가 달리고 경편차(輕便車)가 구르고 자동차가 쫓으니 쓰고 신 어지러운 세상물결이 도리어 이 천민(天民)의 자손들을 괴롭힐 것이다.

복계(福溪)서 점심을 먹는 동안 기차는 저 유명한 검불랑(劍拂浪)을 향하여 간다. 푹 푹푹, 푸푸푸 차는 죽을힘을 다하여 올라가기 시작한다. 그러나 그것은 사람의 걸음만도 못한 것이었다. 대자연과 문명, 자연 앞에 준동(蠢動)하고 있는 조그마한 사람의 힘, 그것은 마치 어린애의 장난과 같다. 푸 푸 푸 헛김 빠진 소리만 저절로 터져나온다. 만일 이것이 동물이라면 전신엔 함빡 땀으로 물초를 하였을 것이다. 칠전팔도(七顚八倒) 그 기어올라가는 꼴이 마음에 마치 지각을 가진 동물을 타고 가는 양 안타까운 착각을 가끔가끔 느끼며 홀로 가만한 고소를 날려버렸다.

검불랑, 칼을 씻어 물결에 후려친다. 삼방고전장(三防古戰場)과 그럴듯 무슨 인연이 있는 것 같은 이름이다.

차가 가지 아니하니 '정마부전인불어(征馬不前人不語)!' 환상은 별안

일출이경(日出而耕)하고 착정이음(鑿井而飮)하니 제력(帝力)이 하유어아재(何有於我哉) '해가 뜨면 밭을 갈고 우물을 파 마시니 제왕의 힘이 어찌 내게 미치리오.' 태평성대를 이르는 말.순후관대(淳厚寬大) 순박하고 인정이 두터우며 너그러움.장자풍(長者風) 덕망이 높고 많은 경험으로 세상일에 익숙한 사람의 풍채.경편차(輕便車) 철길 너비가 좁고 규모가 간단한 경편 철도에 이용하는 열차.준동(蠢動) 벌레 따위가 꿈적거린다는 뜻으로, 불순한 세력이나 보잘것없는 무리가 법석을 부림을 이르는 말.물초 온통 물에 젖음.칠전팔도(七顚八倒) 일곱 번 구르고 여덟 번 거꾸러짐.고소(苦笑) 쓴웃음.정마부전인불어(征馬不前人不語) 말은 나아가지 못하고 사람도 말이 없음.

간 이 글귀를 불러일으켰다. 삼방유협(三防幽峽)으로 쫓긴 선종(善宗)이 주름 잡힌 이맛살과 추해진 애꾸눈을 부릅뜨며 어이없는 기막힘을 직면하여 여성일갈(厲聲一喝) 반신(叛臣) 왕건(王建)을 목통이 터져라 하고 호령하다가 나는 독시(毒矢)에 외눈을 마저 맞고 마상에서 떨어져 차타(蹉跎)하는 꼴이 보인다.

십만 대병이 물결에 휩싸인 듯, 아비규환, 갈 길을 잃고 삼방유협에 생지옥을 벌인 모양이 눈앞에 보인다. '분수령 육백삼 미돌(分水嶺六百三米突)' 허연 나무에 묵흔(墨痕)이 지르르 흐르게 이렇게 씌어 있다. 기차는 지금 조선의 척량(脊梁)을 넘고 있는 것이다.

세포역(洗浦驛)을 지나니 이곳은 목장지대, 면양을 기르고 말을 치기에 적합한 곳이다. 어지러이 핀 야화(野花), 싱싱하게 푸른 잡초, 공기는 깨끗하고 물은 맑다. 이 가운데 말은 살지고 양은 기름지다. 그림 같은 방목의 정경이 또한 진세(塵世)의 것이 아닌 것 같다. 이왕직(李王職)의 말을 치는 목장과 난곡농장(蘭谷農場)의 방목들이 있다는 데다.

다시 차는 산협을 끼고 돈다. 일찍이 보지 못하던 천하의 절경이다. 한 산을 지나면 한 물이 흐르고 한 물이 굽이치면 한 굴이 나온다. 캄캄한 굴 속이 지루한가 하면 어느덧 명랑한 푸른 산이 선녀의 치마폭인 듯 주름 잡아 감돌아들고 물이 인제 다했는가 하면 천길이나 되는 다리 아래엔 살진 여울이 용솟음치니 돌은 뛰어 솟고 물은 부서져 눈(雪)을 뿜는 양 백룡

삼방유협(三防幽峽) 함경남도 안변군 신고산면에 있는 협곡. 경원선 검불랑역 부근에서 시작해 북동쪽으로 뻗어 있음. 선종(善宗) 궁예가 초목에 묻혀 승(僧)으로 있을 때의 이름. 여성일갈(厲聲一喝) 성이 나서 큰 소리를 한 번 지름. 반신(叛臣) 임금을 반역하거나 모반을 꾀한 신하. 독시(毒矢) 독화살. 차타(蹉跎) 미끄러져 넘어짐. 미돌(米突) '미터(meter)'의 음역어. 묵흔(墨痕) ①먹물이 묻은 흔적. ②글씨를 쓴 붓의 자국. 척량(脊梁) 등마루의 거죽 쪽. 야화(野花) 들꽃. 진세(塵世) 티끌세상. 정신에 고통을 주는 복잡하고 어수선한 세상.

이 어우러 싸우는 듯, 끊어진 언덕을 휩쓸어 어마어마한 큰 소리를 지르고 내를 이루어 달아난다.

　아이들은 박장(拍掌)하고, 나는 청흥(淸興)에 취하였다. 반복무상(反覆無常). 이렇게 삼방유협에 닿으니 산이 감돌기 스무 번, 물여울이 포효하기 열아홉 번, 터널의 어둠이 열네 번, 천하의 기승(奇勝)을 한곳에 몰아놓았다. 만일 십오야 월광을 타고 이곳을 지난다면 달이 부서지고 금(金)이 용솟음치는 위관기경(偉觀奇景)을 한 가지 더 볼 수 있을 것이다.

　　　　　　　　　　　　　　　　　　　── 박종화의 「경원선 기행」에서

　전자엔 신이화에 대한 학술적 견해가 있고, 후자엔 삼방고전장에 관한 역사적 회고가 있다. 독자에게 가르침과 일깨워짐이 있다. 그러나 모두 취미 범위 내에서기 때문에 좋다. 기행문에 나오는 학문이나 역사는 취미와 회고 정도에서 의미가 있지 무슨 강의를 하듯 고증과 주장을 일삼아서는 기행문이 아니라 학문이다. 기행문에서는 흥취를 내세울 뿐, 지식을 자랑할 것은 아니다.

　이 외에 더욱 주의할 것은 감각이다. 감각이 날카로워야 평범한 데서도 맛있게, 인상적이게 느낄 수 있다. 이상의 「성천 기행」의 일절은 평범한 사실을 얼마나 아름답게 썼는가? 그리고 노정과 일정이 길고 먼 데서는 형식을 일기풍으로 취하는 것도 좋은 방법이다. 또 당일로 다녀오는 조그만 소풍기 같은 데서는 다음과 같은 몇 가지에 주의하는 것이 요령을 잃지 않는 방법일 것이다.

박장(拍掌) 두 손바닥을 마주 침. **청흥**(淸興) 맑은 흥과 운치. **기승**(奇勝) 기묘하고 뛰어난 경치. **위관기경**(偉觀奇景) 훌륭하고 장엄한 광경과 기묘한 경치.

① 날씨

② 가는 모양

③ 가는 곳과 나

④ 상상하던 것과 실제

⑤ 새로 보고 들은 것

⑥ 가장 인상 깊었던 것

⑦ 거기서 솟은 추억과 희망

⑧ 이날 전체의 느낌 등

7. 추도문

고인(故人)을 추억하는 인생, 죽음, 이별에 대한 일종의 감상문이요 식사문(式辭文)이다.

추도문(追悼文)은 인생에 대한, 죽음에 대한, 영결(永訣)에 대한 감상과 예식의 글이다. 그러므로 감상문과 식사문의 요령을 참작하면 그만일 것이나, 감상과 의례의 대상이 인생이요, 이미 사망하여 우리와 모든 것으로 절연하고 간 인생 이상의 인생이라, 너무나 엄숙함에 당황하기 쉽고 비탄에 치우쳐 분별을 잘못하기 쉬운 글이 이 글이며, 또한 감정에 너무 여유를 가져도 투식(套式)에만 빠져 진정

투식(套式) 굳어진 틀로 된 법식.설피다 솜씨가 거칠고 서투르다.

이 설필 염려도 있는 것이 이 추도문이다.

죽음이란 누구나 복종하지 않을 수 없는 위대하고 신비한 사태다. 이 위대·신비한 사태에 든 고인에게는

(1) 경건해야 할 것이요,

사람이 일생을 가졌다 함은 크나 작으나 그가 남긴 업적에 의의가 있을 것이므로

(2) 고인이 살았을 때의 신선한 일 면모를 보여주어 그의 덕풍(德風)과 공적을 찬송해야 할 것이요,

죽음이 슬픈 것은 남아 있는 사람들이 고인을 떠나보내는 정(情)에서요, 이미 죽은 그이로는 마땅히 돌아갈 데로 돌아간 것이라, 슬픔이나 괴로움이란 전혀 무의미한 것이다. 옥에나 갇힌 사람에게처럼 처참히 생각한다든지 불쌍하게만 여긴다든지 하는 동정심은 예의가 아니므로

(3) 슬픔은 오직 쓰는 사람의 몫일 뿐, 고인을 위해서는 명복 비는 것을 잊어서는 안 될 것이다.

짧으나 기나 한 사람의 일생을 회고하는 내용이므로

(4) 원통하고 슬픈 맛〔慷慨味〕이 있어야 한다.

서왕록(逝往錄) (전반 생략)

정지용

사나이가 서른이 훨씬 넘어서 만일 상배(喪配)를 한달 것이면 다시 새로운 행복을 기대하기가 매우 어려울 것이리라. 친구를 잃은 것과 안해를

여읜다는 것을 한갈로 비길 것은 아니로되 삼십 평생에 정든 친구를 잃고
보면 다시 새로운 우정의 기쁨을 얻는다는 것은 진정 어려운 노릇에 틀림
없다.

　남녀 간의 애정이란 의외에 속히 불붙는 것이요 상규를 벗는 경우에는
그야말로 전광석화의 보람을 내일 수도 있는 노릇이나 우정이란 그렇게
쉽사리 익어질 수야 있으랴? 적어도 십 년은 갖은 곡절을 겪은 후라야 서
로 사랑한다기보다도 서로 존경할 만한 데까지 갈 수 있는 것이 아니랴.

　우정이란 대체 어떻게 이루어지는 것인지 알 수가 없다. 그러나 우정이
란 연정도 아니요, 동호자끼리 즐길 수 있는 취미에서 반드시 오는 것도
아니요, 또는 동지라고 반드시 친구가 될 수 있는 것도 아니요, 설령 정견
(政見)이 다를지라도 극진한 벗이 될 수 있는 것이 아니었던가. 더군다나
기질이나 이해(利害)로 우정이 설 수 없는 것은 너무도 밝은 사실이다.

　그러한 것으로 미루어보면 친구는 안해와 흡사하다. 부부애와 우정이
란 나이가 일러서 비롯하여 낫살이 든 뒤에야 둥글어지는 것이 아닐까?

　'선인(善人)과 선인의 사이가 아니면 우의가 있을 수 없다 ── 끼께로.'

　내가 어찌 감히 선인의 짝이 될 수 있었으랴.

　'악인도 때로는 기호(嗜好)를 같이할 수 있고 호오(好惡)를 같이할 수
있고 공외(恐畏)를 같이할 수 있는 것을 보아오는 바이나 그러나 선인과
선인 사이에 우의라고 일컫는 바는 악인과 악인 사이에서는 붕당(朋黨)이
다 ── 끼께로.'

　내가 스스로 악인인 것을 고백할 수도 없다.

서왕(逝往) 가버림. 상배(喪配) 아내의 죽음을 당함. 상처(喪妻). 상규(常規) 보통의 경우에 널리 적용
되는 규칙이나 규정. 또는 사물의 표준. 공외(恐畏) 두려워함. 붕당(朋黨) 정치적 당파.

스스로 악인인 것을 느끼고 말할 만한 것은 그것은 선인의 일이기 때문에!

'사람의 일이란 하잘것없는 것이므로 우리는 사랑하고 사랑받는 그 누구를 항시 구하지 않을 수 없다. 그 연고는 인애(仁愛)와 친절을 제거하여 버리면 무릇 희열(喜悅)이 인생에서 제거되고 말음이다 ── 끼께로.'

이 논파(論破)로써 내 자신을 장식하기에 주저치 아니하겠다. 이 장식에서도 내가 제거된다면 대체 나는 어느 헌 누더기를 골라 입으란 말이냐!

'그의 덕이 우의를 낳고 또한 지탱하는도다. 그리하여 덕이 없으면 우의가 결코 있을 수 없으니 우인(友人)을 화합시키고 또한 보존하는 바자는 덕인저! 덕인저! ── 쎄네까.'

고인이 세상에 젊어 있을 때 그의 덕을 그에게 돌리지 못하였거니 이제 이것을 흰 종이쪽에 옮기어 쓰기도 슬픈 일이 아닐 수 없다.

고인의 부음(訃音)을 들었던 인사들을 만날 때마다 나는 고인의 형제나 근친이 받아야 할 만한 조위(弔慰)의 말씀을 들었던 것이다.

그의 덕을 조금도 따르지 못하였고 우의에 충실치 못하였음에도 고인의 지우(知友)가 그를 아까워할 때에 내가 그와 함께 기억된 줄을 생각하니 두려운 일이다. 한편으로는 도적도 처(妻)는 누릴 수 있으나 오직 선인에게만 허락되었던 우의에 내가 십 년을 포용되었음을 깨달았을 적에 나는 한 일이 없이 자랑스럽다. 나의 반생이 모르는 동안에 보람이 있었던

바자 대, 갈대, 수수깡, 싸리 따위로 발처럼 엮거나 결어서 만든 물건. 울타리를 만드는 데 씀. **부음**(訃音) 사람이 죽었다는 것을 알리는 말이나 글. **조위**(弔慰) 죽은 사람을 조상하고 유가족을 위문함. **지우**(知友) 서로 마음이 통하는 친한 벗.

것이로구나!

짙은 꽃에 숨어 보이지 않더니 〔花密藏難見〕
가지 높으매 소리 홀연 새로워라 〔枝高聽轉新〕

— 두보(杜甫)

뻐꾸기 어데서 저다지 슬프고 맑은 소리를 울어 보내는 것일까. 뻐꾸기
우는 철이 길지 못하여 내가 설령 세상에서 다시 삼십 생애를 뒤풀이한다
할지라도 뻐꾸기 슬픈 소리로 헤일 수밖에 없지 아니하랴! 아아 애달픈
지고! 고인은 덕의 소리와 향기를 끼치고 길이 갔도다.

조금도 엄살이 없이 담담하고 조용하게, 떠난 벗의 덕과 신의를
추모함으로써 평소에 그 벗을 위하지 못했던 것을 마음 아파하였다.

고(故) 이상(李箱)의 추억

김기림

상(箱)은 필시 죽음에게 진 것은 아니리라. 상은 제 육체의 마지막 조각
까지라도 손수 갈아서 없애고 사라진 것이리라. 상은 오늘의 환경과 종족
과 무지 속에 두기에는 너무나 아까운 천재였다. 상은 한 번도 '잉크'로
시를 쓴 일은 없다. 상의 시에는 언제든지 상의 피가 임리(淋漓)하다. 그

임리(淋漓) 피, 땀, 물 따위의 액체가 흘러 흥건한 모양.

는 스스로 제 혈관을 짜서 '시대의 혈서'를 쓴 것이다. 그는 현대라는 커다란 파선(破船)에서 떨어져 표랑하던 너무나 처참한 선체 조각이었다.

다방 N 등의자(藤椅子)에 기대앉아 흐릿한 담배연기 저편에 반나마 취해서 몽롱한 상의 얼굴에서 나는 언제고 '현대의 비극'을 느끼고 소름쳤다. 약간의 해학과 야유와 독설이 섞여서 더듬더듬 떨어져나오는 그의 잡담 속에는 오늘의 문명의 깨어진 '메커니즘'이 엉클려 있었다. 빠리에서 문화옹호를 위한 작가대회가 있었을 때 내가 만난 작가나 시인 가운데서 가장 흥분한 것도 상이었다.

상이 우는 것을 나는 본 일이 없다. 그는 세속에 반항하는 한 악한(?) 정령(精靈)이었다. 악마더러 울 줄을 모른다고 해서 비웃지 말아라. 그는 울다울다 못해서 인제는 누선(淚腺)이 말라버려서 더 울지 못하는 것이다. 상이 소속한 20세기의 악마의 종족들은 그러므로 번영하는 위선(僞善)의 문명에 향해서 메마른 찬웃음을 토할 뿐이다.

흐리고 어지럽고 게으른 시단(詩壇)의 낡은 풍류에 극도의 증오를 품고 파괴와 부정에서 시작한 그의 시는 드디어 시대의 깊은 상처에 부딪쳐서 참담한 신음소리를 토했다. 그도 또한 세기의 암야(暗夜) 속에서 불타다가 꺼지고 만 한 줄기 첨예한 양심이었다. 그는 그러한 불안 동요 속에서 '동(動)하는 정신'을 재건하려고 해서 새 출발을 계획한 것이다. 이 방대한 설계의 어귀에서 그는 그만 불행히 자빠졌다. 상의 죽음은 한 개인의 생리의 비극이 아니다. 축쇄(縮刷)된 한 시대의 비극이다.

파선(破船) 풍파를 만나거나 암초 따위의 장애물에 부딪쳐 파괴된 배. 표랑(漂浪) 뚜렷한 목적이나 정한 곳이 없이 이리저리 떠돌아다님. 여기서는 표류의 뜻. 등의자(藤椅子) 등(藤)나무의 줄기로 엮어 만든 의자. 누선(淚腺) 눈물샘. 축쇄(縮刷) 책이나 그림의 원형(原形)을 그 크기만 줄여서 인쇄함.

시단과 또 내 우정의 열석(列席) 가운데 채워질 수 없는 영구한 공석을 하나 만들어놓고 상은 사라졌다. 상을 잃고 나는 오늘 시단이 갑자기 반세기 뒤를 물러선 것을 느낀다. 내 공허를 표현하기에는 슬픔을 그린 자전(字典) 속의 모든 형용사가 모두 다 오히려 사치하다. '고(故) 이상(李箱)'—— 내 희망과 기대 위에 부정의 낙인을 사정없이 찍어놓은 세 억울한 상형문자(象形文字)야! (후반 생략)

시대를 선행함으로써 항시 고독하던 고우(故友)를 위해 열변의 위로와 그의 예술의 진가를 천명·옹호하는 미덕의 추도문이다. 추도문은 반드시 울려야만 하지 않는다.

8. 식사문(式辭文)

각종 의식이 치러지는 장소에서 낭독하는 문장이다.

경사스러운 일이거나 불행한 일이거나 붓을 들어야할 만큼 친근한 사람이라면 구태여 식사(式辭)로가 아니라도 이미 당사자와 함께 즐거웠고 함께 슬펐을 것이다. 굳이 문장을 꾸미는 의의는 의식을 위해서요 또 참석자 일동에게 들려주어 기분을 고조함에 있다 하겠다. 의식을 위해서니까 먼저

열석(列席) 죽 벌여서 앉은 자리. **고우**(故友) ①사귄 지 오래된 벗. ②이미 세상을 떠난 벗.

(1) 정중해야 할 것이요,

참석자 일동에게 들려주기 위해서니까

(2) 낭독조로 써야 할 것이요,

공중(公衆) 앞에 공개하는 글이므로

(3) 사적인 내용에 치우치지 말 것이요,

식사(式辭)를 혼자 차지한 것이 아니니

(4) 지루하게 길지 말아야 할 것이요,

워낙 형식인 것이 내용까지 형식적이어선 사람들의 기분을 북돋지 못할 것이니

(5) 정분에 절실해 청중에게 심각한 인상을 주는 내용이라야 할 것이다.

재외 혁명동지 환영문

이태준

나는 재내(在內) 3천만의 하나로서 개선입성(凱旋入城)하는 동포, 특히 혁명동지 여러분을 환영하는 말씀을 드리고자 한다.

역사 오랜 민족으로 흥망 없는 민족이 있으리오만, 이번 우리처럼 외적에게 심각한 제압을 받은 민족은 인류사상에 그 유(類)가 드물 것이다. 같은 피압박민족에서도 우리는 그 환경과 비중을 달리해, '민족자결'을 표방하던 국제연맹 시대에도 우리 수족은 풀리지 못하였었다. 안으로는, 민족의 최후재(最後財)인 모어(母語)와 예속(禮俗)까지도 소멸되는 위기에 직면했었고, 밖으로는, 국경 이북과 자유도시 상해까지도 적세(敵勢)권내

에 들어, 세계는 넓다 하나 우리 혁명동지는 기(旗) 들 하늘이 없고, 칼 짚을 땅이 없었던 것이다. 우리 민족의 자유란 백년하청을 기다림같이 망막(茫漠)한 것이었는데, 문득 오늘, 이 해방과 자유의 종소리란 과연 무슨 꿈인가!

경이일 뿐, 꿈은 아닌 것이다. 이 세계혁신의 대현실 앞에 꿈이 있을 리 없는 것이다. 우리는 상기(想起)하기에 얼마나 명료한가? 적의 강제적 보호조약을 비롯해, 합방 당시며, 3·1운동 때며 또는 적의 착취수단이 고도의 자본주의화할 때마다 일어난 허다한 사상전(思想戰), 혹은 투옥, 혹은 축방(逐放), 혹은 피살, 동지 여러분은 그중에서 구사일생을 얻어, 후에 이날 있을 것을 산맹해서(山盟海誓)하고 천애(天涯)에 표표히 망명하였던 것 아닌가? 북명(北溟) 거친 빙원(氷原)에서 풍찬노숙도 얼마였으며, 달 지는 이역 고성(孤城) 하에서 부모처자를 그리는 꿈인들 어찌 한두 번이 었으랴! 고군분투, 칠전팔기, 오오, 열루(熱淚)는 삭풍에 흩고 선혈은 황 야에 스몄으되, 동지 여러분의 조국을 향한 일편단심은 경경불멸(耿耿不滅)하여 헛되지 않았도다!

오오! 굴욕의 36년! 민족의 영원으로는 일순이었으나, 인생 일생으로 는 청춘을 오롯이 바치고도 모자라는 장기간이었다. 동지들 가운데는 이 미, 가권(家眷)이 보아 모르도록 빈발(鬢髮)의 빛을 달리한 이도 있을 것

예속(禮俗) 예의범절에 관한 풍속. 백년하청(百年河清) 중국의 황하가 늘 흐려 맑을 때가 없다는 뜻으로, 아무리 오랜 시일이 지나도 어떤 일이 이루어지기 어려움을 이르는 말. 망막(茫漠) 희미해 또렷치 않음. 축방(逐放) 밖으로 내쫓음. 산맹해서(山盟海誓) 산에 맹세하고 바다에 서약함. 천애(天涯) 하늘 의 끝. 까마득하게 멀리 떨어져 있는 곳. 빙원(氷原) 지표의 전면이 두꺼운 얼음으로 덮여 있는 극지방 의 벌판. 풍찬노숙(風餐露宿) 바람을 먹고 이슬에 잠잔다는 뜻으로, 객지에서 겪는 많은 고생을 이르는 말. 고성(孤城) ①외딴 성. ②같은 편의 도움이 없어 고립된 성. 열루(熱淚) 마음속 깊이 사무쳐 흐르는 뜨거운 눈물. 삭풍(朔風) 겨울철에 북쪽에서 불어오는 찬 바람. 경경불멸(耿耿不滅) 반짝이며 꺼지지 않은, 마음속에서 잊지 못하는 모양. 가권(家眷) 딸린 식구. 빈발(鬢髮) 귀밑털과 머리털.

이요, 적탄에, 혹은 옥고에, 혹은 병마에, 오늘 이 감격을 기다리지 못한 채, 천추의 한을 품은 채, 수방이역(殊方異域)에 고혼(孤魂) 된 이도 한두 분이 아닐 것이다.

오오! 거룩한 동지여! 정의의 열사여 동지들 있음으로 말미암아 오늘 이 땅에 아침이 오는 것이며, 동지들 있음으로 말미암아 우리 민족의 명예가 세계에 유지되는 것이며, 동지들 있음으로 말미암아 아직 우리에게 저 화랑과 충무공의 피가 면면히 흐름을 알지로다! 우리 3천만은 머리털을 깎아 동지들 말굽 아래에 편들, 어찌 동지들의 위공대훈(偉功大勳)에 만에 일인들 보답할 것인가!

더욱, 생각하면, 우리는 얼굴 둘 곳이 없노라. 희랍의 어떤 철인(哲人)은, 금수가 아니라 인간으로 태어난 것, 야만이 아니라 희랍인으로 태어난 것을 운명의 신에게 감사하노라 하였다. 적의 가지가지 간책(奸策)과 폭정하에, 우리는 적을 위하는 총을 들어야 했고, 우리는 피처럼 아픈, 뜻 아닌 말과 글을 배알아야 했다. 호소할 곳이 없이 유린될 대로 유린된 민족의 정조, 오오, 우리는 차라리 금수와 만인(蠻人)으로 못 태어났음을 얼마나 한하였던가! 이제 무슨 낯으로 성한(聖汗)에 젖은 동지들의 위용(偉容)을 우러러볼 것인가!

그러나 형제여 거룩한 지도자여 이것은 하늘이 준 한때 우리 민족의 시련이었다. 우리의 이 회한의 눈물과 쓰린 혼담(魂膽)의 상처를 씻어주고 가리어줄 손도 역시 동지들을 떠나 없는 것이다.

수방이역(殊方異域) 낯선 땅. 고혼(孤魂) 의지할 곳 없이 떠돌아다니는 외로운 넋. 위공대훈(偉功大勳) 훌륭하고 뛰어난 공훈이나 업적. 철인(哲人) ①어질고 사리에 밝은 사람. ②철학자. 간책(奸策) 간사한 계책. 만인(蠻人) 미개한 종족의 사람. 성한(聖汗) 거룩한 일을 위해 흘리는 땀. 혼담(魂膽) 혼백과 간담.

형제의 지도자여 어서 우리 3천만의 앞을 서라. 우리 용렬(庸劣)하나 동지들의 끓는 의열(義烈)에 순화될 것이요, 우리 지둔(遲鈍)하나 동지들의 선혈로 편 건국 대도를 만강(滿腔)의 존경과 신뢰로 따라 나아가리라.

9. 논설문

종교, 예술, 정치, 경제, 교육, 과학 등 인류문화에서 일정한 문제를 가지고 자기의 의견을 주장·진술·선전·권유하는 글이다.

위(魏)나라 문제(文帝)는 "문장(文章)은 경국지대업(經國之大業)이라" 하였고, 『런던 타임즈』의 어느 주필은 "내가 한번 붓을 들면 내각을 3일 내에 넘어뜨릴 수도 있고 새로 세울 수도 있다"고 장담하였다. 다 논설(論說) 문장의 힘을 말함이다.

적게 보아 한 사회, 크게 보아 한 국가, 더 나아간 전 인류, 대체로는 동일한 생활과 운명에 살되, 개개인의 감정, 의견은 모두 다르다. 어떤 일에서나 십인십색(十人十色), 아니 만인만색으로 의견과 의견이 충돌한다. 모든 자질구레한 의견을 묵살하고 대중을 지도할 만한 최선의 의견이란, 어느 사회, 어느 시대에서나 영원히 필요한 것이다. 그런데 누구나 사회에, 세계에 자기의 최선의 의견을 발표할 권

용렬(庸劣) 평범하고 재주가 남보다 못함. 의열(義烈) 의로운 마음이 열렬함. 지둔(遲鈍) 굼뜨고 미련함. 만강(滿腔) 마음속에 가득 참.

리가 있다. 권리뿐 아니라 자기 의견을 어서 발표하고 싶은 충동을 본능적으로 가졌다. 문화 만반에 시사 일체에 어느 한 문제를 가지고 자기의 의견을 진술하고 주장하고 공명을 일으켜서, 민중이 감정적으로 의지적으로 자기를 따르게 하는 것이 논설이다. 논설문은 혼자 즐기려 쓰는 글은 아니다. 언제든지 민중을 독자로 한다. 대세를 자극해 여론의 선봉이 될 것을 이상으로 한다. 그러므로 논설문은,

(1) 공명정대할 것,

(2) 열의가 있어, 먼저 감정적으로 움직여놓을 것,

(3) 확실한 실례를 들어 의심을 살 여지 없이 신뢰를 받을 것,

(4) 논리정연하여 공리공론이 없고 중언부언이 없을 것,

(5) 엄연미(嚴然美)가 있을 것이다.

한글 철자법 시비에 대한 성명서

대개 조선문(朝鮮文) 철자법에 대한 관심은 다만 어문(語文)연구가뿐 아니라 조선민족 전체의 마땅히 가질 바 일이다.

그러나 그중에서도 일일(日日) 천언(千言)으로 글 쓰는 것이 천여(天與)의 직무인 우리 문예가들의 이에 대한 관심은 어느 누구의 그것보다 더 절실하고 더 긴박하고 더 직접적인 바 있음은 자타가 공인할 것이다.

그러므로, 우리는 우리 언문(言文)의 기사법(記寫法)이 불규칙 무정돈함에 가장 큰 고통을 받아왔고 또 받고 있으며, 이것이 귀일통전(歸一統

공리공론(空理空論) 실천이 따르지 않는, 헛된 이론이나 논의. 엄연미(嚴然美) 누구도 감히 부인하지 못할 정도로 명백한 데서 오는 아름다움. 천여(天與) 하늘이 줌.

全)되기를 누구보다도 희구하고 갈망한 것이다.

보라! 세종(世宗) 성왕(聖王)의 조선민족에 끼친 이 지대지귀한 보물이 반천재(半千載)의 일월을 경(經)하는 동안 모화배(慕華輩)의 독아적(毒牙的) 기방(譏謗)은 얼마나 받았으며, 궤변자의 오도적(誤導的) 장해는 얼마나 입었던가.

그리하여, 이조 오백 년간 사대부층의 자기에 대한 몰각, 등기(等棄), 천시, 모멸의 결과는 필경 이 지중한 언문 발전에까지 막대한 저애(沮礙)와 장예(障翳)를 주고야 만 것이다.

그러다가, 고 주시경(周時經) 선각의 혈성(血誠)으로 시종한 필생의 연구를 일획기(一劃期)로 하여 현란(眩亂)에 들고 무잡(蕪雜)에 빠진 우리 언문 기사법은 보일보(步一步) 광명의 경으로 구출되어온 것이 사실이요, 마침내 사계(斯界)의 권위들로써 조직된 조선어학회로부터 거년(去年) 10월에 '한글 맞춤법 통일안'을 발표한 후, 주년(周年)이 차기 전에 벌써 도시와 촌곽(村郭)이 이에 대한 열심한 학습과 아울러 점차로 통일을 향하여 촉보(促步)하고 있음도 명확한 현상이다.

그러함에도 불구하고, 근자의 보도에 의하여 항간 일부로부터 기괴한 이론으로 이에 대한 반대운동을 일으켜 공연한 교란을 꾀한다 함을 들은 우리 문예가들은 이에 묵과할 수 없음을 깨달은 것이다.

귀일통전(歸一統全) 하나로 돌아가 완전하게 합쳐짐. **반천재(半千載)** 500년. **모화배(慕華輩)** 중국의 문물이나 사상을 우러러 사모하는 무리. **독아적(毒牙的)** 독니처럼 악랄한. **기방(譏謗)** 남을 비웃고 헐 뜯어서 말함. **오도(誤導)** 그릇된 길로 이끎. **등기(等棄)** 탐탁지 않게 여겨서 버림. **저애(沮礙)** 일이나 행동 따위를 막아서 방해함. **장예(障翳)** ①덮어 가림. ②그늘. **혈성(血誠)** 진심에서 우러나오는 정성. **현란(眩亂)** 정신을 차리기 어려울 정도로 어수선함. **무잡(蕪雜)** 사물이 되는대로 뒤섞여서 어수선함. **보일보(步一步)** 한 걸음 한 걸음. **사계(斯界)** 해당되는 분야. 또는 그런 사회. **거년(去年)** 지난해. **주년(周年)** 일 년을 단위로 돌아오는 돌을 세는 단위. 여기서는 1주년. **촉보(促步)** 걸음을 빨리함.

그 소위 반대운동의 주인공들은 일찍 학계에서 들어본 적 없는 야간총생(夜間叢生)의 '학자'들인 만큼, 그들의 그 일이 비록 미력 무세(微力無勢)한 것임은 무론(毋論)이라 할지나, 혹 기약 못할 우중(愚衆)이 있어, 그것으로 인하여 미로에서 방황하게 된다 하면, 이 언문통일에 대한 거족적 운동이 차타(蹉跎) 부진할 혐(嫌)이 있을까 그 만일을 계엄(戒嚴)하지 않을 수도 없는 바다.

그러나, 또한 동시에 일에는 매양 조그마한 충동이 있을 적마다 죄과를 남에게만 전가하지 말고 그것을 반구저기(反求諸己)하여 자신의 지공무결(至公無缺)을 힘쓸 것인 만큼 이에 제(際)하여 언문통일의 중책을 지고 있는 조선어학회의 학자 제씨도 어음(語音)의 법리(法理)와 일용의 실제를 양양상조(兩兩相照)하여 편곡(偏曲)과 경색(硬塞)이라고는 추호도 없도록 재삼 고구하지 않으면 안 될 것이다.

여하간 민중의 공안(公眼) 앞에 사정(邪正)이 자판(自判)된 일인지라, 이것은 '호소(號訴)'도 아니요, '환기'도 아니요, 다만 우리 문예가들은 문자 사용의 제일인자적 책무상, 아래와 같은 삼칙(三則)의 성명을 발하여 대중의 앞에 우리의 견지를 천효(闡曉)하는 바다.

성명 삼칙

1. 우리 문예가 일동은 조선어학회의 '한글 통일안'을 준용하기로 함.

야간총생(夜間叢生) 간밤에 무더기로 생겨남. 우중(愚衆) 어리석은 대중. 혐(嫌) 여기서는 '염려'의 뜻. 계엄(戒嚴) 일정한 곳을 병력으로 경계함. 반구저기(反求諸己) 자신을 돌아보며 허물을 살핌. 지공무결(至公無缺) 지극히 공정해 모자람이 없음. 제(際)하다 당하다. 즈음하다. 양양상조(兩兩相照) 둘을 서로 대조함. 편곡(偏曲) 한쪽으로 치우쳐 구부러짐. 경색(硬塞) 굳어져 막힘. 고구(考究) 자세히 살펴 연구함. 공안(公眼) 공정한 안목. 사정(邪正) 그릇됨과 올바름. 자판(自判) 저절로 분명하게 밝혀짐. 천효(闡曉) 드러내 밝힘.

2. '한글 통일안'을 저해하는 타파의 반대운동은 일절 배격함.

3. 이에 제(際)하여 조선어학회의 통일안이 완벽을 이루기까지 진일보의 연구 발표가 있기를 촉(促)함.

갑술(甲戌) 7월 9일 조선 문예가 일동

── 78인 성명 생략

논리정연하다. 먼저 자기들과 철자법 통일과의 관계가 누구보다도 중요함을 밝힌 것은, 첫째, 이런 성명을 쓰는 것이 부질없는 일이 아니란 것, 둘째, 이런 문제에 관해서는 어느 층의 사람들보다 자신들의 견해가 정확하리란 것을 믿게 하였다. 또 '한글 통일안'을 지지함에 만인의 공인을 얻기 위해 상식적인 이유를 들었고, 뿐만 아니라 언문통일이란 문인, 학자들의 일만이 아님을 대승적(大乘的) 견지에서 설파하였다. 끝으로 조선어학회의 학자들에게도 양양상조하여 편곡됨이 없도록 부탁한 것은, 태도의 공명(公明)뿐 아니라, 성명의 목적이 결국엔 철자법 그것에 있음을 보이는 것이다.

일초일목(一草一木)에의 애(愛)

1

등산로에 길가에 쓰러진 꽃 한 포기를 세우고 뿌리를 묻어주는 심정은 누구나에게 있고 싶은 정신이다. 더구나 북한, 도봉 등과 같이 대도시에 인접한 산야(山野)나 금강산 같은 공원적인 산야에 다니는 자에게는 이러한 정신을 발휘할 절호한 기회가 있는 것이다. 내가 아름답다고 본 것을 남들에게도 아름답게 보이자는 심정이 그 얼마나 높고 아름다운 것이랴. 이러한 심정이야말로 문화민족의 표가 되는 것이다.

2

춘절(春節) 이래로 하이킹하는 청년들이 많아지는 것은 다만 건강을 위해서뿐 아니라 정신의 수양상으로도 기뻐할 일이거니와 아직 이러한 생활에 관한 훈련이 부족하기 때문에 청유(淸遊)를 청유로 하지 아니하고 난잡무례한 놀이와 같이 생각하여서 마치 모든 도덕과 절제에서 일시 해방된 것같이 보이는 예가 있음은 유감된 일이다. 산야에서 자연을 접할 때에도 마땅히 애(愛)와 경(敬)으로써 할 것이니 일초일목(一草一木), 일석일금(一石一禽)에 대해서 애경(愛敬)의 정을 느낄 때에 비로소 우리는 자연의 미를 느끼고 자연의 말을 들을 수 있는 것이다. 난잡한 자세를 짓고 무절제한 방가(放歌), 방언(放言)을 하면서 자연을 대하는 것은 극장에서 무대에 주의하지 아니하고 같은 관중의 정숙을 고려치 아니하는 자와 꼭 같은 것이다.

하물며 꽃과 나뭇가지를 꺾고 돌을 굴리며 오예물(汚穢物)을 처치하지 아니하는 등 난행에 이르러서는 진실로 빈축할 일이요, 사회의 수치라고 아니할 수 없다. 런던의 템즈강에는 종잇조각 하나 뜨는 일이 없다고 하지 아니하느냐.

　　　　　　　　　　　　　　　—『조선일보』1937년 4월 30일자 사설에서

춘절(春節) 봄철. 청유(淸遊) 아담하고 깨끗하며 속되지 아니하게 놂. 방가(放歌) 거리낌 없이 크고 높은 목소리로 노래를 불러 댐. 방언(放言) 거리낌 없이 함부로 말을 함. 또는 그 말. 오예물(汚穢物) 지저분하고 더러운 물건. 난행(亂行) 난잡한 행동. 빈축(嚬蹙) ①눈살을 찌푸리고 얼굴을 찡그림. ②남을 비난하거나 미워함.

제목이 '일초일목(一草一木)에의 애(愛)'다. 퍽 정서적이다. 읽는 사람의 감정부터 자극할 필요가 있다. "내가 아름답다고 본 것을 남에게도 아름답게 보이자는 심정이 그 얼마나 높고 아름다운 것이랴" 하여 과연 읽는 사람에게 감정적으로 먼저 충동을 준다. 나무나 꽃을 꺾는 것이 나쁘다는 것쯤은 상식이다. 케케묵은 상식만 중언부언 하면 깊이 마음속에 울릴 리 없다. 더구나 일초일목을 아끼는 것은 사상이기보다 감정임에 더 아름다운 일이니, 사상으로보다 정조로 고취시킴이 교화적 의의도 더욱 클 것이다. "마치 모든 도덕과 절제에서 일시 해방된 것같이 보이는 예"를 말한 것, 템즈강의 실례를 든 것은, 모두 이 논설의 훌륭한 보강재료들이다.

인생

인생칠십고래희(人生七十古來稀)라는 말도 있거니와 인생은 과연 짧은 것이다. 짧은 데다가 언제 죽을는지도 모르는 불가사의의 인생이다. 짧은 이 인생을 어찌하면 좀 더 의의 있고 가치 있게 살다가 죽을 수 있을까. 별수 있나 되는대로 살다 죽지 하는 것이 일종의 농담으로 되는 것은 용혹무괴(容或無怪)나 진정한 뜻으로서 사용되어서는 안 될 줄 안다. 취생몽사(醉生夢死)의 생활, 이에서 더 공허하고 적막하고 한되는 생활이 어디 있으랴.

인생칠십고래희(人生七十古來稀) 예부터 사람이 일흔 살까지 사는 경우는 드묾. 용혹무괴(容或無怪) 혹시 그런 일이 있더라도 괴이할 것이 없음. 취생몽사(醉生夢死) 술에 취해 자는 동안에 꾸는 꿈속에 살고 죽는다는 뜻으로, 한평생을 아무 하는 일 없이 흐리멍덩하게 살아감을 비유적으로 이르는 말.

○

금수(禽獸)의 생활은 먹고 마시고 생식하는 것 이외에 다른 것이 없을 것이다. 그러나 사람의 생활은 먹고 마시고 생식하는 것 이외에 진(眞)을 찾고 선(善)을 찾고 미(美)를 찾게 되는 것이 이것이 금수와 다른 점이요 이것이 사람의 사람다운 점이라 할 것이다. 다시 말하면 금수는 본능적으로 충동적으로 행동하고 현재 만족에 여념이 없지마는 사람은 과거와 현재와 미래의 모든 경험을 아울러 생각하여 보다 낫고 보다 좋은 생활을 영위하려고 애쓰는 것이 다르다는 것이다.

○

시간적으로 보아서나 공간적으로 보아서 사람은 지극히 미약하고 보잘것없는 물건이다. 그러나 사람은 위대한 영능(靈能)이 있어서 고결한 이상을 동경하고 원대한 목적을 향하여 애쓰고 나아가는 절대무한의 생명 그 물건이다.

○

사람은 언제 죽을는지 모른다. 이따나 내일 죽을 것같이 준비치 않으면 안 될 것이요, 앙천부지(仰天俯地)하여 부끄러울 것이 없는 바른 생활을 하도록 늘 경계하고 지나지 않으면 안 될 것이니 이러한 긴장미가 있는 생활이야말로 진실된 생활이라 할 것이다.

○

사람은 대자연에 대하여 너무 주문이 많고 자만이 많은 것 같다. 자기 때문에만 세상이 생겼고 자기 때문에만 삼라만상이 갖추어 있는 줄 아는

영능(靈能) 신령스러운 능력. 앙천부지(仰天俯地) 하늘을 우러러보고 땅을 굽어봄.

이가 많다. 조금만 자기 맘에 맞지 않고 맘대로 되지 아니하면 불평을 말하고 실망하고 비관을 하고 염세(厭世)를 하여 자살하는 데까지 이르게 된다. 이 얼마나 욕심 많은 자기중심의 사상인가. 마치 항해하는 자가 풍우(風雨)와 파랑(波浪) 없이 대해를 건너고자 하는 바와 같은 것이다. 고어(古語)에도 기(己)를 아는 자는 인(人)을 원(怨)치 않고 명(命)을 아는 자는 천(天)을 원치 않는다 하였으니 한 번 더 자신을 반성해볼 필요가 없을까.

○

간난(艱難)과 역경은 언제나 있는 것이다. 간난과 역경은 사람의 수양에 따라 능히 경감되는 수도 있고 또 이것이 인연으로 좋은 결과를 맺게 할 수도 있는 것이니 간난과 역경은 인생의 시금석인 동시에 폭풍우 후에 청천(晴天)이 있는 바와 같이 순경(順境)과 호운(好運)이 전개될 것이다. 인생의 찬연한 페이지는 한 번도 실패 없이 위험 없이 운 좋게 지났다는 것보다도 백 번 쓰러지되 굽히지 않고 일어서는 곳에 있을 것이다.

—『신동아』의 권두언

'인생'이란 거대한 문제를 가졌으되 조금도 덤비지 않고, 진리란 쉽고 가까운 데 있다는 듯한 자신을 가지고 도란도란, 친절히 이야기하듯 썼다. 동물의 생활과 인간의 삶이 다른 점, 자연에의 욕심이 너무 많은 것, 실패 없는 성공이 없다는 것, 모두 한번 반성하고 굳센 새 신념을 품게 하는 힘이 있다.

간난(艱難) 몹시 힘들고 고생스러움. 순경(順境) 모든 일이 순조로운 환경.

금일의 문학을 비평함에 있어 관학적(官學的) 비평은 알맞지 않다. 학자의 비평과 같이 너무도 교양이 많고, 너무도 박학하고, 너무도 과거에 속박을 받는 비평은 새로운 작품 앞에선 몸이 무겁고 거북한 것이 사실이다. 이때에 필요한 것은, 늘 새로운 예술작품에 공명하기 위하여 경악과 상탄(賞歎)을 준비하고 있는 민첩하고 교묘한 자연발생적인 구두비평(口頭批評)이다. 그러나 이 같은 비평은 학자의 고전비평에 비하면 퍽 곤란한 것이다. 쥬우벨이 말한 것과 같이 '고대인 되기보다는 근대인 되기가 훨씬 어렵다.' 우리가 고대의 기성 사실의 세계 가운데서 사는 것보다는 자기네의 시대를 그 운동에서 그 직접적이고 흩어지기 쉬운 존재에서 느끼고 맛보는 것이 더욱 곤란하기 때문이다.

　이상에 우리는 구두비평의 기능을 보아왔다. 나는 형태에 대하여 좀 더 고찰을 넓히고자 한다. 구두비평은 물론 말로써 하는 비평이지만, 이것은 그 본질이고, 본질이 언제든지 본질대로만 있는 것은 아니다. 만일 그렇다면 그것은 문학가치의 대부분을 잃을 수밖에는 없을 것이다. 왜 그러냐 하면 순수한 구두비평은 글을 쓰지 않을 것이고, 글을 쓰지 않는 이상 그는 문학세계에 참가할 수 없으며, 또 그 자신도 참가치 않으려고 할 것이다. 그렇기 때문에 절대적 이상적인 구두비평이라는 것은 실제로 존재치 않는다. 그는 대개 그의 담화를 수기, 서간, 일기, '노트' 등에 기록하여두기 마련이다. 이리하여 비평사상에 빛나는 허다한 '수상록'과 '일기'는 생겨난 것이다.

　그러나 현대에 있어 구두비평의 기록으로서 다른 모든 형태를 흡수하

상탄(賞歎) 칭찬하고 감탄함.

여버린 위대한 비평이 있다. 그것은 즉 우리가 오늘날 보는 신문비평이다. 신문비평은 얼른 생각하기에 직업적 비평의 전형같이 보이나 그러나 그 본질에 있어선 역시 민중의 구두비평이다. 왜 그러냐 하면 신문비평가 즉 저널리스트는 쌩트-뵈브가 말한 것과 같이 '공중(公衆)의 서기(書記)'이기 때문이다. 다만 이 서기는 사람이 구술하는 것을 기대하지 않고 자진하여, 세상사람들이 생각하고 있는 바를 매일 아침 통찰하고 변별하고 편집한다.

따라서 신문비평이 설혹 잡지나 단행본 가운데서 발견된대도 그것은 무방하다. 그것이 금일의 정신과 금일의 재지(才智)로써 금일의 작품을 비평한 것이라면 소재(所載) 형식의 여하를 물을 것 없이 신문비평이다. 그것은 신선한 형태하에 금일의 사상을 표현하고 관학주의(官學主義)의 모든 외관을 피하여가면서 독자에게 지식을 신속하고 유쾌하게 줄 수 있는 모든 수단을 사용하여 쓴 비평이다. 현대인은 벌써 '쌀롱'에서 신간 평론을 하지 않는다. 신문은 '쌀롱'의 대신인 동시에 금일의 서적 ── 24시간 내지 12시간의 서적이다.

─ 최재서의 「비평의 형태와 기능」에서

신문비평의 가치를 역설하였다. 이 역설을 위해선, 관학적, 즉 학문식 비평이 오늘의 문학에 알맞지 않은 점, 자연발생적인 구두비평이 결국 신문비평에 이르는 점을 밝혀 논리의 성립을 확호부동하게 하였다.

재지 (才智) 재주와 슬기. 소재 (所載) 어떤 곳에 실려 있음.

독서개진론(讀書開進論)

황국(黃菊) 단풍이 어느덧 무르녹아 달 밝고 서리찬 밤 울어 예는 기러기도 오늘내일에 볼 것이다. 독서하기 좋은 계절이다. 하늘 높고 바람 급한 적에 호마(胡馬)가 길이 소리쳐 장부의 팔이 부르르 떨치면서 넌지시 만리(萬里)의 뜻을 품은 것은 가을의 정감이다. 그러하매 옛사람이 가을밤 벽상(壁上)에 장검을 걸고 홀로 병서(兵書)를 읽었다고 하니 가을의 숙살(肅殺)한 기운이 무한정진(無限征進)의 의도를 충동일 제 그 기(機)와 경(境)이 알맞게 의도를 펼 수 없는 것이 인생의 상사(常事)인 고로 걸린 장검에서 그 의도가 식지 않고 읽어가는 병서에서는 더욱 천하의 뜻이 굼닐어 나아가는 것이니 독서의 의의와 영감이 여기 있는 것이다. 그러나 반드시 가을이 아니니 언제나 독서는 자아인 인생을 객관의 경(境)에서 새로 발견하는 것이요 고인의 자취에서 조을고 있던 정돈(停頓)되었던 위대한 나를 고쳐 인식하는 것이며 하필 남자만의 일이 아니니 남성이건 여성이건 누구나 독서에서 새로운 지견(智見)과 생신(生新)한 천지를 개척하여가는 것이다. 병서(兵書), 오로지 독서자의 경륜에 투합(投合)할 바 아니니 무릇 사회 백가(百家)의 서(書)와 과학 제문(諸門)의 술(述)을 각각 그 취미와 공용(功用)에 따라 자재하게 선택할 것이다. (중략)

호마(胡馬) 예전에, 중국 북방이나 동북방 등지에서 나던 말. 숙살(肅殺) 기운이나 분위기 따위가 냉랭하거나 엄정함. 상사(常事) 보통 있는 일. 굼닐다 물결 따위가 굼실대며 솟았다 잦아들었다 하다. 지견(知見) 지식과 견문. 생신(生新) 산뜻하고 새로움. 투합(投合) 뜻이나 성질이 서로 잘 맞음. 제문(諸門)의 술(述) 여러 학문의 저술. 공용(功用) 공을 들인 보람이나 효과. 자재(自在) 속박이나 장애가 없이 마음대로임.

○

고인(古人)들은 흔히 맹목으로 추종하고 직역(直譯)으로 강참(降參)하는 자 많더니 금인(今人)들은 혹 해외의 좌익(左翼)이란 선구자의 언론에 맹목으로 추종하는 자 많아 그 경우와 역사와 현실의 정세란 자가 같으되 다른 진경비의(眞境秘義)를 미처 모르는 자 적지 않은 터이다. 고인의 그러함이 반드시 정주(程朱)의 죄 아님과 마찬가지여서 금인의 그러함도 역시 해외의 좌익 선구자의 허물이 아닐 것이다. 무릇 비판적이 아닌 곳에 정주가 조선을 그 사상적 식민지로 잡아 일세(一世)의 유관(儒冠)한 자로 전역(全域)을 들어 숭외(崇外)의 제물로 내주려고 하였으니 그 환(患)의 막심한 자이었었다. 비판적이 아닌 곳에 현대의 독서 사색하는 자로 의외의 과오를 지도자로서 범할 수 있는 것이니 독서와 그에서 나오는 실천이 워낙 쉬운 바 아니다. 나의 처지를 밝히 알고 거기서 남의 지난 자취를 찾을 때에 비로소 남이 갖지 못하는 진정한 진로가 터지는 것이다. 내 일찍 지리산의 풍운 속에 길을 잃어 밀림을 헤치고 계곡을 더위잡아 길 없는 길을 더듬어 내려올새 황량한 고목 속에서 초부(樵夫)에게 찍힌 도끼자국을 보고 눈에 번쩍 띄어 먼저 다녀간 그 님의 자취를 기껍노라 공경하였었다. 사람은 자기의 힘차는 노력을 끊임없는 값으로 치르면서 그리고 앞서 지나간 선구자의 끼친 터를 찾을 때에만 바야흐로 참으로 비상 존귀한 인세(人世)의 교훈과 가치를 얻는 것이다. 독서의 비결이 그 여기에 있을 것이다. 그러나 무릇 독서는 그 때와 사람이 따로 있지 않으니 현대인은

진경비의(眞境秘義) 참된 경지가 숨은 뜻. 정주(程朱) 중국 송나라의 유학자 정호(程顥)·정이(程頤) 형제와 주희(朱熹)를 아울러 이르는 말. 유관(儒冠) 유생들이 쓰는 관. 숭외(崇外) 다른 나라를 우러러봄. 더위잡다 의지가 될 수 있는 것을 잡다. 초부(樵夫) 나무꾼.

모두 일생을 일하고 독서함을 요한다.

— 안재홍의 「독서개진론」

웅혼호방(雄渾豪放)한 문장이다. 사리가 정당하고 논리가 바른 것은 물론, 내용 이상 독자를 압도해 충격을 주는 힘이 있다. 현하(懸河)의 변(辯)을 듣는 듯하다. 일종의 엄연미다. 이것은 문체의 힘만은 아니요 필자의 기개요 위엄 있는 태도라 하겠다. 대중과 대세를 상대로 하는 글은, 연설이나 마찬가지로, 우선 관심을 끌고 못 끌고에 따라 효과에서 차이가 클 것이다.

10. 수필

자연, 인사(人事), 만반에 단편적인 감상, 소회(所懷), 의견을 가볍고 소박하게 서술하는 글이다.

수필(隨筆)이란 하고 싶은 대로 자기를 표현하는 글이다. 논조(論條)를 밝히고 형식을 차릴 것 없이 그냥 쓰고 싶어서 쓰는 글로, 한 감상, 한 소회, 한 의견이 문득 솟아오를 때, 설명으로든 묘사로든, 가장 솔직하게 표현하는 글이다. 솔직하기 때문에 논문보다 오히려 찌름이 빠르고 날카롭고, 형식에 잡히지 않기 때문에 아름다운

웅혼호방(雄渾豪放) 웅장하고 도량이 크며 자유로운 기상이 넘침. 현하(懸河)의 변(辯) 급한 경사를 세게 흐르는 하천처럼 막힘없는 말.

시경(詩境)이나 가벼운 경구, 유머가 적나라하게 나타나버린다. 그래서 어떤 사람은 수필을 강의나 연설이 아니라 좌담과 같은 글이라, 혹은 정식(定食)이나 회석(會席) 요리가 아니라 일품(一品) 요리와 같은 글이라 하였다. 그럴듯한 비유다. 단적이요 트여 있어서 글쓴이의 됨됨이가 첫마디부터 드러나는 글이 이 수필이다. 그 사람의 자연관, 인생관, 그 사람의 습성, 취미, 그 사람의 지식과 이상, 이런 모든 '그 사람의 것'이 직접 재료가 되어 나오기 때문이다. 누구에게나 수필은 심적 나체다. 그러니까 수필을 쓰려면 먼저 '자기의 풍부'가 있어야 하고 '자기의 미'가 있어야 할 것이다. 세사 만반에 통달해서 어떤 사물에 부딪치든 정당한 견해에 빨라야 할 것이요, 정당한 견해에서 한 걸음 나아가 관찰에서나 표현에서나 독특한 자기 스타일을 가져야 할 것이다.

창(窓)

김진섭

창을 해방의 도(道)에 있어서 잠시 생각하여본다. 이것은 즉 내 생활의 권태에 못 이겨 창 측에 기운 없이 몸을 기대었을 때 한 갈래 두 갈래 내 머리로부터 흐르려던 사상의 가난한 묶음이다.

철학자 게오르크 짐멜은 일개 화병의 손잡이로부터 놀랄 만큼 매력 있는 하나의 세계관을 도출하였다. 이것은 적어도 하나의 유명한 사실임을

시경(詩境) ①시의 경지. ②시흥을 불러일으키거나 시정(詩情)이 넘쳐흐르는 아름다운 경지.

잃지 않는다. 이 예에 따라 나는 여기 한 개의 창을 관찰의 대상으로 삼으려 한다. 그러나 이것이 과연 하나의 버젓한 세계관이 될지 또한 하나의 '명색수포철학(名色水泡哲學)'에 귀(歸)하고 말지는 보증의 한(限)이 아니다. 그 어떠한 것에 이 '창 측의 사상'이 속하게 되든 물론 이것은 그 나쁘지 않은 기도에도 불구하고 아직은 오히려 하나의 미숙한 소묘에 그칠 따름이다.

창은 우리에게 광명을 가져오는 자이다. 창이란 흔히 우리의 태양임을 의미한다.

사람은 눈이 그 창이고 집은 그 창이 눈이다. 오직 사람과 가옥에 멈출 뿐이랴. 자세히 점검하면 모든 물체는 그 어떠한 것으로 의하여서든지 반드시 그 통로를 가지고 있음은 두말할 것도 없다. 우리는 그 사람의 눈에 매력을 느낌과 같이 집집의 창과 창에 한없는 고혹(蠱惑)을 느낀다. 우리를 이와 같이 색인(索引)하여 놓으려 하지 않는 창 측에 우리가 앉아 한가히 보는 것은 그러므로 하나의 헛된 연극에 비교될 성질의 것은 아니다. 우리가 여기서 볼 수 있는 것은 너무나 많은 것 — 즉 그것은 자연과 인생의 무진장한 풍일(豊溢)이다. 혹은 경우에 의하여서는 세계 자체일 수도 있는 것 같다. 창 밑에 창이 있을 뿐 아니라, 창 옆에 창이 있고 창 위에 또 창은 있어 — 눈은 눈을 통하여 창은 창에 의하여 이제 온 세상이 하나의 완전한 투명체임을 볼 때가 일찍이 제군에게는 없었던가?

우리는 언제든지 되도록이면 창 옆에 머물러 있으려 한다. 사람의 보려

명색수포철학(名色水泡哲學) 허울만 좋을 뿐 물거품인 철학. 고혹(蠱惑) 남을 홀림. 색인(索引) 묶어서 당김. 풍일(豊溢) 많아서 차고 넘침.

하는 욕망은 너무나 크다. 이리하여 사람으로부터 보려 하는 욕망을 거절하는 것같이, 큰 형벌은 없다. 그러므로 그를 통하여 세태를 엿볼 수 있는 유일한 기회를 주는 창을 사람으로부터 빼앗는 감옥은 참으로 잘도 토구(討究)된 결과로서의 암흑(暗黑)한 건물이라 할 수 있다.

그러나 우리는 우리가 창을 통하여 보려는 것이 과연 무엇일까를 알지 못한다. 그럼에도 불구하고 우리는 그것 보기를 무서워하면서까지 그것을 보려는 호기심에 드디어 복종하고야 만다. 그러므로 우리는 창을 한없이 그리워하면서도 동시에 이 창에 나타날 터인 것에 대한 가벼운 공포를 갖는 것이다. 문은 어떠한 악마를 우리에게 소개할지 사실 알 수 없는 까닭이다.

나라와 나라 사이에 고을과 고을 사이에 도로 산천을 뚫고 우리와 우리에 속한 것을 운반하기 위하여 주야로 달음질치는 기차 혹은 알기도 하고 혹은 모르기도 한 번화한 거리와 거리에 질구(疾驅)하는 전차, 자동차 — 그것은 단지 목적지에 감으로써만 의미가 있는 것일까?

아니다. 적어도 나에겐 그것이 이 세계의 생활에 직접으로 통하고 있는 하나의 변화무쌍한 창으로서 더욱 의미가 있는 듯싶다. 그러므로 우리는 항상 기차를 탈 때면 조망이 좋은 창을 선택하려는 것이다. 그럼으로 의하여 우리는 흔히 하나의 풍토학(風土學), 하나의 사회학에 참여하는 기회를 잃지는 않으려는 것이다. 여행자가 잘 이용하는 유람자동차라는 것이 요새는 서울의 거리에도 서서히 조종되고 있는 것을 나는 가끔 길 위에서 보지만 그것을 볼 때 나는 이것이 흥미에 찬 외래자(外來者)의 큰

토구(討究) 사물의 이치를 따져 가며 연구함. 질구(疾驅) 빨리 달림.

눈동자로서밖에는 느끼어지지 않는다. 모르는 땅의 교통과 풍속이 이러한 달아나는 차창에 의하여 얻을 수 없다면 여행자의 극명한 노력은 지둔(遲鈍)한 다리와 발에 언제까지든지 지불되어야 할 것이다.

여기 가령 비행기가 떴다 하자, 여기 가령 어디서 불이 났다 하자, 그러면 그때에 우리는 가장 가까운 창에 부산하게 몰린다. 그때 우리가 신사 체면에 서로 머리를 부닥침이 좀 창피하다 하더라도 관(關)할 바이랴! 밀고 헤쳐서까지 우리는 조망이 편한 창 측의 관찰자가 되려 하는 것이다. 점잖스럽게 창과는 먼 곳에 앉아 세간에 구구한 동태에 무관심을 표방하고 있는 인사가 결코 없지 않으나 알고 보면 그인들 별수가 없는 것이다. 비행기의 '프로펠러'에 그의 조화는 완전히 파괴되어 있는 것이다.

우리로 하여금 항상 창 측의 좌석에 있게 하는 감정을 사람은 하나의 헛된 호기심이라고 단정하여버릴지도 모른다. 그러나 사람의 보려 하는 참을 수 없는 충동은 이를 헛된 호기심으로만 지적하기에는 너무도 심각한 것 같다. 참으로 사람이란 자기 혼자만으로는 도저히 살 수가 없는 것이고 그보다는 다른 사람의 생활에 의하여 또는 다른 사람 생활을 봄으로 의하여 오직 살 수가 있는 엄숙한 사실에 우리가 한번 상도(想到)하여 보면 얼마나 많이 이 창 측의 좌석이 이 위급한 욕망에 영양을 제공하고 있는가를 용이하게 알 수가 있다. 이리하여 우리가 가령 달아나는 전차에 몸을 싣는다는 것은 우리가 어떠한 목적지를 지향하고 있는 구실 밑에 달아나는 가로(街路)에 있어 구제하기 어려운 이 욕망의 충족을 꾀함을 의미하는 것이다. 많은 사람사람의 무리, 은성(殷盛)한 상점의 '쇼윈도

상도(想到) 생각이 어떤 곳에 미침. 은성(殷盛) 번화하고 풍성함.

우' — 우리가 흔히 거리의 동화(童話)에 가슴에 환영을 여러 가지로 추리하는 기회를 여기서 가짐이 무엇이 나쁘랴? 도시의 가로는 그만큼, 충분, 풍부하다. 달아나는 창은 무엇보다도 그것을 또 잘 보여준다.

창에 대한 건축가적 정의가 아니다. 생활인으로서 인생관으로서 자기류로서, 창의 정의를 음미·천명했다. 가장 평범한 대상에 학적 술어를 끌어 이론하는데, 탈속·청기(淸奇)한 풍미가 있다. 수필의 좋은 경지다.

권 태 (일부)

이상

길 복판에서 6, 7인의 아이들이 놀고 있다. 적발동부(赤髮銅膚)의 반라군(半裸群)이다. 그들의 혼탁한 안색, 흘린 콧물, 두른 베 두렁이, 벗은 옷통만을 가지고는 그들의 성별조차 거의 분간할 수 없다.

그러나 그들은 여아가 아니면 남아요 남아가 아니면 여아인, 결국에는 귀여운 5, 6세 내지 7, 8세의 '아이들'임에는 틀림이 없다. 이 아이들이 여기 길 한복판을 선택하여 유희하고 있다.

돌멩이를 주워온다. 여기는 사금파리도 벽돌조각도 없다. 이 빠진 그릇을 여기 사람들은 내버리지 않는다.

그러고는 풀을 뜯어온다. 풀 — 이처럼 평범한 것이 또 있을까. 그들에

청기(淸奇) 맑고 기이함. 적발동부(赤髮銅膚) 붉은 머리에 구릿빛 피부. 두렁이 어린아이의 배와 아랫도리를 둘러서 가리는 치마같이 만든 옷.

게 있어서는 초록빛의 물건이란 어떤 것이고 간에 다시없이 심심한 것이다. 그러나 하는 수 없다. 곡식을 뜯는 것도 금제(禁制)니까 풀밖에 없다.

돌멩이로 풀을 짓찧는다. 푸르스레한 물이 돌에 염색된다. 그러면 그 돌과 그 풀은 팽개치고 또 다른 풀과 다른 돌멩이를 가져다가 똑같은 짓을 반복한다. 한 십 분 동안이나 아무 말 없이 잠자코 이렇게 놀아본다.

십 분 만이면 권태가 온다. 풀도 싱겁고 돌도 싱겁다. 그러면 그 외에 무엇이 있나? 없다.

그들은 일제히 일어선다. 질서도 없고 충동의 재료도 없다. 다만 그저 앉았기 싫으니까 이번에는 일어서 보았을 뿐이다.

일어서서 두 팔을 높이 하늘을 향하여 쳐든다. 그리고 비명에 가까운 소리를 질러본다. 그러더니 그냥 그 자리에서들 경충경충 뛴다. 그러면서 그 비명을 겸한다.

나는 이 광경을 보고 그만 눈물이 났다. 여북하면 저렇게 놀까. 이들은 놀 줄조차 모른다. 어버이들은 너무 가난해서 이들 귀여운 애기들에게 장난감을 사다 줄 수가 없었던 것이다.

이 하늘을 향하여 두 팔을 뻗치고 그리고 소리를 지르면서 뛰는 그들의 유희가 내 눈엔 암만해도 유희같이 생각되지 않는다. 하늘은 왜 저렇게 어제도 오늘도 내일도 푸르냐, 산은 벌판은 왜 저렇게 어제도 오늘도 내일도 푸르냐는, 조물주에게 대한 저주의 비명이 아니고 무엇이랴.

아이들은 짖을 줄조차 모르는 개들과 놀 수는 없다. 그렇다고 모이 찾느라고 눈이 벌건 닭들과 놀 수도 없다. 아버지도 어머니도 너무나 바쁘

금제(禁制) 어떤 행위를 하지 못하게 말림. 또는 그런 법규. 여북하면 오죽하면.

다. 언니 오빠조차 바쁘다. 역시 아이들은 아이들끼리 노는 수밖에 없다. 그런데 대체 무엇을 가지고 어떻게 놀아야 하나. 그들에게는 장난감 하나가 없는 그들에게는 영영 엄두가 나서지를 않는 것이다. 그들은 이렇듯 불행하다.

그 짓도 5분이다. 그 이상 더 길게 이 짓을 하자면 그들은 피로할 것이다. 순진한 그들이 무슨 까닭에 피로해야 되나? 그들은 우선 싱거워서 그 짓은 그만둔다.

그들은 도로 나란히 앉는다. 앉아서 소리가 없다. 무엇을 하나. 무슨 종류의 유희인지 유희는 유희인 모양인데 — 이 권태의 왜소인간들은 또 무슨 기상천외의 유희를 발명했다.

5분 후에 그들은 비키면서 하나씩 둘씩 일어선다. 제각각 대변을 한 무더기씩 누어놓았다. 아 이것도 역시 그들의 유희였다. 속수무책의 그들의 최후의 창작유희였다. 그러나 그중 한 아이가 영 일어나지를 않는다. 그는 대변이 나오지 않는다. 그럼 그는 이번 유희의 못난 낙오자에 틀림없다. 분명히 다른 아이들 눈에 조소의 빛이 보인다. 아 조물주여. 이들을 위하여 풍경과 완구를 주소서.

우습다. 그러나 우습지만 않고 슬프다. 그리고 또 즐겁게 읽혔다. 다시 읽어도 즐거울 것이다. 내용을 아는데도 다시 읽어도 즐거운 것은 필자의 유머러스한 말솜씨에 있다. 우습지만 얼른 잊히지 않는 것, 무슨 글이나 그런 글은 좋은 글이다.

그믐날

김상용

연말이 되니, '외상값'이 마마 돋듯 한다. 고슴도치는 제가 좋아서 외를 진다. 그러나 그는 심성이 원래 지기를 좋아해서 빚을 진 것은 아니다. 굳이 결벽을 지켜보고도 싶어하는 그다. 그러나, 벽(癖)도 운이 있어야 지키는 것 —— 한데 운이란 원래 팔자소관이라 맘대로 못하는 게다. 그도 어쩌다 빚질 운을 타고났을 뿐이다.

○

"이 달은 섣달입니다, 이달엔 끊어줍쇼" 한다.

언즉시야(言則是也)다. 정월서 열두 달이 갔으니 섣달도 됐을 게다. 섣달에 청장(淸帳)하는 법쯤이야, 근들 모를 리가 있겠느냐?

또한 "줍쇼, 줍쇼" 하는 친구들도 꼭 좋아서 이런 귀찮은 소리를 외며 다닐 것은 아니다. 그들도 받을 것은 받아야 저도 살고, 남에게 줄 것도 줄 게 아닌가? 듣고 보면, 그들에게 더 눈물겨운 사정이 있을 적도 많다. 그러나, 손에 분전(分錢)이 없을 때 이러한 이해성은 수포(水泡)밖에 될 것이 없다. 정(情)도 그러하고 의(義)도 역시 그러나, 현실의 얼음은 풀릴 줄을 모를 때 그의 '딜레마'엔 비애의 구름이 가린다.

"물론 주지, 그믐날 줄 게니 집으로 오소" 하였다.

그는 이 순간 감히 물론을 '주지' 위에 붙일 정도로 돈 끼호떼가 되었

외(椳) 흙벽을 바르기 위해 벽 속에 엮은 나뭇가지. **벽**(癖) ①무엇을 치우치게 즐기는 성벽(性癖). ②고치기 어렵게 굳어버린 버릇. **언즉시야**(言則是也) 말인즉 옳음. **청장**(淸帳) 장부(帳簿)를 청산한다는 뜻으로, 빚 따위를 깨끗이 갚음을 이르는 말. **분전**(分錢) 푼돈.

다. 그러나, 이 '물론'이 전연 영(零)에서 출발한 물론은 아니다. 그도 4년 전에 50원 하나를 어느 친구에게 꿔준 일이 있다. 딱한 사정을 듣고 나서, "무슨 방도로라도 그믐께쯤은 갚아드리리다" 하는 답이었다. 이것이 그에게, '물론'을 뱉게 한 것이다. 그러나, 그에게서 빚을 얻고 그 빚을 4년이나 못 갚았다면, 그 친구의 실력도 짐작할 만하다. 이런 때의 문제는 실력이지, 성의 유무가 아니다. '들어올' 가능성 1에 '들어 못 올' 확실성 9쯤 된다.

○

이런 것을 믿다니…… 과연 어리석지 아니한가? 그도 산술시험에 70점을 맞아본 수재다. 그만 총명으로 이 '믿음'의 '어리석음'을 모를 리가 없다. 말하자면, 그는 이 '어리석음'을 자취(自取)한 데 불과하다.

이런 때 떠내려오는 '지푸라기'를 안 잡는댔자, 별도리가 없기 때문이다.

○

하여튼, 그는 '그믐'이란 안질환자의 파리채로 빚쟁이들을 쫓아버렸다. 이마를 만져보니 식은땀이 축축하다.

○

하늘은 선악인(善惡人)의 지붕을 택(擇)치 않고 우로(雨露)를 내려준다. 게까지는 고마운 일이다. 그러나 채(債)의 권무(權務)를 가리지 않고, '그믐'을 함께 보내심은 그 항혜(恒惠)가 지나쳐, 원망의 눈물이 흐른다. 마침내 '빚쟁이'들에게 '줍쇼' 날이 오는 날, 그에겐, 주어야 할 '그믐날'

자취(自取) 잘하든 못하든 자기 스스로 만들어 그렇게 됨. 우로(雨露) 비이슬. 채(債)의 권무(權務) 빚을 받을 권리와 빚을 갚아야 할 의무. 항혜(恒惠) 한결같이 변함없는 은혜.

이 오고 말았다.

○

이때, 기다리는 50원이 나 여깄소 하면야 근심이 무에랴? 그러나, 스무아흐렛날이나, 그믐이 돼도 들어와야 할 50원은 어느 골목에서 길을 잘못 들었는지 종내 찾아들 줄을 모른다. 그에겐, "물론 주지! 그믐날 집으로 오소" 한 기억이 반갑지 못한 총명 덕에 아직도 새파랗다.

○

"집으로 오소" 해놓았는지라 '빚쟁이'들이 다행 일터까지는 달겨들지 않는다. 평온한 하루 속에 일이 끝났다. 일이 끝났으니 갈 게 아니냐? 제대로 가자면, 그믐날도 되고 하니 일찌감치 집으로 돌아가야 할 게다. 그러나 천만에…… 이런 때 집으로 가는 건 맨대가리로 마라리 둥지를 받는 것과 똑 마찬가지다.

○

그는 오며오며 만책(萬策)을 생각해본다. 생각해봐야 다방 순례밖에 타계(他計)가 없다. 가장 염가의 호신(護身)피난법이다. 그러는 군자(軍資)는? 그는 다 떨어진 양복 주머니에 S·O·S를 타전한다. 일금 30전야유(三十錢也有)의 보첩(報牒)! 절처봉생(絶處逢生)은 만고에 빛날 옥구(玉句)다.

○

그는 다방문을 연다. 뽀이의 '드럽쇼' 소리가 들려왔다. 그는 이 소리에

마라리 말벌. 만책(萬策) 만 가지 계책. 타계(他計) 다른 계책. 군자(軍資) ①군사상 필요한 모든 자금. ②어떤 일을 하는 데 필요한 자금을 비유적으로 이르는 말. 일금 30전야유(三十錢也有)의 보첩(報牒) 30전이 있다는 통지. 절처봉생(絶處逢生) 오지도 가지도 못할 막다른 판에 요행히 살길이 생김. 옥구(玉句) 옥같이 귀한 문구.

대해 모자를 벗지 아니할 정도로 오만하다. 30전 군자는 그에게 이만한 오만을 가질 권리를 준 것이다. 차 한 잔을 앞에 놓고, 활동화보(活動畫報)나 들추면, 세 시간을 있어도, 여섯 시간을 있어도 당당한 이 집의 손님이다. 그는 우선, 거미줄 같은 '니코틴' 망 속에 무수한 삶은 문어대가리를 보았다. 그는 그들을 비예(睥睨)하며 가장 점잖게 좌(座)를 정해본다. 1리(厘)에 투매(投賣)되는 '샬랴삔'의 '볼가의 뱃노래'는 그 정취가 과도로 애수적이다.

○

그는 '커피' 한 잔을 명하였다. 얼마 아니해 탁(卓) 위에 놓여진다.

'오 거룩하신 커피잔' 하고 그의 기도는 시작된다. 어서 염라대왕이 되사, 이 하루를 옭아가 주소서 하는 애원이다. 어쨌든, 그의 군자(軍資)가 핍진(乏盡)키 전에 그는 이날 하루를 착살(鑿殺)해야 할 엄훈(嚴訓)하에 있다.

○

겨울밤이 열시 반이면, 밤도 어지간히 깊었다. 그는 이 사막에서 세 오아시스를 찾느라 30필의 낙타를 다 잃은 대상(隊商)의 신세다. 그는 지금 가진 것을 다 버린 가장 성결(聖潔)한 처지에 있다.

"지금까지야, 설마 기다리랴?"

"지금 또야 오랴?"

활동화보(活動畫報) 영화잡지. 비예(睥睨) 흘겨봄. 리(厘) 화폐의 단위. 1원(元)의 1000분의 1, 1전(錢)의 10분의 1에 해당. 투매(投賣) 손해를 무릅쓰고 상품을 싼 값에 팔아 버리는 일. 핍진(乏盡) 재물이나 정력 따위가 모두 없어짐. 착살(鑿殺) 뚫어 죽임. 엄훈(嚴訓) 엄한 훈계. 대상(隊商) 사막이나 초원처럼 교통이 발달하지 않은 지방에서, 낙타나 말에 짐을 싣고 떼를 지어 먼 곳으로 다니면서 특산물을 교역하는 상인집단. 성결(聖潔) 거룩하고 깨끗함.

비로소 안도의 성(城)이 심장을 두른다. 거리의 찬바람이 휘 지날 때, 그는 의미 모를 뜨거운 두 줄을 뺨에 느꼈다.

누가, 그의 왼볼을 치면, 그는 진심으로 그의 바른볼을 제공했으리라.

문간을 들어서자

"오늘은 꼭 받아가야겠다고 다섯 사람이나 기다리다 갔소"한다.

이건 누굴 숙맥으로 아나, 말 안하면 모를 줄 아나봐 대꾸를 하고도 싶다. 그러나, 부엌을 바라보자마자, 그의 배가 와락 고파진 이때, 그에겐 그 말을 할 만한 여력이 없다.

그는 꽁무니를 툇마루에 내던졌다. 그리고, 맥 풀린 손으로 신발끈을 끄르려 한 이때다. 바로 이때다.

○

바로 이때,

"참 아까, 50원 가져왔습디다!"한다.

귀야, 믿어라! 이 어인 하늘 음성이냐?

"무어? 50원을 가져와? 50원을!"

이런 때 아니 휘둥그레지면, 그의 눈이 아니다.

자 기적이다! 기적을 믿어라, 이게 기적이 아니고 무엇이냐? 그래도 기적이 없다는 놈에겐 자자손손 앙화(殃禍)가 내려야 한다. 오 고마우신 기적의 50원!

○

열한시가 다 뭐냐? 새로 한시, 아냐 세시라도 좋다.

앙화(殃禍) ①어떤 일로 인해 생기는 재난. ②지은 죄의 앙갚음으로 받는 재앙.

50원아! 가자, 감금된 청백고결(清白高潔)을 구하러, 50원아 십자군의 행군을 어서 떠나자!

어느 놈이고, 올 놈은 오라, 그래, 너희들의 받을 게 얼마냐? 주마 한 그믐날이다. 주다 뿐일까, 장부의 일언(一言)을 천금 주어 바꿀 줄 아는가?

○

그에겐 지금 공복도 피로도 없다. 포도(鋪道)를 울리는 그의 낡은 구두는 개선장군의 말굽보다 우렁차다.

S상점의 문을 두드린다. 아무 대답이 없다.

고연 놈들! 벌써 문을 닫다니…… 받을 것도 안 받고 벌써 문을 닫었어, 고연 놈들!

"문, 열우."

하고 또 문을 두드린다.

"누구십니까?"

한참 만에야 문이 열렸다.

"내요 돈 받으소, 아까 왔드래는 걸, 어 마침, 친구에게 붙들려서…… 하하, 친구에게 붙들리면 어쩔 수가 없거던……"

"그렇습죠! 하하!"

"줍쇼"때에 비해 그의 음성은 간지러울 정도로 보드랍다.

"어 한데, 사람이란 준대는 날은 줘야지! 그렇지 않소, 어 헌데, 모두 얼마드라……"

S상점의 셈을 마치고 다시 개선장군의 말굽소리를 내며, 그는 다음 상점을 찾아가는 것이다.

'그'라 하였으나 아마 자기임에 틀림없을 것이다. 3인칭을 만든 것은 자기를 좀 더 풍자적으로 다루어보려는, 자기에의 야심이다. 자기를 시켜 돈에게 복수하는 것이다. 비장한 복수가 아니라 '한번 그래보는' 정도다. 낙관이다. 그러나 인생의 엄숙한 일면의 표현이다.

시선 (施善)에 대하여

변영로

며칠 전에 어느 걸인 하나를 보고 아래와 같은 생각을 하였다.

독일의 염세철학자 쇼펜하우어는 "시선(施善)이란 걸인으로 하여금 그 빈궁상태에서 벗어나게 하는 것이 아니고, 도리어 그 빈궁상태를 연장하여주는 것이다"라고 지적하였다. 확실히 일리가 있는 총명한 말이다.

걸인을 근본적으로 그 걸식상태에서 구하지 않고 자기에게 고통을 주지 않는 한도 안에서 분전척리(分錢隻厘)를 급여하는 것은 걸인생활을 연장하여줌만 아니라, 비록 걸인에겔망정 용서할 수 없는 인간적 모욕일 것이다.

이론 일방(一方)으로는 어디까지 그러하나 그 걸인을 근본적으로 구제할 만한 방편이 없는 이 불완전한 사회제도가 완전화할 때까지는 ─ 완전화한다는 것은 일개의 망상일는지는 모르나 ─ 고식적(姑息的)이고 불철저하나마 노방(路傍)에서 기한(飢寒)으로 우는 걸인에게 "걸인상태를

시선(施善) 좋은 일을 베풂. 여기서는 동냥질에 응하는 일. 분전척리(分錢隻厘) 푼돈. 고식(姑息) 잠시 숨을 쉰다는 뜻으로, 당장에는 탈이 없고 편안함을 비유적으로 이르는 말. 노방(路傍) 길가. 기한(飢寒) 굶주리고 헐벗어 배고프고 추움.

연장하는 것이니라" 하는 엄숙한 주의 표방하에 본 체도 않고 지나가는 것보다는 분동(分銅)이나마 주는 편이 낫지 않을까 하는 것이다.

인생은 주의와 이론으로만 사는 것이 아니다.

논설보다 오히려 찌름이 빠르다. 수필도 논문과 다름없이 늘 비평 정신이 따르고 있는 것이다.

다락루(多樂樓) 야화(夜話)

양주동

가을과 독서. 이 두 가지를 생각할 때 얼른 연상에 떠오르는 것은 "구양자(歐陽子) 방야독서(方夜讀書)"를 모두(冒頭)로 한 「추성부(秋聲賦)」와 예의 "신량입교허(新凉入郊墟), 등화초가친(燈火稍可親)"이란 구가 있는 퇴지(退之)의 권학편(勸學篇)이다. 편집 선생이 나에게 이 제목을 줌도 생각건댄 때가 등화(燈火)를 친(親)할 만한 계절에 가까웠기 때문이겠다.

한유(韓愈)가 아들에게 준 그 시 가운데 내려가다가 "사람이 학문이 없으면 마우이금거(馬牛而襟裾)"란 구가 있다. 왜 안짝은 기억하지 못하고 바깥짝만 기억하느냐 하면 바깥짝에는 '이(而)' 자가 있기 때문이다. 이(而) 자를 포함한 이 일구가 나로 하여금 20여 년 전 옛날 가을밤의 독서

분동(分銅) 푼돈. 구양자(歐陽子) 방야독서(方夜讀書) '구양수가 바야흐로 밤에 책을 읽는데.' 모두(冒頭) 말이나 글의 첫머리. 신량입교허(新凉入郊墟), 등화초가친(燈火稍可親) '맑고 시원한 기운이 들판에 이니 점차 등불과 가까이할 수 있네.' 마우이금거(馬牛而襟裾) '말이나 소에 옷을 걸쳐놓은 격'이라는 뜻. 무식한 사람을 가리킴. 전체 문장은 "人不通古今(인불통고금), 馬牛而襟裾(마우이금거)."

를 연상하게 한다.

　열두 살 때에 신학문을 뜻하고 멀리 서경(西京)에 급(笈)을 부(負)하였
던 나는 1년 후에 연명(淵明)의 「귀거래사」를 읊으며 고원(故園)에 돌아
와 즐기는 한문을 독습(獨習)하였었다. 나의 촌에는 '서당'이 있었으나 훈
장 되는 이가 글자대로 초학 훈장이라 속문(屬文)은 어림도 없는 터이었
다. 아이들이 배우는 『연주시(聯珠詩)』인가 하는 책에

　"전군야전도하북(前軍夜戰渡河北), 이보생금토욕혼(已報生擒吐谷
渾)."

　이란 구가 있었는데, 해선생(該先生)이 흉노명(匈奴名) '토욕혼(吐谷
渾)'을 알 리가 없는지라 "이미 생금(生擒)을 보(報)하여 곡혼(谷渾)을 배
알았다" 새기므로 그 의(義)를 물은즉 "곡혼은 지명(地名)인데 적국이 그
것을 먹었다가 도로 배알았다"고 궁한 끝에 현묘(玄妙)한 대답을 하던 것
을 지금도 기억한다. 이야말로 소화(笑話)에 나오는 대로 '수아이사(邃餓
而死)'를 '드디니까 아 하고 죽었다' 하는 식의 선생이고 보니 아무리 초
학일망정 『맹자(孟子)』과 『수호(水滸)』과 『방옹집(放翁集)』 『태평광기(太
平廣記)』를 보던 나로서는 그에게 배울 생각이 나지 않기 때문에 서당에
는 가더라도 글은 독습하기로 하였다.

　그러면 나의 그때 한문실력은 어떠한가. 지금도 그러하거니와 애초부

서경(西京) 평양의 별칭. 고려시대에, 사경(四京) 가운데 하나로 설정했음. 급(笈)을 부(負)하였던 '책
상자를 짊어졌던.' 공부하러 간다는 뜻. 고원(故園) ①옛 뜰. ②고향. 독습(獨習) 스승 없이 혼자 배워서
익힘. 속문(屬文) 문구를 얽어서 글을 지음. 작문(作文). 전군야전도하북(前軍夜戰渡河北), 이보생금토
욕혼(已報生擒吐谷渾) '선발대가 밤에 싸우려고 하북을 건넜는데 이미 토욕혼군을 잡았다고 하네.' 해
선생(該先生) 그 선생. 토욕혼(吐谷渾) 4세기 초에 티베트계 유목민이 중국 칭하이(靑海) 지방에 세운
나라. 5호 16국 시대부터 세력을 떨쳤으나 663년에 토번에게 망했다. 생금(生擒) 산 채로 잡음. 소화(笑
話) 우스운 이야기. 수아이사(邃餓而死) '드디어 굶어 죽었다.'

터 독학무사(獨學無師)인 데다가 모를 데를 만나면 예의 '독서불구심해(讀書不求甚解)'를 표어로 내세우는 판이니 문리(文理)는 다소 낫다 하더라도 워낙 황당한 지식에 걸렁한 해석이 많았다. 그때 보았던 『소림광기(笑林廣記)』란 책에 모 촌학구(村學究)가 「적벽부(赤壁賦)」를 읽는데 부(賦) 자를 적(賊) 자로 오인하여 '전적벽적(前赤壁賊)!' 하니까 마침 도적이 앞벽에 숨었다가 대경하여 뒷벽으로 피한즉 이윽고 '후적벽적(後赤壁賊)!' 하는지라 도적씨 실색 도주하면서 "차가(此家)에 불용축구(不用畜狗)'라고 감탄하였다는 소화(笑話)가 있던 것이 생각나거니와 나도 그 「적벽부(赤壁賦)」를 읽는데 벽두(劈頭)에 가로되,

"임술지추칠월(壬戌之秋七月)에 기망(旣望)이러니 소자(蘇子)가 여객(與客)으로……"

하였다. 내 딴에는 '기망(旣望)'을 '진작부터 선유(船遊)를 희망하였던 바'의 뜻으로 해석하였더니 16이 '기망'이라 함은 그 후 매부 되는 이에게 들은 파천황의 신지식이다. 『맹자』를 읽다가 "백이피주(伯夷辟紂), 거북해지빈(居北海之濱)"에 이르러 '벽(辟)'이 '피(避)'와 통하는 줄을 모르고 '백이벽주'라 고성대독(高聲大讀)하던 것도 그때이다.

독학무사(獨學無師) 홀로 배워 스승이 없음. 독서불구심해(讀書不求甚解) 책을 읽음에 지나친 이해를 구하지 않음. 문리(文理) 글의 뜻을 깨달아 아는 힘. 촌학구(村學究) ①시골 글방의 스승. ②학식이 좁고 고루한 사람. 전적벽적(前赤壁賊) 후적벽적(後赤壁賊) 글자 그대로 풀이하면, '앞 적벽에 적! 뒤 적벽에 적!'이라는 뜻임. 이것은 전·후 두 편으로 되어 있는, 소동파(蘇東坡)의 「전적벽부(前赤壁賦)」와 「후적벽부(後赤壁賦)」를 잘못 읽은 것임. 대경(大驚) 크게 놀람. 실색(失色) 놀라서 얼굴빛이 달라짐. 차가(此家)에 불용축구(不用畜狗) '이 집은 개를 기를 필요가 없겠다.' 벽두(劈頭) 글의 첫머리. 임술지추칠월(壬戌之秋七月)에 기망(旣望)이러니 소자(蘇子)가 여객(與客)으로 '임술년 가을 7월 16일에 소동파가 객과 더불어.' 기망(旣望) 음력으로 매달 열엿샛날. 여기서 양주동은 '이미(旣) 바란(望) 바'라고 잘못 해석했음. 선유(船遊) 뱃놀이. 파천황(破天荒) 이전에 아무도 하지 못한 일을 처음으로 해냄. 백이피주(伯夷辟紂), 거북해지빈(居北海之濱) '백이와 숙제가 주(紂)왕을 피해 북해 바닷가에 살았다.' 고성대독(高聲大讀) 크고 높은 목소리로 글을 읽음.

이런 정도로서 낮에 재미있게 제서(諸書)를 섭렵하다가는 밤이면 동중(洞中)의 '다사(多士)'들과 함께 모여서 글을 읽다가 혹은 촉각시(燭刻詩)를 짓고 혹은 사운(射韻)을 하여가면서 밤 가는 줄을 몰랐다. 장소는 나의 매부 되는 이의 뜰 앞에 있는 서루(書樓)에서다. 나의 매부는 사형제가 모두 한학에 능하여 시나 문(文)으로 일읍(一邑)에 이름을 떨치는 '문한가(文翰家)'였다. 따라서 그 서루도 해학미 있게 좌(左)에 편(扁)하되 '다락루(多樂樓)' 우(右)에 편하되 '정좌정(靜坐亭)'이라 하였다. 좌중에는 동내(洞內)의 제사(諸士)가 나를 합하여 무릇 십여 인.

위에 말한 이(而) 자 이야기는 이 회석(會席)의 일과목(一課目)인 '사운(射韻)'과 연락된다. 사운이란 것은 아는 이는 알려니와 고인(古人) 시구를 많이 외우기 위하여 안출한 놀음이다. 임의의 자를 떠서 그 자를 첫 자로만 시구를 외우고 그 다음 다른 자를 떠서 5언이면 제3자, 7언이면 제4자에 그 자가 있는 구를 외우고 또 그 다음 자를 떠서 그 자가 맨 밑에 있는 구를 외워 이렇게 돌아가면서 많이 외우는 사람을 장원으로 하는데 보통 두 편으로 갈라 승부를 결(決)한다. 그런데 우리는 그때 이 놀음의 이름이 '사운'인 줄은 모르고 당초에 누가 초장, 중장, 종장의 의(義)를 감(敢)하여 '초중종(初中終)'이라 하였던 것이며 와전(訛傳)하여 '초둔장'이 되고 또 누가 잊었던 글을 찾는 놀음이라 하여 '초둔장(招遁章)'이라 명역(名譯)한 것이다. 그런데 이 '초둔장' 놀음이 시작되면 보통 인(人), 지(之), 불

제서(諸書) 여러 책. 동중(洞中) 마을 안. 다사(多士) ①여러 선비. ②많은 인재(人材). 촉각시(燭刻詩) 초에 금을 그어놓고 촛불이 거기까지 타들어가기 전에 짓는 시. 짧은 시간 안에 짓는 시. 서루(書樓) 책을 넣어 두거나 서재로 쓰는 집. 문한가(文翰家) 대대로 글과 글씨의 재주가 있는 사람이 난 집안. 편(扁)하다 종이, 비단, 널빤지 따위에 그림을 그리거나 글씨를 써서 방 안이나 문 위에 걸어 놓다. 다락루(多樂樓) 즐거움이 많은 다락이라는 뜻으로, 여기서는 음이 같은 글자를 써서 재미있게 만든 말임. 제사(諸士) 여러 선비. 회석(會席) 여러 사람이 한자리에 모임. 또는 그런 자리. 결(決)하다 결단하거나 결정하다.

(不), 위(爲), 천(天) 같은 글자는 고시(古詩)에 많이 나오므로 누구나 능히 한 구씩을 부르지마는 약부(若夫) '이(而)' 자가 중장에나 말장에 나오면 그때 우리 실력으로써는 중장은 누구든지 전기(前記) '마우이금거(馬牛而 襟裾)'를 부르면 기타는 그만 단념하고 마는 소위 '독장(獨章)'을 주는 수밖에 없었다. 그래서 우리는 각기 벽자(僻字)가 있는 시구를 찾노라고 비밀히 이서(異書)를 구하여다가는 공부를 하였다. 염락(濂洛), 두시(杜詩), 당시선(唐詩選) 같은 것은 공통의 지식인지라 소용이 없기 때문에 나는 그때 서울로 『검남시초(劍南詩鈔)』를 주문하여다가 혼자만 보고 종종 '독장 (獨章)'을 하였다. 그 『방옹집(放翁集)』 첫머리에 「화진노산(和陳魯山)」 제 1수에 '회한이목고(灰寒而木枯)'라는 이(而) 자 중장을 발견하였을 때 나는 얼마나 광희(狂喜)하였는지! 그러나 이(而) 자 말장이면 아무도 개구(開 口)를 하지 못하였다. 지금 같으면 『패문운부(佩文韻府)』의 이자조(而字條) 라도 찾아보았으련마는 그때는 아무도 『운부(韻府)』는 보지도 못하였다. 오늘 우연히 『지봉유설(芝峰類說)』을 읽다가 권14 창화조(唱和條)에 소노 천(蘇老泉)과 왕형공(王荊公)의 이(而) 자 창화시(唱和詩) '담시구호이(談 詩究乎而)' '풍작린지이(風作鱗之而)' 3구가 있음을 보고 다시금 옛날을 회억(回憶)하였다. 명년 여름에 가면 그 몇 형제분이 또 '초둔장'으로 도전할 터이니 이(而) 자 말장은 내가 독장(獨章)을 해야 하겠다.

약부(若夫) 만약. 벽자(僻字) 흔히 쓰지 않는 야릇하고 까다로운 글자. 이서(異書) 그리 흔하지 않은 진기한 책. 염락(濂洛) 『염락풍아(濂洛風雅)』를 일컫는 말. 송대 성리학자들의 시집. 원나라 때에 김이상이 펴냈음. 검남시초(劍南詩鈔) 송나라 시인 육유(陸遊)의 시를 뽑은 책. 청나라 때 오지진(吳之振)이 편찬했음. 방옹(放翁)은 육유의 호. 회한이목고(灰寒而木枯) '추위가 닥쳐 나무가 마르다.' 광희(狂喜) 미칠 듯이 기뻐함. 개구(開口) 입을 열어 말을 함. 패문운부(佩文韻府) 청나라 때 강희제의 명에 따라 장옥서(張玉書) 등이 운(韻)에 따라 분류·편찬한 중국의 어휘용례집. 지봉유설(芝峰類說) 1614년에 이수광(李睟光)이 지은 책. 여러 분야에 걸쳐 지식을 담고 있음. 회억(回憶) 돌이켜 추억함. 명년(明年) 다음해. 내년(來年).

글 이야기다. 서재로 찾아온 글벗과 더불어 눕거니 기대거니 하고 한적(漢籍)을 뒤적거리며 하는 이야기 같다. 먼저 자기가, 또 자기 주변 사람들이 즐겨야 할 것이 수필이다. 대중은 수필의 독자가 아니다. 여기 수필이 서재문학(書齋文學)인 고고한 일면이 있다.

비 (전반 생략)

정지용

오피스를 벗어나왔다.

레인코트 단추를 꼭꼭 잠그고 깃을 세워 터가리까지 싸고 쏘프트로 누르고 박쥐우산 알로 바짝 들어서서 그리고 될 수 있는 대로 가리어 디디는 것이다.

버섯이 피어오르듯 후줄그레 늘어선 도시에서 진흙이 조금도 긴치 아니하려니와 내가 찬비에 젖어서야 쓰겠는가.

안경이 흐리운다. 나는 레인코트 안에서 옴츠렸다. 나의 편도선을 아주 주의하여야만 하겠기에 무슨 정황에 뽈 베를렌의 슬픈 시「거리에 내리는 비」를 읊조릴 수 없다.

비도 추워 우는 듯하여 나의 체열(體熱)을 산산히 빼앗길 적에 나는 아무렇지도 않은 것같이 날씬하여지기에 결국 아무렇지도 않다고 하였다.

여마(驢馬)처럼 떨떨거리고 오는 흰 버스를 잡아탔다.

유리쪽마다 빗방울이 매달렸다.

한적(漢籍) 한문으로 쓴 책. 터가리 '아래턱'의 방언. 박쥐우산 펴면 박쥐가 날개를 편 것과 같은 모양이 되는 우산. 긴치 아니하다 긴요하지 않다. 산산히 좀 싸늘한 느낌이 있게. 여마(驢馬) 당나귀.

오늘에 한해서 나는 한사코 빗방울에 걸린다.

버스는 후루룩 떨었다.

빗방울은 다시 날아와 붙는다. 나는 헤어보고 손가락으로 비벼보고 아이들처럼 고독하기 위하여 남의 체온에 끼인 대로 참하니 앉아 있어야 하겠고 남의 늘어진 긴 소매에 가리운 대로 잠착해야 하겠다.

빗방울마다 도시가 불을 켰다. 나는 심기일전하였다.

은막(銀幕)에는 봄빛이 한창 어울리었다. 호수에 물이 넘치고 금잔디에 속잎이 모두 자라고 꽃이 피고 사람의 마음을 꼬일 듯한 흙냄새에 가여운 춘희(椿姬)도 코를 대고 맡는 것이다. 미칠 듯한 기쁨과 희망에 춘희는 희살대며 날뛰고 한다.

마을 앞 고목 은행나무에 꿀벌 떼가 두름박처럼 끌어나와 잉잉거리는 것이다. 마을사람들이 뛰어나와 이 마을지킴 은행나무를 둘러싸고 벌 떼 소리를 해가며 질서 없는 합창으로 뛰고 노는 것이다. 탬버린에 하다못해 무슨 기명 남스래기에 고끄랑 나발 따위를 들고 나와 두들기며 불며 노는 것이다. 춘희는 하얀 칠칠 끌리는 긴 옷에 검정띠를 띠고 쟁반을 치며 뛰는 것이다.

동네 큰 개도 나와 은행나무 아랫동에 앞발을 걸고 벌 떼를 집어삼킬 듯이 컹컹 짖어댄다.

그러나 은막에도 갑자기 비도 오고 한다. 춘희가 점점 슬퍼지고 어두워지지 아니치 못해진다. 춘희가 콩콩 기침을 할 적에 관객석에도 가벼운

잠착(潛着) 한 가지 일에만 정신을 골똘하게 씀. 춘희(椿姬) 프랑스의 소설가 뒤마가 지어 1848년에 발표한 장편 연애소설. 늘 동백꽃을 달고 있는 병든 창부(娼婦) 마르그리드와 청년 아르망의 비극적 사랑을 그렸음. 여기선 이 소설을 바탕으로 만든 영화 속 주인공을 가리킴. 두룸박 '두레박'의 방언. 기명(器皿) 살림살이에 쓰는 그릇을 통틀어 이르는 말. 남스래기 남은 부스러기 따위를 이르는 말. 남스렁이.

기침이 유행한다. 절후의 탓으로 혹은 다감한 청춘사녀(士女)들의 폐첨(肺尖)에 붉고 더운 피가 부지중 몰리는 것이 아닐까. 부릇나는 것일지도 모른다.

춘희는 점점 지친다. 그러나 흰나비처럼 파닥거리며 흰동백꽃에 황홀히 의지하련다. 대체로 다소 고풍스러운 슬픈 이야기라야만 실컷 슬프다.

흰동백꽃이 아주 시들 무렵, 춘희는 점점 단념한다. 그러나 춘희의 눈물은 점점 깊고 세련된다.

은막에 내리는 비는 실로 고운 것이었다. 젖어질 수 없는 비에 나의 슬픔은 촉촉할 대로 젖는다. 그러나 여자의 눈물이란 실로 고운 것인 줄을 알았다. 남자란 술을 가까이 하여 긁을 수도 있다.

그러나 여자에 있어서는 그럴 수 없다. 여자란 눈물로 자라는 것인가보다. 남자란 도박이나 결투로 임기응변할 수도 있다. 그러나 여자란 다만 연애에서 천재다.

동백꽃이 새로 꽂힐 때마다 춘희는 다시 산다. 그러나 춘희는 점점 소모된다. 춘희는 마침내 일가(一家)를 완성한다.

옆에 앉은 영양(令孃) 한 분이 정말 눈물을 흐트러놓는다. 견딜 수 없이 느끼기까지 하는 것이다. 현실이란 어느 처소에서 물론하고 처치에 곤란하도록 좀 어리석은 것이기도 하고 좀 면난(面暖)하기도 한 것이다. 그레타 가르보 같은 사람도 평상시로 말하면 얼굴을 항시 가다듬고 펴고 진득히 굴지 않아서는 아니 될 것이다. 먹새는 남보다 골라서 할 것이겠고 실

절후(節候) 절기. 계절. 사녀(士女) ①남자와 여자를 아울러 이르는 말. 남녀. ②신사와 숙녀를 아울러 이르는 말. 폐첨(肺尖) 허파 꼭대기. 영양(令孃) 남의 딸을 높여 이르는 말. 느끼다 서럽거나 감격에 겨워 울다. 면난(面暖) 낯 뜨거움. 원래는 '면난(面赧)'으로 씀. 그레타 가르보(Greta Garbo) 스웨덴 출신의 미국 영화배우. 먹새 ①먹음새. ②먹성.

상 사람이란 자기가 타고나온 비극이 있어 남몰래 앓을 병과 같아서 속에 지녀두는 것이요 대개는 분장(扮裝)으로 나서는 것임에 틀림없다.

어찌하였든 내가 이 영화관에서 벗어나가게 되고 말았다.

얼마쯤 슬픔과 무게〔重量〕를 사가지고.

거리에는 비가 이때껏 흐느끼고 있는데 어둠과 안개가 길에 기고 있다.

타이어가 날리고 전차가 쨍쨍거리고 서로 곁눈 보고 비켜서고 오르고 내리고 사라지고 나타나는 것이 모두 영화와 같이 유창하기는 하나 영화처럼 곱지 않다. 나는 아주 열(熱)해졌다.

검은 커튼으로 싼 어둠 속에서 창백한 감상이 아직도 떨고 있겠으나, 나는 먼저 나온 것을 후회치 않아도 다행하다고 하였다. 그러나 다시 한 떼를 지어 브로마이드 말려들어가듯 흡수되는 이들이 자꾸 뒤를 잇는다.

나는 휘황히 밝은 불빛과 고요한 한구석이 그리운 것이다. 향그러운 홍차 한 잔으로 입을 축이어야 하겠고, 나의 무게를 좀 덜어야만 하겠고, 여러 가지 점으로 젖어 있는 나의 오늘 하루를 좀 가시우고, 골라야 견디겠기에 그러나 하루의 삶으로서 그만치 구기어지는 것도 할 수 없는 일이다. (후략)

비오는 날, 몸이 좀 고달픈 날, 영화 「춘희(椿姬)」를 구경한, 이야기라기보다 서경(敍景)이요 서정(抒情)이다. 아름답다. 전아(典雅), 진밀(縝密)하다. 시경(詩境)을 산문으로 나타냈다. 수필의 포용력은 무한하다.

전아(典雅) 바르고 아담해 품위가 있음. 진밀(縝密) 곱고 세밀함.

214

정가표 인간

최재서

시골서 가주 올라온 얼치기가 날씨가 추우니까 백화점 양복부에 가서 외투를 사 입고 의기양양하여 나온다. 뒷장 등엔 ¥25.00의 정가표를 붙이고. 흔히 보는 광경이다.

하다못해 3, 4원짜리 셋방을 얻더라도 명함이 필요한 세상이니 문단엔들 명함이 고맙지 않을 리가 없다.

"그 사람 무엇하는 사람인가?" "아 그 유명한 소설가를 몰라, ○○○를 쓴?" "웅 그래! 그런데 어딜 다니노?" "○○학교 영어선생이지." "옳지!" 이제야 비로소 알겠다는 듯이 수긍한다.

그러나 문인은 이런 세속적 명함 이외에 또 문학적 명함이 필요하다. 보통 명함에도 견서(肩書)가 2층 3층으로 있다시피 문학적 명함에도 여러 층이 있다. 왈 '평론가 ○○○주의 ○○○론자 모모' 문인도 이만큼 분업이 되지 않으면 우선 편집자의 명부에 오르지 못하는 모양이다.

펠랑데스가 지적한 바와 같이 그의 사회적 역할을 떠나서 인간을 상상할 수 없다는 것은 사실이다. 즉 그는 일정한 목적을 향하여 일정한 사회적 코스를 밟는 성격자이다. 그러나 만일에 그가 성격자에 그치지 말고 그 성격에서 벗어나려고 하는 혹은 반항하려고 하는 개성을 전연 가지고 있지 않다면 우리는 그 성격자에게 성공의 월계관을 받드는 동시에 경멸의 조소를 보내야 마땅하겠다.

가주 갓. 이제 막. **견서(肩書)** '직함'이라는 뜻의 일본말.

진실한 의미에 있어 개성의 소유자라면 우리는 그에게 어떠한 레테르를 붙여야 옳을까. 오직 '위대한 예술가'라는 레테르가 있을 뿐이다. 과거에 있어서 괴테나 셰익스피어가 그러했고 현대에 있어서 지드가 그러하다.

편집자의 명부에서 분류된 레테르를 붙이고 득의만면하여 횡행(橫行)하는 친구들은 ¥25.00의 딱지를 붙이고 다니는 시골뜨기와 마찬가지로 정가표 인간이다.

무슨 가(家), 무슨 주의자(主義者)로 안처(安處)하는 소승문학인(小乘文學人)에게 놓는 정문일침(頂門一鍼)이다.

이렇게 수필은 엄숙한 계획이 없이, 가볍게 손쉽게 무슨 감상이나, 무슨 의견이나, 무슨 비평이나 써낼 수가 있다. 인생을 말하고 문명을 비평하는 데서는 작은 논문일 수 있고, 문득 떠오르는 생각이나 경치나 감정을 표현할 때는 작은 작품들일 수 있다.

끝으로 수필의 요점을 들면,

(1) 너무 길어서는 안 될 것이다. 길어도 200자 원고지 10매 내외라야 한다.

(2) 상(想)이나 문장이나 자기 스타일은 살리더라도 이론화하거나 난삽해서는 안 된다. 수필의 맛은 야채요리처럼 가볍고 산뜻한 데

득의만면(得意滿面) 일이 뜻대로 이루어져 기쁜 표정이 얼굴에 가득함. 횡행(橫行) 아무 거리낌 없이 제멋대로 행동함. 안처(安處) ①아무런 탈 없이 평안히 지냄. ②출가한 중이 일정한 기간 동안 외출하지 않고 한곳에 머무르면서 수행하는 제도. 소승(小乘) 수행을 통한 개인의 해탈을 가르치는 교법. 여기서는 기존의 틀에 안주하는 문학인을 비꼬는 말로 쓰였음. 정문일침(頂門一鍼) 정수리에 침을 놓는다는 뜻으로, 따끔한 충고나 교훈을 이르는 말.

묘미가 있다.

(3) 음영을 관찰해야 한다. 어떤 보잘것없는 사람의 말 한 마디, 행동 하나에도 다 인생의 음영이 있다. 겉으로 드러난 사실보다 음영으로 움직이는 것을 표현해주는 데 현묘한 맛이 있다.

(4) 품위가 있어야 한다. 그러나 겸허한 경지라야지, 초연해서 아는 체, 선한 체, '체'가 나와서는 능청스러워지고 천해지고 만다.

(5) 예술적이어야 한다. 수필은 보통의 기록문장은 아니다. 어떤 사물을 정확하게만 기록해서 사물 그 자체를 보도·전달하는 데 그치면 그것은 문예가 아니다. 어디까지나 자기의 감정적 인상, 주관적인 느낌과 생각을 갖고 써야 할 것이다.

제5강

퇴고의 이론과 실제

1. 퇴고란?

글은, 사상인 것이나 감정인 것이나, 자기 마음속엣 것을 꺼내어 남에게 전달하려는 데 목적이 있다. 원만히 전달했으면 목적을 성취한 것이요 그렇지 못하면 실패한 것이다. 그런데 글은 심중엣 것을 그대로 표현하기에 아주 이상적인 도구냐 하면 결코 그렇지 못하다.

> 오백 년 도읍지를 필마(匹馬)로 돌아드니
> 산천은 의구(依舊)하되 인걸(人傑)은 간 데 없네
> 어즈버 태평연월(太平烟月)이 꿈이런가 하노라

이것은 고려의 유신(遺臣), 길재(吉再)의 노래다. 나라 이미 망하

필마(匹馬) ①한 필의 말. ②데리고 가는 사람 없이 혼자서 말을 타고 감. 의구(依舊) 옛날 그대로 변함이 없음. 인걸(人傑) 특히 뛰어난 인재.

고, 섬기던 임금 가신 길 알 길 없고, 포은(圃隱) 같은 충신은 선죽교의 이슬이 된 뒤, 그 나라, 그 임금, 그 충신의 같은 유신으로서 망해 버린 송악(松嶽) 일경(一境)의 산천만 바라보는 길재의 심정이 이 석 줄 문장에 남김없이 다 드러났으리라고는 믿을 수 없다. 아무리 명문(名文), 명화(名畵), 명담(名談)이라도 심중엣 것을 백 퍼센트로 표현하기는 거의 불가능한 것이다. 그러기에, 이루 측량할 수 없느니, 일필난기(一筆難記)니, 불가명상(不可名狀)이니 하는 말들이 있는 것이다. 이 이루 측량할 수 없고, 일필난기요, 불가명상인 것을 '가급적 심중엣 것에 가깝게' 표현한 것을 명문이라, 명화라 하겠는데 명문이나 명화치고 일필휘지(一筆揮之)해서 되는 것은 자고로 하나도 없을 것이다. 무엇이나 원만히 된 표현이란 능란한 기술을 거치지 않은 것이 없을 것이다. 무엇에서나 기술이란 '가장 효과적인 방법'을 의미한다. 여기서 방법이란 우연이 아닌, 계획과 노력을 의미한다. 흉내의 천재인 채플린도 영화「황금광(黃金狂)시대」에서 닭의 몸짓을 내기 위해 양계장에 석 달을 다녔다는 말이 있다. 일필(一筆)에 되는 것은 차라리 우연이다. 우연을 바랄 것이 아니라 이필(二筆), 삼필(三筆)에도 안 되면 백천필(百千筆)에 이르더라도 심중엣 것과 가장 가깝게 나타나도록 고쳐 쓰는 것이 문장법의 원칙일 것이다. 이렇게 가장 효과적인 표현을 위해 문장을 고쳐나가는 것을 '퇴고(推敲)'라 한다.

2. 퇴고의 유래

'퇴고'라는 말은 우리 문장인에겐 잊을 수 없는 아름다운 이야기를 전한다.

조숙지변수(鳥宿池邊樹)　　　　　새들은 연못가 나무 위에 잠들고
승고월하문(僧敲月下門)　　　　　중은 달 아래 문을 두드리네

당(唐) 시대의 시인 가도(賈島)의 서경시(敍景詩)다. 이 시의 바깥짝 '승고월하문(僧敲月下門)'이 처음에는 '승고(僧敲)'가 아니라 '승퇴월하문(僧推月下門)'이었다. 승퇴월하문이 아무리 읊어봐도 마음에 들지 않아 '퇴(推)', 밀 '퇴' 자 대신으로 생각해낸 것이 '고(敲)', 두드릴 '고' 자였다. 그래 '승고월하문'이라 해보면 이번엔 다시 '퇴' 자에 애착이 생긴다. '퇴(推)로 할까? 고(敲)로 할까?' 정하지 못한 채, 하루는 노새를 타고 거리로 나갔다. 노새 위에서도 '퇴로 할까? 고로 할까?'에만 열중하다가 그만 경윤(京尹) 행차가 오는 것을 미처 피하지 못하고 부딪쳐버렸다. 가도는 경윤 앞에 끌려나가게 되었고, 또 '퇴로 할까? 고로 할까?' 생각하느라 미처 비켜서지 못했다고 변명할 수밖에 없었다. 경윤은 이내 크게 껄껄 웃고 다시 잠깐 생각한 뒤에

"그건 퇴보다 고가 나으리다."

경윤(京尹) 벼슬 이름의 하나. 지금의 서울시장에 해당하는 직위.

하였다. 경윤은 다른 사람이 아니라 마침 당대 문호 한퇴지(韓退之)였다. 서로 이름을 알게 된 둘은 그 자리에서 글벗이 되었고, 가도가 '승퇴월하문'을 한퇴지의 말대로 '승고월하문'으로 정해버린 것은 물론, 이로부터 후인들이 글 고치는 것을 '퇴고'라 일컫게 된 것이다.

3. 퇴고의 중요성

한때는 일필휘지(一筆揮之)니 문불가점(文不加點)이니 해서 단번에 써내버리는 것을 재주로 여겼으나 그것은 결코 경의를 표할 만한 재주도 아니고, 또 단번에 쓰는 것으로 경의를 표할 만한 문장이 나올 수도 없는 것이다. 소동파(蘇東坡)가 「적벽부(赤壁賦)」를 지었을 때 친구가 와 며칠 만에 지었냐고 물으니까 "며칠은 무슨 며칠, 지금 단번에 지었네" 하고 말했다. 그러나 동파가 밖으로 나간 뒤에 자리 밑이 불쑥해서 들쳐보니 여러 날을 두고 고치고 고치고 한 초고(草稿)가 한 무더기나 쌓였더란 말이 있다. 고칠수록 좋아지는 것은 글 쓰기의 진리다. 이 진리를 버리거나 숨기는 것은 어리석다. 같은 중국 문호라도 구양수(歐陽修) 같은 이는 퇴고를 공공연하게 자랑삼아 하였다. 초고는 반드시 벽 위에 붙여놓고 방에 들어가고 나올 때마다 읽어보고 고쳤다. 그의 명작 중 하나인 「취옹정기(醉翁亭記)」의 초안을 쓸 때 첫머리에서 저주(滁洲)의 풍광을 묘사하는데, 첩첩이

문불가점(文不加點) 글에 점 하나 더할 것이 없다는 뜻으로, 글이 아주 잘되어서 흠잡을 곳이 없음을 이르는 말. 초고(草稿) 초벌로 쓴 원고.

둘린 산을 여러 가지로 묘사해보다가 고치고 고치어 나중엔 "저주 둘레는 온통 산이다[環滁皆山也]"란 말로 만족했다는 것은 너무나 유명한 이야기거니와, 러시아의 문호 도스또예프스끼가 똘스또이를 부러워한 것도 그의 재주가 아니라,

"그는 얼마나 느긋하게 원고를 쓰고 앉았는가!"

하고 원고료에 급하지 않고 얼마든지 퇴고할 시간적 여유가 있었음을 부러워한 것이다. 러시아어 문장을 가장 아름답게 썼다는 뚜르게네프는 어느 작품이든지 써서 곧 발표하는 것이 아니라 책상 속에 넣어두고 석 달에 한 번씩 꺼내보고 고쳤다고 하며, 고르끼도 체호프와 똘스또이에게서 문장이 거칠다는 비평을 받고부터는 얼마나 퇴고를 심하게 했던지 그의 친구가

"그렇게 자꾸 고치고 줄이다간 '어떤 사람이 태어났다, 사랑했다, 결혼했다, 죽었다' 네 마디밖에 안 남지 않겠나?"

했단 말도 있다. 아무튼 두 번 고친 글은 한 번 고친 글보다 낫고, 세번 고친 글은 두 번 고친 글보다 나은 것이 진리다. 예나 지금이나 명문장가치고 퇴고에 애쓴 일화가 없는 사람이 없다.

4. 퇴고의 기준

어떻게 고칠 것인가? 거기엔 먼저 기준이 있어야 할 것이다. 이 기준이 확고하지 못하기 때문에 허턱 아름답게, 허턱 굉장하게, 허턱 유창하게 꾸미려 든다. 허턱 아름답고, 허턱 굉장하고, 허턱 유창한

글은, 화장품을 덕지덕지 바르는 것처럼 도리어 미를 상하게 하는 화장이다.

먼저 든든히 지키고 나갈 것은 마음이다. 표현하려는 마음이다. 인물이든, 사건이든, 정경이든, 무슨 생각이든, 먼저 내 마음속에 들어왔으니까 나타내고 싶은 것이다. '그 인물, 그 사건, 그 정경, 그 생각을 품은 내 마음'이 여실히 나타났나? 못 나타났나? 문장의 기준은 오직 그 점에 있을 것이다. 문장을 위한 문장은 피 없는 문장이다. 결코 문장 혼자만 아름다울 수 없는 것이다. 마음이 먼저 아름답게 느낀 것이면, 그 마음만 여실히 나타내어보라. 그 문장이 어찌 아름답지 않고 견딜 것인가?

글을 고친다고 해서 으레 화려하게, 유창하게, 자꾸 문구만 다듬는 것으로 아는 것은 잘못된 인식이다.

5. 퇴고의 실제

어느 한 문장을 실제로 퇴고하려면 그 원문장에 따라 퇴고됨도 천태만상일 것이나 최근에 내가 실제로 읽어보고 퇴고해야 될 데를 지적해준 일련의 문장을 여기 그대로 인용하려 한다.

교문을 나선 제복의 두 처녀, 짧은 쎄일러복 밑에 쪽 곧은 두 다리의 각선미, 참으로 씩씩하고 힘차 보인다. 지금 마악 운동을 하다 돌아옴인지, 이마의 땀을 씻는다. 얼굴은 흥분하여 익은 능금빛 같고 무엇이 그리 즐거운지 웃음을 가득 담은 얼굴은 참으로 기쁘고 명랑해 보인다.

(1) 용어를 보자

우선 '각선미'란 말과 '흥분'이란 말이 당치 않다. 배우나 성숙한 여인의 아니요, 아직 쎄일러복을 입는 중학생에겐 설혹 다리가 곱더라도 '제법 각선미가 나타나는……' 정도로는 쓸지언정, 결정적으로 '각선미'라고 지정해 쓰는 건 과장이다. 또 감정 때문이 아니라 단순히 육체적으로 운동을 해서 이글이글해진 얼굴을 '흥분'으로 부르는 것도 오진(誤診)이다. '흥분'은 감정 편을 더 가리키는 말이다.

그리고 또 무의미한 말, 겹치는 말이 있다. '씩씩하고 힘차'는 거의 같은 말이다. 그중에 어느 하나는 무의미한 것이요, '참으로 씩씩하고……' '참으로 기쁘고……'에서 부사 '참으로'도 겹치는 말이다. 어느 하나는 '퍽'으로라도 고쳐야 할 것이다. '씩씩해 보인다' '명랑해 보인다'의 '보인다'도, '돌아옴인지' '즐거운지'의 '지'도 자꾸 쓰였다. '얼굴은 흥분하여' '웃음을 가득 담은 얼굴은'에 '얼굴은'도 하나는 무의미라기보다 도리어 같은 주어가 두 번씩 나오기 때문에 글 뜻을 혼란시킨다. 둘 중 하나씩은 고치고 없애야 한다.

교문을 나선 제복의 두 처녀, 짧은 쎄일러복 밑에 쭉 곧은 두 다리, 퍽 씩씩하다. 지금 마악 운동을 하다 돌아옴인 듯, 이마의 땀을 씻는다. 얼굴은 **상기되어** 익은 능금빛 같고, 무엇이 그리 즐거운지 웃음을 가득 담아 참으로 기쁘고 명랑해 보인다.

(2) 모순인 곳과 오해될 데가 없나 보자

'두 처녀'와 '두 다리'가 맞지 않는다. 다리가 하나씩밖에 없는 처녀들이 된다. 그렇다고 '네 다리'라 하면 너무 산술적이다. 그러니까 둘이니 넷이니 할 것이 아니라 그냥 '다리들' 하면 될 것이요, 또 '교문을 나선'이란 말도 오해되기 쉬운 말이다. 수업 후의 하교(下校)로보다 '졸업'을 더 연상시키는 말이기 때문이다.

그런데 첫머리의 '교문을 나선'은 명사나 동사를 바꿔놓는 것으로 얼른 고쳐질 성질의 것이 아니다. '교문을 나선'이란 말에서 '졸업'이란 추상성을 없애기 위해선 '교문'과 나서는 학생들의 모양과 '제복'을 좀 더 현실감 나게 묘사할 필요가 있다.

　　흰 돌기둥의 교문을 나선 **푸른** 쎄일러복의 두 처녀, 짧은 스커트 밑에 쪽 곧은 다리들, 퍽 씩씩하다. 지금 마악 운동을 하다 돌아옴인 듯, 이마의 땀을 씻는다. 얼굴은 상기되어 익은 능금빛 같고, 무엇이 그리 즐거운지 웃음을 가득 담아 참으로 기쁘고 명랑해 보인다.

(3) 인상이 선명한가, 어지럽게 하는 데가 없나 보자

인상이 선명치 못하다. 어지럽게 하는 데가 있다. 교문을 '나온'이 아니라 '나선'이요, 얼굴을 먼저 말한 것이 아니라 '쪽 곧은 두 다리'를 말했다. 확실히 뒤에서 보는 인상이다. 독자는 저쪽으로 **사라져가**는 두 여학생을 머릿속에 그리며 내려가는데, 갑자기 '돌아옴인 듯'이란 앞을 향한 듯한 인상의 말이 나왔다. 어지럽게 된다.

흰 돌기둥의 교문을 나선 푸른 쎄일러복의 두 처녀, 짧은 스커트 밑에 쪽 곧은 다리들, 퍽 씩씩하다. 지금 마악 운동을 하다 나선 듯, 이마의 땀을 씻는다. 얼굴들은 상기되어 익은 능금빛 같고 무엇이 그리 즐거운지 웃음을 가득 담아 참으로 기쁘고 명랑해 보인다.

이렇게 하고도 어지러운 데가 하나 남는다. 동작들이 모호한 것이다. '쪽 곧은 다리들'에서는 돌아선 뒷모양이 느껴지고, '씩씩하다'에서는 가만히 머물러 있지 않고 활발히 움직이는 느낌을 준다. 그래서 두 여학생이 가볍고도 또박또박한 걸음으로 돌아서 가는 모양이 독자의 머릿속에 떠오른다. 그런데 '이마의 땀을 씻는다. 얼굴들은'에서부터는 앞에서 보는 듯한 설명이다. 여기에 이 글의 대수술을 면치 못할 운명이 있다.

그러면 어떻게 수술할 것인가? 전반을 기준으로 잡아 두 여학생이 뒷모양으로 사라지게 할 것인가? 후반을 기준으로 삼아 앞을 향해 오게 할 것인가? 두 가지로 다 고쳐보자.

(가) 저쪽으로 사라지는 경우(제1고)

흰 돌기둥의 교문을 나선 푸른 쎄일러복의 두 처녀, 짧은 스커트 밑에 쪽 곧은 다리들, 퍽 씩씩하게 걸어간다. 지금 마악 운동을 하다 나선 듯, 가방을 들지 않은 다른 팔들로는 그저 뻗었다 굽혔다 해보면서, 그 팔로 땀들을 씻음인지 이마를 문지르기도 한다. 귀까지 새빨간 꽃송이처럼 피어가지고 골목이 온통 왁자하게 떠들며 간다.

(나) 이쪽으로 오는 경우(제1고)

  흰 돌기둥의 교문을 나온 푸른 쎄일러복의 두 처녀, 얼굴이 모두 익은 능금빛처럼 이글이글하다. 지금 마악 운동을 하다 나온 듯, 이마의 땀을 씻으며 그저 숨찬 어조로 웃음 반, 말 반 떠들며 온다. 짧은 스커트 밑에 쪽 쪽 뻗어나오는 곧은 다리들, 누구에게나 퍽 힘차고도 경쾌해 보인다.

(4) 될 수 있는 대로 줄이자

있어도 괜찮을 말을 두는 너그러움보다, 없어도 좋을 말을 기어이 찾아내어 없애는 신경질이 글쓰기에선 미덕이 된다.

먼저 (가)를 읽어보면 '지금 마악'의 '지금', '가방을 들지 않은 다른 팔들로는'의 '다른', '그 팔로 땀들을'의 '그 팔로', '귀까지 새빨간 꽃송이처럼'의 '새빨간', '골목이 온통 와자'의 '온통' 등은 다 없어도 좋을 말들이다. 이 없어도 좋을 말들을 다 뽑아버려 보라. 잡초를 뽑은 꽃 이랑처럼 한결 맑은 기운이 풍길 것이다.

(가) 저쪽으로 사라지는 경우(제2고)

  흰 돌기둥의 교문을 나선 푸른 쎄일러복의 두 처녀, 짧은 스커트 밑에 쪽 곧은 다리들, 퍽 씩씩하게 걸어간다. 마악 운동을 하다 나선 듯, 가방을 들지 않은 팔들로는 그저 뻗었다 굽혔다 해보면서, 땀들을 씻음인지 이마를 문지르기도 한다. 귀까지 꽃송이처럼 피어가지고 골목이 와자하게 떠들며 간다.

다음 (나)에서도, '익은 능금빛처럼'의 '익은'과 '빛', '지금 마악'

의 '지금', '누구에게나 퍽'의 '누구에게나' 등은 다 없어도 좋을 말들이다.

(나) 이쪽으로 오는 경우(제2고)

흰 돌기둥의 교문을 나온 푸른 쎄일러복의 두 처녀, 얼굴이 모두 능금처럼 이글이글하다. 마악 운동을 하다 나오는 듯 이마의 땀을 씻으며 그저 숨찬 어조로 웃음 반, 말 반으로 떠들며 온다. 짧은 스커트 밑에 쪽 쪽 뻗어나오는 곧은 다리들, 퍽 힘차고도 경쾌해 보인다.

(5) 처음의 것이 있나? 없나?

여러 번 고쳤다. 글은 물론 나아졌다. 그러나 글만 자꾸 고쳐나가다가는 글보다 귀한 것을 잃어버리는 수가 있다. '처음의 것'이란 처음의 글이 아니다. '처음의 생각'과 '처음의 신선함'을 가리킴이다. 글 만드는 데만 끌려나오다가 '처음의 생각'과 '처음의 싱싱함'을 이지러뜨렸다면 그것은 도리어 실패다. 초등학생들의 글이 문법적으로는 서툴러도 차라리 솔직한 힘을 갖는 것은, 오직 '처음의 생각' 대로, '신선함' 그대로 써놓는 것이기 때문이다. 백번이라도 고치되 끝까지 구기지 말고 지녀나가야 할 것은 이 '처음의 생각'과 '처음의 신선함'이다.

이 '처음의 것'들을 이지러뜨릴 염려가 없게 하기 위해서는

① 그 글을 처음 썼을 때의 생각과 기분을 자기 자신에게 선명히 기억시킬 것.

② 중얼거리며 고치지 말 것. 자기도 모르게 자꾸 소리를 내며 읽

어보기가 쉬운데, 그렇게 하다가는 뜻에는 날카롭지 못하고 음조에만 끌리어 개념적인 수사에 빠지기 쉽다.

③ 앉은자리에서 자꾸 고치지 말 것. 글도 실처럼 급할수록 엉킨다. 피곤해지는 머리로는 '신선함'을 살려나가지 못한다. 여러 날 만에, 남의 글처럼 낯설어진 때에 고치는 것이 이상적이다.

(6) 이 표현에 만족할 수 있나? 없나?

나중에는 문장이 문제가 아니다. 문장에선 앞의 다섯 가지 조건을 다 만족했더라도 '내가 표현하려는 것이 이것인가?' '이것으로 내 자신이 만족한가?' 한번 따지고 내놓는 것이라야 한 줄의 글이라도 비로소 '자기의 표현'이라 내세울 수 있을 것이다.

제6강
제재, 글머리, 끝맺음과 그 밖의 것들

1. 제재

붓을 들기는 쉽다. 그러나 '무엇을 쓰나?'에서 막연해진다.

어느 영문학자는 '무엇을 쓸까'라는 제목의 글에서 "쓸 것이 생각나지 않으면 꿈꾼 것을 적으라" 하였다. 지난밤에 꾼 것이든지 며칠 전에 꾼 것이든지 아무튼 자기 기억 속에 남아 있는 것을 생각해가며 적어보라 하였다. 물론 꿈은 아무리 똑똑한 것이라도 현실에 비기면 흐리다. 기억만 흐릴 뿐 아니라 사건도 대체로 허황하다. 그것을 선후를 가려서 남이 알아보도록 적는 것은 현실에서 체험한 일을 적는 것보다 훨씬 어려울 것이다.

그러나 '무엇을 쓰나' 하고 막연해하는 이에게는 분명히 도움이 되는 말이다. '꿈을 적어라' 하는 말 그대로 고지식하게 꿈을 적어보는 것도 좋지만 그보다는, 흐리멍덩한 꿈속에서 쓸 것을 찾느라고 애를 쓰다가 결국엔 '기억이 똑똑한 일이 얼마든지 있는데 하필 생각나지 않는 꿈에서 찾을 게 뭔가' 하고 스스로 현실로 돌아와 재료를 찾도록 깨달음을 주는 데 이 말의 본뜻이 있는 것 같다.

글이 될 만한 재료는 꿈에 비하면 현실에는 무진장 많다.

현실, 인생과 자연, 그 속에서 제재(題材)를 찾는 데는 먼저 자기의 태도가 중요하다. 염세적인 우울한 눈을 가진 사람에게는 암담한 제재만 보일 것이요, 몽상적인 낙천(樂天)의 눈을 가진 사람에게는 명랑한 제재만 뜨일 것이다. 자기의 철학적인 지반이 확호부동하게 닦인 후에는 자기의 인생관이나 자연관에서 주저할 것이 없겠지만, 아직 그 전 단계에 있는 사람으로는 밝거나 어두운 어느 한 극단으로 치우쳐서 제재를 취해서는 안 된다. 슬픔도 너무 크면 울음이 나오지 않는다. 기쁨도 너무 크면 말이 막힌다. 심각한 것일수록 첫솜씨엔 부적당하다.

제재는 진기해야만 쓰는 것은 아니다. 뉴스재료와는 다르다. 아무리 평범한 데서라도 자기의 촉각으로 느끼기에 달린 것이다.

낮닭 우는 소리가 무던히 한가롭다. 어제도 울던 낮닭이 오늘도 또 울었다는 외에 아무 흥미도 없다. 들어도 그만 안 들어도 그만이다. 다만 우연히 귀에 들려왔으니까 그저 들었달 뿐이다.

닭은 그래도 새벽, 낮으로 울기나 한다. 그러나 이 동리의 개들은 짖지를 않는다. 그러면 모두 벙어리 개들인가? 아니다. 그 증거로는 이 동리 사람 아닌 내가 돌팔매질을 하면서 위협하면 십 리나 달아나면서 나를 돌아다보고 짖는다.

그렇건만 내가 아무 그런 위험한 짓을 하지 않고 지나가면 천 리나 먼

데서 온 외인, 더구나 안면이 이처럼 창백하고 봉발(蓬髮)이 작소(鵲巢)를 이룬 기이한 풍모를 쳐다보면서도 짖지 않는다. 참 이상하다. 어째서 여기 개들은 나를 보고 짖지를 않을까? 세상에도 희귀한 겸손한 겁쟁이 개들도 다 많다.

이 겁쟁이 개들은 이런 나를 보고도 짖지를 않으니 그럼 대체 무엇을 보아야 짖으랴?

그들은 짖을 일이 없다. 여인(旅人)은 이곳에 오지 않는다. 오지 않을 뿐만 아니라 국도 연변에 있지 않은 이 촌락을 그들은 지나갈 일도 없다. 가끔 이웃마을의 김 서방이 온다. 그러나 그는 여기 최 서방과 똑같은 복장과 피부색과 사투리를 가졌으니 개들이 짖어 무엇하랴. 이 빈촌에는 도적이 없다. 인정 있는 도적이면 여기 너무나 빈한한 새악시들을 위하여 훔친 바 비녀나 반지를 가만히 놓고 가지 않으면 안 되리라. 도적에게는 이 마을은 도적의 도심(盜心)을 도적맞기 쉬운 위험한 지대리라.

그러니 실로 개들이 무엇을 보고 짖으랴. 개들은 너무나 오랜 동안— 아마 그 출생 당시부터— 짖는 버릇을 포기한 채 지내왔다. 몇 대를 두고 짖지 않은 이곳 견족(犬族)들은 드디어 짖는다는 본능을 상실하고 만 것이리라. 인제는 돌이나 나무토막으로 얻어맞아서 견딜 수 없을 만큼 아파야 겨우 짖는다. 그러나 그와 같은 본능은 인간에게도 있으니 특히 개의 특징으로 쳐들 것은 못 되리라.

개들은 대개 제가 길리우고 있는 집 문간에 가 앉아서 밤이면 밤잠 낮이면 낮잠을 잔다. 왜? 그들은 수위(守衛)할 아무 대상도 없으니까다.

봉발(蓬髮) 텁수룩하게 흐트러진 머리털. 작소(鵲巢) 까치집. 여인(旅人) 나그네.

최 서방네 집 개가 이리로 온다. 그것을 김 서방네 집 개가 발견하고 일어나서 영접한다. 그러나 영접해본댔자 할 일이 없다. 양구(良久)에 그들은 헤어진다.

설레설레 길을 걸어본다. 밤낮 다니던 길, 그 길에는 아무것도 떨어진 것이 없다. 촌민들은 한여름 보리와 조를 먹는다. 반찬은 날된장 풋고추다. 그러니 그들의 부엌에조차 남는 것이 없겠거늘 하물며 길가에 무엇이 족히 떨어져 있을 수 있으랴.

길을 걸어본댔자 소득이 없다. 낮잠이나 자자. 그리하여 개들은 천부의 수위술(守衛術)을 망각하고 낮잠에 탐닉하여버리지 않을 수 없을 만큼 타락하고 말았다.

슬픈 일이다. 짖을 줄 모르는 벙어리 개, 지킬 줄 모르는 게으름뱅이 개, 이 바보 개들은 복날 개장국을 끓여 먹기 위하여 촌민의 희생이 된다. 그러나 불쌍한 개들은 음력도 모르니 복날은 몇 날이나 남았나 전연 알 길이 없다.

　　　　　　　　　　　　　　　　　　　— 이상의 「권태」에서

얼마나 평범한 제재인가? 그러나 얼마나 재미있고 슬프기까지 한 글인가!

제재가 재미있어야 재미있고, 제재가 슬퍼야 슬플 수 있는 것은 신문기사뿐이다. 신문의 문장이 아니라 사람의, 개인의 개성이 담긴 문장이란 제재가 반드시 슬퍼야 슬프고, 제재가 반드시 즐거워야 즐

양구(良久)에 한참 있다가.

238

겁고, 제재가 반드시 굉장해야 굉장한 글이 되는 것은 아니다. 제재가 아무리 작고 평범한 것이라도 얼마든지 훌륭한 글이 된다.

요점은 자기가 관찰하고 느끼기에 달린 것이다. 그러니까 더욱 요점은, 자기가 넉넉히 느낄 수 있는, 요리할 수 있는, **제힘에 만만한 것**으로 택하는 것이 상책이다.

한 알 씨앗에서 싹이 트고 가지가 뻗고 꽃이 피듯, '귀뚜라미'란 제목에서 시작해 세상의 가을을 향해 번져나가는 글이라야지, 허턱 '가을'이라고 대담하게 제목을 붙였다가 '귀뚜라미'로 쫄아드는 글은 소담스럽지 못한 법이다.

2. 글머리

김황원(金黃元)이 대동강에서

장성일면용용수(長城一面湧湧水)
대야동두점점산(大野東頭點點山)

을 짓고는 다음 구가 나오지 않아 붓을 꺾었다는 말이 있다. 첫 한 구에서 할 말을 다 해버린 까닭이다.

더욱이 산문에선 첫머리 몇 줄, 몇 줄이라기보다 단 첫 줄의 글, 다

장성일면용용수(長城一面湧湧水) 대야동두점점산(大野東頭點點山) 긴 성벽 한쪽엔 강물이 넘실넘실, 너른 벌 동쪽 머리엔 산들이 점점. 부벽루에서 바라본 경치를 그린 시구.

시 첫 줄이라기보단 첫 한 마디, 그것을 잘 놓고 못 놓는 것이 그글이 잘 풀릴지 잘되고 못될지를 좌우하는 수가 많다.

너무 덤비지 말 것이다. 너무 긴장하지 말 것이다. 신기하게 하려 하지 말고 평범하게 하면 된다.

화가 고흐는, 화포(畵布) 위에 '무엇'이 깃들기 전에는 붓을 들지 않는다 했다. 종이 위에 쓰려는 것이 확실히 깃들기 전에는 붓을 들지 말 것이다. 쓰려는 요령만 눈에 보인다고 덥석 쓰기 시작하면 중요한 부분이 처음 몇 줄에서 다 없어져버린다. 용두사미가 된다. 능히 제목부터 써놓을 수 있도록 글의 전모를 빈 종이 위에 느끼고, 그러고 나서 첫머리를 찾아야 한다. 마음속에 그 글의 전모를 느끼기 전에 붓을 들면 머리가 안 나오고 중간부터 불거지기 쉽다.

소설 이외의 글은 흔히 일인칭이다. 그러므로 무슨 소감이든 말하는 주인은 '나'다. 이 일인칭 대명사 '나'를 첫말로 쓰는 것도 평이한 글머리가 되리라 생각한다.

실례로 보더라도 '나'로 시작한 글이 상당히 많고 또 말이 순탄하게 풀려 내려간다.

나는 꽤 오래전부터 병상에 누워 있다. 관절염인데 좀 차도가……
— 안회남의 수필 「병고(病苦)」의 서두

나는 오후가 되면 흔히 작란(作亂)을 생각해본다. 더구나……
— 이선희의 수필 「작란」의 서두

작란(作亂) '장난'의 잘못.

240

나는 그믐달을 사랑한다. 그믐달은 너무 요염하여 감히 손을……

— 나도향의 「그믐달」의 서두

나는 남들처럼 '개'라고 일컫는 축류(畜類)에 대하여 호의나 동정을 갖지 못한다. 그러나……

— 박태원의 「축견무용(畜犬無用)의 변」의 서두

그러나 '나'라고 꼭 박아야 '나'로 시작할 수 있는 것은 아니다.

워낙 성미가 게을러서 문밖에 나가기를 즐겨하지 않는 데다가 근년에는 몹시 추위를 타기 때문에……

— 양주동의 「노변잡기(爐邊雜記)」의 서두

이 글에서는 '나'가 없어도 역시 '나'로 시작된 글이다.

그런데 이 '나'에 구속받아서는 안 된다. 이미 구속을 느낄 만한 정도라면 이런 ABC식 강의가 필요치 않을 것이다.

다음엔 '언제 어디서'로 시작하는 것도 손쉬운 방법의 하나이다.

어제 S병원 전염병실에서 본 일이다.

A라는 소녀, 칠팔 세밖에 안 된 귀여운 소녀가……

— 주요섭의 「미운 간호부」의 서두

며칠 전에 어느 걸인 하나를 보고 아래와 같은 생각을 하였다.

독일 염세철학자 쇼펜하우어는……

—— 변영로의 「시선(施善)에 대하여」의 서두

만일 글 제목이 명사인 경우엔 그 명사로 시작하는 글도 많이 있다.

갓은 조선색(朝鮮色)을 가장 잘 대표하는 것이다. 조선을 처음 본 사람들의……

—— 이여성의 「갓」의 서두

머리가 있어 여자를 아름답게 하는 것은 마치 공작새가 영롱한 꼬리를 가진 것과 같다 할까……

—— 김용준의 「머리」의 서두

그리고 문장에 자신이 적을수록 구절을 얼른, 짧게 끊는 것이 좋다. 대개 첫 구절을 길게 끌어가지고 내려오다 얼크러놓는 것은 첫 솜씨들이 쉽게 저지르는 잘못이다.

3. 끝맺음

글의 최후 1행은 무대를 닫는 막과 같다. 제목의 뜻이 아직 충분히 드러나기 전에 끊어지는 글은 공연 중에 막이 닫힌 연극이요, 종점을 얻지 못하고 이리저리 방황하는 글은 연극은 다 했는데 막이 안

닫히는 추태다.

글을 제대로 끝맺지 못하는 몇 가지 원인을 찾는다면,

(1) 글의 뜻을 분명히 인식하고 통일하지 못했기 때문이다.

평양까지 갈 것을 분명히 작정하고 나섰으면 거침없이 평양까지 가는 차표를 살 것이요, 평양행을 샀으면 평양이 종점 될 것은 자명한 사실이다. '서울에서 평양까지' 혹은 '평양에서 부산까지' 이렇게 끝이 똑 떨어져야 될 것이니, 우선 글의 뜻을 분명히 인식해서 문맥의 경로와 한계선을 분명히 가지고 그 곬으로만 몰아나가야 할 것이다.

(2) 과도한 표현욕 때문에 탈선했기 때문이다.

형용(形容)과 별난 생각에 끌리다가 큰 줄기에서 멀어져버리면 그 글이 멈출 자리를 놓치고 만다.

(3) 끝맺음에서 야심이 너무 강한 때문도 있다.

끝을 맺는다고 해서 연단에서 주먹을 치듯, 박수갈채를 기대하는 식으로 무리하게 심각해서는 안 된다.

(4) 끝맺음에서 야심이 너무 약한 때문도 있다.

이것은 반대로 너무 끝이 허해지고 만다.

아무튼 모든 글의 끝맺음은 다소의 점정(點睛)작용이 있어야 할 것이다. 한 편의 글을 형식으로만 맺을 뿐 아니라 내용으로도 완성하는 최후의 일선(一線)이 되는 동시에 뻔쩍! 하고 그 글 전체에 생기를 끼얹는 색다른 빛깔, 신비로운 여운을 지녔어야 묘(妙)를 얻은 끝맺음이라 할 것이다.

4. 제목 붙이기

제목이 없어 '실제(失題)'니 '무제(無題)'니 하는 글도 있지만 '실제' '무제' 역시 제목의 위치에서 그 글 전체를 대표한 것이니 제목일 수밖에 없다.

제목은 그 글의 이름이다. 사람의 이름은 돌림자에 의지하기도 하지만 글의 이름은 그 글 자체의 내용을 떠나서는 아무런 기준도 없을 것이다.

제목은 그 글의 내용을 완전히 음미하여 가장 요령 있는 짧은 말로 그 글을 대표시키면 그만이다.

제목을 정하는 데는 적어도 다음과 같은 몇 가지 주의할 점이 있다.

첫째 동뜨지 말 것이니, 어디까지나 본문의 내용에만 솔직해야 할 것이요,

둘째 매력이 있을 것이니, 본문보다 큰 글자로 씌어지는 제목이 얼른 독자의 마음을 끌어야 자질구레한 본문까지 읽힐 것이다.

셋째 새것일 것이니, 사람의 이름도 흔히 있는 '정희'니 '복동'이니 하면 새로 듣는 맛이 없듯, 글에서도 그럴 것이다. 될 수 있는 대로 남이 이미 붙여놓은 이름은 피하고 새것을 지어 제목만 들어도 새로운 맛이 나게 할 것이다.

처음엔 대체로 제목을 붙이는 데 지나치게 욕심을 낸다. 굉장히, 거대한 제목을 즐긴다. 들띄워놓고 '인생'이니 '가을'이니 하면서 세상사를 혼자 써낼 듯이 덤빈다. 제목은 내용과 조화의 미를 가져

야 하고 겸손을 잃지 않아야 묘경(妙境)이다. 굳이 한자미에만 끌려서도 안 되고 너무 제목 글자에 치레만 하다가 본문을 다쳐서도 손해다.

5. 묘사와 문장력

문장에 가장 날카로운 힘을 줄 수 있는 것은 묘사다.

……범죄자의 누명을 쓰고 처자까지 잃은 이내 신세일망정 십여 년이나 정을 들이고 살던 사 개월 전의 내 집조차 나를 배반하고 고리에 쇠를 비스듬히 차고 있는 것을 볼 제 그는 그대로 매달려서 울고 싶었다.

백부는 숨이 찰 듯이 씨근씨근하며 쫓아와서

"열대 예 있다."

하며 자기 손으로 열고 들어갔으나 어느 때까지 우두커니 섰었다.

일 개월 이상이나 손이 가지 않은 마당은 이삿짐을 나른 뒤 모양으로 새끼부스러기 종잇조각들이 늘비한 사이에 초하(初夏)의 잡초가 수채 앞이며 담 밑에 푸릇푸릇하였다. 그의 숙부도 역시 이럴 줄이야 몰랐다는 듯이 깜짝 놀라며 한번 획 돌아보고 나서 신을 신은 채 툇마루에 올라섰다. 먼지가 뽀얗게 앉은 퇴 위에는 고양이 발자국이 여기저기 산국화 송이같이 박혀 있다. 뒤로 쫓아들어온 그는 뜰 한가운데에 서서 덧문을 첩

초하(初夏) 초여름. 수채 집 안에서 버린 물이 흘러가도록 만든 시설.

첩이 닫은 대청을 멀거니 바라보고 섰다가 자기 서재로 쓰던 아랫방으로 들어가서 먼지 앉은 요〔褥〕 위에 엎드러지듯이 벌떡 드러누웠다.

— 염상섭의 「표본실의 청개구리」에서

의사는 영실이를 힐끗 보자 눈이 희뜩 올라가고 푸른 입술에 비웃음을 삐죽이 흘린다. 영실이는 이것을 보자 미안한 마음이 홀랑 달아나고 어디선지 악이 바짝 치달아온다. 그래서 얼른 세면기 앞으로 와서 브러시로 손을 닦기 시작하였다. 따끔 부딪치는 브러시를 따라 횡횡 돌던 머리가 딱 멈추어지고 맘이 꽁꽁 얼어붙는 것 같았다.

"아구! 아구!"

환자는 외마디 소리를 내다 지르고 다리를 함부로 내젓는다.

간호부들은 머리와 다리를 꼭 누르니 환자는 더 죽는 소리를 내었다. 힐끗 돌아보니 의사는 방금 칼로 피부를 갈라놓았고, 흐르는 피 속에 지방이 희끗희끗 나타났으며, 혈관을 찝은 '고히루〔止血縅子〕'가 두어 개 꽂히어 영실의 눈을 꼭 찌르는 듯하였다. 눈송이 같은 가제가 나까가와의 손에서 의사의 피 묻은 손에 쥐여 있는 핀셋으로 옮아와서 수술처에 들어가자마자 빨갛게 핏덩이가 된다.

영실이는 손을 다 씻고 나서 나까가와의 곁으로 갔다.

"미안하게 됐소."

"리상!"

나까가와는 머리를 돌린다. 이마엔 구슬땀이 봉을봉을 맺히었고, 얼굴

고히루〔止血縅子〕 피를 멎게 하는 의료기구로 겸자(鉗子)의 일종. 이 기구를 발명한 스위스의 외과의사 코허(E.T.Kocher)의 이름에서 유래.

이 빨갛게 되어 영실이를 보자 시원하다는 듯이 핀셋을 내주고 머리를 설렁설렁 흔들어 땀을 떨구면서 물러났다. 수갑 낀 손에 쥐어지는 이 핀셋! 매끈하고도 듬직한 감을 주며 무엇이나 찝고 싶어지는 이 감촉, 손에 기운이 버쩍 나고 흩어진 마음이 보짝 모인다.

눈 감고라도 이 핀셋만 쥐면 어떠한 기계라도 능란히 섬길 수가 있는 것이다.

— 강경애의 「어둠」에서

"이쩐짜이(일 전짜리)."

— 이것은 우리가 어느 시골 정거장을 지나다가 지은 이름이다. 그적에 차를 기다리던 손님이 우리서껀 도합 사오 인밖에 안 되었는데 조그마한 대합실 바깥벽에 아침 햇빛이 또아리를 틀고 있고 그 옆에는 사과장수 늙은 할미가 과일 함지박을 앞에 놓고 우들우들 떨고 앉았다.

그 사과 중에 맨 꼭대기에 놓인 사과 한 알이 가장 작고, 한편 모서리가 찌부러지고 빨갛고 보삭한 얼굴을 반짝 쳐들고 우리를 말끄러미 쳐다본다.

"허 — 저 쪼꼬만 애기능금이 재 없이 당신 모습을 닮았구려."

우리는 즐겁게 웃었다. 그리고 노파 앞으로 다가서며 흥정을 붙였다.

"일 쩐으 냅세."

노파의 희망대로 일 전 한 푼을 주고 그 작고 귀엽고 가엾고 꼼꼼하고 영리해 보이는 애기능금을 샀다. 이때부터 나는 '이쩐짜이'가 된 것이다.

— 이선희의 「계산서」에서

우리서껀 우리랑 함께. 재 없이 영락없이.

포플러나무 밑에 염소가 한 마리 매여 있습니다. 구식으로 수염이 났습니다. 나는 그 앞에 가서 그 총명한 동공을 들여다봅니다. 셀룰로이드로 만든 정교한 구슬을 오브리드로 싼 것같이 맑고 투명하고 깨끗하고 아름답습니다. 도색(桃色) 눈자위가 움직이면서 내 삼정(三停)과 오악(五岳)이 고르지 못한 빈상(貧相)을 업신여기는 중입니다.

— 이상의 「산촌여정」에서

그때 — 심한 구토를 한 후부터 한 방울 물도 먹지 못하고 혓바닥을 축이는 것만으로도 심한 구역을 하게 된 만수 노인은 물을 보기라도 하겠다고 하였다. 정일이는 요를 포개서 병상을 돋우고 아버지가 바라보기 편한 곳에 큰 물그릇을 놓아드렸다. 그러나 그 물그릇을 바라보기에 피곤한 병인은 어디나 눈 가는 곳에는 물이 보이기를 원하였다. 그래서 큰 어항을 병실에 가득 늘어놓고 물을 채워놓았다. 병인은 이 어항에서 저 어항으로 서느러운 감각을 시선으로 핥듯이 둘러보다가 그도 만족치 못하여 시원히 흐르는 물이 보고 싶다고 하였다. 정일이는 아버지가 보기 편한 곳에 큰 물그릇을 놓고 대접으로 물을 떠서는 작은 폭포같이 드리워 쏟고 또 떠서는 드리워 쏟기를 계속하였다. 만수 노인은 꺼멓게 탄 혀를 벌린 입 밖에 내놓고 황홀한 눈으로 드리우는 물줄기를 바라보고 있었다. 그 눈을 볼 때 정일이는 걷잡을 사이도 없이 자기 눈에 눈물이 솟아오름을 참을 수가 없었다. 정일이는 일찍이 그러한 눈을 본 기억이 없다고 생각하였

도색(桃色) 복숭아꽃 빛처럼 연한 분홍색. **삼정**(三停)**과 오악**(五岳) 관상학에서 얼굴을 볼 때 기준이 되는 곳. 삼정은 상정(이마 위에서 눈썹까지), 중정(눈썹에서 코끝까지), 하정(인중에서 턱까지)을 가리키고, 오악은 양쪽 광대뼈, 이마, 턱, 코를 일컬음. **빈상**(貧相) 궁색해 보이는 인상.

다. 더욱이 아버지의 얼굴에서! 자기 아버지에게서 저러한 동경에 사무친 황홀한 눈을 보게 되는 것은 의외라고 할 밖에 없었다.

혹시 아버지가 돌아앉아서 돈을 헤일 때에 저러한 눈으로 돈을 보았을는지는 모를 것이다.

— 최명익의 「무성격자」에서

닮은 것 이상들이다. 사진도 이처럼 싱싱할 수 없다.

글은 들려주고 알려주고 보여주고, 이 세 가지를 한다. 들려주는 것은 운문의 일이요, 알려주고 보여주고 하는 것이 산문의 일인데, 알리는 것보다 보여주는 것은 몇 배나 구체적인 전달이다. 누구에게나 시각처럼 빠르고 직접적인 감각은 없기 때문이다.

묘사란 그린다는 뜻의 회화용어다. 어떤 사물이나 어떤 사태를 그림 그리듯 그대로 그려냄을 가리킴이다. 역사나 학술처럼 조리를 세워 끌어나가는 것은 기술(記述)이지 묘사는 아니다. 실경(實景), 실황(實況)을 보여주어 독자로 하여금 그 경지에 스스로 들고, 분위기까지 스스로 맛보게 하기 위한 표현이 이 묘사다.

아름다운 풍경을 보고 '아름답구나!' 하는 것은 자기의 심리다. 자기의 심리인 '아름답구나!'만 써가지고는, 독자는 아무 아름다움도 느끼지 못한다. 독자에게도 그런 심리를 일으키기 위해서는 그 풍경이 아름다운 까닭을, 즉 하늘, 구름, 산, 내, 나무, 돌 등 풍경의 재료를 풍경대로 조합해서 문장으로 표현해주어야 독자도 비로소 작자와 동일한 경험을 그 문장에서 얻고 한가지로 '아름답구나!' 심리에 이를 수 있는 것이다.

이렇게 제재의 현상을 문장으로 재현하는 것이 묘사다.

묘사의 요점으로는,

(1) 객관적일 것, 언제든지 냉정한 관찰을 거쳐야 할 것이니까.

(2) 정연할 것, 시간상으로나 공간상으로 순서가 있어야 전체 인상이 선명해질 것이니까.

(3) 사진기와는 달라야 할 것, 대상의 요점과 특색을 가려 거두는 반면에 불필요한 것은 버려야 한다.

6. 감각과 문장미

문장을 맛나게 하는 것은 그저 미사여구가 아니다. 날카로운 감각으로 대상에서 무엇이고 새롭게 표출해내는 것이 있어야 한다.

'바람이 몹시 차다.'

이것은 설명이다.

'바람이 칼날처럼 뺨을 저민다.'

이것은 감각이다. 어떻게 차다는 표출이다.

'소리가 몹시 컸다.'

이것은 설명이다.

'소리가 꽝 터지자 귀가 한참이나 멍멍했다.'

이것은 감각이다. 소리가 어떻게 컸다는 표출이다.

'석류꽃이 예쁘게 폈다.'

이것은 설명이다.

'석류꽃이 불덩이처럼 이글이글한 것이 그늘진 마당을 밝히고 있

었다.'

이것은 감각이다. 어떻게 화려하다는 표출이다.

밝든 어둡든, 차든 덥든, 슬프든 즐겁든, '어떻게 의식'이 활동하지 않고는 그 진정한 맛과 경지가 표현되지 않는다. '어떻게?'를 알려면 먼저 느껴야 한다. 시각, 청각, 후각, 미각, 촉각의 다섯 가지 신경이 척후병처럼 날쌔고 자세하게 관찰하지 않고는 불가능한 것이다. 그러므로 예리한 감각은 반드시 예리한 관찰을 선행조건으로 한다. 그리고 감각은 언제든지 예리한 신경을 갖고 표현해야 한다. 그러므로 간접적인 뜻의 소리인 언어보다도 직접적인 의음(擬音), 의태(擬態)의 소리를 많이 사용하는 것도 주의할 점이다. 이 의음어, 의태어에 대해서는 제2강의 '의음어, 의태어와 문장'을 참고하라.

은행이며 대추며 저육이며 정육이며 호두며 버섯도 세 가지 종류라며, 그 외에 몇 가지며 어찌어찌 조합된 것인지 알 수 없으나, 산산하고도 정녕(丁寧)하고 날쌔고도 굳은 개성적(開城的) 부덕(婦德)의 솜씨가 묻히어 나온 찜이 어찌 진미가 아닐 수 있겠느냐. 하나 기름불 옆에서 새빨간 짐승의 간에 양념을 베푼다는 것은, 그것이 더욱 검은 밤에 하이얀 손으로 요리된다는 것이 아직도 진저리 나는 괴담(怪談)으로 여김을 받지 아니함은 어찐 사정이뇨. 병 안에 든 '품(品)'이 별안간 흥분함도 대개 이러한 간을 보아 그리함인지도 모른다.

— 정지용의 「수수어(愁誰語)」에서

저육(豬肉) 돼지고기. **정육(正肉)** 쇠고기의 순 살로만 된 부분. **정녕(丁寧)하다** 그럴듯하다. **개성적(開城的) 부덕(婦德)** 개성에 사는 부녀자다운 덕.

벌써 유리창에 날벌레 떼처럼 매달리고 미끄러지고 엉키고 또그르 궁글고 홈이 지고 한다. 매우 간이한 풍경이다.

그러나 빗방울은 관찰을 세밀히 하게 하는 것이 아닐까. 내가 오늘 유유히 나를 고늘 수 없으니 만폭(滿幅)의 풍경을 앞에 펼칠 수 없는 탓이기도 하다.

빗방울을 시름없이 들여다보는 겨를에 나의 체중이 희한히 가벼야웁고 슬퍼지는 것이다. 설령 누가 나의 죽지를 핀으로 창살에 꼭 꽂아둘지라도 그대로 견딜 것이리라.

— 정지용의 「비」에서

다시 집으로 들어오려던 문일(文一)이는 현관문 밖에 큰 옴두꺼비 한 놈이 명상에 취한 듯이 앉아 있는 것을 보았다. 금테안경을 눈알 속에 긴 듯한 옴두꺼비의 눈을 바라보다가 단장을 집어들고 옴두꺼비의 명상을 건드리었다. 놀란 옴두꺼비는 뛰엄뛰엄 뛰어서 문일이가 거닐던 그 좁은 길에 들어섰다. 몇번 뛰고는 충심 각기병자같이 헐럭거리며 다리를 떨고 앉는다.

이 길을 걷는 것은 자기 혼자뿐이 아니었다고 속으로 웃으며 문일이는 쉬고 있는 옴두꺼비를 재촉하듯이 건드리었다. 부들부들 떨고 있는 옴두꺼비의 볼기짝도 가을바람에 여위어서 초라하게 파리한 뒷다리를 겨우

궁글다 착 붙지 않다. **고느다** 고누다. 일정한 무게로 짓누르는 힘을 밑에서 뻗치어 받치다. **만폭**(滿幅) 일정한 너비에 꽉 참. **죽지** 팔과 어깨가 이어진 관절의 부분. **옴두꺼비** '두꺼비'를 달리 이르는 말. 두꺼비의 몸이 옴딱지 붙은 것처럼 보이는 데서 유래. **충심**(衝心) 병 기운이 가슴으로 치밀어 오름. **각기병**(脚氣病) 비타민 B1이 부족하여 일어나는 영양실조 증상. 말초신경에 장애가 생겨 다리가 붓고 마비되며 전신 권태의 증상이 나타나기도 함.

밟아 뛰는 것도 그나마 힘없는 앞발은 몸을 가누지 못하고 꼬꾸라지는 것이다. 그 꼴을 보는 문일이는 어릴 적에 경험한 잔인성을 손에 잡은 단장에 힘주어 느끼었으나 뛰기를 단념하고 기어가는 옴두꺼비를 따라갔다. 작으나 얼마든지 완증스럽게 볼 수 있는 옴두꺼비의 기는 발을 볼 때 등골을 기어가는 징그러운 이를 감촉하였다.

마침내 옴두꺼비는 그 길을 거진 다 가서 목책 모퉁이에 있는 사절화 숲 속으로 들어갔다. 단장 끝으로 그곳을 헤치고 본즉 사절화 떨기 밑에 있는 구멍으로 옴두꺼비의 뒷다리는 꿈에 잡았던 손같이 사라지고 마는 것이었다. 그리고 그 구멍에서는 작은 물줄기가 흘러내리고 있었다. 웬 샘물일까? 하고 단장 끝으로 후비며 들여다본즉 그 구멍은 횟집이 무너앉은 고총(古塚)이었다. 문일이는 단장을 던지고 일어서서 침을 뱉었다. 무덤 구멍에서는 재와 같이 썩은 나뭇조각이 쇠동록이 풀린 듯한 검붉은 물에 떠 나왔다.

문일이는 옴두꺼비의 안내로 의외에 발견한 무덤가에서 생명체이던 형해조차 이미 없어진 지 오랜 빈 무덤 속에 드러누웠거나 앉아 있을 옴두꺼비를 생각하며 자기 방에 누워 있는 자기를 눈앞에 그리어보았다.

옴두꺼비는 지금 무덤 속에 들어간 채로 오랜 동안의 동면을 시작할 작정인지도 모를 것이다. 동면이란 꿈을 먹고 사는 것이 아닐까? 동면 기간의 양식이 되는 꿈은 그의 생활기인 봄 여름 가을 동안에 축적한 생활경험의 재음미일 것이다. 그러한 재음미로써 낡은 껍질을 벗고 새로운 몸으로 새봄을 맞으려는 꿈은 결코 악몽이 아닐 것이라고 문일은 생

완증(頑僧)스럽다 성질이 억세게 고집스럽고 모질어 밉살스럽다. **횟집** 무덤을 만들 때 석회를 바른 것. **고총(古塚)** 오래된 무덤. **쇠동록** 쇠의 표면에 생긴 녹. **형해(形骸)** 어떤 형체의 흔적이나 자취.

제6강 제재, 글머리, 끝맺음과 그 밖의 것들 ● 253

각하였다.

── 최명익의 「역설(逆說)」에서

　너무 더웁다. 나뭇잎들이 다 축 늘어져서 허덕허덕하도록 더웁다. 이렇게 더우니 시냇물인들 서늘한 소리를 내어보는 재간도 없으리라.

　나는 그 물가에 앉는다. 앉아서 자── 무슨 제목으로 나는 사색해야 할 것인가 생각해본다. 그러나 물론 아무런 제목도 떠오르지는 않는다.

　그렇다면 아무것도 생각 말기로 하자. 그저 한량없이 넓은 초록색 벌판, 지평선, 아무리 변화하여보았댔자 결국 치열(稚劣)한 곡예의 역(域)을 벗어나지 않는 구름, 이런 것을 건너다본다.

　지구 표면적의 100분의 99가 이 공포의 초록색이리라. 그렇다면 지구야말로 너무나 단조무미한 채색이다. 도회에는 초록이 드물다. 나는 처음 여기 표착(漂着)하였을 때 이 신선한 초록빛에 놀랐고 사랑하였다. 그러나 닷새가 못 되어서 이 일망무제(一望無際)의 초록색은 조물주의 몰취미와 신경의 조잡성으로 말미암은 무미건조한 지구의 여백인 것을 발견하고 다시금 놀라지 않을 수 없었다.

　어쩔 작정으로 저렇게 퍼러냐. 하루 왼종일 저 푸른빛은 아무 짓도 하지 않는다. 오직 그 푸른 것에 백치와 같이 만족하면서 푸른 채로 있다.

── 이상의 「권태」에서

얼마나 예리한 신경들인가. 대상의 진실은 날카로운 촉각이 아니

치열(稚劣)**한** 유치하고 열등한.**역**(域) 일정한 경계 안의 지역.**표착**(漂着) 정처 없이 떠돌아다니다가 일정한 곳에 정착함.**일망무제**(一望無際) 한눈에 바라볼 수 없을 정도로 아득하게 멀고 넓어서 끝이 없음.

254

고는 냄새도 맡지 못한다. 그냥 외워둔 지식이나 개념에서 단어를 뽑아 유창하게 늘어놓은 글에선 이처럼 이전 사람들이 미처 발현하지 못한 새로움이 절대로 지적되지 않는다.

내가 중학교 다닐 때 어느 미술시간이었다. 선생님이 '앞에 앉은 사람을 그리라' 하셨다. 그래서 한 학생은 앞에 앉은 학생의 윗옷을 그리는데 빛에 농담(濃淡)이 없이 아주 새까맣게 먹칠을 해놓았다. 선생님은 그 새까만 윗옷을 보시고 성이 나시어

"왜 옷 색깔이 이렇게 두드러진 데나 구석진 데나 할 것 없이 한빛으로 새까맣기만 하냐?"

물으시니 그 학생이 선뜻 대답하기를

"선생님 딱하십니다. 동복 빛이 새까마니 새까맣게 그리는 수밖에 없지 않습니까?"

하였다. 선생님은 어이가 없어 껄껄 웃으시고

"새까마니까 새까맣게 칠을 했다? 그럼 눈 온 벌판을 그려라 하면 백지 그대로 내놓겠구나?"

하시어 반 전체가 들썩하고 웃은 일이 있다.

'눈 온 벌판을 그려라 하면 백지 그대로 내놓겠구나?'

한번 생각할 가치가 있는 말이다.

누구나 눈이 흰 줄을 안다. 눈이 희다는 것은 눈에 대한 개념이다. 눈이란 흰 것이라고 아는 것은 우리의 지식이다. 우리가 개념을 따라서만, 즉 지식을 따라서만 눈이 온 벌판을 그린다면 그야말로 흰 종이를 그대로 놓고 보는 수밖에 없다. 글도 그렇다. 우리가 머릿속에 기억해 넣은 개념, 지식만으로는

'검은 옷은 검다.'

'눈 온 벌판은 희다'밖에 더 쓰지 못할 것이다.

물론 '눈 온 벌판은 희다' 하는 것도 글자로 썼으니 글은 글이다. 그러나 맛이 없는 글이다. 정신이 들지 않은 글이다. 주관이 들지 않은, 즉 그 글을 쓴 사람의 감정과 아무런 교섭이 없이 나온 글이다. '눈 온 벌판은 희다.' 이 말은 누구나 할 수 있다.

김 아무개도 할 수 있고 이 아무개, 박 아무개, 누구나 다 할 수 있는 말이다. 눈이 흰 줄은 누구나 다 아는 지식이기 때문에.

개념이나 지식으로만 글을 써서는 안 된다. 눈이 희다거나 불이 뜨겁다는 개념, 지식은 다 내버려도 좋다.

눈이 한 벌판 가득히 덮였으니 보기에 어떠한가. 흴 것은 물론이다. 눈이 희다 검다가 문제가 아니다. 흰 눈이 그렇게 온 벌판을 덮어놓았으니 보기에 어떠하냐, 어떤 정서가 일어나느냐, 즉 눈 덮인 벌판에 대한 느낌이 어떠하냐. 그 느껴지는 바를 적을 것이다.

가을비 (A)

가을이라 하면 누구나 달을 말하고 단풍과 벌레를 말하나 비를 말하는 이는 적다.

시인들까지 그랬다. 달과 단풍이나 벌레소리는 들어차게 읊었어도 가을비 소리를 읊은 시인은 적다.

내가 시인이라면 달보다 단풍보다 벌레소리보다 이 쓸쓸한 가을비 소리를 읊으리라. 가을비 소리는 얼마나 쓸쓸한 소리인가. 얼마나 가을다운 소리인가. 가을은 쓸쓸한 시절이다.

가을비 소리가 더욱 그렇다.

— 어떤 학생의 작문

가을비(B)

장독들이 비를 맞고 섰다. 그것들이 어찌 시원해 보이는지 지나다 말고 툇마루에 앉아 바라보았다.

빗발은 고르지 않다. 어떤 것은 실같이 가늘고 어떤 것은 구슬같이 무거운 것이 떨어져 깨어진다. 이런 무거운 빗발에 맞아 떨어짐인가, 어디서 버들잎 하나가 날아와 장독 허리에 사뿐 붙는다. 버들잎은 '나비인가' 하리만큼 노랗게 단풍이 들었다. 벌써 낙엽이었다.

비는 시름없이 내리어 장독들도 버들잎도 묵묵히 젖을 뿐, 나는 손끝에 뛰어오는 몇 방울 빗물에 얼음 같은 차가움을 느끼며 따스한 방 안으로 들어오고 말았다.

— 어떤 학생의 작문

여기 '가을비'를 두고 지은 글이 두 편이 있다. 우리는 다 읽어보았다. 그런데 어느 글이 우리에게 더 가을비다운 가을비 맛을 전해 주는가?

아무래도 나중의 글이다. 먼저 글은 '가을비'에 관한 개념과 지식뿐이다. 가을비를 눈앞에 보고 느껴짐을 쓴 것이 아니요 머릿속에 든 지식으로 썼다. 가을비는 쓸쓸하다고 군데군데 말했으나, 쓸쓸하다는 말이 한 마디도 없는 나중의 글보다 훨씬 덜 쓸쓸하다.

7. '같이' '처럼' '듯이'

누구나 글을 꾸미려고 생각하면 맨 처음 떠오르는 것이 이 '같이' '처럼' '듯이' 들이다. 가장 원시적이요 보편적인 것이다.

부득이하야 허씨(許氏)를 장가드니 그 용모를 의론할진대 두 볼은 한 자가 넘고 눈은 통방울 같고, 코는 질병 같고, 입은 미여기 같고, 머리털은 도야지털 같고, 키는 장승만 하고 소리는 이리 소리 같고……

——『장화홍련전』에서

한 곳을 우연히 바라보니 완연한 그림 속에 어떠한 일(一) 미인이 춘흥을 못 이기어 백옥 같은 고운 양자(樣子) 반분대(半粉黛)를 다스리고 호치단순(皓齒丹脣) 고운 얼골 삼색도화 미개봉(三色桃花未開峯)이 하로밤 세우중(細雨中) 반만 핀 형상이라 청산(靑山) 같은 두 눈썹을 팔자춘색(八字春色) 다스리고 흑운(黑雲) 같은 검은 머리 반달 같은 와룡소(臥龍梳)로 솰솰 빗겨 전반같이 넓게 따아……

백릉보선 두 발길로 소소 굴러 높이 차니 난만(爛漫)한 도화송이 광풍에 낙엽처로 녹수계변(綠樹溪邊) 상하류에 아조 풀풀 흩날리니 의상(衣裳)은 표묘(縹渺)하고 옥성(玉聲)이 쟁영(琤瓔)이라 비거비래(飛去飛來)하

양자(樣子) 얼굴의 생긴 모양. 반분대(半粉黛) 살짝 칠한 엷은 화장. 호치단순(皓齒丹脣) 붉은 입술과 하얀 치아라는 뜻으로, 아름다운 여자를 이르는 말. 삼색도화 미개봉(三色桃花未開峯) 세 가지 색깔의 꽃이 미처 피지 못한 봉우리라는 뜻. '삼색도화'는 한 나무에 세 가지 색깔의 꽃이 피는 복숭아꽃을 말함. 팔자춘색(八字春色) 다스리고 팔(八) 자처럼 가지런한 눈썹 밑을 연분홍빛(春色)으로 화장하고. 백릉(白綾) 흰빛의 얇은 비단. 난만(爛漫) ①꽃이 활짝 많이 피어 화려함. ②광채가 강하고 선명함. 낙엽처로 낙엽처럼. 녹수계변(綠樹溪邊) 푸른 잎이 우거진 나무가 있는 시냇가. 의상(衣裳) 여자들이 입는 겉옷. 저고리와 치마를 이름.

는 양이 천상선관(天上仙官) 난조(鸞鳥) 타고 옥경(玉京)으로 향하는 듯, 낙포(洛浦)의 무산신녀(巫山神女) 구름 타고 양대상(陽臺上)에 내리는 듯 녹발운환(綠髮雲鬟) 풀리어서 산호잠(珊瑚簪) 옥비녀가 화총(花叢) 중에 번뜻 빠져 꽃과 같이 떨어진다.

─ 고본 『춘향전』에서

'같이' '처럼' '듯이' 들이 얼마나 맹렬히 활동했는가. 보편성이 있는 것은 도저히 무시할 수 없다. 글자 하나 토씨 하나도 함부로 하지 않는 정지용(鄭芝溶) 같은 이도

여마(驢馬)처럼 떨떨거리고 오는 흰 버스를 잡아탔다. 유리쪽마다 빗방울이 매달렸다. 오늘에 한해서 나는 한사코 빗방울에 걸린다.

버스는 후루룩 떨었다. 빗방울은 다시 날아와 붙는다. 나는 헤어보고 손가락으로 비벼보고 아이들처럼 고독하기 위하여 남의 체온에 끼인 채로 한참이나 앉아 있어야 하겠고 남의 늘어진 긴 소매에 가리운 대로 잠착해야 하겠다.

─「비」에서

표묘(縹渺) 멀리 있어 보이는 것이 희미함. 옥성(玉聲) 아름다운 목소리. 쟁영(琤瓔) 목이 부딪치는 소리. 비거비래(飛去飛來) 날아가고 날아옴. 천상선관(天上仙官) 하늘 위 신선세계에서 벼슬살이를 하는 신선. 난조(鸞鳥) 중국 전설에 나오는 상상의 새. 모양은 닭과 비슷하나 깃은 붉은빛에 다섯 가지 색채가 섞여 있으며, 소리는 오음(五音)과 같다고 함. 옥경(玉京) 하늘 위에 옥황상제가 산다고 하는 가상적인 서울. 낙포(洛浦) 황하(黃河)의 지류(支流)인 낙수(洛水). 무산신녀(巫山神女) 초나라 회왕(懷王)의 꿈에 나타나 사랑을 나누었다는 선녀. 양대(陽臺) 회왕(懷王)이 무산(巫山)신녀를 만나 사랑을 나누었다는 누대의 이름. 녹발운환(綠髮雲鬟) 검고 윤이 나는 탐스러운 쪽 찐 머리. 산호잠(珊瑚簪) 산호로 만든 비녀. 화총(花叢) 꽃떨기.

이 원시적인, '처럼' '같이'를 아주 떼어버리지 않는다. 다만 삼가는 것만은 사실이다. 지용의 「녹음애송시(綠陰愛誦詩)」란 글에 다음과 같은 일절이 있다.

어디로 둘러보아야 창창한 녹음이라 녹음을 푸른 밤으로 비길지면 석류꽃은 켜든 붉은 촉불이요 녹음을 바다에 견줄지면 석류꽃은 깊숙이 새로 돋은 산호송이로다.

'촉불이요'와 '산호송이로다'는 '같이'가 강조된 것이다. 이런 '같이' '처럼' '듯이'를 비약하는 법은 이미 『춘향전』 같은 데도 있어는 왔다.

백주(白酒)는 황인면(黃人面)이요 황금(黃金)은 흑인심(黑人心)이라 방자놈 마음이 염초청(焰硝廳) 굴뚝이요, 호두각 대청(虎頭閣大廳)이라 '주마' 하는 말에 비위가 동하여……

'염초청 굴뚝이요'와 '호두각 대청이라'에는 '같이'가 보이지는 않지만 뜻으로 보아 몇 개의 '같이'가 줄어든 말이다.
'같이' '처럼' '듯이'를 절대로 피할 것은 없겠지만 남용해서는 절대 안 된다. 구식이라기보다 천속(賤俗)해지기 때문이다. 어쩔 수 없

백주(白酒)는 황인면(黃人面)이요 황금(黃金)은 흑인심(黑人心)이라 '흰 술은 사람의 얼굴을 누렇게 하고, 황금은 사람의 마음을 검게 하네.' 염초청(焰硝廳) 굴뚝 염초청은 조선시대에 훈련도감에서 화약 만드는 일을 맡아보던 관아. '염초청 굴뚝'은 마음보가 검고 음흉한 경우를 비유적으로 이르는 말. 호두각(虎頭閣) 대청 호두각은 조선시대에 의금부에서 죄인을 신문(訊問)하던 곳. '호두각 대청'은 속을 알 수 없을 만큼 마음이 음흉함을 이르는 말.

이 '같이' '처럼' '듯이'가 나오는 경우엔, 앞의

　'촉불이요.'

　'산호송이로다.'

　'염초청 굴뚝이요.'

　'호두각 대청이라' 식으로 강조해버리는 것이 글의 뜻까지 깊어지는, 일석이조(一石二鳥)의 묘법일 것이다.

8. 대상과 용어의 조화

　책이라고 할 때는 '책'보다 '冊'자가 더 책 같다. 책(冊) 자는 시각적으로 형상이 조화시켜주기 때문이다. 또 시각뿐만이 아니다. 정지용의 「비」에서

　　벌써 유리창에는 날벌레 떼처럼 매달리고 미끄러지고 엉키고 또그르 궁글고 홈이 지고 한다.

한 일절을 보라. 그 미끄러운 유리 위에 둥그런 빗물방울이 서물거리는 형용으로, 묘사로, 연달아 나오는 물소리 같은 'ㄹ'음들의 울림의 조화는 얼마나 효과적인 표현인가. 뜻은 번역할 수 있더라도, 음성적 아름다움, 음성적인 표현효과는 세계 어느 말을 가져와도 도저

서물거리다 어리숭한 것이 눈앞에 떠올라 자꾸 어른거리다.

히 번역해놓지 못할 것들이다.

표현이란 뜻만으로 다 이루어지지 않는다. 언어와 문자로 뜻만을 전달하는 것은 언어와 문자의 좋은 이용법이 아니다. 언어마다 문자마다 뜻 외에 감정과 체격과 신원이 있다. 뜻 외에 그 언어, 문자가 발산하는 체취, 분위기, 그것을 잘 이용할 필요가 있는 것이다.

순갑이는 돈 한 푼 날 턱이 없는 덕쇠가 가게 앞에서 무엇을 다뿍 흥정해가지고 꿍쳐놓고 하는 것을 면빛으로 벌써 보았다. 그는 그것이 궁금도 하거니와 어떻게 을러서 막걸리잔이라도 빼앗아 먹으려고 속으로 은근히 장을 대는 판이다.

"자네 수 생겼는가부네?"

순갑이는 우선 이렇게 수작을 붙인다.

"어이 순갑인가? 어디 갔다 와?"

덕쇠는 순갑이가 금점판으로 품을 팔려고 첫새벽에 나왔다가 허탕을 치고 돌아오는 줄 번연히 알면서 짐짓 모른 체하고 묻는 것이다.

그것도 하루아침에 — 실로 하루아침에! 부자가 되어버린 자기와 그리고 여전히 궁하고 초라한 친구를 대놓고 보게 되니 더욱 신이 나고 그래서 말본새도 그렇게 의젓해지는 것이다.

"나? 뭐 그저 헛걸음허러 왔었지."

대답을 건성으로 하고 순갑이는 덕쇠가 꿍쳐놓던 것을 넘싯이 넘겨본다.

— 채만식의 「정거장 근처」에서

꿍지다 짐이나 물건 따위를 싸서 묶다. 장대다 마음속으로 기대하며 잔뜩 벼르다. 금점판 예전에, 주로 수공업적 방식으로 작업하던 금광의 일터. 번연히 뻔히. 훤하게. 넘싯이 남의 것을 탐내어 가지려고 자꾸 기회를 엿보듯이.

인물들의 담화는 물론이려니와 작자의 문장에도, '날 턱''다뿍''흥정''꿍져''올러''장을 대는''수작''품''허탕을 치고''말본새''건성' 등 모두 그 인물, 그 사건, 그 장소를 얼마나 잘 드러내는 말들인가.

여섯 사람이 청석골서 떠나던 날 임진나루 못 미쳐 동자원(桐子院)와서 자고 이튿날 식전 나룻가에 왔을 때 강 건너의 배가 좀처럼 오지 아니하여 사장(沙場)에를 앉아서 한동안 늘어지게 쉬었다. 기다리기 진력이 날 지경에 배가 겨우 건너와서 타기까지 하였으나 사공이 행인 더 오기를 바라고 배를 띄우지 아니하여 서림이가

"여보 고만 갑시다."

하고 재촉하니 사공은 못 들은 체하고 있었다.

"우리 여섯이 선가(船價)를 특별 후히 줄 테니 어서 띄우."

사공이 서림이를 흘깃 돌아보며

"얼마나 줄라구 특별히 준다우."

하고 물었다.

"내가 선가 선셈하지."

서림이가 자기 짐에서 서총대무명 한 필을 꺼내서

"자 이거 선가루 받으우."

하고 사공을 주었다. 서총대무명이 백목만 못한 낮은 무명이지만 그때 시

선가(船價) 뱃삯. 선셈 어떤 일이 되기 전이나 기한 전에 미리 돈을 치름. 서총대무명 품질이 낮고 길이가 짧은 무명베를 놀림조로 이르는 말. 조선 연산군 때 서총대를 쌓을 비용으로 무명을 거두었는데, 나중에는 백성들의 살림이 어려워져 길이가 짧고 빛이 검은 무명을 바쳤다는 데서 유래함. 백목(白木) 무명. 솜을 자아 만든 실로 짠 피륙.

세가 한 필 가지고 쌀을 서너 말 바꿀 수 있었다. 사공이 하루 종일 배질하여도 쌀 서 말거리가 생길지 말지 한 것을 한 번에 받았으니 입이 딱 벌어져야 옳건만 이 사공 욕심 보아라 매매 교환에 많이 쓰는 닷새무명을

"이거 석 새 아니오."

새를 낮잡아 시뜻하게 말하였다.

"선가루 부족하우."

"부족한 게 아니라 북덕무명이라두 새가 너무 굵단 말이요."

"자 갑시다."

"네."

사공이 삿대를 질렀다. 배가 깊은 물에 나와서 삿대를 누여놓고 노질을 시작한 뒤 사공은 서림이를 보고

"멀리 벌이들 나가시우."

하고 물어서

"그렇소."

서림이가 대답하니

"벌이를 잘해서 우리 같은 놈두 좀 먹여 살리시구려."

말하고 껄껄 웃었다.

— 홍명희의 『임꺽정』에서

작자가 쓰는 말들이 아니라 글 속에 나오는 인물들이 생활 속에서

닷새무명 다섯 새의 무명. 품질이 중간쯤 됨. 오승포(五升布). **새** 피륙의 날을 세는 단위. **시뜻하게** ①마음에 들지 않거나 싫증 난 기색으로. ②언짢아서 시무룩하거나 토라져서. **북덕무명** 품질이 나쁜 목화나 누더기 솜 따위를 자아서 짠 무명.

쓰는 말이다. 그렇기 때문에 여기 인물들, 여기 공기가 진실해지는 것이다. 글 속에 나오는 인물들이 이해 못하는 말, 시대적으로 계급적으로 동떨어진 말을 쓰는 것은, 마치 한글만 알던 부인이 죽었는데 순 한문으로 제문을 읽는 것이나 비슷한 부조화다.

> 소에 달구지에 전차에 버스에 교통이 대도시 같다. 아스팔트가 우드럭 두드럭 요철(凹凸)이 나구 말똥 소똥이 지저분히 서리와 얼어붙구 거리구획이 꾸불게 혹은 엇비스디 언덕데 올라가구 내려가구 한 게 도로혀 지방도시 같아서 도타.
> 말세 말이 났댔으니 말이디 페양사람들은 말의 말세에 '섯' '데' '테' '리 끼니' '자오' '라오' '뜨랬는데' '깐' '글란' 등등의 소리루만 들리는 것은 아무래두 내 귀가 서툴러서 그를디, 예사 할 말에두 몹시 싸우듯 하며 여차하믄 '귀쌈 한 대' '썅' '새끼' '치' '답째' 등의 말이 성급하게 나오는 것은 혹은 내가 너무 과장하여 하는 말이 아닐디두 모르갔으나 하여간 부녀자들두 초매 끝에 쇳소리가 난다는 말이 있디만 싱싱하고 씩씩하기가 차라리 구주(歐洲) 여자 같은 데가 있다.
>
> — 정지용의 기행문 「평양」에서

글 전체를 방언으로 써서 지방색을 표현한 것은 작자의 대담한 첫 시험이다. 상당한 효과를 거두었다 믿는다.

초매 치마. **구주(歐洲)** 유럽.

9. 띄어쓰기와 문장부호의 사용법[*]

띄어쓰기

띄어 쓰지 않은 글은 읽기가 힘들다. 힘만 들 뿐 아니라

'돈이만원만있으면'

이렇게 붙여놓아보라.

'돈이 만 원만 있으면'인지

'돈 이만 원만 있으면'인지 분별할 도리가 없지 않은가. 이런 것이
한두 가지가 아니기 때문에 띄어쓰기가 필요하다.

어떻게 띄나?

지금 이 글의 띄어쓰기를 보라. 단어마다 띄는데 조사, 어미, 접미
사는 그 앞말에 붙여 쓴다.

'달이밝다'

하면 '달'은 명사, '이'는 조사, '밝'은 동사의 어간, '다'는 어미다.
따라서 '이'와 '다'는 앞말에 붙는다.

'달이 밝다'

이렇게 띈다.

---

* 이 절의 내용은 현재 표기법에 맞게 고쳤음.

주의할 몇 가지

• 팥밥, 깨엿, 돌집, 이런 말들은 한 말에 두 단어씩이다. 그러나 띄지 않는 이유는 '팥'과 '밥' 두 가지를 가리킴이 아니라 팥으로 지은 밥 '팥밥' 한 가지를 가리키기 때문이다. 한 단어(합성어)이다.

• 먹을 **것**은 많은데 배가 불러 먹을 **수**가 없을**뿐더러** 먹고 싶지도 않다.

'것' '수' '따름' '뿐' '데' 등은 의미가 형식적이어서 다른 말 아래에 기대어 쓰는 의존명사다. 의존명사는 앞말과 띄어 쓴다. 다만 뒤의 '없을뿐더러'에선 'ㄹ뿐더러'가 어미이므로 '없을'과 '뿐더러'를 붙여 썼다. 의존명사로 착각하기 쉬운 이런 어미나 조사로 'ㄹ망정' 'ㄹ밖에' 'ㄹ수록' 'ㄹ지' 'ㄴ즉' 'ㄴ커녕' 등이 있다.

• 먹을거리가 없는데도 이 근처에는 사 올 만한 데도 없다.

앞 문장의 '먹을 것'의 '것'은 의존명사라 띄지만 이 문장의 '먹을거리'는 한 단어이므로 붙여 쓴다. '띄어 쓴다'는 띄어 쓰지만 '띄어쓰기'는 붙여 쓰는 것도 이 때문이다. '없는데도'의 'ㄴ데'는 어미이므로 앞말에 붙여 썼지만, 뒤의 '데'는 어떤 장소를 나타내는 의존명사이므로 띄어 썼다. '데'가 어떤 것이나 어떤 곳, 어떤 경우를 나타낼 때는 의존명사로 보아 띄어 쓴다. '뿐' 'ㄴ바' '만큼' 'ㄹ걸' '만' '간(間)' 등의 말은 문장에서 어떤 품사로 쓰였는지에 따라 띄어쓰기가 달라지므로 잘 살펴 써야 한다.

• 수(數)는 '만(萬)' 단위로 띄어 쓴다.

'백이십삼만 사천오백육십칠 명……'

그 밖에 단위를 나타내는 명사도 '한 개' '두 벌' '세 마리'처럼 띄어 쓴다.

• 글줄이 새로 시작될 때는 한 자 자리씩 들여 쓴다. 그러니까 첫 행에서뿐 아니라 중간에서도 새 행을 잡아 쓸 적에는 으레 한 자씩 들여 쓴다. 이 책도 모두 그렇게 되었으니 다시 주의해 보라.

쉼표(,)와 가운뎃점(·)

쉼표와 가운뎃점은 쓰임새가 다르다.

'철수·영이, 영수·순이가 서로 짝이 되어 3·1운동 기념 달리기 대회에 나갔다.'

하면, 앞의 가운뎃점(·)은 철수와 영이, 영수와 순이를 묶어주는 것이고, 그 사이에 찍힌 쉼표(,)는 여럿을 열거할 때 쓰인다. 가운뎃점은 '3·1운동'에서처럼 특별한 날을 표시할 때도 쓴다.

쉼표는 여러 가지로 쓰인다. '와/과'라는 조사 대신 쓰일 뿐 아니라 글의 뜻이 혼란될 경우엔 글 뜻을 훌륭히 정리해주기도 한다.

'나는 매우 단 음식을 좋아한다.'

하면 '내가 매우 좋아한다'란 뜻인지, '매우 단 음식'이란 뜻인지, '매우'의 위치가 모호해진다. 이런 경우에

'나는, 매우 단 음식을 좋아한다.'

하면, 꿀처럼 달디단 음식을 좋아한다는 뜻으로 분명해질 것이요,

'나는 매우, 단 음식을 좋아한다.'

하면, 나는 단 음식을 몹시 좋아한다는 뜻으로 명백해질 것이다.

한 문장이 끝날 때마다 마침표(.) 찍는 걸 잊지 말라. 지금 이 문장에도 찍힌다.

작은따옴표(' ')와 큰따옴표(" ")

대화는 줄을 바꿔 쓰되 모두 왼쪽으로 한 자씩 들여 써서 얼른 시각적으로 대화라는 표시를 주며 또 한 사람의 담화마다 큰따옴표(" ")로 양쪽 끝을 막아준다. 작은따옴표(' ')는 큰따옴표 안에 또 따옴표를 써야 할 때 쓴다. 이를테면 다음과 같다.

"뭐라구 그러시든?"

"오시겠대."

"뭐라면서? 그이 말한 대로 해봐 좀."

"빙그레 웃더니 '가다 뿐입니까 어떤 분의 초대신데…… 정각에 대령하겠습니다 ― 하고 여쭈십쇼' 그랬어."

물음표(?)와 느낌표(!)

이것도 앞의 모든 부호와 함께 글 읽는 것이 편하도록 돕는 것이다. 다만 한 가지, 아무리 부호라고 해도 몇 개씩 겹쳐놓아 기분의 강약을 나타내려는 데는 찬성할 수 없다. ?? ?! !! !!! 등으로 쓰는 것은 온당치 못하다.

제7강

대상과 표현

1. 인물의 표현

2. 자연의 표현

3. 사태의 표현

1. 인물의 표현

표현하려는 대상 중에 사람처럼 복잡다단한 것은 없다. 늙은 코끼리가 제아무리 덩치가 커도 한 소녀의 마음속 복잡함을 당해내지 못한다. 사람이란 외모부터도 만인만색(萬人萬色)인 데다 사람을 전적으로 대표하는 성격에도 큰 차이가 있고, 같은 사람의 성격이라도 그 정서, 행동은 경우에 따라 끝없이 바뀌기 때문이다.

그러나 어려움엔 또한 법(法)의 묘함이 있다. 인물만화를 보라. 그 소박한 몇 줄의 단색선으로 그 복잡한 인물들인 히틀러도 튀어나오고, 무쏠리니도 튀어나온다. 묘법(妙法)이란 별것이 아니다. 그 인물의 외형으로 또는 내면으로 특징만 붙잡아놓으면 꼼짝 못하는 것이다.

군수(君秀)는 얼굴은 거무테테하였으되 키가 설명하게 큰 데다가 떡 벌어진 어깨와 길고 곧은 다리의 임자이니 세비로나 입고 금테안경이나 버티고 단장이나 두르고 나서면 그 풍채의 훌륭하기가 바로 무슨 회사의 사장이나 취체역같이 보이었다. 그는 쾌활한 호인물이었다. 결코 남을 비꼬든지 해치지 않는다. 혹 남이 제 귀에 거슬리는 말을 해도 마이동풍(馬耳東風)으로 흘려들었다. 그는 재판소와 도청에 출입하는 기자인데 아침에 들어오면 모자를 쓴 채로 단장을 휘휘 내두르며 편집실로 왔다 갔다 하다가 누구에게 향하는지 모르게 싱긋 웃으며

"인제 또 가봐야지."

하고 홱 나가버린다.

(중략)

세환(世煥)은 군수와 정반대로 키도 작달막하고 몸피도 가냘팠다. 얼굴빛까지 해끔하되 새까만 눈썹과 오똑한 코며 얼굴의 째임째임이 제 체격과 어울리게 매우 조직적이었다. 대가리를 까불까불하며 궁둥이를 살랑살랑 흔들며 걸어다니는 모양은 일본사람으로 속게 되었다. 그는 경찰서를 도는 기자인데 군수와 달라 자료를 다부지게 수집도 하고 기사도 곤잘 만들어 쓰되, 제 쓴 것이 실리지 않는다든지 귀에 거슬리는 말을 듣는다든지 하면 온종일 입을 꼭 다물고 쌔근쌔근하다가 기사 한 줄 안 쓰고 홱 뛰어나간다.

── 현진건의『지새는 안개』에서

그 남자는 꽤 벗어진 이마로 더욱 길고 여위어 보이는 창백한 얼굴이

설명하게 아랫도리가 가늘고 길어 어울리지 않게. **세비로**(背広, せびろ) '신사복'을 뜻하는 일본말. **취체역**(取締役) 예전에, 주식회사의 이사(理事)를 이르던 말. **몸피** 몸통의 굵기. **해끔하다** 빛깔이 조금 희고 깨끗하다.

석고상같이 굳어져 있다가 다 탄 담배를 비벼 끄고 일어나 좁은 방 안을 거닐기 시작한다. 검푸른 무명 호복이 파리한 어깨에서 발뒤꿈치까지 일직선으로 흘러서 더 수척하고 길어만 보이는 그 체격은 더욱더 짙어가는 방 안의 어두움을 한 몸에 휘감은 듯하였다. 그보다도 어두움이 길게 엉키고 뭉치어서 내 눈앞에 흐느적거리는 것같이도 생각되는 것이다.

──불은 왜 안 켜나? 나는 어둠이 주는 그런 착각이 싫고 그 남자의 빠른 백골 같은 손끝이 비수로 변하지나 않을까도 생각하며, 그저 연달아 담배를 피울 밖에 도리가 없었다.

"혹시 ── 여옥 군한테 들어 짐작하실는지 모르지만 나는 현영일(玄英一)이라고 합니다."

갑자기 내 앞에 발을 멈추고 이렇게 말을 시작한 그는 다시 걸으며

"아주 보잘것없는 낙오자지요. 낙오자라기보다 지금은 어쩔 수 없는 아편중독자지요. ……그러나 한때 나는 젊은 투사로, 지도이론분자로 혁혁한 적이 있었드랍니다."

여기까지 하던 말을 그친 현(玄)은 문 옆의 스위치를 눌러 전등을 켰다. 켰더라도 천장 한가운데 드리운 줄에 갓도 없이 매달린 작은 전구의 불빛은 여간 희미하지 않았다. 현은 장의자에 털썩 주저앉아 호복 안섶자락에서 뒤져낸 흰 약을 권연에 찍어서 빨기 시작하였다.

──최명익의 「심문(心紋)」에서

인물은 인물 그 자체의 자기표현이 항시 있다. 나무처럼, 산처럼

호복(胡服) 만주인의 옷. 장의자(長椅子) 여러 사람이 앉을 수 있게 가로로 길게 만든 의자. 권연(卷煙) '궐련'의 원말. 얇은 종이로 가늘고 길게 말아놓은 담배.

움직이지 않는 대상이 아니라 쉴 새 없이 표정이 있고, 말이 있고, 행동이 있고, 그런 모든 것을 통해서 감정과 의지가 늘 표현되고 있다. 그러니까 먼저는 이런 표정, 말, 행동의 중심인 외모에서 특징을 찾는 데 관점을 둔 세밀한 조사가 필요하다.

그 사람의 성격을 규정하는 외부적 조건으로,

남자인지 여자인지 젊은지 나이가 들었는지는 물론이요,

키 크고 작은 것,

살찌고 야윈 것,

이마 넓고 좁은 것,

얼굴빛의 희고 검은 것,

눈 크고, 작고, 맑고, 어둡고, 두리두리하고, 얌전한 것,

입술의 얇고, 두꺼운 것,

말소리의 맑고, 탁하고, 느리고, 빠른 것,

앉음앉음, 걸음걸이 등

이런 것이 그 성격과 가장 유기적인 인과를 갖는 것이니 이런 점에 예리하고 다소 과장적인 묘사가 필요한 것이다. 그 밖에 옷모양, 취미, 교양, 직업 등도 그 인물을 성격적으로 윤색하는 데 적당한 안료(顔料)가 되는 것은 물론이다.

그러나 인물을 풀이나 나무, 동물처럼 가만히 세워놓고 묘사만 하는 것은 서투르다. 그 글에 나오는 필요한 말과 행동, 사건을 써나가는 속에서 그 인물의 성격적인 것을 독자는 모르는 새에 한 점, 한 획씩 가벼이 터치해나가 읽고 나면 은근히 그 인물이 두드러지게 해야 가장 자연스럽다. 성기되 새지 않는(疎而不漏) 묘란 이런 것을

이름이다.

2. 자연의 표현

인물보다 단순한 반면에 막연함이 있다. 막연이란 얼른 이해하지 못하는 감정이다. 얼른 이쪽 마음에 들어오지 않는 거리감이다. 얼른 자연에 가까이 나서는 태도부터 필요하다. 자연과 악수하는 태도, 그러자면 자연계의 모든 것, 한 마리의 곤충, 한 포기의 풀이라도 모두 우리 인생과 함께 목숨이 있고 목숨을 즐기는 생활자들이거니 생각하면 새삼스레 그들에 대한 존경과 친애를 느낄 수 있을 것이다.

돌무더기 밑에 햇볕을 향해 새주둥이처럼 터나오는 조그만 풀싹 하나, 그것이 눈이 없고 입이 없으나, 밉지 않고, 덤빔 없이 겸손히 자라나서는 대를 세우고 가지를 치고, 잎을 피우고, 비바람과 싸우며 꽃을 피워 자기의 정열과 향기를 표현하고, 고요히 찾아오는 나비와 벌이 있고 열매를 맺고…… 얼마나 진실한 생활자인가!

이렇게 친애를 가지고 본다면 풀 한 포기, 벌레 한 마리, 정 쏠리지 않는 것이 없다. 정이 쏠리면 무시할 수 없는 감상이 일어날 것이요, 감상이 일어나면 표현하고 싶은 것은 또한 인정의 본능이다. 더구나 자연의 관조처럼 청결무구한 감상이 어디 있는가.

풀과 나무

풀이나 나무는 한곳에 서 있다. 바람에 흔들리는 것 말곤 별로 움직임이 없다. 그림 같다. 그러니까 그것이 가진 모양새, 그것이 가진 빛깔은 그것들을 전적으로 대표하는 것들이다.

가지가 어떻게 뻗었는지,

어떤 모양의 잎이 어떤 모양으로 드리웠는지,

꽃이 있는지 없는지,

꽃이 있으면 그 표정과 향기가 어떤 특색이 있는지,

열매가 있는지 없는지,

그 나뭇가지, 그 꽃에 찾아오는 곤충이 있는지 없는지,

사람에게 아름다움을 느끼게 해주는 것뿐인지, 무슨 실용적인 가치를 가진 것인지,

그 풀이나 나무가 아무 데나 나는 것인지 특수한 지대에만 나는 것인지 등,

이런 점에 주의를 기울여 관찰한다면 대개 중요한 면모는 드러나리라 믿는다.

건란(建蘭)

우연히 들여다보니 꽃순이 여섯 대가 오른다. 벌건 둥근 그리고 춘이 높은 분(盆)에 빽빽이 들어선 묵은잎과 새잎은 그 수를 이루 헬 수가 없다. 뿌리도 비좁은 속에 박히다 못하여 툭툭 튀어나 모래 위로 서리고 있다. 이 건란(建蘭)은 사오던 8년 전에는 겨우 십여 잎쯤이었다.

수선(水仙)을 기르기 까다롭다 하지마는 사다 한 달쯤 공을 들이고 보면 꽃을 볼 수 있지마는 난은 한 해 또는 몇몇 해를 겪어도 꽃은커녕 잎도 내기가 쉽지 않다. 난은 싱싱하고 윤이 나는 그 잎이 파리똥만 한 반점(斑點)도 없이 저대로 1, 2척 이상을 죽죽 벋어야 한다. 난은 종류에 따라 대엽(大葉)·중엽(中葉)·세엽(細葉)과, 입엽(立葉)·수엽(垂葉)이 있다. 대엽·입엽인 이 건란은 다른 난에 비하여 퍽 건경(健勁)한 편이고 보통 소심란(素心蘭)보다는 윤이 덜하고 더 푸르되 조선 춘란같이 짙지는 않다.

난은 잎만 보아도 좋다. 수수하고도 곱고 능청하고도 조촐하고 굳세고도 보드라운 그 잎이 계고(溪菰), 창포(菖蒲), 야자고(野茨菰)와는 같은 듯해도 전연 다르다. 이걸 모르고 난을 본다든지 그린다든지 하면 난이 아니요 잡초다. 석파(石坡)는 춘혜(春蕙)를 그리고 운미(芸楣)는 추혜(秋蕙)를 그리었으나 겨우 7, 8분(分)까지 이르다 말았다.

한창 찌는 더위에 물이 흐르는 몸으로 옷깃을 벗고 뒷마루에 나앉아 그들을 대하면 문득 화운(火雲)을 헤치고 창공을 보는 것 같아 번쩍 소름이 치기도 하였다.

그 후 이십여 일을 지나자 개미들이 떼를 지어 건란분으로 드나든다. 입에 하얀 것을 물고 가는 놈 배가 똥똥 불러 어리둥어리둥하는 놈 이리저리 헤매는 놈도 있다. 자세히 보매 우뚝 솟은 벌건 꽃줄기마다 구슬같이 달린 단물방울을 빨고 꽃모가지를 쏠고 꽃봉지와 줄기도 갉아 먹었다. 군데군데 생채기가 나고 꽃봉지는 시들기도 한다. 바로 개미를 쏠고 쫓고

서리다 선 따위가 얼기설기 엉기다. **건경**(健勁) 씩씩하고 굳셈. **석파**(石坡) 흥선대원군 이하응(李昰應)의 호. **춘혜**(春蕙) 봄에 피는 난초. **운미**(芸楣) 한말의 문신(文臣) 민영익(閔泳翊)의 호. **추혜**(秋蕙) 가을에 피는 난초. **화운**(火雲) 여름철의 구름. **꽃봉지** '꽃봉오리'의 방언.

사기쟁반에 물을 담아 받쳐놓았다.

건란은 줄기 끝에 한두 송이 남고는 죄다 벌어졌다. 약간 붉은 점과 선이 박힌 누르스름한 그 모양이 담박(澹泊)은 할망정 요염치 않고 이따금 그 향은 가는 바람결처럼 일어온다. 서향(瑞香)처럼 쏘지도 않고 수선 매화처럼 상클하지도 않고 정향(丁香) 백합처럼 맵지도 않고 장미처럼 달지도 않고 그저 소리도 않고 들린다. 가까이보다 멀리서 더 잘 들린다. 천 번을 들어도 만 번을 들어도 싫지 않다. 듣다가 죽는 줄도 모르겠다. 나는 이런 때 저절로 춤도 추고 노래도 불러진다.

— 이병기

체화(棣花)

꽃이 가지에 피는 것이 아니오리까? 가지뿐이 아니라 둥치에, 둥치에서도 아랫동아리 뿌리 닿는 데서부터 꽃이 피어올라가는 꽃나무가 있습니다. 꽃이 가지에 붙자면 먼저 화병(花柄)이 달리어야 하겠는데 어찌도 성급한 꽃인지 화판(花瓣)이 직접 수피(樹皮)를 뚫고 나와 납족납족 붙는 것이랍니다. 어린아이들 몸뚱어리에 만신(滿身) 홍역(紅疫)꽃이 피듯 하는 꽃이니 하도 탐스러운 정열에 못 견디어 빛깔마저 진홍이랍니다. 강진(康津)골에서는 이것을 체화(棣花)라고 이르는데 꽃이 이운 자리마다 열매가 맺어 달렸으니 완두콩 같은 알이 배었습니다. 먹기 위한 열매도 아니요 기름을 짜거나 열매를 뿌리어 다시 나무를 모종할 수 있거나 한 것

담박(澹泊) 맛이나 빛이 산뜻함. 체화(棣花) 산앵두나무의 꽃. 화병(花柄) 꽃이 달리는 짧은 가지. 꽃자루. 화판(花瓣) 꽃잎. 수피(樹皮) 나무의 껍질. 만신(滿身) 온몸. 이울다 꽃이나 잎이 시들다.

280

도 아니겠는데 그저 매달려 있기 위한 열매로 보았습니다. (하략)

—— 정지용

동물

동물은 움직인다. 기고, 뛰고, 난다. 동물에겐 동작이 있으므로 습성이 있다. 외형, 동작, 습성 이 세 가지를 묘사해야 할 것이다. 체구가 사람처럼 일정치 않다. 곤충끼리도 천태만상, 날짐승끼리도 길짐승끼리도 진귀한 모습과 이상한 형태가 많다.

먼저 겉모습,

다음엔 기고, 뛰고, 나는 동작,

그리고 우는 소리,

나중엔 동작 중에서 특히 습성이라고 지적할 만한 것이 있는지 없는지 등

이런 관찰이 필요하다.

송사리

나는 다시 개울가로 가본다. 썩은 물, 늘어진 댑싸리 외에 아무것도 없다. 그러나 나는 거기 앉아서 이번에는 그 썩는 중의 웅덩이 속을 들여다본다.

순간 나는 진기한 현상을 목도한다. 무수한 오점(汚點)이 방향을 정돈해가면서 움직이고 있는 것이다. 이것은 생물임에 틀림없다. 송사리 떼임에 틀림없다.

이 부패한 소택(沼澤) 속에 이런 앙증스러운 어족(魚族)이 서식하리라고는 나는 참 꿈에도 생각하지 못했다.

요리 몰리고 조리 몰리고 역시 먹을 것을 찾음이리라. 무엇을 먹고 사누? 버러지를 먹겠지. 그러나 송사리보다도 더 작은 버러지라는 것이 있을까?

잠시를 가만 있지 않는다. 저물도록 움직인다. 대략 같은 동기와 같은 모양으로들 그러는 것 같다. 동기! 역시 송사리 세계에도 시급한 목적이 있는 모양이다.

차츰차츰 하류를 향하여 군중적으로 이동한다. 저렇게 하류로 하류로만 가다가 또 어쩔 작정인가. 아니 그들은 중로(中路)에서 또 상류를 향하여 거슬러 올라올는지도 모른다. 그러나 당장 하류로 향하여 가고 있는 것이 확실하다. 하류로! 하류로!

5분 후에는 그들의 모양이 보이지 않을 만큼 그들은 멀리 하류로 내려 갔다. 그리고 웅덩이는 아까와 같이 도로 썩은 물의 웅덩이로 조용해지고 말았다.

— 이상의 「권태」에서

때까치

팽나무 위에 둥그런 것은 까치집에 틀림없으나 드는 것도 까치가 아니요 나는 놈도 까치가 아닙니다. 몸은 가늘고 길어, 가슴마저 둥글지 못하고 보니 족제비처럼 된 새입니다. 빛깔은 햇살에 번뜩이어 남색이 짜르르

소택(沼澤) 늪과 못.

282

도는 순흑색이요 입부리는 아주 노랗습니다. 꼬리도 긴 편이요 눈은 자색(紫色)이라고 합디다. 까치가 분명히 조선새라고 보면 이 새는 모양새가 어딘지 구라파적이 아니오리까. 벙어리가 아닌가고 의심할 만큼 지저귀는 꼴을 볼 수가 없고 드나드는 꼴이 어쩐지 서툴러 보이니 까치집에는 결국 까치가 울려야 까치집이랄 수밖에 없습니다. 음력 정이월에 까치가 마른 나뭇가지와 풀을 물어다가 보금자리를 둥그렇게 지어놓고 삼사월에 새끼를 치는 것인데 뜻 아니한 침략을 받아 보금자리를 송두리째 빼앗긴다는 것입니다. 이 침략자를 강진(康津)골에서 '때까치'라고 이르는데 까치가 누구한테 배운 것도 아닌 보금자리를 얽는 정교한 법을 타고난 것이라고 하면, 그만 재주도 타고나지 못한 때까치는 남의 보금자리를 빼앗아 드는 투쟁력을 가질 뿐인가 봅니다.

알고 보면 때까치도 조금도 맹금류(猛禽類)에 들 수 있는 놈이 아니요 다만 까치가 너무도 순하고 독하지 못한 탓이랍니다. (하략)

— 정지용

하늘과 천체

인간의 심정을 감동시킴이 하늘처럼 많은 덴 없다. 해가 있고, 달이 있고, 별이 있고, 빛과 어둠이 오고, 구름이 있고, 안개가 있고, 무지개가 있고, 바람이 있고, 비와 눈과, 이슬과, 서리와, 번개와 우레가 있다. 또 이 모든 것은 무궁한 변환(變幻)을 가진다.

별도리가 없다. 달이거니, 달빛이거니, 별이거니, 눈이거니 하는

정이월(正二月) 정월과 이월을 아울러 이르는 말.

개념을 버리자. 태어나서 오늘 처음으로 보는 현상이거니 하고 느끼면 남이 이미 말하지 못한, 새로운 경지, 새로운 경이를 발견·감상할 수 있을 것이다.

구름

울창한 송림이 마을 어귀에 늘어선 그 위로 이제 백모란〔白牡丹〕처럼 피어오르는 저 구름송이들!

포기포기 돋아오르는, 접치고 터져나오는 양이 금시에 서그럭서그럭 소리가 들릴 듯도 하지 아니한가? 습기를 한 점도 머금지 아니한 흰구름이 아니고 보면 우리가 이렇게 넋을 잃고 감탄할 수가 없다. (중략) 구름은 움직인다. 차라리 몽긋몽긋 도는 것이다. 도는 치차(齒車) 위에 치차가 돌듯이 구름은 서로 돈다. 고대 애급(埃及)의 건축처럼 무척이도 굉장하구나! 금시금시 돋아오르는 황당한 도시가 전개되었구나! (하략)

— 정지용의 「구름」에서

3. 사태의 표현

사태(事態), 벌어진 일, 즉 한 사고, 한 사건, 한 진상, 한 전말, 이런 실재상황이 글에 필요한 경우는 무한히 많다. 가볍든 무겁든, 한 사

치차(齒車) 톱니바퀴.

태란 생활의 한 현상(現狀)인 까닭이다. 그렇다고 생활이라 하면 너무 광범하다. 사태는 크든 작든, 생활의 한 장면, 한 파란의 표현이므로, 여기에선 무엇보다 취사선택의 분별이 예리해야 할 것이다. 사태 그 자체로는 아무리 중대한 부분이라도, 표현하려는 내용과 유기적인 인과관계가 없으면 거침없이 버릴 것이요, 내용을 선명케, 인상적이게 하기 위해 필요한 것이면 아무리 사소한 사유(事由)라도 중점을 두어 견실한 조직으로 끌어와야 할 것이다.

원인과 결과가 또렷하게,

시각적인 묘사로,

내용의 완급을 가려 문장도 사태와 호흡을 같이할 것.

아직 오월이건만, 이 근방에는 벌써 모기가 심하다.

"철썩!"

하고, 윤초시가 제 넓적다리를 때린 것이 자리에 누운 뒤로 이번이 네번째다.

그는 자리 위에 몸을 비스듬히 일으키어 앉으며, 남폿불에다 손바닥을 갖다 대어보았다. 그러나 이번에도 애꿎은 다리만 부질없이 후려갈긴 모양이다. 손바닥을 아무리 상고하여보아도 마땅히 눈에 띄어야 할, 으끄러진 모기의 시체와 같은 것은 아무 곳에서도 찾을 수 없었다.

"쩝, 쩝."

입맛을 다시고, 그는 다시 목침을 고쳐 베고, 자리에 누워, 모기에게 물린 다리를 부욱부욱 긁었다.

— 박태원의 「윤 초시의 상경」에서

이날 오시(午時)쯤 하여 폐비가 계신 집 동구 앞에는 벽제(辟除) 소리가 요란히 나더니 뒤미처 내시가 대문을 삐걱 열고 안으로 들어와

"어명(御命)요."

하고 소리 질렀다.

신씨는 당황하여 일변 폐비를 자리에서 일으키며 일변 소반을 찾아 홍보를 깔고 대청 정면 분합 밖에 놓았다.

전지를 받든 이극균(李克均), 약사발을 받든 이세좌(李世佐)가 사모품대에 위의를 갖추고 분합 밖으로 올라섰다.

방 안에서는 신씨가 폐비에게 새 옷을 입혀드리면서 빙긋이 폐비의 얼굴을 들여다보고 웃었다. 폐비도 그 어머니의 얼굴을 마주 보시며 수척한 옥안에 가만한 웃음빛을 띠시었다. 복위(復位)냐 봉빈(封嬪)이냐 어떻든 무슨 반가운 전지가 계실 것을 예기하신 까닭이다.

이제는 폐서인(廢庶人)이라 활옷당의는 못 입을망정 전지를 받는 마당에 원삼(元衫) 족두리라도 아니 입고 쓸 수는 없었다.

폐비는 다시 어머니의 낡은 원삼을 입고 족두리를 쓰신 뒤에 분합문을 닫고 단정히 서시어 전지를 받았다.

이극균이 떨리는 목소리로 전지를 읽기 시작했다. 폐비와 신씨의 얼굴

오시(午時) 12시의 일곱 번째 시. 오전 11시부터 오후 1시까지. 폐비(廢妃) 왕비의 자리에서 물러나게 함. 또는 그렇게 된 왕비. 벽제(辟除) 지위가 높은 사람이 행차할 때, 하인들이 잡인의 통행을 금하던 일. 일변(一邊) 한편으로는. 홍보(紅褓) 붉은 빛깔의 보자기. 분합(分閤) 대청 바깥을 향한 문. 전지(傳旨) 승정원의 담당 승지를 통해 전달되는 왕명서(王命書). 사모품대(紗帽品帶) 벼슬아치들이 관복을 입을 때에 쓰던 모자와 두르던 띠. 위의(威儀) ①위엄이 있고 엄숙한 태도나 차림새. ②예법에 맞는 몸가짐. 옥안(玉顔) 지체 높은 사람의 얼굴. 복위(復位) 폐위되었던 제왕이나 후비(后妃)가 다시 그 자리에 오름. 봉빈(封嬪) 빈(嬪)으로 책봉함. 폐서인(廢庶人) 벼슬이나 신분적 특권을 빼앗아 서민이 되게 함. 또는 그렇게 된 사람. 활옷당의 공주, 옹주가 입던 대례복. 원삼(元衫) 부녀 예복의 하나. 주로 신부나 궁중에서 내명부들이 입었음.

286

은 차츰차츰 새파래지기 시작했다. 전지 읽는 소리가 끝났다. 대방승지(代房承旨) 이세좌가 소반 위에 약사발을 놓았다. 분합 안에선 폐비가 더 버티고 서실 기운이 없었다. 그대로 그 자리에 쓰러져 외마디 소리를 치시며 통곡을 하신다. 그 어머니 신씨도 하늘이 무너져라 하고 몸부림을 탕탕 쳐가며 미칠 듯이 울었다.

　　　　　　　　　　　　　　　── 박종화의 『금삼(錦衫)의 피』에서

　앗!

　날카로운 소리에 번쩍 정신이 깨었다.

　찬바람이 휙 앞을 스치고 불시에 일신이 딴 세상에 뜬 것 같았다. 눈 보이지 않고 귀 들리지 않고 잠시간 전신이 죽고 감각이 없어졌다. 캄캄하던 눈앞이 차차 밝아지며 거물거물 움직이는 것이 보이고 귀가 뚫리며 요란한 음향이 전신을 쓸어없앨 듯이 우렁차게 들렸다. 우렛소리가…… 바닷소리가…… 바퀴소리가…… 별안간 눈앞이 환해지더니 열차의 마지막 바퀴가 쏜살같이 눈앞을 달아났다.

　앗 기차!

　다 지나간 이제 식이는 정신이 아찔하며 몸이 부르르 떨린다.

　진땀이 나는 대신 소름이 쪽 돋는다. 전신이 불시에 비인 듯이 거뿐하다. 글자대로 전신은 비었다. 한쪽 팔에 들었던 석유병도 명태 마리도 간 곳이 없고 바른손으로 이끌던 도야지도 종적이 없다.

　아 도야지!

승지(承旨) 조선시대에, 승정원에 속하여 왕명의 출납을 맡아보던 정3품의 당상관. 금삼(錦衫) 비단으로 만든 적삼.

도야지구 무어구 미친 놈이지 어데라구 후미끼리를 막 건너?

따귀를 철썩 맞고 바라보니 철로 망보는 사람이 성난 얼굴로 그를 노리고 섰다.

—— 이효석의 「돈(豚)」에서

후미끼리(踏切, ふみきり) '철도 건널목'을 이르는 일본말.

제8강
문체에 대하여

문체(文體)란 문장의 체재(體裁)다. 문장을 구성한 단어들의 뜻만이 표현의 전부가 아니다. 구성, 그 문체도 훌륭히 표현의 한몫을 담당한다. 문장의 구성이 어떤지는 곧 문장의 체재가 어떤지에 달려 있고, 문장의 체재가 어떤지는 곧 문장의 표현이 어떤지에 달려 있는 것이다.

　문장의 형식 문제란 늘 이 문체를 의미한 것이거니와, 형식 없이는 내용도 있을 수 없는 엄연한 진리에서 볼 때 문장의 형식인 문체는 결코 소홀히 할 성질의 것이 아니다. 영국의 문학가 페이터(Walter Pater)가 "스타일(문체)은 그 사람이다"라고 한 말은 일찍부터 유행한 금언(金言)이요, 소설가 스탕달도 "스타일을 짓는 것은 작품을 고상하게 하는 것이다"라고 했다. 사실 작품뿐만 아니라, 필자의 면모부터 가장 빠르게 드러내는 것은 내용보다는 문체 쪽이다.

1. 문체의 발생

문체는 다음과 같은 이유들로 인해 생긴다.

(1) 독특한 언어, 문자와 국민성에서

동서양의 문체가 서로 다를 뿐 아니라, 같은 동양에서도 한문문체와 한글문체가 다른 것은 길게 설명할 필요가 없다.

(2) 동일한 언어, 문자라도 시대가 다름에서

멀리 고대로 올라갈 것 없이 지금으로부터 불과 30년 전인 융희(隆熙) 3년(1909)에 발간된 유길준(兪吉濬)의 『대한문전(大韓文典)』 서문을 보라. 그동안에도 시대적 차이가 문체에 얼마나 뚜렷한가.

> 읽을지어다. 우리 문전(文典)을 읽을지어다. (중략) 고유한 언어가 유(有)하며 특유한 문자가 유하여 기(其) 사상과 의지랄 성음(聲音)으로 발표하고 기록으로 전시(傳示)하매, 언문일치의 정신이 사천여의 성상(星霜)을 관(貫)하야 역사의 진면(眞面)을 보(保)하고 습관의 실정을 증(證)하도다.

(3) 동일한 언어, 문자에 동일한 시대라도 작자의 개성이 다름에서

과거엔 글 쓰는 사람도 적었고, 잘 쓰는 사람을 그대로 모방하는 것으로 문장법을 삼아 한 시대와 시대 사이엔 문체가 따로 있어도

융희(隆熙) 조선의 마지막 임금인 순종 때의 연호(1907~1910). 대한문전(大韓文典) 유길준(兪吉濬)이 써서 펴낸 우리말 문법책. 전시(傳示) 기술이나 지식 따위를 전하여 보임. 성상(星霜) 한 해 동안의 세월.

개개인의 문체는 따로 없었다 해도 과언이 아닐 정도였다. 그러나 지금은 글 쓰는 사람이 우선 많아졌다. 많으니까 작자 자신이나 독자나 다 개성적인 것을 강렬히 요구하게 되었다. 독자적인 것이 내용인 인생관뿐만 아니라 표현에까지 의의 있게 되었다. 모두 자기 문체를 완성하려고 의식적으로 노력하는 것이다. 그래서 과거엔 문체를 시대가 가졌고 현대엔 문체를 개개인이 가졌다고 볼 수 있는 것이다. 따라서 현대의 문체론은 개인 문체를 문제 삼는 것이다.

2. 문체의 종류

분류를 위해서는 수십 종을 들 수 있으나, 대체로는 간결(簡潔), 만연(蔓衍), 강건(剛健), 우유(優柔), 건조(乾燥), 화려(華麗) 등 여섯 가지로 나누는 것이 간명하겠다.

(1) 간결체
될 수 있는 대로 요약해서 적은 어구로 표현한다. 한 글자 한 마디마다 바짝 조이는 맛이 있고 선명한 인상을 준다. 자칫하면 무미건조할 위험이 있다.

(2) 만연체
간결체와 반대다. 기분까지 나타내기 위해 수없이 많은 말로 우여곡절을 일으킨다. 자칫하면 만담(漫談)에 빠질 위험이 있다.

'창 옆에 애착하는 감정을 한낱 헛된 호기심으로 단정해버릴지 모른다.'

하면, 간결한 문체요,

'우리로 하여금 항상 창 측의 좌석에 있게 하는 감정을 사람은 하나의 헛된 호기심이라고 단정하여버릴지도 모른다.'

하면 만연미가 있는 문체다.

(3) 강건체

웅장하고 드넓고 무거우며 굳센 풍격을 갖는다. 탄력과 숭엄미를 나타내기에 적당하다. 그러나 글 뜻이 개념으로만 흐를 위험이 있다.

(4) 우유체

강건체와 반대다. 청초하고 온화하고 겸허하며 아담한 정취를 가진다. 누구에게나 다정스러운 문체다. 그러나 강한 의지를 담기엔 약한 흠이 있다.

'탐화봉접(貪花蜂蝶)이란 말이 있거니와, 꽃을 탐내는 것이 어찌 벌, 나비뿐일 것이냐. 무릇 생명을 가졌고 생명을 예찬하는 자는 모름지기 꽃을 탐내 마지않을 것이다.'

하면, 강건한 문체요.

'탐화봉접이란 말이 생각나거니와, 꽃을 탐내는 것이 어찌 벌과 나비에 한한 일일까. 생명을 가진 자라면 다 함께 꽃을 따르고 꽃을

탐화봉접(貪花蜂蝶) '꽃을 탐하는 벌과 나비'라는 뜻.

예찬할 것이다.'
하면, 우유한 태가 난다.

(5) 건조체

미사여구는 일절 금하고 다만 의사를 전달하면 고만이다. 학술서,
기사문, 규칙서 등에서 쓰이는 이해 본위, 실용 본위의 문체다. 문예
문장으로는 맞지 않는다.

(6) 화려체

건조체와는 반대로, 건조체가 이지적이라면 화려체는 감정적이
다. 한 글자 한 구절에 현란한 채색적 수식과 음악적 운율을 갖는 문
체다. 자칫하면 천속(賤俗)해질 위험이 있다.

'나는 그믐달을 좋아한다. 그믐달은 요염하고 가련하다.'
하면, 그냥 간결한 글이지만

> 나는 그믐달을 사랑한다. 그믐달은 요염하여, 감히 손을 댈 수도 없고
> 말을 붙일 수도 없이 깜찍하게 예쁜 계집 같은 달인 동시에, 가슴이 저리
> 고 쓰리도록 가련한 달이다.
>
> —— 나도향의 「그믐달」에서

하면, 화려체라 할 것이다.

여러 문체의 예

간결체

태형 (단편의 일부)

김동인

　우리 방에서 나갔던 서너 사람도 돌아왔다. 영원 영감도 송장 같은 얼굴로 돌아왔다.

　나는 간수가 돌아간 뒤에 머리는 앞으로 향한 대로 손으로 영감을 찾았다.

　"형편 어떻습디까?"

　"모르겠소."

　"판결은 어찌 되었소?"

　영감은 대답이 없었다. 그의 입은 바늘로 호라매우지나 않았나? 그러나 한참 뒤에 그는 겨우 대답하였다. 그의 목소리는 대단히 떨렸다.

　"태형 구십 도랍디다."

　"거 잘됐구려! 이제 사흘 뒤에는, 담배두 먹구 바람두 쐬구…… 난 언제나……"

　"여보! 잘돼시요? 무어이 잘됐단 말이요? 나이 칠십 줄에 들어서 태 맞으면 ─ 말하기두 싫소. 난 아직 죽긴 싫어 공소했쇠다."

　그는 벌컥 성을 내어 내게 달려들었다. 그러나 그의 말을 들은 뒤의 내

───────────────

태형(笞刑) 죄인의 볼기를 치는 형벌. 공소(控訴) 제1심 판결에 불복해 상소함. 또는 그 상소. 지금의 '항소(抗訴).'

성도 그에게 지지를 않았다.

"여보! 시끄럽소. 노망했소? 당신은 당신이 죽겠다구 걱정하지만, 그래 당신만 사람이란 말이요? 이 방 사십여 인이 당신 하나 나가면 그만큼 자리가 넓어지는 건 생각지 않소? 아들 둘 다 총에 맞아 죽은 다음에 뒤상 하나 살아 있으면 무얼 해? 여보!"

나는 곁에 있는 다른 사람들에게 향하였다.

"여게 태형 언도에 공소한 사람이 있답니다."

나는 이상한 소리로 껄껄 웃었다.

다른 사람들도 영감을 용서치 않았다. 노망하였다, 바보로다, 제 몸만 생각한다, 내어쫓아라, 여러 가지의 폄이 일어났다.

영감은 대답이 없었다. 길게 쉬이는 한숨만 우리의 귀에 들렸다. 우리들도 한참 비웃은 뒤에는 기진하여 잠잠하였다. 무겁고 괴로운 침묵만 흘렀다.

바깥은 어느덧 어두워졌다. 대동강 빛과 같은 하늘은 온 세상을 덮었다. 그 밑에서 더위와 목마름에 미칠 듯한 우리들은 아무 말 없이 앉아 있었다. 우리들의 입은 모두 바늘로 호라매우지나 않았나.

그러나 한참 뒤에 마침내 영감이 나를 찾는 소리가 겨우 침묵을 깨뜨렸다.

"여보?"

"왜 그러오?"

"그럼, 어떡하란 말이요?"

뒤상 늙은이. 폄(貶) 남을 나쁘게 말함.

"이제라두 공소를 취하해야지!"

영감은 또 먹먹하였다. 그러나 좀 뒤에 그는 다시 나를 찾았다.

"노형 말이 옳소. 내 아들 두 놈은 정녕쿠 다 죽었쇠다. 난 나 혼자 이제 살아서 무얼 하갔소? 취하하게 해주소."

"진작 그럴 게지. 그럼 간수 부릅니다."

"그래 주소."

영감은 떨리는 소리로 말하였다.

나는 패통을 쳤다. 간수는 왔다. 내가 통역을 서서 그의 뜻(이라는 것보다 우리의 뜻)을 말하매 간수는 시끄러운 듯이 영감을 끄을어내갔다.

자리에 돌아올 때에 방 안 사람들을 보니, 그들의 얼굴에는 자리가 좀 넓어졌다는 기쁨이 빛나고 있었다.

구절들이 짧다. 군소리가 없어 어느 줄에서나 한 자 한 마디를 줄이거나 늘리거나 할 수 없다. 잘 지은 건축물에서 벽돌 한 장을 더 끼거나 빼거나 할 수 없는 것이나 마찬가지다. '듯이' '같이' '처럼' 등 형용이 적다. 글자마다 단적(端的)이어서 선명·심각한 인상을 준다.

만연체 1
아름다운 풍경
박태원

밤 열점이나 그러한 시각에 악박골로 향하는 전차는 으레 만원이다.

패통 교도소에서, 재소자가 용무가 있을 때에 담당 교도관을 부를 수 있도록 벽에 마련한 장치.

298

나는 물론 그 속에 자리를 구하지 못하고 우울하게 사람들 틈에가 비비대고 서 있지 않으면 안 된다.

밖에는 역시 비가 쉬지 않고 내리고 있었으나, 대부분의 승객은 우산을 휴대하지 않았다.

비는 정오 가까이나 되어 오기 시작하였으므로 그들은 응당 그 전에 집을 나선 사람들일 게다.

나는 다시 한번 살피어 구하기 어려운 피로를 그 얼굴에, 그 몸에 가지고 있는 그들이 거의 모두 그의 한 손에 점심그릇을 싸들고 있는 것을 알았다.

아침 일찍이 나가 밤이 이렇게 늦어서야 돌아오는 그들은 필연코 그 살림살이가 넉넉지는 못할 게다.

근소한 생활비를 얻기에 골몰하는 그들이 대체 어느 여가에 그들의 안식과 오락을 구할 수 있을 것인가. 더구나 이렇게 밤늦게 궂은비는 끊이지 않고 내려 우산의 준비 없는 그들은 전차 밖에 한 걸음을 내어놓을 때 그 마음의 우울을 구하기 힘들 게다.

그러나 나의 생각은 이를테면 부질없는 것이었다. 내가 현저정(峴底町) 정류소에서 전차를 내렸을 때 나와 함께 내리는 그들을 위하여 그곳에는 일찍부터 그들의 가족이 우산을 준비하여 기다리고 있었고 더러는 살이 부러지고 구멍이 군데군데 뚫어지고 한 지우산을, 박쥐우산을 그들은 반가이 받아들고, 그들의 어머니와 그들의 안해와 혹은 그들의 누이와 어깨를 나란히 하여 그들의 집으로 향하여 들어가는 것이 아닌가.

지우산(紙雨傘) 대오리로 만든 살에 기름 먹인 종이를 발라 만든 우산. 종이우산.

내가 새삼스러이 주위를 둘러보았을 때 아직도 돌아오지 않는 오라비를 위하여 남편을 위하여 혹은 아들을 위하여 우산을 준비하고 있는 여인들은 그곳에 오직 십여 명에 그치지 않았다.

나는 그들에게 행복이 있으라 — 빌며 자주는 가져보지 못하는 감격을 가슴에 가득히 비 내리는 밤길을 고개 숙여 걸었다.

만연체 2

체루송(涕淚頌) — 눈물에 대한 향수 (전반)

김진섭

사람이 차라리 이렇게 살기보다는 한 개의 큰 비극이 몸소 되어버렸으면 하고 생각하리만큼 그 생활이 평범하다는 것은 참으로 슬픈 일이다.

하루하루에 경영하는 생활이 판에 박은 듯 똑같고 단조롭고 무미건조해서 기복이 없는 동시에 변화가 없고 충격이 없음과 같이 비약이 없는 탓일까, 차차로 모든 인상에 대해서 반응해지지 않아가는 자기를 볼 때 새삼스레 '철석(鐵石)'같이도 무감동하게 된 현재의 상태에 공포를 느끼는 일이 있다. 더러 가다가 고요한 밤이면 확실히 이것은 통곡해야 할 일이라 생각하기는 한다. 그러나 그것 역시 생각뿐이요, 역시 고까짓 것에 흘릴 눈물은 벌써 남아 있지를 않다. 그렇다고 해서 사십이 가까운 유염(有髥) 남자의 체면을 가지고 내가 이제 '눈물'을 운위함은 치사스러운 일에 틀림없다 할 수 있으나, 웃어야 할 자리에 웃지 않고 놀라야 할 데

체루(涕淚) 슬프거나 감동하여 흐르는 눈물. 유염(有髥) 수염이 나는.

놀라지 않으며, 슬퍼해야 할 자리에 슬퍼하지 않고 노해야 할 데 노하지 않고 보니, 나도 어느새 대체 이런 고골(枯骨)로 화해버렸다는 겐지, 너무나 허무적인 내 정신상태가 하도 딱해서 일찍이는 잘도 솟아나는 눈물의 샘이 이제는 어디로 갔나 하고 하나의 철없는 향수를 잠시 품어도 보는 것에 불과하다. 눈물은 아동과 부녀자의 전속물이요, 남아 대장부의 호상(好尙)할 배 아니라 하고, 독자 제씨는 말하리라. 물론 나는 이 세간의 지혜를 승인한다. 사실에 있어 어른의 눈물을 보기란 극히 어렵다. 그러나 내가 여기서 눈물을 말함은 오로지 육체적 산물로서는 체루(涕淚)뿐만이 아니요, 감동의 좋은 표현으로서의 정신적 체루까지를 포함함은 두말할 것이 없다. 제군에겐들 어찌 마음껏 울고자 하되 울지 못하는 엄숙한 순간이 없었겠으랴. 우는 것이 원래 풍습이 아니요 넓은 가슴에서 솟아나는 눈물이기에 그 광경은 심히 장엄하기도 하는 것이다. 세상에서는 걸핏하면 말하기를 안가(安價)의 감상, 안가한 눈물, 하지만, 세상에 눈물이 흔하다 함은 웬 말이뇨. 성인이 된 지 오래인 우리에게 눈물은 극히 드물게밖에는 솟아나지 않거늘.

실로 눈물은 드물게밖에는 솟아나오지 않는다. 그러므로 독자여 제군의 두 눈에 만일 이 드물게밖에는 아니 나타나는 주옥(珠玉)이 괴거든 그를 부끄럽다 생각하지 말고, 정숙히 그것이 흐르는 대로 놓아두라. 눈에 눈물을 가지지 않는 것이 철혈남아의 본의(本義)일지는 모르되 그러나 그 반면에 그가 눈물을 가지지 못하는 점에 있어서는 그는 인간 이하 됨을 면키 어렵다 할 수 있을 것이니 우리가 여기서 세상에서 소위 '사내다움

고골(枯骨) 죽은 뒤에 살이 썩어 없어지고 남은 뼈. 호상(好尙) 좋아하여 높임. 안가(安價) 값이 쌈. 또는 싼값. 주옥(珠玉) 구슬처럼 둥근 옥.

다'는 개념을 잠깐 분석해본다 해도 그것은 결국 그로부터 대부분 인간미가 없어졌다는 사실을 가지고 가장 잘 저간(這間)의 소식을 설명할 수가 있지 않을까 생각한다. 왜 그러냐 하면 무릇 우리들 사람 된 자에 있어서는 우리에게 어떤 힘센 정신적 고통이 있을 때 눈물은 반드시 괴롭고 아픈 마음의 꽃으로서 수줍게 우리들의 눈 속에 피어오르는 것이 당연한 생리적 사실이기 때문이다. 그렇다. 눈물은 괴롭고 아픈 마음의 귀여운 꽃이다. 사람은 왜 대체 이 귀여운 꽃을 무육(撫育)할 줄을 모르는고. 눈물이 없다는 것은 그에게 마음이 없다는 것을 의미한다. 물론 두말할 것이 없이 모든 사람은 육체적으로는 심장을 지니고 있다. 그러나 문제는 사람이 정신적으로 심장을 소유하고 있는가 또는 있지 않는가에 있다. 육체적으로 고통을 느낄 때 사람이 눈물을 흘리는 것은 사람이면 누구나 다 하는 일이지만, 눈물을 눈에 보낼 수 있도록 누구에게나 다 정신적 심장이 있느냐 하면 그것은 결코 그렇지는 않다. 요사이 항간에 돌아다니는 유행어의 하나에 '심장이 강하다'는 말이 있다. 현대인의 이상이 강한 심장에 놓이게 되기까지에는 깊은 이유가 물론 있겠거니와, 소위 의지가 굳센 남자에게는 심장이 무용이요, 그것은 모든 약점의 원천이 된다고 하는 견해는 확실히 우리들 문명인이 가지고 있는 편견의 하나이다. 왜 대체 감동하기 쉬운 심장이 우리의 앞길을 막는 장애물이 되며, 왜 대체 눈물이 우리에게 있어서 치욕이 된다는 것이냐. 생각하여보라. 심장이 보이지 않는 이 생활, 사랑이 없는 이 인생. ——사랑할 줄 모르는 자는 받을 줄을 모르고, 희생할 줄 모르는 자는 충실할 수 없는 것이니, 이러한 무리로 더불어 우리는 무엇을 할 수 있으랴. 과연 이 세상에 사랑과 충실이 없이도 수행

저간 (這間) 요즈음. 무육 (撫育) 어루만지듯이 잘 돌보아 기름.

될 수 있는 위대한 업적이 있을 수 있을까. 이제 만일 이 세상의 모든 심장이 경화(硬化)한 끝에 드디어 말라져 버린다면 그때 여기 남는 것은 무어냐. 변하기 쉬운 기분, 악성의 연수(戀愁), 공허한 속사(俗事)들 생각만 해도 무서운 일이다.

모두 구절이 길다. 그냥 '밤 열점쯤……' 하면, '밤 열시쯤'만이 독자의 머리에 들어오는 것으로 고만일 터인데, '밤 열점이나 그러한 시각에……' 하면 글 뜻 외에 필자의 변(辯)이 느껴진다. 글 뜻 이외의 매력이 있다. 평범한 일의 실마리를 자세하고 찬찬하게 이끌어 들려준다. 유머러스한 미소를 주는 덕이 있다.

강건체 1

백두산 등척기 서(序)

안재홍

여행은 한사(閑事)가 아니니, 고산(高山)에 오르고 대해(大海)에 떠서 천지호연(天地浩然)의 기(氣)를 마시면서 웅경청원(雄勁淸遠)한 기를 기르는 것은 그대로 인세수요(人世須要)한 일이 되는 것이다. 하물며 도비(都鄙)와 산야(山野), 민물(民物) 생식(生息)의 실황을 넓히 보고, 금고(今古) 변혁의 자취를 살피는 것은 사회인에게 최상의 요무(要務)로도 되는 것이다. 이

연수(戀愁) 그리움과 근심. 속사(俗事) 일상생활의 잠다한 일. 등척(登陟) 높은 곳에 오름. 한사(閑事) 쓸데없는 일. 웅경청원(雄勁淸遠) 씩씩하고 힘이 있으며 맑음. 인세수요(人世須要)한 세상에 필요한. 도비(都鄙) 서울과 시골. 민물(民物) 백성과 물자. 생식(生息) 살아 숨쉼. 요무(要務) 중요한 임무나 요긴한 일.

점에서 여행이 필요한 것이요, 여행기(旅行記)도 가치 있는 것이다.

　백두산은 동방 최대의 산휘(山彙)이라, 조만(朝滿)의 제산(諸山)이 이에서 조종(祖宗)하였으며, 천리에 연긍(連亙)한 기세가 구천오십여 척의 고봉(高峯)과 종횡 사오백 리의 대수해(大樹海)에 잠긴 대고원을 가져 천지(天池)의 홍정묘망(泓渟渺茫)한 경상(景像)과 함께 청원영상(淸遠靈祥), 삼엄정숙(森嚴靜肅)함과 웅려홍박(雄麗洪博), 허광호망(虛曠浩茫)함이 가장 통철무애(通澈無碍)한 신비경으로 되었으니 이 스스로 등산자의 무이(無二)한 영경(靈境)이겠거든, 아사달(阿斯達) 이래의 역사적 제 전설은 백두 일산(一山)으로 문득 민족발전의 지리적 기축(機軸)이요, 사회생장(生長)의 성적적(聖跡的) 연총(淵叢)을 이루어 천평천리(天坪千里) 임월화훼(林樾花卉)의 속을 헤치고 거니는 자로 무한영원(無限靈遠)의 정감에 노닐게 하니, 이 또한 속계(俗界) 악착한 생활에 부대끼는 자 표연히 길게 감으로써 울회(鬱懷)를 쾌히 씻을 바이다. 만일 그중 남조선에 사는 자이라면 등척(登陟)의 도정으로 우선 경원연선(京元沿線) 태봉고원(泰封高原)의 청량미를 완상(玩賞)함으로부터 관북연안(關北沿岸)의 영롱점철(玲瓏點綴) 정명청원(貞明淸遠)한 산해미(山海美)를 볼 것이며, 두만, 압록 양 강 민족성쇠

산휘(山彙) 불규칙하게 모여 있는 산의 무리. 조만(朝滿) 조선과 만주. 연긍(連亙) 길게 뻗침. 대수해(大樹海) 나무들로 이루어진 커다란 바다. 홍정묘망(泓渟渺茫) 깊게 고인 물이 끝없이 넓고 아득함. 경상(景像) 경치. 청원영상(淸遠靈祥) 맑고 심원하며 신령스럽고 상서로움. 웅려홍박(雄麗洪博) 웅대하고 화려하며 넓고 넓음. 허광호망(虛曠浩茫) 텅 비어 크고 아득함. 통철무애(通澈無碍) 막힘없이 통해 걸림이 없음. 무이(無二)한 둘도 없는. 다시없는. 영경(靈境) ①신령스럽고 기묘한 경지. ②속세에서 멀리 떨어져 있는, 경치가 좋고 조용한 곳. 아사달(阿斯達) 단군이 고조선을 개국할 때의 도읍. 성적(聖跡) 성스러운 사적이나 고적. 연총(淵叢) 못에 물고기가 모여들고 숲에 새와 짐승이 모여드는 것처럼 여러 사물이나 사람이 모이는 곳을 비유적으로 이르는 말. 임월화훼(林樾花卉) 숲 그늘과 화초들. 울회(鬱懷) 울적한 회포. 경원연선(京元沿線) 서울과 원산을 잇는 선로 근처의 땅. 완상(玩賞) 즐겨 구경함. 관북(關北) 마천령의 북쪽 지방. 함경북도 일대. 영롱점철(玲瓏點綴) 구슬처럼 맑은 것이 연이어 있음. 정명청원(貞明淸遠) 곧고 밝고 맑고 심원함.

의 분계(分界)와 졸본고원(卒本高原)의 고밀(固密)한 산하 혹은 낭림산휘(狼林山彙)의 웅건한 배포(排鋪)에서 생신발랄(生新潑剌)과 감발고동(感發鼓動)하는 바를 얻을 것이요, 그리고 또 이 연선(沿線)에는 도시, 읍락(邑落)이 있고 어촌, 항포(港浦)가 있고, 평야와 산협과 인세(人世)에 절리(絶離)된 수해(樹海) 속에 농민, 화전민, 혹은 둔세독존(遯世獨存)하는 잔맹(殘氓)이 있으며, 기타 각층 각양의 생활상을 가진 대중(大衆) 동태의 각부로서의 점거(占居)하는 동포들을 보는 것이니, 이는 곧 전변하는 사회요, 포장(鋪張)된 역사이라, 완둔한 머리에도 감격의 샘이 용솟음하고, 소라(疎懶)한 가슴에도 척려(惕勵)의 번개가 다닥뜨리지 아니할 수 없는 것이니, 이는 백두산의 등척이 의도심장한 바 없을 수 없는 이유이요, 백두산 등척기의 저술이 외타(外他) 일반의 기행으로 비할 바 아니며 따라서 강호(江湖) 일반에게 이 일서(一書)와 한 가지 백두산 등척까지를 추장(推獎)함을 주저하지 않는 바이다. 본서는 일찍 지상으로 연재 발표하였던 바를 이제 단행본으로 간행함에 제(際)하여 일필(一筆)로써 이에 서(序)한다.

강건체 2

청춘 예찬

민태원

청춘! 이는 듣기만 하여도 가슴이 설레는 말이다. 청춘! 너의 두 손을

졸본(卒本) 고구려의 시조 동명성왕이 도읍한 곳. **배포**(排鋪) 늘어놓음. **감발고동**(感發鼓動) 감동해서 심장이 두근거림. **연선**(沿線) 일정한 경계선을 따라 그 옆에 길게 위치한 곳. **항포**(港浦) 항구와 포구. **절리**(絶離) 떨어져 있음. **둔세독존**(遯世獨存) 속세를 피해 혼자서 삶. **잔맹**(殘氓) 가난에 지친 힘없는 백성. **포장**(鋪張) 펴서 넓힘. **소라**(疎懶) 꼼꼼하지 못하고 게으름. **척려**(惕勵) 두려워 힘씀. **외타**(外他) ①그 밖의 다른 것. ②다른 나라나 남의 고장. **추장**(推獎) 추천하여 장려함. **지상**(誌上) 잡지의 지면.

가슴에 대고 물방아가리 같은 심장의 고동을 들어보라. 청춘의 피는 끓는다. 끓은 피에 동하는 심장은 거선(巨船)의 기관(汽罐)같이 힘찬다.

이것이다. 인류의 역사를 꾸며 내려온 동력은 꼭 이것이다. 이성(理性)은 투명하되 얼음과 같으며, 지혜는 날카로우나 갑 속에 든 칼이다. 청춘의 끓는 피가 아니더면 인간이 얼마나 쓸쓸하랴. 얼음에 싸인 만물은 죽음이 있을 뿐이다.

그들에게 생명을 불어넣는 것은 따스한 봄바람이다. 풀밭에 속잎 나고 가지에 싹이 트고 꽃 피고 새 우는 봄날의 천지는 얼마나 기쁘며 얼마나 아리따우냐. 이것을 얼음 속에서 불러내는 것이 따스한 봄바람이다.

인생에 따스한 봄바람을 불어 보내는 것은 청춘의 끓는 피다. 청춘의 피가 뜨거운지라, 인간의 동산에는 사랑의 풀이 돋고, 이상의 꽃이 피고, 희망의 노을이 돋고, 열락(悅樂)의 새가 운다.

사랑의 풀이 없으면 인간은 사막이다. 오아시스도 없는 사막이다. 보이는 끝끝까지 찾아다녀도 목숨이 있는 때까지 방황하여도 보이는 것은 거친 모래뿐일 것이다. 이상의 꽃이 없으면 쓸쓸한 인간에 남는 것은 영락과 부패뿐이다. 낙원을 장식하는 천자만홍(千紫萬紅)이 어디 있으며 인생을 풍부하게 하는 온갖 과실이 어디 있으랴.

이상(理想), 우리의 청춘이 가장 많이 품고 있는 이상! 이것이야말로 무한한 가치를 가진 것이다. 사람은 크고 작고 간에 이상이 있음으로써 생존할 의미가 있는 것이며, 이상이 있음으로써 용감하고 굳세게 살 수

물방아가리 물방앗간. 힘찬다 힘차다. 열락(悅樂) ①기뻐하고 즐거워함. ②불교에서 말하는, 유한한 욕구를 넘어서서 얻는 큰 기쁨. 영락(零落) 세력이나 살림이 줄어들어 보잘것없이 됨. 천자만홍(千紫萬紅) 울긋불긋한 여러 가지 꽃의 빛깔. 또는 그런 빛깔의 꽃.

있는 것이다.

　석가는 무엇을 위하여 설산(雪山)에서 고행을 하였으며, 예수는 무엇을 위하여 황야에서 방황하였으며, 공자는 무엇을 위하여 천하를 철환(轍環)하였는가. 밥을 위하여서, 옷을 위하여서, 미인을 구하기 위하여서 그리하였는가. 아니다. 그들은 커다란 이상 즉 만천하의 대중을 품에 안고 그들에게 밝은 길을 찾아주며, 그들을 행복스럽고 평화스러운 곳으로 인도하겠다는 커다란 이상을 품었기 때문이다. 그러므로 그들은 길지 아니한 목숨을 사는가시피 살았으며, 그들의 그림자는 천고에 사라지지 않는 것이다. 이것은 가장 현저하여 일월(日月)과 같은 예가 되려니와, 그와 같이 못하다 할지라도 창공에 번쩍이는 뭇별과 같이, 산야에 피어나는 군영(群英)과 같이, 해빈(海濱)에 번쩍이는 모래와 같이, 진주와 같이, 보옥(寶玉)과 같이 크고 작게 빛나는 모든 이상은 실로 인간의 부패를 방지하는 소금이라 할지며, 인생에 가치를 주는 원질(原質)이 되는 것이다.

　이상! 빛나고 귀중한 이상, 그것은 청춘의 누리는 바 특권이다. 그들은 순진한지라 감동하기 쉽고, 그들은 점염(點染)이 적은지라 죄악에 병들지 아니하였고, 그들은 앞이 긴지라 착목(着目)하는 곳이 원대하고, 그들은 피가 더운지라 실현에 대한 자신과 용기가 있다. 그러므로 그들은 이상의 보배를 능히 품으며, 그들 이상은 아름답고 소담스러운 열매를 맺어 우리 인생을 풍부하게 하는 것이다.

　보라! 청춘을! 그들의 몸이 얼마나 튼튼하며, 그들의 피부가 얼마나 생생하며, 그들의 눈에 무엇이 타오르고 있는가. 우리 눈이 그것을 보는 때

철환(轍環) 수레를 타고 돌아다님. 군영(群英) 여러 가지 꽃. 해빈(海濱) 바닷가. 점염(點染) 조금씩 물듦. 착목(着目) 어떤 일을 주의하여 봄. 또는 어떤 문제를 해결하기 위한 실마리를 잡음.

에 우리의 귀에는 생의 찬미를 듣는다. 그것은 웅장한 관현악이며, 미묘한 교향악이다. 뼈끝에 스며들어가는 열락의 소리다.

이것은 피어나기 전인 유소년(幼少年)에게서 구하지 못할 바이며, 시들어가는 노년에서 구하지 못할 바이며, 오직 우리 청춘에서만 구할 수 있는 것이다.

청춘은 인생의 황금시대다. 우리는 이 황금시대의 가치를 충분히 발휘하기 위하여 이 황금시대를 영원히 붙잡아두기 위하여 힘껏게 노래하며 힘껏게 약동하자.

엄연해 독자가 다른 뜻을 품을 여지를 주지 않으며, 탄력이 있어 독자를 먼저 감정적으로 충동한다. 감각보다 개념으로 써야 할 글, 서문, 권두언, 사설, 격문, 취지서 같은 데 적당한 문체다.

우유체

승가사(僧伽寺) (전반 일부)

이병기

혼자 어슬렁어슬렁 자하(紫霞)골 막바지로 오른다. 울밀한 송림 사이에 조금 완곡은 하다 할망정, 그다지 준급(峻急)하다고 할 수는 없는 길이 우뚝하게 솟은 백악(白嶽)과 엉거주춤하게 어분드리고 있는 인왕산(仁王山)과의 틈을 뚫고 나가게 된다. 울툭불툭한 바위모서리가 반들반들하게

준급(峻急) 높고 험하며 몹시 가파름. 백악(白嶽) 북악산.

닳았다. 이 길, 이 바위를 이처럼 닳리느라고 지나간 발부리가 그 얼마나 되었으리. 그것이 짚신시대로부터 고무신이나 구두시대까지만 치더라도 한량이 없을 것이다. 그리고 그 한량이 없는 발부리들도 이 바위와 같이 흙이나 먼지가 되어버리고 만 것과 되어버리고 말 것이 또한 한량이 없을 것이다. 두보(杜甫)의 공구(孔丘) 도척(盜跖)이 구진애(俱塵埃)라는 시도 이걸 말함이 아닌가 한다.

창의문(彰義門) 턱이 나선다. 좌우의 성첩(城堞)은 그대로 있다. 지금부터 312년 전, 광해(光海) 15년 3월 12일 밤, 반정(反正)의 군졸이 이 문을 부수고 들어왔다.

그때 공신들의 이름이 이 문루(門樓)의 현판에 새겨 있다. 이 문은 또 자하문(紫霞門), 장의문(藏義門), 장의문(壯義門)이라고도 한다. 지금 창의문 밖을 장의사동(藏義寺洞), 또는 장의동(藏義洞)이라 하고, 청운정(淸雲町) 등지를 자하동이라 하고 통의정(通義町), 창성정(昌成町), 효자정(孝子町)의 일부를 장의동 또는 장동(壯洞)이라 함을 보면, 이 문의 이름의 유래를 짐작하겠다.

얼마 내려가다 보면, 왼편 산기슭에는 솔숲이 깊어 있고, 좀 높고도 으스한 동학(洞壑)이 있으니 이는 삼계동(三溪洞)이다. 대원군의 별장이었다. 안민영(安玟英)의 작가(作歌)에도 가끔 이 삼계동의 풍정(風情)이 나타난다.

공구(孔丘) 도척(盜跖)이 구진애(俱塵埃) '공자와 도척 모두 티끌과 먼지가 되었네'라는 뜻. 공자가 친구의 동생인 도둑 도척을 타이르려 하다가 되레 위선자라고 모욕을 받았다는『장자(莊子)』의 우화에서 유래한 시구임. **창의문(彰義門)** 서울 북악산 서쪽에 있는, 4소문(四小門) 중의 하나. **성첩(城堞)** 성 위에 낮게 쌓은 담. **반정(反正)** 옳지 못한 임금을 폐위하고 새 임금을 세워 나라를 바로잡는 일. 여기에선 1623년 일어난 인조반정을 가리킴. **문루(門樓)** 궁문, 성문 따위의 바깥문 위에 지은 다락집. **동학(洞壑)** 산천으로 둘러싸인 경치 좋은 곳.

우산(牛山)에 지는 해를 제경공(齊景公)이 울었더니

삼계동 가을 달을 국태공(國太公)이 느끼삿다

아마도 고금 영걸의 강개(慷慨) 심정은 한가진가 하노라

산행 육칠 리 하니 일계 이계 삼계류(三溪流)라

유정(有亭) 익연(翼然)하니 흡사 당년(當年) 취옹정(醉翁亭)을

석양의 생가고슬(笙歌鼓瑟)은 승평곡(昇平曲)을 아뢰더라

안민영은 이 근세 사람으로 유명한 가객 박효관(朴孝寬)과 추축(追逐)하고, 함께 대원군의 문에서 많이 놀았으며, 성질이 호방하고 음주를 잘하고 음률도 모르고 가창도 못하나 가사만은 일쑤 지었다.

이러한 객쩍은 생각이나 하면서 걸어가노라면 발부리에 바위가 닿는지 다리가 아픈지 몸이 고된지도 모르게 되는 동안에 세검정(洗劍亭)이 나선다.

좁고 깊은 산골짜기에 쏙 내밀기도 하고, 움푹 들어가기도 하고, 지질편편하기도 하고, 오밀조밀하기도 하고, 어슷비슷하기도 하고, 우뚝우뚝하기도 한 바위가 물에 닳고 닳아 반들반들하다. 물은 지금도 이 바위를 닳리며, 콸콸 퀼퀼 흘러간다. 세검정은 그 한편의 쏙 내밀고 있는 지질편

우산(牛山) 제경공의 어린 딸 소강(小姜)이 다른 나라로 시집왔다가 병을 얻어 죽으면서 고국을 볼 수 있게 묻어달라고 했던 높은 산. 국태공(國太公) 흥선대원군. 영걸(英傑) 영웅호걸. 강개(慷慨) 의롭지 못한 것을 보고 의기가 북받쳐 원통하고 슬픔. 익연(翼然) 새가 날개를 편 것처럼 좌우가 넓은 모양. 취옹정(醉翁亭) 중국 송나라 때 저주(滁州)에 있던 정자. 저주의 지사(知事)였던 구양수를 위해 중 지천(智遷)이 건립했음. 생가고슬(笙歌鼓瑟) 생황과 노래와 북과 큰 거문고. 곧 여러 악기. 승평곡(昇平曲) 나라의 태평을 기원하는 노래. 가객(歌客) 예전에, 시조 따위를 잘 짓거나 창(唱)을 잘하는 사람을 이르던 말. 추축(追逐) 친구끼리 서로 오가며 사귐. 문(門) 문객이 드나드는 권세가 있는 집. 문하(門下). 세검정(洗劍亭) 경복궁 뒤 창의문 밖에 있는 정자. '칼을 씻은 정자'라는 뜻. 지질편편 높낮이가 없이 편편하다. 지질편편.

편한 바위에 오뚝하게 서 있다. 인조반정 때 장사(將士)들이 이 물에서 칼을 씻었다고 그 뒤 영조(英祖) 24년에 이 정자를 세우고, 이렇게 이름한 것이라 한다. 그것이 사실이고 보면 그런 칼날도 먼저 이 물에 닳리어 보았던 것이다.

요마적 와서 그 누군가는 그러한 칼 대신 콘크리트를 하여 닳리어보려고 하였다. 그러나 그런 건 닳릴 것도 못 되는지 대번 부수어버리고 말았다. 몇 개 철봉만 모양 숭업게 바위에 박혀 있을 뿐이다.

자연의 힘에는 지는 수밖에 없다. 영원하면 영원할수록 지는 수밖에 없다.

"……조금 완곡은 하다 할망정, 그다지 준급하다고 할 수는 없는……"

어디까지나 실상을 전하려 침착하다. 속단이 없고 과장이 없고 어느 한 줄에 중점을 두지 않는 만치 어느 한 줄도 허하지 않다. 너무 정적인 편이나 미더운 문체다.

건조체 1
온돌과 백의
홍명희

온돌
우리 조선 가정의 온돌(溫突) 제도는 인조조(仁祖朝) 이후로 전국에 보

장사(將士) 장수와 병졸. 요마적 지나간 얼마 동안의 아주 가까운 때. 숭업게 불쾌할 정도로 흉하게.

편되었다. 그 전에는 한절(寒節)이라도 큰 병풍과 두터운 자리로 마루 위에서 거처하고 노인과 병자를 위하여 혹 온돌 한두 간을 설치하였을 뿐이었다고 한다.

인조 때 서울 사산(四山)에 송엽(松葉)이 퇴적(堆積)하여 화재가 잦으므로, 김자점(金自點)이 꾀를 내어 인조께 품(稟)하고 오부(五部) 인민에게 명령하여 모두 온돌을 설치하게 하였다. 따뜻하고 배부른 것을 좋아하는 것은 사람의 상정이라, 오부의 받은 명령을 일국(一國)이 봉행하게 되어 송엽을 처치하려던 것이 송목(松木)까지 처치하게 되었다.

온돌제도가 일반으로 행한 후에 큰 폐해가 두 가지 생기었으니, 하나는 울창하던 산림이 차차로 동탁(童濯)하게 된 것이요, 또 하나는 건장하던 국민이 취약(脆弱)하게 된 것이다.

전일에는 서울 안에 있는 구가고택(舊家故宅)에서 왕석(往昔) 습속의 자취를 살필 수 있었으니 큰 집이건만 지금 소위 방이란 것의 수가 적고 마루가 대중없다 할 만큼 많았었다. 그러나 오늘날은 그 자취도 찾을 곳이 없다.

백의(白衣)

우리 의복제도는 역대로 중국의 영향을 받아서 변하여온 것이니, 신라 진흥왕 때에 남자 의복을 당제(唐制)로 변개하고, 문무왕 때에 여자 의상

한절(寒節) 추운 겨울철. 사산(四山) 조선시대에, 서울 성에 있는 사방의 산지를 이르던 말. 송엽(松葉) 솔잎. 소나무 잎. 품(稟)하다 웃어른이나 상사에게 그 의견을 듣기 위해 말씀을 여쭈다. 오부(五部) 조선시대에, 한성(漢城)을 다섯 부로 나눈 행정구역. 상정(常情) 사람에게 공통적으로 있는 보통의 인정. 봉행(奉行) 웃어른이 시키는 대로 받들어 행함. 송목(松木) 소나무. 동탁(童濯) 산에 나무나 풀이 없음. 구가고택(舊家故宅) 오래된 집. 왕석(往昔) 옛적. 변개(變改) 다르게 바꾸어 새롭게 고침.

도 당제로 개혁하였다 하고, 고려조에 신라제도와 많이 같았으나, 중엽 이후에 원제(元制)를 모방하고, 말엽에 이르러 명제(明制)를 습용(襲用)한 것이라고 한다.

의복에 백색(白色)을 숭상하는 습관은 최근에 와서 심하였다. 하나, 역사상으로 보면 전래한 지가 자못 오래다 할 것이다.『한서(漢書)』에 "변진(弁辰), 의복결청(衣服潔淸)"이라 하니, 결청(潔淸)이란 형용사를 붙이려면 백색이라야 적당하다 할 것이요,『송사(宋史)』에 "고려사녀(高麗士女), 복상소(服尙素)"라 하고, 동월(董越)의 「조선부(朝鮮賦)」에 "의개소백이포루추(衣皆素白而布縷麤)"라 하였다. 그러나 이것은 보통인민의 복색 말이요, 왕공귀인(王公貴人)은 금수오채(錦繡五釆)를 입었었는데 그 의복의 색채로 관등의 존비(尊卑)를 알게 한 일이 있고, 서민은 강자색(絳紫色) 의복을 입지 못하게 금한 일도 있다.

주인 이하 모든 계급이 보통으로 백색을 상복(常服)하기는 정조(正祖) 때부터 시작한 일이니, 이는 정조가 그 부친 장조(莊祖)를 사모하시는 마음이 많으셔서 종신거상(終身居喪)하신 것처럼 색채 의복을 입으시지 않은 까닭이라 한다. 상중의(喪中衣) 순백(純白)은 우리의 전래하는 속(俗)이다.

습용(襲用) 전에 하던 대로 답습하여 씀. 변진(弁辰) 삼한의 하나. 경상도의 서남지방에 십여 개의 소국으로 이루어졌으며, 후에 가야로 발전했음. 변한(弁韓). 결청(潔淸) 깨끗하고 맑음. 고려사녀(高麗士女), 복상소(服尙素) '고려사람들은 늘 흰옷을 입는다.' 의개소백이포루추(衣皆素白而布縷麤) '옷은 모두 희게 입는데 굵은베로 짠 것이다.' 왕공귀인(王公貴人) 왕과 공 등 지체 높은 사람. 금수오채(錦繡五釆) 수를 놓은 다섯 가지 빛깔의 비단. 매우 화려한 옷. 관등(官等) 관리나 벼슬의 등급. 강자색(絳紫色) 붉은 자주색. 상복(常服) 늘 입음. 장조(莊祖) 사도세자(1735~1762). 아버지 영조에 의해 죽음. 종신거상(終身居喪) 평생 상중(喪中)에 있음.

건조체 2

고산자의 대동여지도 (일부)

정인보

『대동여지도』 22첩(帖) 부(附) 목록 1첩 합 23첩은 고산자(古山子)의 만든 것이니, 조선인의 손으로 된 조선의 지례(地例)가 이에 이르러 대성(大成)을 집(集)하였다 할 것이다. 도사(圖寫)의 대례(大例)로 말하면, 온성(穩城)으로부터 제주까지 22층을 나누어가지고 일층(一層)으로 일첩을 만든 것이니, 맞추어 놓으면 조선 전형(全形)이 고대로 되고, 떼어놓으면 각층마다 거기 있는 주군현(州郡縣)이 형세 간편하게 장상(掌上)에 요연(瞭然)하게 되었다. 형(形)이 개사(槪似)하다 하더라도 원근의 척도가 실적(實積)과 틀릴 것 같으면 오히려 실용에 맞지 아니하는 것인데 이 도본(圖本)은 그렇지 아니하여 접책 한 장 한쪽 면이 종(縱)으로 백이십 리, 횡(橫)으로 팔십 리에 당하게 하여가지고 경위선(經緯線)을 괘획(罫畵)하여 매방(每方)에 십리 됨을 표정(表定)하였다. 이같이 실적의 진(眞)에 의하여 배포(排布)한 도사(圖寫)인지라, 어디든지 떠들어만 보면 산천의 위치와 정리(程里)의 소밀(疏密)이 대치(大致)를 잃지 아니하게 되었다. 이뿐만 아니라 "육십초위일분(六十秒爲一分), 십리위삼분(十里爲三分), 육십

고산자(古山子) 조선후기 실학자이자 지리학자인 김정호(金正浩)의 호. 도사(圖寫) 인물이나 사물을 베껴 그림. 혹은 그 그린 것. 온성(穩城) 함경북도 북쪽의 지명. 한국에서 가장 북쪽임. 장상(掌上) 손바닥 위. 요연(瞭然) 똑똑하고 분명함. 개사(槪似) 대략 비슷함. 경위선(經緯線) 경선과 위선. 괘획(罫畵) 바둑판처럼 가로세로로 선을 그음. 표정(表定) 표시해 정함. 정리(程里) 어떤 곳으로부터 다른 곳까지 이르는 거리를 리(里) 단위로 나타낸 것. 소밀(疏密) 성김과 빽빽함. 대치(大致) 큰 이치. 육십초위일분(六十秒爲一分), 십리위삼분(十里爲三分), 육십분위일도(六十分爲一度) '60초로 1분을 삼고, 10리로 3분을 삼고, 60분으로 1도를 삼음.'

분위일도(六十分爲一度)"의 비례(比例)를 부기하여 성도(星度)로써 지리 (地里)를 안(按)함을 보이었나니, 신경준(申景濬)의 이른바 "지필모어천 이후(地必謀於天而後), 가이명지기방위대소(可以明知其方位大小)"(『東國 興地圖』跋)라 한 것을 실제로 시험한 것이다. 산천의 명칭을 상렬(詳列) 함은 물론이요, 도로의 교통, 방면(坊面)의 소재 미세한 데까지 미치고, 고적(古蹟), 진허(陣墟)라도 안색(按索)이 골고루 미치어 부표(符標)로써 각분(各分)해놓았다.

도본(圖本)의 찬정(撰定)이 일시의 업이 아님은 말할 것도 없거니와 이 도본보다 약 27년 전 동인(同人)의 의창(意創)한 이 도본과 대류(大類)한 『청구도(靑邱圖)』 2책이 있었으니 이는 책으로 된 것이매, 외란(外欄) 상하 로 공백(空白)이 없을 수 없은즉 대보기에 간활(間濶)이 있으며, 또 철엽(綴 葉)을 뜯기 전에는 횡으로 맞출 수가 없다. 이에 색인으로 권수(卷首)에 목 록을 붙이어 어느 골 하면 제기층(第幾層) 제기편(第幾片)임을 용이히 찾게 하였다. 또 팔도분표도(八道分俵圖)를 관(冠)하였는데 매방 경(經) 칠십 리, 위(緯) 백 리로 종 28방(方), 횡 22방의 선괘(線罫)를 세획(細劃)하여가지 고 거기다가 조선의 전형(全形)을 배정(排定)하고 다시 매방을 경위(經緯) 20리로 진(進)하여 1도(道)씩 1엽(葉) 편면(片面)에 확사(擴寫)하여놓았다.

성도(星度) 별이 운행(運行)하는 정도. 안(按) 하다 살피다. 신경준(申景濬, 1712~1781) 조선후기의 문 신이자 실학자. 실학을 바탕으로 한 고증학적 방법으로 한국의 지리학을 개척함. 지리서로는 『팔도지 도(八道地圖)』와 『동국여지도(東國輿地圖)』를 집필. 지필모어천이후(地必謀於天而後), 가이명지기방 위대소(可以明知其方位大小) '땅은 반드시 하늘을 본받은 뒤에야 그 방위와 크고 작음을 분명히 알 수 있다.' 상렬(詳列) 자세히 늘어놓음. 방면(坊面) 행정단위인 방(坊)과 면(面). 진허(陣墟) 옛 흔적. 안색 (按索) 살펴 찾음. 부표(符標) 부호 표지. 각분(各分) 물건 따위를 따로따로 나눔. 찬정(撰定) 지어서 골 라 정함. 대류(大類) 비슷함. 외란(外欄) 지면의 가장자리에 있는 자리. 간활(間濶) 사이가 동뜸. 철엽 (綴葉) 책으로 엮기 위해 종이를 뚫어 묶은 것. 권수(卷首) 책의 첫머리. 제기층(第幾層) 제기편(第幾 片) 몇 층 몇 편. 세획(細劃) 잘게 나눔. 편면(片面) 한쪽 면. 확사(擴寫) 크기를 늘여 베낌.

뜻만 전달하고 이해시킴에 충실할 뿐, 문장의 표정이란 조금도 필요치 않다. 건조함이 반드시 아무런 맛도 없음을 가리킴은 아니다. 문장의 표정을 스스로 갖지 아니함이다. 예술문장이 아니요 학술과 실용의 문장이기 때문에 필자로서의 기분이나 감정을 드러낼 필요가 없는 것이다.

화려체 1

그믐달 (소품)

나도향

나는 그믐달을 몹시 사랑한다.

그믐달은 요염하여 감히 손을 댈 수도 없고, 말을 붙일 수도 없이 깜찍하게 예쁜 계집 같은 달인 동시에, 가슴이 저리고 쓰리도록 가련한 달이다.

서산 위에 잠깐 나타났다 숨어버리는 초승달은 세상을 후려삼키려는 독부가 아니면 철모르는 처녀 같은 달이지마는, 그믐달은 세상의 갖은 풍상을 다 겪고 나중에는 그 무슨 원한을 품고서 애처롭게 쓰러지는 원부와 같이 애절하고 애절한 맛이 있다.

보름에 둥근 달은 모든 영화와 끝없는 숭배를 받는 여왕과 같은 달이지마는, 그믐달은 애인을 잃고 쫓겨남을 당한 공주와 같은 달이다.

초승달이나 보름달은 보는 이가 많지마는, 그믐달은 보는 이가 적어 그만큼 외로운 달이다. 객창 한등에 정든 임 그리워 잠 못 들어하는 분이나

독부(毒婦) 성품이나 행동이 몹시 악독한 여자. 원부(怨婦) 원한을 품은 여자. 한등(寒燈) ①추운 밤에 비치는 등불. ②쓸쓸히 비치는 등불.

316

못 견디게 쓰린 가슴을 움켜잡은 무슨 한 있는 사람이 아니면 그 달을 보아주는 이가 별로이 없을 것이다. 그는 고요한 꿈나라에서 평화롭게 잠든 세상을 저주하며, 홀로이 머리를 풀어뜨리고 우는 청상과 같은 달이다.

내 눈에는 초승달 빛은 따뜻한 황금빛에 날카로운 쇳소리가 나는 듯하고 보름달은 치어다보면 하얀 얼굴이 언제든지 웃는 듯하지마는, 그믐달은 공중에서 번듯하는 날카로운 비수와 같이 푸른빛이 있어 보인다.

내가 한 있는 사람이 되어서 그러한지는 모르지마는, 내가 그 달을 많이 보고 또 보기를 원하지만 그 달은 한 있는 사람만 보아주는 것이 아니라, 늦게 돌아가는 술주정꾼과 노름하다 오줌 누러 나온 사람도 보고, 어떤 때는 도적놈도 보는 것이다.

어떻든지 그믐달은 가장 정 있는 사람이 보는 중에 또는 가장 한 있는 사람이 보아주고, 또 가장 무정한 사람이 보는 동시에 가장 무서운 사람들이 많이 보아준다.

내가 만일 여자로 태어날 수 있다 하면, 그믐달 같은 여자로 태어나고 싶다.

화려체 2

곡예사 (수필 전반)

이선희

사막을 걷는 듯한 마음입니다.

청상(靑孀) 젊어서 남편을 잃고 홀로 된 여자. 청상과부.

밤빛을 넘어 흩어지는 외로움이 또다시 등잔 밑에 서리입니다.

내 마음은 곡예사와 같습니다. 그 천(千)이요 또 만(萬)인 요술의 변화를 알 수 없는 것같이 내 맘의 명암(明暗)도 이루 헤아릴 수 없습니다.

거리에 쏟아진 등불은 밤의 심장을 꿰뚫고 얼크러진 정열에서 헤어나지 못하는 사람들의 꿈같은 이야기는 이 도시의 감각을 미쳐 날치게 하거늘 ── 이러한 거리에서 내 어찌 홀로 사막을 걷는 듯한 마음입니까.

맞은편에 놓인 거울에 문득 내 얼굴이 비치입니다.

기이다란 탄식이 뺨 위에 아롱져 있습니다. 나는 얼른 머리를 돌이켰습니다. 그다지도 슬픈 내 얼굴을 차마 볼 수 없었던 까닭입니다.

바람은 어이하여 창가에 속삭이고 이 밤은 어이 이리 길어 새지 않습니까. 잠은 나를 떠나고 또 내 모든 즐거움은 나를 버렸으니, 오오 내 미칠 듯한 마음이여!

가슴속에 마치 하늘보다 더 큰 구멍이 뚫어진 것 같습니다. 아무것으로도 채울 수 없는 이 커다란 구멍을 내 어찌하리이까.

공허 ── 그렇습니다. 모두 다 잃어버린 듯한 텅 비인 이 심사를 버릴 곳이 없습니다.

내게 있는 것이 무엇입니까.

내 마음이 어찌 이다지도 가난합니까.

이 밤이 다 새이도록 내가 어루만질 수 있는 꿈은 무엇입니까.

하면 나는 사뭇 발광을 해보리이까. 발광쯤으로 신통한 무엇이 나온다고 하리이까.

무엇이 이 철없는 여인의 물욕을 자극시킵니까. '쇼 윈도우' 안에 붉게
푸르게 늘어놓은 문화인의 소비품입니까.

나는 벽에 걸린 내 치마를 봅니다. 왜 좀 더 쨋쨋한 원색의 찬란한 빛깔
을 택하지 않았던가 하고 거듭거듭 후회합니다.

내게 무슨 바람이 있습니까. 내가 무엇을 해야 옳습니까. 모두 다 싱겁
고 우습기 이를 데 없습니다.

푸르고 신선한 내 모든 감각 ― 여기서 피어나는 봄바람 같은 즐거
움 ― 이 모든 것은 아마도 내게서 떠났나 봅니다.

그렇기에 내 몸에는 뱀같이 긴 권태가 칭칭 감기어 있지 않습니까.

권태 ― 옳습니다. 권태와 공허 이것뿐입니다. 아무것도 없습니다. 나
도 그러하고 친애하는 당신도 그러하고 ―

나는 벽에 기대어 이렇게 앉아 있습니다. 맹랑스럽고 우울한 이 밤을
보내기 위하여 나는 이렇게 멍하니 앉아 있습니다.

될 수 있는 대로 화장(化粧)한 글이다. 형용하자니 자연히 '듯이'
'같이' '처럼'이 많이 나오게 되는데 이것을 적당히 조절한 글이다.
'듯이' '같이' '처럼'에 너무 구애되면 안 된다. 「곡예사」에 대면 「그
믐달」은 약간 형용과 음률에 얽매였다 하겠다.

쨋쨋하다 나뭇결이나 피륙의 바탕 따위가 깔깔하고 단단하다.

3. 어떤 문체를 취할 것인가

이미 해설한 바와 같이, 문체마다 일장일단(一長一短)이 있다. 더구나 문체란 반드시 어느 하나에 편중해야만 될 성질의 것도 아니다. 괴테 같은 위대한 문인은 어느 문체고 다 자기의 것으로 썼다 한다. 간명하게 써야 할 장면이나 작품에서는 간결체로 썼고, 현란해야 효과적일 장면이나 작품에서는 화려체로 썼다는 것이다. 거기에 오히려 큰 이치가 있겠지만 그러나 구태여 어느 한 문체를 택할 것이냐 생각한다면 아무래도 공리적으로 검토하지 않을 수 없다. 가장 여러 사람 성미에 맞는 것, 가장 시간적으로 영구성이 있는 것이 가장 우월한 문체라 생각할 수밖에 없다. 가장 여러 사람에게, 가장 오랜 세대를 내려가며 탈 잡히지 않을 것이란 결국 가장 평범한 문체일 것이다. 건조체는 평범하지만 너무 무미한 편이니, 무미하지 않고 평범한 것은 아무래도 간결체라 할 수밖에 없다. 졸라도 볼떼르의 간명을 배우지 못하고 루쏘의 화려를 배운 것을 한탄한 적이 있고, 아꾸따가와 류우노스께(芥川龍之介)도 문예작품서는 간결체가 장수하는 것이 사실이라 하였다.

한문에서도 「적벽부(赤壁賦)」로 유명한 소동파(蘇東坡)보다도 오히려 구양수(歐陽修)나 한퇴지(韓退之)의 문장을 더 높게 평가하는 것은 그들의 문장이 가진 간결성 때문인 것이다.

그러나 먼저는 자기의 개성이다. 자기의 개성을 죽이면서까지 공리적인 문체만 따를 필요는 없다. 자기 성미에 맞는 문체를 택해야만 자기에게만 있는 모든 것, 자기다운 모든 것을 표현하는 최선의 방법일 것이다. 설사 뒷날에는 어느 문체로 전환한다 하더라도 우선은 자기 기질에 가장 맞는 문체를 택함이 원칙일 줄 믿는다. 그리고 앞에서 열거한 몇 가지의 문체만이 맛이 아니요, 또 수사학이 분류하는 모든 문체 중의 어느 하나가 아니라도 좋다. 아직까지 명칭이 없는 새것, 자기의 것, 전무후무한 문체를 창조하면, 그것은 더욱 장한 일이라 할 수 있다. 앙리 마씨스(Henri Massis)는 근대문학이 가장 완성시켜야 할 것은 구상과 함께 스타일의 이상이라 하였다.

그러나, 문체론을 말하는 자리에서 모순됨일는진 모르나, 특별히 기술(技術)에 필요한 문장이 아닌 데서는 문체의식에 집착할 필요는 없다고 생각한다. 문체를 강조하다가는 자연스러움을 상하기 쉽기 때문이다. 빠스깔의 『명상록』에 이런 말이 있다.

자연스러운 문체를 볼 때는 누구나 놀라고 마음이 끌린다. 왜 그러냐 하면 그들은 일개의 작가를 보려 기대했다가 하나의 인간을 발견하기 때문이다.

작가냐? 인간이냐? 인간이 먼저요 높은 것도 인간이다. 비록 작가일지라도, 작가로서의 문장보다 인간으로서의 문장을 쓸 수 있다면 그보다 더 진실한 문장은 없을 것이다.

4. 문체 발견의 요점

'밤 열시쯤'은 누구나 무심히 할 수 있는 소리다. 그러나 '밤 열점이나 그러한 시각에'는 누구나 무심히 할 수 없는 소리다. 여기에 작자의 의식적인 개인 행동이 있다. 문체란 사회적인 언어를 개인적이게 쓰는 것이다. 개인적이게 쓰려면,

(1) 용어에 기본적으로 경향을 가질 수 있을 것이다.

눈물은 아이와 여자들이나 흘릴 것이지 사내장부가 흘릴 것은 못 된다고 독자 여러분은 말하리라.

눈물은 아동과 부녀자의 전속물이요 남아대장부의 호상(好尙)할 배 아니라 하고 독자 제씨는 말하리라.

벌써 용어의 경향이 다르다. 하나는 언어의 전달성만을 더 발휘하기 위해 속어를 많이 썼고, 하나는 언어의 상징성을 더 발휘하는 술어에 치우쳤다.

(2) 조직에 기본적으로 특색을 가질 수 있을 것이다.

영감은 대답이 없었다. 길게 쉬이는 한숨만 우리의 귀에 들렸다. 우리들도 한참 비웃은 뒤에는 기진하여 잠잠하였다. 무겁고 괴로운 침묵만

322

흘렀다.

와

　나는 다시 한번 살피어, 구하기 어려운 피로를 그 얼굴에, 그 몸에 가지
고 있는 그들이 거의 모두 그의 한 손에 점심그릇을 싸들고 있는 것을 알
았다.

는 조직이 뚜렷이 다르다. 앞의 문장은 주격과 목적격의 거리 '영감
은 대답이 없었다'가 짧다. 다음의 문장은 '나는'에서 '알았다' 사이
에 다른 말이 퍽 복잡하게 많이 끼였다.

　이 길, 이 바위를 이처럼 닳리느라고 지나간 발부리가 그 얼마나 되었
으리, 그것이 짚신시대로부터 고무신이나 구두시대까지만 치더라도 한
량이 없을 것이다.

와

　이것이다. 인류의 역사를 꾸며 내려온 동력은 꼭 이것이다. 이성은 투
명하되 얼음과 같으며, 지혜는 날카로우나 갑 속에 든 칼이다. 청춘의 끓
는 피가 아니더면 인간이 얼마나 쓸쓸하랴. 얼음에 싸인 만물은 죽음이
있을 뿐이다.

는 두 글이 다 감탄하는 느낌이 있는 글이다. 그러나 하나는 고요하

고 침착한 특색을 갖고 있고 하나는 힘차고 낭독하는 듯한 특색을 가졌다. 하나는 온화·겸허한 맛이 있고, 하나는 정열과 음악적 황홀이 있다.

문장의 고전과 현대

1. 문장의 고전

우리 산문 문장에서 고전을 찾는다면 훈민정음 창제 이전에는 이 두문(吏讀文)으로 전해오는 가요밖에 없어서 아무래도 훈민정음 이후의 것에서 찾아야 하는데, 『윤음언해(綸音諺解)』같은 것은 구해 읽기 어렵고, 사람들이 많이 쓴 듯한 편지글들은 본래 후세에 전해질 성질의 것이 극히 적어서 『흥부전』『춘향전』 등의 이야기책과 『한중록(恨中錄)』『인현왕후전(仁顯王后傳)』 등의 전기문(傳記文)이 고작인데 이 중에도 이야기책은 하나같이 낭독이나 창(唱)을 위해 기록된 것이라 순수한 산문은 아니다. 그러므로 『춘향전』같은 것은 아무 데서나 읽어보아도 4·4조가 잘 나오는 대신, 요즘 말로 '리얼'함은 아주 희박한 문장인 것이다.

윤음언해(綸音諺解) 왕이 백성에게 내린 조칙의 일종인 윤음을 보급하기 위해 한글로 번역한 책.

춘향이 하릴없이 따라온다. 치마꼬리 휘루쳐 흉당(胸膛)에 떡 붙이고, 옥보(玉步) 방신 완보(緩步)할 제 석경산로(石逕山路) 험준하다. 한단시상(邯鄲市上)의 수릉(壽陵)의 걸음으로 백월총중(百越叢中)의 서시(西施)의 걸음으로 백모래밭에 금자라 걸음, 양지결 마당에 씨암탉 걸음, 대명전(大明殿) 대들보에 명매기걸음, 백화원림(百花園林) 두루미 걸음, 광풍에 나비 노듯, 물속에 이어(鯉魚) 노듯, 가만 사뿐 걸어와서 광한루(廣寒樓)에 다다르니……

이런 문장을 산문으로 평가하려는 것은 마치 찬송가를 시로 평가하려는 것이나 마찬가지 잘못이다. 이것은 거의 가사(歌詞)들이라 음악이라는 반쪽을 갖출 때에야 비로소 그 가치의 전부가 표현되는 것으로, 독립된 문장으로 다룰 바는 애초에 아니다.

아직 내 좁은 눈으로는 혜경궁(惠慶宮) 홍씨(洪氏)가 지은 『한중록』과 작자를 알 수 없는 『인현왕후전』 같은 것이 조선 산문의 고전일 따름이라 생각한다.

흉당(胸膛) 가슴 한복판. 옥보(玉步) 여자의 걸음을 아름답게 이르는 말. 방신(芳身) '꽃다운 몸'이라는 뜻으로, 귀하고 아름다운 여자의 몸을 일컫는 말. 완보(緩步) 천천히 걸음. 석경산로(石逕山路) 돌이 많은 산길. 한단시상(邯鄲市上)의 수릉(壽陵)의 걸음 수릉이라는 연나라의 한 시골구석에 살던 청년이 유행의 첨단을 걷고 있던 조나라의 서울인 한단에 가서 걸음걸이를 배우고자 했다가 되레 제 걸음걸이마저 잊고 말았다는 일화에서 유래한 말. 백월총중(百越叢中) 월나라 사람들 중에서. 서시(西施) 중국 춘추시대 월(越)나라의 미인. 대명전(大明殿) 개성시에 있던 궁궐. 명매기걸음 맵시 있게 아장거리며 걷는 걸음. 백화원림(百花園林) 온갖 꽃이 피어 있는 숲. 이어(鯉魚) '잉어'의 원말. 혜경궁 홍씨(惠慶宮 洪氏, 1735~1815) 경의왕후(敬懿王后). 조선 영조의 아들 장조(莊祖, 사도세자)의 비(妃). 그가 쓴 『한중록(閑中錄)』은 남편의 참사를 중심으로 자신의 일생을 회고한 자서전적인 사소설체로 궁중문학의 효시로 평가됨.

『한중록』의 서문

　내 유시(幼時)에 궐내(闕內)에 들어와 서찰(書札) 왕복이 조석에 있으니 내 집에 내 수적(手蹟)이 많이 있을 것이로되, 입궐 후 선인(先人)께서 경계하시되 외간(外間) 서찰이 궁중에 들어가 흘릴 것이 아니요, 문후(問候)한 이외에 사연이 많기가 공경하는 도리에 가치 아니하니 조석 봉서(封書) 회답에 소식만 알고 그 종이에 써 보내라 하시기 선비(先妣)께서 아침저녁 승후(承候)하시는 봉서에 선인 경계대로 종이 머리에 써 보내옵고, 집에서도 또한 선인 경계를 받자와 다 모아 세초(洗草)하므로 내 필적이 전하염즉한 것이 없는지라 백질(伯姪) 수영(守榮)이 매양 본집에 마노라 수적이 머문 것이 없으니 한번 친히 무슨 글을 써 내리오셔 보장(寶藏)하여 집에 길이 전하면 미사(美事)가 되겠다 하니, 그 말이 옳아 써주고자 하되 틈 없어 못하였더니, 올해 내 회갑(回甲) 해를 당하니 추모지통(追慕之痛)이 백배 더하고 세월이 더하면 내 정신이 이때만도 못할 듯하기 내 흥감한 마음과 경력한 일을 생각나는 대로 기록하였으나 하나를 건지고 백을 빠치노라.

유시(幼時) 어릴 때. 수적(手蹟) 손수 쓴 글씨나 그린 그림. 선인(先人) 돌아가신 아버지. 선친. 문후(問候) 웃어른의 안부를 물음. 가(可)치 아니하다 맞지 않다. 봉서(封書) 왕비가 친정에 사적으로 보내던 편지. 선비(先妣) 돌아가신 어머니. 승후(承候) 웃어른께 문안을 드림. 세초(洗草) 초고를 없애버림. 백질(伯姪) 맏조카. 마노라 상전, 마님, 임금 등을 이르는 옛말. 보장(寶藏) 매우 소중하게 여겨 잘 간직하여 둠. 미사(美事) 칭찬할 만한 아름다운 일. 추모지통(追慕之痛) 죽은 사람을 그리며 생각하는 고통. 흥감(興感) 마음이 움직여 느낌. 경력(經歷) 겪어 지내온 여러 가지 일. 빠치다 빠뜨리다.

『한중록』본문의 일부

계조비(繼祖妣)께서 경학(經學)하는 선비의 따님으로 본디 배움이 남다르신지라. 성행(性行)이 현숙인자(賢淑仁慈)하오셔 정헌공(貞獻公) 받드오시기를 엄한 손같이 하오시고 제가주궤(齊家主饋)하심이 정헌공 청덕(淸德)을 준수(遵守)하셔 일미(一味) 소박담박(素朴澹泊)하시니 이런고로 선비께서 비록 재상가의 총부(冢婦)시나 해에 일습 비단옷 걸림이 없으시고 상자에 수항 주패 없사오실 뿐 아니라 추신하오실 절의복(節衣服)이 단건뿐 있으신지라 때 묻으매 매양 밤에 손조 한탁(澣濯)하시되 수고로움을 꺼리지 아니하오시고 방적침선(紡績針線)을 주야로 친히 하오셔 밤을 새워 하오시니 매양 아랫방에 불이 밝기까지 혀 있는 줄을 늙은 종은 일컫고 젊은 종은 따라 말하는 줄 괴로워하셔 매양 밤에 침선하오실 때에 보로 창을 가리오셔 남의 부지런하다 칭찬하는 말을 싫이 여기시고 추운 밤에 수고를 하셔 손이 다 닳아 계오시되 괴로워하시는 일이 없으시고 또 의복지절과 자녀 입히오심이 지극히 검박하시되 또한 때에 맞게 하오시고 우리 남매 옷도 굵을지언정 매양 더럽지 아니하니 검박하심과 정결하심이 겸하오신 줄 이런 데도 아올 일이 있더라. 선비께서 상시 희로가 경(輕)치 아니하시고 기상이 화기를 열으시나 엄숙하시니 일가(一家) 우러러 성덕(盛德)을 일컫고 어려워하지 않는 이 없는지라.

계조비(繼祖妣) 돌아가신 둘째할머니. 경학(經學) 사서오경을 연구하는 학문. 성행(性行) 성품과 행실. 제가주궤(齊家主饋) 집안을 다스리고 살림을 꾸림. 총부(冢婦) 종자(宗子)나 종손(宗孫)의 아내. 곧 종가(宗家)의 맏며느리. 수항 주패(數項珠佩) 몇 가지 패물. 추신 치장하고 나감. 절의복(節衣服) 철에 따라 입는 옷. 단건(單件) 한벌. 한탁(澣濯) 때 묻은 옷을 빪. 방적침선(紡績針線) 실잣기와 바느질. 희로(喜怒) 기쁨과 노여움. 경(輕)치 아니하시고 가볍지 않으시고. 화기(和氣) 온화한 기색.

『인현왕후전』의 일부

숙종대왕(肅宗大王) 계비(繼妃) 인현왕후 민씨(仁顯王后 閔氏)의 본은 여흥(驪興)이시니, 행병조판서(行兵曹判書) 여양부원군(驪陽府院君) 둔촌(屯村)의 여(女)시요, 영의정 송동춘(宋同春) 선생의 외손(外孫)이시라. 모부인 송씨(宋氏) 기이(奇異)하신 신몽(神夢)을 꾸시고 정미(丁未) 사월 이십삼일 탄생하오시니, 집 위에 서기(瑞氣) 일어나고 산실(産室)에 향취(香臭) 옹실(擁室)하여 오래 되도록 없어지지 않으니 부모 지기(知機)하심이 있어 가중(家中)에 말을 내지 못하시게 하시더라.

잠깐 장성하시매 정정탁월(亭亭卓越)하사 화월(花月)이 부끄리는 듯하시고, 용안(龍顔)이 황홀찬란하사 백일(白日)이 빛을 잃으니 고금에 비할 곳이 없으시며, 여공재봉(女工裁縫)이 민첩신이(敏捷神異)하사 일백 신령이 가르치는 듯하시나 안색에 나타내지 아니하시고, 유정유일(唯精唯一)하시고 숙연(肅然)하사 회포를 남이 알지 못하며, 무심무려(無心無慮)한 듯이 흡연(洽然)하신 성덕(聖德)이 유화천연(柔和天然)하사 덕행예절이며 효의특출(孝義特出)하사 유한정전(幽閑貞專)하시고 단일성장(端一誠粧)하시고 너른 도량이 어위하시고 백행(百行)이 구비하시니 종일

계비(繼妃) 임금이 다시 장가를 가서 맞은 아내. 모부인(母夫人) 남의 어머니를 높여 이르는 말. 서기(瑞氣) 상서로운 기운. 산실(産室) 아이를 낳는 방. 옹실(擁室) 방 안을 채움. 지기(知機) 기미나 낌새를 알아차림. 가중(家中) 온 집안. 정정탁월(亭亭卓越) 우뚝하게 뛰어남. 용안(龍顔) 얼굴을 높여 이르는 말. 백일(白日) 구름이 끼지 않아 밝게 빛나는 해. 여공재봉(女工裁縫) 길쌈질과 바느질. 민첩신이(敏捷神異) 신기할 정도로 빠름. 유정유일(唯精唯一) 마음이 정(精)하고 한가지임. 무심무려(無心無慮) 마음 쓰거나 염려함이 없음. 흡연(洽然) 흡족하고 넉넉함. 유화천연(柔和天然) 성질이 부드럽고 온화하며 꾸밈이 없음. 효의특출(孝義特出) 효행과 절의(節義)가 남보다 특히 뛰어남. 유한정전(幽閑貞專) 부녀의 태도나 마음씨가 얌전하고 정조가 바름. 단일성장(端一誠粧) 마음이 곧고 우의가 엄숙함. 어위다 ①넓고 크다. ②너그럽거나 넉넉하다.

단좌(端坐)하시매 화풍경운(和風景雲)이 옥체(玉體)에 둘렀으니 단엄침중(端嚴沈重)하사 사람이 우러러보지 못하며, 맑고 좋으신 골격과 향기로시기 가을 물결과 높은 하늘 같으시고, 높고 곧은 절개는 금옥(金玉)과 송백(松栢) 같으시고, 어려서부터 희학(戲謔)과 사치를 좋아 않으시고, 단순(丹脣) 적적(的的)하시니 무색(無色)한 의대(衣帶) 가운데 기이한 자태 비상하시며 정대하사 일백 가지로 빼어나시고 문필(文筆)이 유여하사 만고역대(萬古歷代)를 무불통지(無不通知)하시나 가만한 가운데나 붓을 들어문장을 쓰지 않으시니 부모와 삼촌 형제 사랑 과중하사 하시고 원근(遠近) 친척이 놀라고 탄복하여 지내니, 아시(兒時) 적부터 공경치 않을 이없어 꽃다운 이름이 세상에 가득하더라.

(중략)

경신(庚申) 동(冬)에 인경(仁敬)왕후 승하(昇遐)하시니 대왕대비께옵서 곤위(坤位)가 비었음을 근심하사 간택하는 영을 내리오사 숙덕(淑德)을 구하시니, 청성부원군(淸城府院君) 김공(金公)이 후(后)(인현왕후)의 덕행을 익히 들은 고로 대비께 주달(奏達)하고 영의정 송선생이 상전(上前)에 아뢰되, "국모는 만민의 복이라, 당금(當今) 병판(兵判) 민모(閔某)의 여아(女兒) 숙덕(淑德)이 쌍전(雙全)함을 신이 익히 아오니 복망(伏望) 전하는

단좌(端坐) 단정하게 앉음. 화풍경운(和風景雲) 솔솔 부는 화창한 바람과 상서로운 구름. 단엄침중(端嚴沈重) 단정하고 엄숙하며 침착하고 무게가 있음. 송백(松栢) 소나무와 잣나무. 희학(戲謔) 실없는 말로 농지거리를 함. 또는 그 농지거리. 단순(丹脣) 여자의 붉고 고운 입술. 적적(的的) ①밝고 고운 모양. ②확실한 모양. 의대(衣帶) 옷과 띠라는 뜻으로, 갖추어 입는 옷차림을 이르는 말. 정대(正大) 바르고 옳아서 사사로움이 없음. 유여(裕餘) 넉넉함. 만고역대(萬古歷代) 먼 옛날부터 대대로 이어 내려온 여러 대. 무불통지(無不通知) 무슨 일이든지 환히 통해 모르는 것이 없음. 아시(兒時) 적 어릴 적. 곤위(坤位) 왕후의 지위. 간택(揀擇) 조선시대에, 임금이나 왕자, 왕녀의 배우자를 고르던 행사. 숙덕(淑德) 여성의 정숙하고 단아한 덕행. 주달(奏達) 임금에게 아뢰던 일. 상전(上前) 임금의 앞. 당금(當今) 바로 지금. 쌍전(雙全) 두 가지 일이나 두 쪽이 모두 온전함. 복망(伏望) 엎드려 웃어른의 처분 따위를 삼가 바람.

번거이 간택을 말으시고 대혼(大婚)을 완정하소서." 대비 대열(大悅)하사 비망기(備忘記)를 내리와 전교하사 지실(知悉)하라 하오시니 민공(閔公)이 송률(悚慄)하여 즉시 상소하여 지극히 사양하니 말씀이 심히 간절하되 상의(上意) 이미 굳으신지라 허(許)치 않으시고 세 번 상소에 도리어 엄지(嚴旨)를 내리와 책하시며 좌의정 노봉(老峯) 민공을 입대(入對)하사 국체 불경(國體不敬)함을 경책(警責)하시니 신자(臣子) 도리에 사양할 길이 없어 물러 집에 돌아와 형제 자질(子姪)이 다 모여 황송하온 천은을 감축하며 눈물이 절로 떨어짐을 깨닫지 못하더라. (중략)

이날 왕비를 책봉하여 곤위에 오르시니 비빈공주(妃嬪公主)와 삼백 궁녀의 조하(朝賀)를 받으시니, 일기 화창하여 혜풍(惠風)이 습습하고 상운(祥雲)이 애애하여 봉궐(鳳闕)을 짐짓 태평국모(太平國母) 즉위하시는 날인 줄 알레라. 인심이 절로 돌아 천만 신민이 흔열(欣悅)하더라.

후(后) 즉위하사 양전 대비를 효양(孝養)하시매 출천(出天)한 성효(誠孝) 동동촉촉(洞洞燭燭)하시고 상(上)을 받들어 내조(內朝)를 다스리시매 덕으로써 인도하사 유순정정(柔順亭亭)하시며, 비빈(妃嬪) 궁녀를 거느리시매 은위(恩威) 병행하사 선악과 친소를 사이 두지 않으시고 애인(愛人)

대혼(大婚) 임금이나 왕세자의 혼인. 완정(完定) 완전히 결정함. 대열(大悅) 크게 기뻐함. 비망기(備忘記) 임금이 명령을 적어서 승지에게 전하던 문서. 전교(傳教) 임금이 명령을 내림. 또는 그 명령. 지실(知悉) 모든 형편이나 사정을 자세히 앎. 송률(悚慄) 매우 두려워함. 상의(上意) 임금의 마음. 엄지(嚴旨) 임금의 엄중한 명령. 입대(入對) 궁중에 들어가 임금을 알현하던 일. 국체불경(國體不敬) 나라의 체면을 공경치 않음. 경책(警責) 정신을 차리도록 꾸짖음. 신자(臣子) 신하 된 자. 자질(子姪) ①아들과 조카. ②자손. 조하(朝賀) 동지, 정조(正朝), 즉위, 탄일 따위의 경축일에 신하들이 조정에 나아가 임금에게 하례하던 일. 혜풍(惠風) 화창하게 부는 봄바람. 습습(習習) 바람이 산들산들하게 부는 모양. 상운(祥雲) 복되고 좋은 일이 있을 조짐이 보이는 구름. 애애(靄靄) 부드럽고 포근한 분위기에 싸인 모양. 봉궐(鳳闕) 궁궐의 문 또는 궁궐을 이르는 말. 흔열(欣悅) 기뻐하고 즐거워함. 양전(兩殿) 대전(大殿)과 중궁전(中宮殿). 효양(孝養) 어버이를 효성으로 봉양함. 출천(出天) 하늘이 냄. 성효(誠孝) 마음을 다해 부모를 섬기는 정성. 동동촉촉(洞洞屬屬) 공경하고 삼가며 매우 조심스러움. 유순정정(柔順亭亭) 부드럽고 순하며 우뚝함. 은위(恩威)감히 범하기 힘든 위엄과 은혜.

하시는 화기(和氣) 봄동산 같으며, 만물이 부성(復盛)하는 듯하여 예절과 법도가 엄숙강맹(嚴肅剛猛)하시니 감히 우러러뵈옵지 못하고 궐중(闕中)이 성덕을 흠탄(欽嘆)하여 예도(禮度) 숙연하시며 입궐하신 지 삼사 삭(朔)에 교화(教化) 대치(大熾)하여 화기 애연하니 양전 대비 극진애중(極盡愛重)하사 국가의 복이라 축수하시고 상이 공경중대(恭敬重待)하시며 조야가 다 흠복하더라. (중략)

계해년(癸亥年) 겨울에 상이 두환(痘患)으로 미령(未寧)하사 증세 위중하시니 후 크게 염려하사 주야 띠를 끄르지 않으시고 정성이 아니 미친 곳이 없으시니, 대비께오서 또한 근심하시며 우민(憂悶)하사 후로 더불어 찬물에 목욕하시며 후원에 단을 모으고 친히 주야로 축원하시니, 후 대비의 옥체 상하실까 염려하사 몸소 대행하여 치성할 바를 아뢰어 간절히 애권(哀勸)하되 듣지 않으시고 주야로 정성을 한가지로 하시니, 창천(蒼天)이 감동하사 가만한 가운데 도우심이 있어 상후(上候) 평복(平復)하시니 신민의 경행(慶幸)함이 측량없는지라. (중략)

궁인 장씨(張氏) 시비(侍婢)로 후궁에 참례하여 희빈(禧嬪)을 봉하니 간교하고 민첩혜힐(敏捷慧黠)하여 상의(上意)를 영합하니 상이 극히 총애하시더라.

부성 (復盛) 다시 무성해짐. 엄숙강맹 (嚴肅剛猛) 엄숙하고 굳세고 사나움. 궐중 (闕中) 대궐 안. 궁중. 흠탄 (欽嘆) 아름다움을 감탄함. 예도 (禮度) 예의와 법도. 삭 (朔) 개월(個月). 대치 (大熾) 기세가 크게 성함. 애연 (藹然) 화기롭고 온화함. 애중 (愛重) 사랑하고 소중하게 여김. 축수 (祝手) 두 손바닥을 마주 대고 빎. 공경중대 (恭敬重待) 공손히 받들어 모시면서 소중히 대접함. 조야 (朝野) 조정과 민간. 흠복 (欽服) 마음속 깊이 존경하여 복종함. 두환 (痘患) 천연두. 마마. 미령 (未寧) 편찮음. 우민 (憂悶) 근심하고 번민함. 창천 (蒼天) 맑고 푸른 하늘. 상후 (上候) 임금의 평안한 소식. 또는 임금 신체의 안위. 평복 (平復) 병이 나아 건강이 회복됨. 경행 (慶幸) 경사스럽고 다행한 일. 시비 (侍婢) 곁에서 시중을 드는 계집종. 참례 (參禮) 예식, 제사, 전쟁 따위에 참여함. 민첩혜힐 (敏捷慧黠) 눈치가 빠르고 꾀가 있음. 농장 (弄璋) 아들을 낳은 즐거움.

334

무진년(戊辰年) 정월에 상의 춘추 거의 삼십이 되시나 농장(弄璋)의 경사(慶事)를 보시지 못함을 근심하시는지라 후 깊이 염려하사 일일 종용(從容)히 상께 고하사 어진 후궁을 빠 자경(子慶) 보심을 권하신대, 상이 처음은 허치 않으시더니 후 날마다 권하여 '일 여자의 생산을 기다리고 막중 종사(宗社)를 경솔히 못할 줄'로 간절히 아뢰니 정정하신 덕과 유화(柔和)하신 말씀이 혈심이라 상이 감탄하시고 조정에 후궁 간택하시는 전지를 내리시니 명안(明安)공주 이 하교를 듣삽고 놀라 고모와 장공주를 모시고 입궐하여 상과 후께 조현(朝見)하고 인하여 중궁(中宮)의 춘추 정정하신즉 아직 생산함을 기다릴지라 후궁 빠심이 불가하신 줄로 간절히 주달(奏達)하니, 후 좌에 계시다가 안색이 정정하여 가라사대, "내 박덕미질(薄德微質)로 곤위에 모첨(冒忝)하였으나 주야 여림박빙(如臨薄氷)하는 바는 웃전 성덕 갚삽지 못하올까 염려하더니 박덕하여 생산의 길을 얻지 못하니 어찌 종사(宗社)를 염려치 않으리요" 언파(言罷)에 안색(顏色)이 일정하사 안과 밖이 작약(綽約)하시니 공주 등이 감복하여 다시 간치 못하고 서로 성덕을 칭송하며 대왕대비 애중하심을 마지아니하시더라. (중략)

차세(此歲) 동(冬) 시월에 희빈 장씨 처음으로 왕자를 탄생하니 상이 과애(過愛)하심은 이르지 말고, 후 대열(大悅)하사 어루만져 사랑하시기를 기출(己出)같이 하시니 장씨 지분(知分)하여 있으면 그 영화를 어찌 측량하리요. 문득 참람한 뜻과 방자한 마음이 불 일듯 하니 중궁전(中宮殿)

종용(從容)히 차분하고 침착하게. 빠 뽑아. 자경(子慶) 아들을 낳는 경사. 생산(生産) 아이를 낳는 일을 예스럽게 이르는 말. 유화(柔和) 부드럽고 온화함. 혈심(血心) 진심에서 우러나오는 정성. 조현(朝見) 신하가 조정에 나아가 임금을 뵙는 일. 중궁(中宮) ①왕비가 거처하던 궁전. ②왕비를 높여 이르던 말. 박덕미질(薄德微質) 부족한 덕과 미약한 자질. 모첨(冒忝) 송구스러움을 무릅씀. 여림박빙(如臨薄氷) 얇은 얼음 위에 선 듯함. 언파(言罷) 말을 끝냄. 작약(綽約) 몸이 가냘프고 아리따움. 차세(此歲) 이해. 이르지 말고 말할 것도 없고. 기출(己出) 자기가 낳은 자식. 지분(知分) 자기의 분수나 본분을 앎.

(인현왕후) 성덕과 용색(容色)이 일국에 솟아나고 인망(人望)이 다 돌아가니 간출시기(簡出猜忌)하여 가만히 제어하고 대위(大位)를 엄습고자 하니 참람한 역심(逆心)이 더욱 심하여 날로 기색을 살펴 중전을 참소하려 하는 말이, 신생 왕자를 짐살(鴆殺)하려 한다 하고 또 희빈을 저주한다 하여 궁모곡계(窮謀曲計) 아니 미친 곳이 없어, 간악한 후빈을 체결(締結)하여 말을 내고 자취를 드러내어, 상이 듣고 보시도록 하니, 예로부터 악인을 외롭지 않게 돕는 자 있는지라. 중전 간악하단 말이 날로 치성(熾盛)하니, 상이 점점 의심하사 중궁을 아주 박대하시고 장씨 요악(妖惡)한 정태(情態)로 천심을 영합하며 왕자로 협종(協從)이 되어 권세 중하니, 상이 점점 편벽히 혹하사 능히 흑백을 분별치 못하시니, 전일 엄정하시던 성도(聖度) 아주 변감(變減)하사 현인군자는 다 물리치시며 간신적자(奸臣賊子)를 많이 쓰시니, 조정이 그윽히 의심하고 후 근심하사 장씨의 위인이 반드시 변고(變故) 낼 줄 알으시고 또 왕자의 당당한 기상이 있는 고로 지감(知鑑)하시고 만행(萬幸)히 여기사 사색지 않으시고 갈수록 숙덕성심(淑德誠心)을 행하시더니, 기사년(己巳年)에 여양부원군(후의 친아버님)이 졸(卒)하시매, 후 망극애통하사 장례를 지내시되 실과(實果)와 좋은 육찬(肉饌)을 진어(進御)치 않으시고 망극함을 마지않으신대 상이 이미 결단하

참람(僭濫) 분수에 맞지 않게 지나친 데가 있음. **용색**(容色) 용모와 안색을 아울러 이르는 말. **인망**(人望) 세상 사람이 우러르고 따르는 덕망. **간출시기**(簡出猜忌) 드러나게 시기함. **대위**(大位) 높은 관위나 지위. **역심**(逆心) ①상대편의 말이나 행동에 반발하여 일어나는, 비위에 거슬리는 마음. ②반역을 꾀하는 마음. **참소**(讒訴) 남을 헐뜯어서 죄가 있는 것처럼 꾸며 윗사람에게 고해바침. **짐살**(鴆殺) 짐새의 깃으로 만든 독주(毒酒)를 먹여 사람을 죽임. **궁모곡계**(窮謀曲計) 남을 괴롭히기 위한 계략과 사악한 계책. **체결**(締結) 얽어서 맺음. **치성**(熾盛) 불길같이 성하게 일어남. **요악**(妖惡) 요사하고 간사하며 악독함. **정태**(情態) 아첨하는 사람의 마음씨와 그 태도. **천심**(天心) 임금의 뜻. **성도**(聖度) 임금의 법도. **변감**(變減) 변해 줄어듦. **간신적자**(奸臣賊子) 간사한 신하와 불충한 무리. **지감**(知鑑) 사람을 잘 알아봄. **만행**(萬幸)히 아주 다행히. **사색**(辭色)지 않으시고 태연하여 말과 얼굴빛에 변함을 보이지 않으시고. **졸**(卒)하다 죽다. **육찬**(肉饌) 고기붙이로 만든 반찬. **진어**(進御) 임금이 먹고 입는 일을 높여 이르던 말.

신 마음이 계신 고로 발설치 않으시나, 민간에 소설(騷說)이 낭자하여 중전 폐위(廢位)한다 하더니, 4월 23일은 중궁전 탄일(誕日)이라. 각궁과 내수사(內需司)에서 공상단자(貢上單子)를 드리니 상이 단자를 내치시고 음식을 다 물리치시며 대신과 이품(二品) 이상을 인견(引見)하사 폐비하심을 전교하시니, 좌승지 이이만(李頤晚)이 불가함을 간하매, 상이 진노하사 이이만을 파직하시고 또 수찬(修撰) 이만원(李萬元)이 실조하심을 간하니 상이 익노(益怒)하사 원찬(遠竄)하라 하시매, (중략) 차시(此時) 응교(應敎) 박태보(朴泰輔)는 파직 중에 있더니, 위로 성상(聖上)의 실덕(失德)을 근심하고 버금 중전의 성덕으로 애매하심을 통박하여 모든 파직한 조관(朝官)으로 더불어 일시에 열명상소(列名上疏)하여 중전을 구할새, 판서(判書) 오두인(吳斗寅)과 참판(參判) 이세화(李世華) 소두(疏頭) 되고 응교 박태보 소두 되어 상소하여 가로되, "인군이 후비 두심은 조종(祖宗)의 정통을 이어 모든 백성의 위에 임하사 만세를 계보(繼保)하는 경사어늘, 이제 전하 만민의 부모(父母) 되사 삼강오상(三綱五常)의 중한 법으로 나라를 다스리나니 스스로 행치 못하심을 행코자 하시니 신민의 바라는 배 끊어지는지라. 성인이 법을 지으사 배필을 중히 마련하여 오상(五常)에 두시고, 서전(書傳)에 일렀으되, 여경(如經) 삼년상이어든 불거(不去)하

소설(騷說) 시끄럽게 떠도는 소문. 내수사(內需司) 조선시대에, 왕실재정의 관리를 맡아보던 관아. 공상단자(貢上單子) 나라에 바치는 물건의 목록을 적은 종이. 인견(引見) 임금이 의식을 갖추고 영의정, 좌의정, 우의정 따위의 관리를 만나 보던 일. 실조(失措) 궁중에서, 실수를 이르던 말. 익노(益怒) 더욱 성을 냄. 원찬(遠竄) 먼 곳으로 귀양을 보냄. 차시(此時) 이때. 실덕(失德) 덕망을 잃음. 애매 (아무 잘못도 없이) 누명을 쓰거나 책망을 듣게 되어 억울함. 통박(痛迫) 마음이 몹시 절박함. 조관(朝官) 조정에서 벼슬살이를 하고 있는 신하. 열명상소(列名上疏) 여러 사람의 이름을 나란히 벌여서 임금에게 글을 올림. 소두(疏頭) 이름을 잇달아 써 올린 상소문에서 맨 먼저 이름을 적은 사람. 계보(繼保) 이어 보전함. 삼강오상(三綱五常) 삼강(군위신강, 부위자강, 부위부강)과 오상(부자유친, 군신유의, 부부유별, 장유유서, 붕우유신)을 아울러 이르는 말. 곧 사람이 지켜야 할 도리. 서전(書傳) 서경(書經). 여경(如經) 삼년상이어든 불거(不去) 함께 부모의 삼년상(三年喪)을 치른 아내는 내쫓지 못함.

라 하였으니, 전하 또한 중궁으로 더불어 삼년상을 지내시고, 이제 대왕대비 거상을 한가지로 입어 미처 탈복(脫服)지 못하신대 비록 허물이 있어도 폐치 못하려든 하물며 백옥무하(白玉無瑕)함을 보시지 않으리이까. 성인이 가라사대, 부모의 사랑하신 바는 비록 견마(犬馬)라도 공경한다 하오니, 명성대비(明聖大妃)께오서 중전을 애중하신 바라 전하의 지극하신 효성으로 어찌 차마 인륜을 상하오시며 활달대도(豁達大度)로 어찌 이런 실덕(失德)을 행하시리이까. 복걸(伏乞) 전하는 백번 살피사 인륜을 정하시고 신민의 바람을 좇으시면 어찌 종사(宗社)와 생민(生民)의 복이 아니리요. 원 성상은 폐비 전교를 환수하소서" 하였더라.

상이 상소를 보시고 대로하사 즉시 친국(親鞫)을 배설(排設)하시고 삼인을 잡아 엄문(嚴問)하시되, "너희가 신자(臣子) 도리에 군부(君父)를 비방하니 그 죄상이 가히 삼족에 범한지라 다시 충의지심(忠義之心)을 두어 폐비를 받들지 않을쏘냐" 하시니, 삼인이 머리를 두드려 조금도 굴치 아니하고, 말씀이 강개하여 충의지심이 두우(斗牛)에 사무치는지라. 상이 진노하사 나졸을 호령하여 삼목지형(三木之刑)을 갖추고 삼인을 형틀에 올려 형문(刑問) 일차(一次)씩 치니 소리 동구 안까지 들리고 유혈이 낭자하니, 판서 오두인·이세화는 칠십지년(七十之年)이라 위령(威令)을 두리고

거상(居喪) ①상중(喪中)에 있음. ②상복(喪服). 탈복(脫服) 상기(喪期)가 다 지나서 상복을 벗음. 백옥무하(白玉無瑕) 백옥에 아무런 티나 흠이 없다는 뜻으로, 아무런 흠이나 결점이 없음 또는 그런 사람을 이르는 말. 활달대도(豁達大度) 너그럽고 커서 작은 일에 거리낌이 없는 활달한 도량. 복걸(伏乞) 엎드려 비온대. 환수(還收) 도로 거두어들임. 친국(親鞫) 임금이 중죄인을 몸소 신문하던 일. 배설(排設) 연회나 의식(儀式)에 쓰는 물건을 차려놓음. 군부(君父) 백성의 아버지와 같다는 뜻으로, 임금을 이르는 말. 삼족(三族) ①부모, 형제, 처자. ②부(父), 자(子), 손(孫). ③부계(父系), 모계(母系), 처계(妻系). 두우(斗牛) 이십팔수 가운데 두성과 우성을 아울러 이르는 말. 삼목지형(三木之刑) 죄인의 목에 칼을 씌우고, 손에 수갑을 채우고, 발에 차꼬를 채우던 형벌. 형문(刑問) 형장(刑杖)으로 죄인의 정강이를 때리던 형벌. 칠십지년(七十之年) 나이가 일흔에 이름. 위령(威令) 위엄이 있는 명령. 두리다 두려워하다.

형벌을 이기지 못하여 머리를 숙이고 말을 못하되 오직 박태보 정신이 씩 씩하고 말씀이 추상같아서 형벌이 몸에 임하여 피육(皮肉)이 산락(散落) 하되 조금도 두리지 아니하고 한결같이 주달하되 "군부(君父) 실덕하시 매 신자 간치 못하고 염참(艶讒)에 혹하사 무죄하신 국모를 폐하시니 이 는 천고에 없는 대변(大變)이요 풍속에 관계하온 일이오니 신이 비록 미 세(微細)하오나 국록을 먹고 조항(朝行)에 참례하였는지라, 군부 실덕하 사 만대에 누명을 들으실 줄 알며 어찌 간치 않으리이까. 복원(伏願) 성상 은 국모 참소한 자를 버히시고 망극하온 전교를 거두시면 종사의 복이요 생민의 만행(萬幸)이로소이다."

상이 더욱 노하사 용안을 높이 뜨시며 용상을 치시고 여성대매(厲聲大 罵) 왈 "조그마한 놈이 이대도록 간악하냐. 나로써 참소(讒訴) 듣는 혼군 (昏君)이라 하고 저는 직언하는 충신이라 하니 이런 대역부도의 놈을 이 만 형벌로 못할 것이니 압슬기구(壓膝器具)를 들이라"하시니, 태보(泰輔) 응성(應聲) 대(對)왈, "전하 신을 죽이시면 말려니와 인명이 있는 후에야 아비 실덕함을 아니 간하며, 어미 무죄하니 구하지 아니하오리이까."상 이 익노하사 압슬(壓膝)로 바아시고 능장(稜杖)으로 치시니, 좌우 차마 보지 못하고 피육이 떨어지며 골절(骨節)이 드러나 뛰는 피 용포(龍袍) 아

추상(秋霜)**같다** 호령 따위가 위엄이 있고 서슬이 푸르다.**피육**(皮肉) 가죽과 살.**산락**(散落) 흩어져 떨어짐.**염참**(艶讒) 여인네의 헐뜯음.**복원**(伏願) 웃어른에게 엎드려 공손히 원함.**버히다** 베다.**용상**(龍床) 임금이 정무를 볼 때 앉던 평상.**여성대매**(厲聲大罵) 성이 나서 큰 소리로 크게 꾸짖음.**혼군**(昏君) 사리에 어둡고 어리석은 임금.**대역부도**(大逆不道) 임금이나 나라에 큰 죄를 지어 도리에 크게 어긋남.**압슬**(壓膝) 조선시대에 죄인을 자백시키기 위해 행하던 고문. 죄인을 기둥에 묶어 사금파리를 깔아 놓은 자리에 무릎을 꿇게 하고 그 위에 압슬기나 무거운 돌을 얹어서 자백을 강요했음.**응성**(應聲) 소리를 듣고 말하길.**능장**(稜杖) 잡인들의 출입을 막기 위하여 대궐문에 서로 어긋맞게 지르는 둥근 나무.**좌우**(左右) 주위에 거느리고 있는 사람.**골절**(骨節) 뼈마디.**용포**(龍袍) 임금이 입던 정복. 곤룡포(袞龍袍).

래 떨어지되 안색이 씩씩하고 조금도 굴치 아니하니 날이 이미 저물었으되 복초(服招)를 받지 못하므로 친국을 파(罷)치 않으시고 앉아계시락 섰으락 하시며 꾸짖어 가라사대, "이는 간악한 독물(毒物)이라 빨리 화형(火刑)으로 단근하라" 하시니 정전(庭前)에 불을 밝히고 화형을 갖추어 단근하니 누린내 참천(參天)하고 검은 피 땅에 고이니 좌우 보는 자 낯을 가리고 눈물을 금치 못하며 좌우 시신(侍臣)이 일신을 안접(安接)지 못하여 엄동같이 떨되, 태보는 안연(晏然) 강직하니, 장하다 충신열사 백인(百人)의 모함을 고치리요. 일신이 다 오그라져 손과 발이 끝이 없으니, 상이 내려다보시고 착히 여기시나 종일종야(終日終夜) 근로(勤勞)하사 옥체 불안하신 고로 괴로이 여기사 승지를 명하여 가라사대, "네 가서 달래어 지만(遲晚)하게 하고 하옥하라" 하시니, 승지 봉명(奉命)하고 앞에 나아가 꾸짖어 왈, "무슨 일로 상의(上意)를 거슬러 저 모양이 되며 성상으로 하여금 경야(經夜)하여 옥체 잇브시게 하느뇨." 언미필(言未畢)에 태보 노목(怒目) 부릅뜨며 여성대질(厲聲大叱) 왈, "난신적자(亂臣賊子) 국록만 허비하고 인군을 어진 일로 돕지 아니하며 아유첨녕(阿諛諂佞)하여 무죄한 국모를 폐출(廢黜)하되 타연한 일로 알고 오히려 나를 꾸짖으니 이는 금수(禽獸)와 이적(夷狄)이라. 나는 죽어도 용봉(龍逢)·비간(比干)의 무리 되

복초(服招) 문초를 받고 순순히 죄상을 털어놓음. **정전**(庭前) 뜰의 앞. **참천**(參天) 하늘을 찌를 듯이 공중으로 높이 솟아서 늘어섬. **시신**(侍臣) 임금을 가까이에서 모시던 신하. **안접**(安接) 편안히 마음을 먹고 머물러 있음. **엄동**(嚴冬) 몹시 추운 겨울. **안연**(晏然) 편안하고 안정되어 있음. **지만**(遲晚) 예전에, 죄인이 자백해 복종할 때에 너무 오래 속여서 미안하다는 뜻으로 이르던 말. **봉명**(奉命) 명령을 받듦. **경야**(經夜) 밤을 지냄. **잇브다** 고단하다. **언미필**(言未畢) 하던 말이 채 끝나기 전. **노목**(怒目) 노기가 서린 눈. **여성대질**(厲聲大叱) 성이 나서 큰 소리로 크게 꾸짖음. **난신적자**(亂臣賊子) 나라를 어지럽히는 불충한 무리. **아유첨녕**(阿諛諂佞) 매우 아첨함. **폐출**(廢黜) 작위나 관직을 떼고 내침. **이적**(夷狄) 오랑캐. **용봉**(龍逢)·**비간**(比干) 용봉은 하나라 걸왕의 신하이고, 비간은 은나라 주왕의 신하인데, 둘 다 임금에게 충언을 올리다 목숨을 잃었음.

려니와 너희는 살아 있으매 국적(國賊)이요 죽으매 더러운 귀신 될 것이며 앙화 자손에 미치리라" 하니 승지 무참하여 말이 없이 물러나니, 상이 악착히 여겨 명하사, 하옥하고 명일로 갑산(甲山) 안치(安置)하라 하시며 추국(推鞫)을 철파(撤罷)하시니, 즉일 발행하여 일정(一亭)이 못 가서 중궁전 폐출하신 말씀을 듣고 실성장탄(失聲長歎)하며 장독(杖毒)과 화독(火毒)이 발하여 죽으니, 슬프다 자고이래로 충신열사 죽은 이도 많거니와 태보의 정충지절(精忠之節)은 용봉·비간 후 일인(一人)이라. 일시에 아름다운 이름이 세상에 가득하고 천추만세(千秋萬歲) 후에도 금석(金石)에 새겨 유전(遺傳)하리니 어찌 죽었다 하리요. (중략)

이튿날, 감찰과 상궁이 상명(上命)을 받자와 침전에 이르러 중궁 폐하는 전교를 아뢰니, 후가 천연히 일어나사 예복을 벗고 관잠(冠簪)을 끄르시며 중계(中階)에 내리오셔 전교를 듣잡고 즉시 대내(大內)를 떠나 본결으로 나오실새, 궁중이 다 통곡하여 곡성이 낭자한지라 상이 들으시고 대로하사 궁녀를 다 궁중에 부과(付過)하고 급히 하교하사 빨리 나시라 하니, 입(入) 아조(我朝)하여 일찍 이런 예절이 없는 고로 등대(等待)한 일이 없는지라 급히 본결에 기별하여 타실 것을 들이라 하시더니, 이때 궁녀 다 권세를 따르고 은총을 구하는지라 후의 형세 외로와 업수이 여기며 언

국적(國賊) 나라를 어지럽히는 역적. 또는 나라에 해를 끼치는 자. 무참(無慙) 매우 부끄러움. 갑산(甲山) 함경남도 북동부의 지명. 안치(安置) 조선시대에, 먼 곳에 보내 다른 곳으로 옮기지 못하게 주거를 제한하던 일. 또는 그런 형벌. 추국(推鞫) 조선시대에, 의금부에서 임금의 특명에 따라 중한 죄인을 신문하던 일. 철파(撤罷) 걷어치워 없앰. 실성장탄(失聲長歎) 말을 못하고 길게 한숨을 내쉼. 장독(杖毒) 장형(杖刑)으로 매를 심하게 맞아 생긴 상처의 독. 화독(火毒) 불의 독기(毒氣). 정충지절(精忠之節) 사사로운 감정 없이 순수하고 한결같은 충성을 바친 절개. 천추만세(千秋萬歲) 천만년의 긴 세월. 침전(寢殿) 왕이나 왕비의 침방(寢房)이 있는 전각. 관잠(冠簪) 관(冠)이 벗어지지 않도록 관의 끈을 꿰어 머리에 꽂는 비녀. 중계(中階) 집을 지을 때에, 기초가 되도록 한 층을 높게 쌓아올린 단. 대내(大內) 임금이 거처하는 궁전. 대전(大殿). 본결 비(妃)나 빈(嬪)의 친정. 부과(付過) 잘못이나 허물을 적어 둠. 입(入) 아조(我朝)하여 우리 왕조에 들어. 등대(等待) 미리 준비하고 기다림.

어 방자하고 행지(行止) 교만하여 조금도 존경하는 법이 없이 양양자득(揚揚自得)하나 후 지이부지(知而不知)하시고 좌우에 모신 궁녀 불승경분(不勝驚憤)하되 죄를 두려 감히 말을 못하고 구석구석이 머리를 마초아 체읍(涕泣)하며 설워할 따름이라. 한 궁녀 장씨의 가르침을 들었는 고로 앞에 나아와 옷을 뒤려 하거늘 후 문득 천연히 웃으사 옷을 풀어 뵈시며 쌍안(雙眼)으로 궁녀를 흘려보시니 맑은 광채 일광 같아서 사람의 오장(五臟)을 보는 듯 말씀을 아니하시나 기상의 엄정하심이 추상(秋霜)같으시니 궁녀 부끄럽고 송연(悚然)하여 고개를 숙이고 물러가니 좌우 더욱 어려이 여기더라. (중략)

후 안국동 본곁으로 나오시니 부부인(府夫人)이 마주나와 붙들고 통곡하시니, 후 부원군 옛 자취를 망극애통하시다가 이윽고 부부인께 고왈(告曰), "죄인의 몸으로 친족을 모셔 안연(晏然)히 못할 것이니 나가소서"권하시니 부인네 통곡하며 마지못하여 애오개로 다 나가신 후, 당일 명하사 내외문을 다 봉쇄하시고 본곁 비복(婢僕)을 일인도 두지 아니하시며 다만 궁녀만 두시고 정당(正堂)을 폐하고 하당(下堂)을 거처(居處)하시니 궁인은 다 본곁 궁인이요 삼인은 궐내 궁인으로 죽기를 무릅쓰고 나온지라 후 가라사대, "너희가 본디 금중시녀(禁中侍女)라 내 어찌 외람히 거느리리요, 들어가라"하신대, 삼인이 머리를 두드려 울며 아뢰되"천첩(賤妾) 등이 낭랑(娘娘)의 성은을 차생(此生)에 갚지 못하올지라 어찌 일시나 슬하

행지(行止) 행동거지. 양양자득(揚揚自得) 뜻을 이루어 뽐내며 꺼드럭거림. 지이부지(知而不知) 알면서도 모르는 체함. 불승경분(不勝驚憤) 분한 마음을 참지 못함. 체읍(涕泣) 눈물을 흘리며 슬피 욺. 뒤려 뒤지려. 송연(悚然) 두려워서 옹송그림. 부부인(府夫人) 조선시대에 왕비의 친정어머니나 대군(大君)의 아내에게 주던 작호(爵號). 비복(婢僕) 계집종과 사내종. 정당(正堂) ①한 구획 내에 지은 여러 채의 집 가운데 가장 주된 집채. ②몸채의 대청(大廳). 하당(下堂) 방이나 마루에서 뜰로 내려옴. 금중시녀(禁中侍女) 궁중의 시녀. 천첩(賤妾) 여자가 자기를 낮추어 이르는 말.

에 떠나오리이까. 낭랑을 좇아 죽으리소이다." 후 그 지성을 감동하사 버려두시니, 집은 크고 사람은 적어, 각 방이 다 비어 봉쇄하고 휘휘 고적하여 인적이 끊겼으니 금궐옥전(金闕玉殿)에서 범범한 일과 번화부귀(繁華富貴)를 보시다가 슬프고 한심함을 이기지 못하나 괴로운 줄을 생각지 아니하고 후를 지성으로 모시고 슬퍼 매양 서로 대하여 탄읍(歎泣)하다가도 후 천연 정숙하심을 보고 감히 슬픔을 뵈지 못하더라. (하략)

이 글을 읽은 후엔 무엇보다 먼저 그 살뜰한 사무침을 느끼지 않을 수 없다. 두 가지가 다 궁정의 문장인 것은 우연이지만, 그 품위 있고 예스러운 운치가 여간 향기롭지 않다. 정(情)에 자세하고 찬찬하다. 효과적으로 과장하지 못하고 약간 개념에 흐른 것은 오히려 야박과 극성스러움을 피한 고전의 특색이라 할 수 있다.

인목왕후(仁穆王后)의 전교

글월 보고도 둔 것은 그 방이 어둡고 (너 역질하던 방) 날도 음(陰)하니 일광이 돌아지거든 내 친히 보고 자세 기별호마. 대강 용약(用藥)할 일이 있어도 의관의녀(醫官醫女)를 대령하려 하노라 분별 말라. 자연 아니 조히 하랴.

하인을 뜰아래 불러 세워놓고 아무 종이쪽에고 총총히 적어내린

낭랑(娘娘) 왕비나 귀족의 아내를 높여 이르는 말. **차생**(此生) 이승. **금궐옥전**(金闕玉殿) 금과 옥으로 꾸민 아름다운 궁궐. **탄읍**(歎泣) 탄식하며 욺. **역질**(疫疾) 천연두. **용약**(用藥) 약을 씀.

글일 것이다. 그러나 만 가지에서 하나를 골라 뽑은 듯 정묘하고 빛
깔이 고와 적은 말로도 정을 느낄 수 있고, 소식 또한 지극함이 있지
않은가!

제문

……어미가 기잉속설(忌孕俗說)을 듣고 유모(乳母)에게 부탁하야 강보
에 안아 다른 집에 나아가 기르니 어미가 아비 남서군현(南西郡縣)에 좇
으매 소손(小孫)이 상(床)을 붙들고 말을 배우매 오히려 어미집을 알지 못
하고 다만 보니 반란(斑爛)하고 현채(絢彩)한 옷과 병이(餠餌)와 조율(棗
栗)을 때때 보내와 나를 입히고 나를 먹이고 조습(燥濕)과 기포(飢飽)에
종[奴]이 자주 와서 묻고 유모가 때때로 새 옷을 입히고 맛있는 것을 먹
이며 나더러 자랑하며 보여 가로되, 네 조모(祖母)의 주신 바라 하니 소손
이 무슨 말인지 알지를 못하였더니 그 후 생각하니 이게 다 우리 조모의
은근하신 일념(一念)이 자모(慈母) 같으심이라 및 칠세(七歲)에 비로소 집
에 돌아오니 조모 상해 무릎에 두시고 담발을 어루만지시고 분감함이 하
사 고이 하시기를 특별히 다르게 하사 해를 연하여 조모 백부(伯父)의 심
도(沁島, 강화도) 완영(完營, 전주) 임소(任所)와 및 가군(家君)의 배천(白
川) 서흥(瑞興) 관아(官衙)에 가시는 데 따라 매양 조모 곁에 유희(遊戲)하

기잉속설(忌孕俗說) 아이를 가졌을 때 금해야 할 것들에 관한 속설. 강보(襁褓) 포대기 소손(小孫) 손
자가 조부모 앞에서 자기를 이르는 말. 반란(斑爛)하고 현채(絢彩)한 여러 빛깔이 섞여서 아름답고 무
늬가 있는. 병이(餠餌) 떡. 조율(棗栗) 대추와 밤. 조습(燥濕) 바싹 마름과 축축이 젖음. 기포(飢飽) 굶주
림과 배부름. 자모(慈母) 자식에 대한 사랑이 깊다는 뜻으로 어머니를 이르는 말. 분감(分甘) 단맛을 나
눈다는 뜻으로, 널리 사랑을 베풂을 이르는 말. 고이 귀엽게. 임소(任所) 지방 관원이 근무하는 곳. 가군
(家君) 아버지를 가리키는 듯.

야 개열(慨悅)하신 낯을 우러러 얼삽고 금춘(今春) 회갑(回甲) 연석에 모든 자손이 수놓은 자리와 구술 찬 앞에 칭상축수(稱祥祝壽)하오매 소손도 또한 받들어드리고 절하니 조모 보시고 웃으시더니 겨우 수월(數月) 만에 우리 조모 영연(靈筵)에 어찌 울 줄을 뜻하였사오리까 소손으로 하여금 좀 자라 관례(冠禮)하고 장가드는 예를 행하더라도 어찌 가히 다시 즐김을 이바지하고 경사를 고함을 언사오리까 생각하오매 실성장호(失性長號)할 따름이로소이다. 인불이 장차 왕리조역지내로 향하옵시니 이후 시절에 가 성묘하와 거이 종신추모(終身追慕)하옵는 정성을 붙이오리까 애의통재(哀矣慟哉)라 유아(唯我) 조모(祖母)는 흠향(歆饗)하옵소서.

언제 누가 썼는지 알려진 바 없고 첫머리도 없어진 제문(祭文)이다. 이화여자전문학교 박물실에 소장된 것으로 손자가 할머니의 죽음을 조상(弔喪)한 글이다. 이 아이는 낳은 어머니가 기르면 해로우리란 속설이 있어 포대기에 싸인 채 유모에게로 갔고, 어머님은 관리인 아버님의 부임지로 따라가게 되니 크면서도 할머니 밑에만 있었다. 할머니의 사랑이 극진하였음을 무릎에 앉히시던 것을 들어 머리를 어루만지시던 것, 큰아버님과 아버님의 부임지로 친히 이끌고 다니시던 것, 빠짐없이 이야기했지만 넋두리처럼 호들갑스럽지 않다.

개열(慨悅) 슬픔과 즐거움. 연석(宴席) 잔치를 베푸는 자리. 칭상축수(稱祥祝壽) 복을 빎. 영연(靈筵) 죽은 사람의 영궤(靈几)와 그에 딸린 모든 것을 차려놓는 곳. 관례(冠禮) 예전에, 남자가 성년에 이르면 어른이 된다는 의미로 상투를 틀고 갓을 쓰게 하던 예식. 실성장호(失性長號) 정신을 잃고 길게 한탄함. 애의통재(哀矣慟哉)라 슬프구나. 흠향(歆饗) 신명(神明)이 제물을 받아서 먹음. 조상(弔喪) 죽음을 슬퍼하여 상주를 위문함.

효심 지극한 사정이 옛글다운 운치가 있다.

제침문(祭針文)

유세차(維歲次) 모년 모월 모일에 미망인 모씨(某氏)는 두어 자 글로써
침자(針子)에게 고하노니, 인간 부녀의 손 가운데 종요로운 것 바늘이로
되, 세상 사람이 귀히 아니 여기는 것은 도처에 흔한 바이로다. 이 바늘은
한낱 작은 물건이나, 이렇듯이 슬퍼함은 나의 정회 남과 다름이라.
　오호통재(嗚呼慟哉)라. 불쌍하고 불쌍하다. 너를 얻어 손 가운데 지닌
지 우금(于今) 27년이라 어이 인정이 그렇지 아니하리오.
　애재(哀哉)라.
　눈물을 잠깐 걷고 심신을 겨우 진정하여, 너의 행장(行狀)과 나의 회포
를 총총히 적어 영결하노라.
　연전에 우리 시삼촌께옵서 동지사(冬至使) 낙점(落點)을 무르와 북경
을 다녀오신 후에 바늘 여러 쌈을 주시거늘, 친정과 원근 일가에게 보내
고, 비복(婢僕)들도 쌈쌈이 낱낱이 나눠 쓰고, 그중에 너를 택하여 손에
익히고 익히어, 지금까지 해로하였더니 애재라, 연분이 비상하야 바늘
을 무수히 잃고 부러뜨려 버렸으되, 오직 너 하나를 영구히 보전하니, 비
록 무심한 물건이나 어찌 사랑스럽고 미혹지 아니하리오. 아깝고 불쌍하

유세차(維歲次) '이해의 차례는'이라는 뜻으로, 제문(祭文) 첫머리에 관용적으로 쓰는 말. 침자(針子)
바늘. 종요롭다 없어서는 안 될 정도로 매우 긴요하다. 오호통재(嗚呼慟哉)라 아, 비통하다. 우금(于今)
지금에 이르기까지. 애재(哀哉)라 슬프도다. 행장(行狀) 죽은 사람이 평생 살아온 일을 적은 글. 연전
(年前) 몇 해 전. 시삼촌(媤三寸) 남편의 삼촌. 동지사(冬至使) 조선시대에, 해마다 동짓달에 중국으로
보내던 사신. 낙점(落點) 조선시대에, 2품 이상의 벼슬아치를 뽑을 때 임금이 이조에서 추천한 세 후보
자 가운데 마땅한 사람의 이름 위에 점을 찍던 일. 무르와 입어. 받아. 여기선 '동지사로 임명되어'의 뜻.

며 섭섭하도다. 나의 신세 박명하여, 슬하에 한 자녀 없고, 인명이 흉완(匈頑)하여 일찍 죽지 못하고, 가산이 빈궁하야 침선(針線)에 마음을 붙여 저것으로 시름을 잊고 생애를 도움이 적지 아니하더니, 오늘날 영결하니 오호통재라. 이는 귀신이 시기하고 하늘이 미워하심이로다.

아깝다 바늘이여. 어여쁘다 바늘이여. 네 미묘한 품질과 특별한 재질을 가졌으니 물중(物中)의 영물(靈物)이요 철중(鐵中)의 쟁쟁(錚錚)이라, 민첩하고 날래기는 백대(百代)의 협객이요, 굳세고 곧기는 만고의 충절이라 추호 같은 부리는 말하려는 듯하고, 두렷한 귀는 소리 듣는 듯하는지라. 능라와 비단에 난봉공작(鸞鳳孔雀)을 수놓을 제, 그 민첩하고 신기함은 귀신이 돕는 듯하니, 어찌 인력이 미칠 바리오. 오호통재라. 자식이 귀하나 손에 놓을 때도 있고, 비복이 순하나 명을 거스를 때도 있나니 너의 미묘한 기질이 나의 전후(前後)에 수응(酬應)함을 생각하면 자식보다 낫고 비복보다 나은지라. 천은(天銀)으로 집을 하고, 오색(五色)으로 파란(波瀾)을 놓아, 겉고름에 채었으니 부녀의 노리개라, 밥 먹을 적 만져보고 잠잘 적 만져보고, 더불어 너와 벗이 되어, 하지일(夏至日)과 동지야(冬至夜)에 등잔을 상대하여 누비며 호며 감치며 박으며 공그를 때에, 겹실을 꾀었으니 봉미(鳳尾)를 두르는 듯 땀땀이 떠갈 적에 수미(首尾)가 상응하고

미혹(迷惑) 무엇에 홀려 정신을 차리지 못함. **흉완**(匈頑) 흉악하고 고집이 셈. **쟁쟁**(錚錚) 뛰어난 모양. **백대**(百代) 오랫동안 이어 내려오는 여러 세대. **추호**(秋毫) 가을에 짐승의 털이 아주 가늘다는 뜻으로, 아주 적거나 조금인 것을 비유적으로 이르는 말. **두렷하다** 흐리지 않고 아주 분명하다. **능라**(綾羅) 두꺼운 비단과 얇은 비단. **난봉공작**(鸞鳳孔雀) 난조와 봉황과 공작. **수응**(酬應) 요구에 응함. **천은**(天銀) 품질이 가장 뛰어난 은. 순도가 100%인 것을 이름. **파란**(波瀾) 광물을 원료로 해서 만든 유약(釉藥), 법랑(琺瑯). **겉고름** 겉옷고름. **호다** 헝겊을 겹쳐 바늘땀을 성기게 꿰매다. **감치다** 바느질감의 가장자리나 솔기를 실올이 풀리지 않게 용수철이 감긴 모양으로 감아 꿰매다. **공그르다** 헝겊의 시접을 접어 맞대어 바늘을 양쪽의 접힌 시접 속으로 번갈아 넣어가며 실 땀이 겉으로 드러나지 않게 속으로 떠서 꿰매다. **봉미**(鳳尾) 봉황의 꼬리.

솔솔이 붙여내매 조화가 무궁하다.

인생 백년 동거하려더니, 오호통재라 바늘이여. 금년 시월 초열흘 술시(戌時)에 희미한 등잔 아래서 관대(冠帶) 깃을 달다가 무심중간에 자끈동 부러지니, 깜짝 놀라워라, 아야아야 바늘이여, 두 동강이 났구나. 정신이 아뜩하고 두골(頭骨)이 깨지는 듯하매, 이윽도록 기색혼절(氣塞昏絶)하였다가 겨우 정신을 차려 만져보고 이어본들, 속절없고 하릴없다. 편작(扁鵲)의 신술(神術)로도 장생불사(長生不死) 못하였네. 동네 장인(匠人)에게 때인들, 어찌 능히 때일손가. 한 팔을 떼어낸 듯, 한 다리를 베어낸 듯, 아깝다 바늘이여. 가슴을 만져보니 꽂히었던 자리 없네. 오호통재라, 내 삼가지 못한 탓이로다.

무죄한 너를 만치니, 백인(伯仁)이 유아이사(由我而死)라, 누구를 한(恨)하며 누구를 원(怨)하리요, 능란한 성품과 공교한 재질을 나의 힘으로 어찌 다시 바라리요. 절묘한 의형(儀形)은 눈 속에 삼삼하고 특별한 품재(品才)는 심회(心懷)가 삭막하다. 비록 물건이나 무심치 아니하여 후세에 다시 만나 평생 동거지정(同居之情)을 다시 이어 백년고락과 생사를 한가지로 하기 바라노라. 오호통재라 바늘이여.

조선 순조 때 유씨부인(兪氏夫人)이 지은 글이다. 바늘 귀하던 시

술시(戌時) 12시의 열한째 시. 오후 일곱 시부터 아홉 시까지. 관대(冠帶) 옛날 벼슬아치들의 공복(公服). 관디. 기색혼절(氣塞昏絶) 숨이 막혀 까무러침. 편작(扁鵲) 중국 전국시대의 명의(名醫). 장인(匠人) 손으로 물건을 만드는 일을 업으로 하는 사람. 여기선 대장장이를 말함. 백인(伯仁)이 유아이사(由我而死)라 '백인이 나 때문에 죽었구나'란 뜻. 중국 진(晉)나라의 백인(伯仁)이 친구 왕도(王導)를 변호하는 글을 써 그를 구했으나, 정작 그 글 때문에 백인이 위험했을 땐 왕도가 그것을 모르고 구하지 않다가 나중에 백인이 죽은 뒤 그것을 두고 슬퍼하며 한 말. 공교(工巧) 솜씨 따위가 재치 있고 교묘함. 의형(儀形) 몸을 가지는 태도. 또는 차린 모습. 품재(品才) 성품과 재질을 아울러 이르는 말. 심회(心懷) 마음속에 품고 있는 생각이나 느낌.

대라 27년이나 쓰던 바늘이 부러졌으니 이만큼 애절한 술회도 있을 법하다. 식사문(式辭文)다운 낭독조를 가졌다. 이런 어리숙하고 여유 있는 맛도 고전만이 가진, 천하지 않은 특권이다.

글이나 사람이나 나이가 들어선 마찬가지다. 오랜 세대를 겪어온 글은 노인과 같아 불안스럽지가 않다. 위태로운 것이었으면 이미 제 당대에서 없어진 지 오래였을 것이다. 여태껏 여러 사람들이 값진 그릇처럼 떠받들어온 글이면, 역시 값진 그릇임엔 틀림없다. 먼저 안심하고 읽을 수 있어 좋다.

옛글은 정이 후해 좋다. 신경쇠약을 모르던 시대라 너그럽고 온후하고 또 수공업시대라 정신적 생산도 다소 거칠면서도 돈독하고 순수한 품(品)이 순박한 백성, 좋은 풍속의 어질고 넉넉한 마음씨가 그냥 풍긴다.

고전은 아득해서 좋다. 시간으로 아득함은 공간으로 아득함보다 오히려 이국적이요 신비롭다. 옛 거울이 신령을 비추는〔古鏡照神〕 그윽한 경지는 오래된 탑에 낀 푸릇한 이끼처럼, 세월이라는, 자연이 얹어주고 가는 가치다. 창연함! 오래오래 우려야 나오는 마른 버섯 같은 향기! 이것은 아무리 명문(名文)이라도 하루아침에 꾸며 만들어낼 수 없는, 고전만이 두를 수 있는 일종의 후광인 것이다.

2. 문장의 현대

'현대' 문장의 화두(話頭)라고 한다면 먼저 언문일치 문장이다.

그 좋은 내간체는 규방에서나 통용할 것으로 돌려놔지고, 소리 곡조인 이야기책 문장은 광대나 머슴꾼들에 물려주었다. 오직 한문에서 벗어나려는 고민만으로,

산수(山水)의 승(勝)은 마땅히 강원(江原)의 영동(嶺東)으로써 제일을 삼을지니라. 고성(高城)의 삼일포(三日浦)는 청묘(淸妙)한 중 농려(濃麗)하고 유한(幽閒)한 중에 개랑(開朗)하야 숙녀의 구장(覯粧)한 것처럼 애(愛)할 만하고 경(敬)할 만하며……

— 이중환의 순 한문 『택리지』에 토를 단 것

이런 반(半)번역운동과 한글연구가들의

길이 없기어든 가지야 못하리요마는, 그 말미암을 땅이 어데며 본이 없기어든 말이야 못하리요마는, 그 말미암을 바가 무엇이뇨.

— 김두봉의 『말본』에서

식의 언어정화운동이 합세되자 이 속에서 탄생하여 현대문장의 큰

승(勝) 뛰어남. **영동**(嶺東) 강원도에서 대관령 동쪽에 있는 지역을 이르는 말. **청묘**(淸妙) 맑고 아름다우면서 기묘함. **농려**(濃麗) 짙고 아름다움. **유한**(幽閒) 조용하고 그윽함. **개랑**(開朗) 탁 트여 환함. **구장**(覯粧) 단장.

길을 열어놓은 것이 언문일치의 문장이다. 육당(六堂)이 『소년(少年)』지와 『청춘(靑春)』지에서

> 이 이약은 차차 맛있는 대로 들어가나니 걸리버가 이 거인국에서 무삼 영특한 일을 당하였난디 그 자미(滋味)는 이 다음에 또 보시오.
> ──『소년』창간호에 실린「거인국 표류기」1회분 끝에 붙은 편집자의 말

이렇게 대담하게 시험한 언문일치 문장을 동인(東仁)은 단편에서, 춘원(春園)은『무정(無情)』이후 가장 통속성 있는 장편들에서

> 봄의 황혼은 유난히도 짜르고 또 어둡다. 해가 시루봉 우에 반쯤 허리를 걸친 때부터 벌써 땅은 어두워진다. 마치 촉촉한 봄의 흙에서 어두움이 솟아오르는 듯하였다.　　　　── 이광수의『흙』에서

이렇게 완성해버린 것이다. 춘원에 와 완성된 언문일치 문장이 곧 현대성의 현대문장이란 것은 아니다. 다만 현대성을 띠려 고민하는 모든 신문장들이 이 언문일치 문장을 모체(母體)로 하고 각양각종으로 분화작용을 일으키는 것만은 사실이라 하겠다.

　언문일치의 문장은 틀림없이 모체문장, 기초문장이다. 민중의 문장이다. 앞으로 어떤 새 문체가 나타나든, 다 이 밭에서 피는 꽃일 것이다.

자미(滋味) 재미. **짜르다** 짧다.

거듭 말하지만 언문일치 문장은 민중의 문장이다. 개인의 문장, 즉 스타일은 아니다. 개성의 문장일 수는 없다. 앞으로 언문일치 그대로는 예술가의 문장이기 어려울 것이다. 이것은 언문일치 문장을 헐어 말함도 아니요 또 그것의 불명예도 결코 아니다. 언문일치 문장은 영원히 광대한 권역(圈域)에서 민중과 더불어 생활할 것이다.

여기에 문장의 '현대'가 탄생되는 것이다. 언문일치 문장의 완성자 춘원으로도 언문일치의 권태를 느낀 지 오래지 않나 생각한다. 이 권태문장에서 해탈하려는 노력, 이상(李箱) 같은 이는 감각 쪽으로, 정지용(鄭芝溶) 같은 이는 내간체(內簡體)에의 향수를 못 이겨 신고전적으로, 박태원(朴泰遠) 같은 이는 어투를 달리해, 이효석(李孝石), 김기림(金起林) 같은 이는 모더니즘 쪽으로 가장 뚜렷하게 자기 문장들을 개척하고 있는 것이다.

조선의 개인문장, 예술문장의 꽃밭은 아직 내일에 속한다.

3. 언문일치 문장의 문제

말이 여기까지 미친 김에 어느 정도 독단일지는 모르나 언문일치 문장에 대한 견해를 분명히 해보고 싶다.

'말을 문자로 기록한 것'이 문장이라 했다. 물론이다. 그러나 언문일치의 문장일 따름이다. 한 걸음 나아가, '말 그대로를 문자로 기록한 것'은 문장이 아닐 수도 있는 것이다. '말 그대로 문자'가 일반적으로는 '문장'일 수 있으나 '말 그대로 문자'가 문학, 더욱이 문예에

선 '문장'일 수 없다는 말이 '현대'에선 성립되는 것이다.

말을 그대로 적은 것, 말하듯 쓴 것, 그것은 언어의 녹음(錄音)이다. 문장은 문장이기 때문인 것이 따로 필요한 것이다. 언어형태가 아니라 문장 자체의 형태가 문장 자체로 필요한 것이다. 언어미(言語美)는 사람의 입에서요, 글에서는 문장미가 요구될 것은 당연하다. 말을 뽑으면 아무것도 남는 것이 없다면 그것은 문장의 허무다. 말을 뽑아내어도 문장이기 때문에 맛있는, 아름다운, 매력 있는 무슨 요소가 남아야 문장으로서의 본질, 문장으로서의 생명, 문장으로서의 발달이 아닐까? 현대, 또는 장래 문장의 이상(理想)은 이곳에 있지 않을까 생각한다.

언문일치는 실용정신이다. 일상의 생활이다. 연기(演技)는 아니다. 평범한 것이요, 피상적인 것이요, 개념적인 것이다. 일일이 예리하려, 심각하려, 고도의 효과로 비약하려 하지 못한다.

예술가의 문장은 일상의 생활기구(器具)는 아니다. 창조하는 도구다. 언어가 미치지 못하는 대상의 핵심을 집어내고야 말려는 항시 교교불군(矯矯不群)하는 야심자다. 어찌 언어의 부속물로, 생활의 기구로 만족할 것인가!

그러나 누구나 먼저는 언문일치 문장에 입학해야 한다. 그리고 문예가가 되려면 이 언문일치 문장을 완전히 소화하고 나서야 할 것이다.

교교불군(矯矯不群) 홀로 빼어남.

부록

- 인명 해설
- 인용문 색인

인명 해설

가 도(賈　島) 779-843 중국 당(唐)나라 말기의 시인. 하북(河北) 출생. 출가
(出家)했으나 한유(韓愈)를 만나 환속. 지방 하급관리로 일생을 마
침. 이른바 퇴고(推敲)의 고사(故事)를 낳음.『장강집(長江集)』10권이
있음.

강경애(姜敬愛) 1907-1943 소설가. 황해도 장연 출생. 1931년 잡지『혜성(彗
星)』에 장편『어머니와 딸』을 발표하며 문단에 나옴. 1932년 간도로 이
주. 단편「지하촌」「해고」「원고료 이백 원」「어둠」, 중편「소금」등 발
표. 동아일보에 장편『인간문제』연재.

길가재(吉賈再) 1353-1419 고려 말의 학자. 삼은(三隱)의 한 사람. 호는 야은(冶
隱) 또는 금오산인(金烏山人). 이색, 정몽주, 권근 등에게 성리학을 배
움. 성균관 박사를 지냄. 조선왕조에서 벼슬하기를 거부하고 후학 교육
에 전념. 문집으로『야은집(冶隱集)』이 있고,「회고가(懷古歌)」라는 시
조 한 수가『청구영언(靑丘永言)』에 전함.

김기림(金起林) 1908-? 시인. 비평가. 호는 편석촌(片石村). 함북 학성 출생.
일본 니혼대학(日本大學) 문학예술과를 거쳐 토오호꾸 제대(東北帝
大) 영문과 졸업. '9인회'회원으로 활동. 조선일보 학예부 기자 역임.
6·25 당시 납북. 시집『기상도(氣象圖)』『바다와 나비』『새노래』, 수필
집『바다와 육체』, 저서로『문학개론』『시론』『시의 이해』등이 있음.

김기진(金基鎭) 1903-1985 평론가. 소설가. 호는 팔봉(八峰). 충북 청원 출생.
일본 릿꾜오대학(立敎大學) 영문학부 중퇴. 신극운동단체 '토월회(土
月會)'조직.『백조(白潮)』동인으로 활동. 신경향파운동의 선도자로
프로문학운동을 전개. 박영희와 프로문학이론 논쟁을 벌임. 매일신보,
시대일보, 조선일보 기자로 활동. 독립기금 반입으로 체포되어 투옥.
6·25 당시 인민재판에서 사형선고 받음. 경향신문 주필 역임. 단편「붉
은 쥐」, 평론「클라르테운동의 세계화」등이 있음.

김동인(金東仁) 1900-1951 소설가. 호는 금동(琴童). 평양 출생. 일본 메이지(明治)학원 중학부를 거쳐 와바따화숙(川端畵塾)에서 수업. 주요한, 전영택, 김환 등과 우리나라 최초의 순문예동인지『창조(創造)』발간. 신문학사상 본격문학의 선구적인 소설가로서 주로 예술지상주의적 경향을 띰. 단편「배따라기」「감자」, 장편역사소설『운현궁의 봄』『대수양』, 평론에「조선근대소설고」「춘원 연구」등이 있음.

김두봉(金枓奉) 1890-? 국어학자. 경남 동래 출생. 주시경의 제자로 교육계에 종사. 한글학자. 3·1운동 때 상해로 망명, 임시정부에 참여. 1940년 연안에 가 독립동맹에 가담, 주석을 지냄. 해방 후 북로당에서 활동. 저서로는『깁더 조선말본』이 있음.

김상용(金尙鎔) 1902-1951 시인. 호는 월파(月坡). 경기도 연천 출생. 보성고보, 일본 릿쿄오대학(立敎大學) 졸업. 이화여전 교수, 강원도 지사, 공보처 고문,『코리아 타임스』사장 등을 역임. 시집『망향(望鄕)』이 있음.

김성탄(金聖歎) ?-1661 비평가. 이름은 인서(人瑞), 성탄(聖歎)은 자(字). 중국 청나라 시대 강소성(江蘇省) 소주(蘇州) 사람. 재기 있고 활달한 성격으로 전통에 구애됨이 없이 비평. 대개 분방한 인상(印象)비평이긴 하나 인물의 성격과 작품구성을 논하면서 자신의 인생관을 드러냈고, 사회비평도 했음. 중국 근대 문예평론가의 효시.

김소월(金素月) 1902-1934 시인. 본명은 정식(廷湜), 소월은 호. 평북 구성 출생. 오산중학에 입학, 스승 김억(金億)의 영향으로 시를 쓰기 시작. 김억의 주선으로「진달래꽃」등을『개벽』에 발표. 문예지『영대(靈臺)』동인. 동아일보 지국을 경영했으며, 갖가지 사업에 실패, 음독 자살. 전통적인 민중정서에 기반을 둔 민요풍의 작품을 노래. 시집『진달래꽃』이 있음.

김 억(金 億) 1893-? 시인. 호는 안서(岸曙). 평북 정주 출생. 오산학교를 거쳐 일본 케이오의숙(慶應義塾) 문과 중퇴. 오산중학 교원, 평양 숭덕학교 교원, 동아일보 기자, 경성중앙방송국 차장 등을 역임. 프랑스 상징주의 시운동을 주로 소개. 6·25 때 납북. 시집『해파리의 노래』『안서시집』, 번역시집『오뇌의 무도』등이 있음.

김용준(金瑢俊) 1904-1967 화가. 미술평론가. 경북 선산 출생. 호는 근원(近園). 서울대 미대 교수 역임. 『문장』『학풍』에 평론과 수필 발표.

김유정(金裕貞) 1908-1937 소설가. 춘천 출생. 연희전문 문과 중퇴. 계몽적 이상주의나 피상적인 농민문학이 아닌, 당시의 농촌과 서민·농민의 현실과 애환을 심도 있게 그린 작품을 발표함. 작품집『동백꽃』을 비롯, 단편「봄 봄」「형(兄)」「두꺼비」「정조」「산골 나그네」「땡볕」「소낙비」등 30여 편을 남김.

김진섭(金晉燮) 1903-? 수필가. 독문학자. 호는 청천(聽川). 전남 목포 출생. 호오세이대학(法政大學) 독문학과 졸업. 손우성, 정인섭, 이하윤 등과 '해외문학연구회'를 조직하여『해외문학』창간. 윤백남, 홍해성, 유치진 등과 '극예술연구회' 조직. 6·25 당시 납북. 수필집『인생예찬(人生禮讚)』『생활인의 철학』, 유작평론집『청천수필 평론집』등이 있음.

김황원(金黃元) 1045-1117 고려의 문신. 시인. 자는 천민(天民). 일찍이 문과에 급제하고 고시(古詩)에 이름을 날려 해동(海東) 제1인자라 일컬어짐. 예종 때 중서사인(中書舍人)으로 요나라에 가는 길에 대기근인 북부지방에서 주군(州郡)의 창고를 열어 백성을 구했음. 예부시랑, 한림학사, 첨서추밀원사를 역임. 문장에 있어서 정지상(鄭知常) 이전의 최고라는 평을 받고 있음.

나도향(羅稻香) 1902-1926 소설가. 본명은 경손(慶孫), 호는 도향, 필명은 빈(彬). 서울 출생. 배재학당 졸업. 경성의전 중퇴. 장편『환희(幻戱)』를 동아일보에 연재. 홍사용, 현진건, 이상화, 박종화 등과 문예동인지『백조(白潮)』발간. 단편「뽕」「물레방아」「벙어리 삼룡이」등에서 사실주의적 작품 경향을 보임.

모윤숙(毛允淑) 1910-1990 시인. 호는 영운(嶺雲). 함남 원산 출생. 이화여전 영문과 졸업. 배화여고 교사,『삼천리(三千里)』지 기자, 방송국원 등으로 일했고, 한국문인협회 부이사장, 예술원 회원, 제8대 국회의원 등을 역임. 산문집『렌의 애가』『내가 본 세상』, 시집『빛나는 지역』『풍랑』『포도원』등이 있음.

문일평(文一平) 1888-1939 언론인. 사학자. 호는 호암(湖巖). 평북 의주 출생.

일본 와세다대학 정치학부 중퇴. 중동·중앙·배재·송도 중학에서 교편을 잡았고, 중외일보(中外日報) 기자, 조선일보 편집고문 역임. 국사 연구에 정진하여 많은 논문을 발표함. 저서로『호암전집』『조선사화(朝鮮史話)』가 있음.

민태원(閔泰瑗) 1894-1935 소설가. 번역문학가. 언론인. 충남 서산 출생. 일본 와세다대학 정경과 졸업. 동아일보 사회부장, 조선일보, 중외일보 편집국장을 역임. 빅또르 위고의『레 미제라블』을『애사(哀史)』란 제목으로, 엑또르 말로의『집 없는 아이』를『부평초』로 번안함.『무쇠탈』『서유기』등의 번안소설과 저서로『갑신정변과 김옥균』이 있고, 단편「어느 소녀」등을 발표.

박영희(朴英熙) 1901-? 시인. 소설가. 호는 회월(懷月). 서울 출생. 배재고보, 토오꾜오 세이소꾸 영어학교(正則英語學校)에서 수학.『장미촌』『신청년』『백조』동인으로 활약, 탐미적 낭만주의 시 발표. 1925년『개벽』지에「사냥개」를 발표하면서 신경향파운동을 선도함. 김기진 등과 KAPF 조직. '신간회' 결성에 참가. 6·25 당시 납북. 시집『회월시초』와「문예비평론」「투쟁기에 있는 문예비평가의 태도」등 프로문학에 관한 많은 평론이 있음.

박종화(朴鍾和) 1901-1981 시인. 소설가. 호는 월탄(月灘). 서울 출생. 한학수업을 받고 휘문의숙(徽文義塾) 졸업. 문학동인지『문우(文友)』를 발간하면서 문학수업.『백조(白潮)』동인. 서울신문 사장, 동국대·연세대·서울대 강사, 성균관대 교수 역임. 예술원 회장, 한국문인협회 이사장 등 지냄. 시집『흑방비곡(黑房비曲)』, 역사소설『금삼의 피』『다정불심(多情佛心)』『임진왜란』등이 있음.

박태원(朴泰遠) 1909-1986 소설가. 호는 구보(仇甫). 서울 출생. 일본 호오세이대학(法政大學) 중퇴. 이태준, 이효석, 이무영 등과 '9인회'를 조직하여 예술파적 소설을 지향. 시정적(市井的) 소시민 사회의 현실을 자연주의적 시선으로 묘사. 6·25 때 월북. 단편집『소설가 구보씨의 일일』, 장편『천변풍경(川邊風景)』등이 있음.

방정환(方定煥) 1899-1931 아동문학가. 호는 소파(小波). 서울 출생. 보성전문,

토오요오대학(東洋大學)에서 수학. '색동회' '소년연합회'를 조직, 소년운동을 전개하여 한국 아동운동사에 큰 업적을 남김.「형제별」「가을밤」 등의 동시와『마음의 꽃』『이상한 샘물』 등의 번안작품이 있음. 사후『소파전집』『방정환 아동문학 독본』『소파아동문학전집』 등이 발간됨.

백　철(白　鐵) 1908-1985 평론가. 본명은 세철(世哲). 평북 의주 출생. KAPF의 중앙위원으로「인간묘사시대」를 발표, 프롤레타리아 문학의 도식적 측면을 비평. 카프 검거사건에 연루되어, 수감됨. 해방 후 교육계에 투신, 서울여자사대·동국대·서울대·중앙대 등에서 강의. 유일한 중편소설「전망」을 비롯,『조선신문학사조사』『문학개론』『한국문학이론』 등의 주요 저서가 있음.

변영로(卞榮魯) 1897-1961 시인. 영문학자. 호는 수주(樹州). 서울 출생. 캘리포니아주 산호세대학 졸업. 이화여전 교수, 동아일보사 재직. 해방 후 해군사관학교 교관, 대한공론사 이사장, 국제펜클럽 한국본부 초대위원장 역임. 술과 해학과 민족애, 저항으로 일관. 저서로 시집『조선의 마음』외에『수주수상록』 등이 있음.

신　위(申　緯) 1769-1845 조선시대 문관. 시인. 호는 자하(紫霞). 시(詩)·서(書)·화(畵)로 이름이 높았고, 벼슬은 이조참판에 이름. 저서에『경수당전고(警修堂全藁)』『동인론시절구삼십오수(東人論詩絶句三十五首)』가 있으며,『대동풍아(大東風雅)』에 시조 한 수가 전함.

안재홍(安在鴻) 1891-1965 정치가. 독립운동가. 호는 민세(民世). 경기도 평택 출생. 와세다대학 정경과 졸업. '동제사(同濟社)' 가입, 3·1운동 지휘, 국산품 장려운동, 신간회 총무, 임시정부와의 공작, 조선어학회 사건 등의 항일 독립운동으로 수차례 투옥됨. 조선일보사, 한성일보사 사장 역임. 해방 후 정치활동을 하였고, 6·25 때 납북되어 평양에서 사망. 저서로『한민족의 기본진로』 등이 있음.

안회남(安懷南) 1909-? 소설가. 평론가. 본명은 필승(必承). 서울 출생. 휘문고보 졸업.『개벽』지 사원으로 입사 후 약 10여 년간 창작생활에만 몰두. 해방 후 조선문학가동맹에서 활동하다 월북. 소설집『안회남 단편집』

『대지는 부른다』『불』『전원』『봄이 오면』, 평론「문예평론의 계급적 입장 문제」「작가의식의 발전과 현실파악」등이 있음.

양주동(梁柱東) 1903~1977 시인. 국문학자. 호는 무애(无涯). 개성 출생. 중동학교(中東學校), 와세다대학 졸업. 유엽, 이장희, 백기만 등과 시 동인지 『금성(金星)』발간.『문예공론(文藝公論)』발간. 평양 숭실전문학교 교수 역임. 향가 해독 및 고려가요 연구. 동국대 교수 역임. 시집『조선의 맥박』, 향가 연구서『조선고가연구(朝鮮古歌研究)』, 고려가요 연구서 『여요전주(麗謠箋注)』등이 있음.

염상섭(廉想涉) 1897-1963 소설가. 본명은 상섭(尙燮), 호는 횡보(橫步). 서울 출생. 일본 케이오오대학(慶應大學) 재학 중 3·1운동으로 투옥, 중퇴. 동아일보 기자.『폐허(廢墟)』동인으로 신문학운동을 전개. 만선일보(滿鮮日報), 경향신문 편집국장 역임. 서라벌예대 학장 등을 지냄. 예술원 초대·종신 회원. 단편「표본실의 청개구리」「양과자 갑」, 중편「만세전(萬歲前)」, 장편『삼대(三代)』등이 있음.

유광렬(柳光烈) 1889-1981 언론인. 호는 종석(種石). 경기도 파주 출생. 독학으로 신학문을 익혀 1919년 매일신보 기자로 언론계에 투신, 평생을 논설과 칼럼 집필에 종사. 조선일보, 동아일보 기자 및 한국일보 논설위원 역임.

유길준(兪吉濬) 1856-1914 개화파 정치가. 서울 출생. 9세에 한학을 공부. 일본 케이오오의숙(慶應義塾), 미국 더머아카데미 유학. 귀국 후 개화당으로 몰려 구금되어 있는 동안『서유견문(西遊見聞)』집필. 갑오경장 때 참의, 김홍집 내각의 내부대신 지냄. 흥사단에 참여하고 국민경제회를 설립, 한성부민회장으로 추대됨. 계산학교를 설립하고 많은 저술을 남김.

유진오(兪鎭午) 1906-1987 소설가. 법학자. 호는 현민(玄民). 서울 출생. 경성제대 법문학부 졸업. 이효석(李孝石)과 함께 동반작가로서 프로문학에 심취, 빈민계층의 생활을 테마로 한 경향적(傾向的)인 작품을 발표. 해방 후 문단을 떠나 법학자로 대한민국 헌법을 기초하고, 초대 법제처장·고대총장·신민당총재·국정자문위원 등을 역임. 장편『화상보(華想譜)』, 단편「김강사와 T교수」「여직공」「귀향」등이 있음.

이　개(李　塏) 1417-1456 조선시대 문관. 사육신의 한 사람. 1436년(세종 18년) 문과에 급제.『명황계감(明皇戒鑑)』편찬 및 훈민정음 창제에 참여. 직제학(直提學)에 이름. 성삼문, 박팽년 등과 함께 단종 복위를 꾀하다 죽음을 당함.『청구영언(靑丘永言)』에 시조 한 수가 전함.

이광수(李光洙) 1892-1950 소설가. 호는 춘원(春園). 평북 정주 출생. 일본 와세다대학 유학. 동경 유학생의 2·8 독립선언서 기초 후 상해(上海)로 건너가『독립신문』주필 역임, 귀국 후 동아일보, 조선일보 등에서 언론활동. 1937년 수양동우회(修養同友會) 사건으로 안창호와 함께 투옥됨. 조선문인협회 회장 역임. 6·25 때 납북. 단편 「어린 벗에게」「무명(無明)」, 장편『흙』『무정』『유정』등 작품 다수.

이기영(李箕永) 1895-1984 소설가. 호는 민촌(民村). 충남 아산 출생. 일본 세이소쿠영어학교(正則英語學校) 중퇴. KAPF 맹원(盟員)으로 활동. 1924년『개벽(開闢)』현상문예에 단편 「오빠의 비밀편지」가 당선되어 등단. 해방 후 조선프롤레타리아 문학동맹 조직. 1945년 월북하여 북한 최고인민회의 부의장, 조선문학예술총동맹 위원장을 지냄. 대표작으로 단편 「민촌(民村)」, 장편『고향』『인간수업』『신개지(新開地)』등이 있음.

이병기(李秉岐) 1891-1968 국문학자. 시조시인. 호는 가람. 전북 익산 출생. 한성사범 졸업. 휘문고보 교사, 서울대 교수, 전북대 문리과 학장 역임. 침체된 시조문학 부흥을 위해『가람 시조집』등을 발간.『역대 시조선』『한중록』『의유당 일기』『근조내간선』『어우야담』등을 간행·해제하고『국문학전사』『국문학개론』등을 저술함.

이병도(李丙燾) 1896-1989 서울 출생. 일본 와세다대학 사학과 졸업. 서울대 문학박사. 미국 프린스턴대학 명예박사. 서울대 교수·대학원장 역임. 국사편찬위원회 위원, 문교부 장관, 학술원 회장 등 역임. 저서로『한국사 대관』『한국사 고대편』『한국사 중세편』『고려시대 연구』등이 있음.

이　상(李　箱) 1910-1937 시인. 소설가. 본명은 김해경(金海卿). 서울 출생. 경성고등공업학교 건축과 졸업. 1931년 조선총독부 근무 당시『조선과 건축』에 「이상한 가역반응」외 수편의 시를 발표. 퇴폐적이고 절망스러운 생활 속에서 난해하고 자의식적인 작품들을 발표. 시「오감도(烏瞰圖)」, 단편「날개」등 80여 편의 작품이 있음.

이선희(李善熙) 1911~? 소설가. 함남 함흥 출생. 단편「가등(街燈)」으로 등단. 신문사, 잡지사 기자로 재직하면서「계산서」「탕자」「매소부(賣笑婦)」등을 발표. 해방 이후에는 거의 작품활동이 없었으며, 고향에서 죽었다고 전함. 주관적인 감정이 없이 객관적 사실성을 살린 작품을 썼음. 그밖의 작품으로「여인명령」「오후 열한시」「창」등이 있음.

이여성(李如星) 1901-? 화가. 정치가. 언론인. 경북 칠곡 출생. 중앙고보 졸업. 김원봉(약산), 김약수 등과 함께 만주로 가 독립운동 계획. 3·1운동 때 돌아와 운동 조직. 이로 인해 3년간 투옥생활. 일본으로 건너가 릿꾜오대학 정경과 나옴. 1930년 귀국. 조선·동아일보 편집차장 역임. 여운형의 건국동맹에 참여, 이후 건국준비위원회에도 참여. 1948년경 월북. 김일성대학 교수 지냄. 저서로『숫자조선연구』(5권, 김세영과 공편), 『조선복식고』『조선미술사개요』등이 있음.

이원조(李源朝) 1909-1953 평론가. 시인. 호는 여천(黎川), 필명은 백목아(柏木兒). 경북 안동 출생. 대구 교남학교를 거쳐 일본 호오세이대학 불문과 졸업. 조선일보 기자, 대동출판사 주간 등을 역임. 해방 직후 조선문학가동맹에 참여, 활동하다가 월북. 시「나의 어머니」「오월의 노래」가 있으며,「순수문학과 대중문학 문제」「민족문화 발전의 개관」「민족문화건설과 유산계승에 관하여」외 많은 평론이 있음.

이은상(李殷相) 1903-1982 시조시인. 호는 노산(鷺山). 경남 마산 출생. 연희전문 문과, 와세다대학 문학부 수학. 조선어학회 사건으로 복역. 충무공 이순신장군 기념사업회 이사장, 한국시조작가협회 회장 등을 역임.『노산시조집』『피어린 육백 리』등의 저서가 있음.

이중환(李重煥) 1690-1752 조선 영조 때의 실학자. 자는 휘조(輝祖), 호는 청담(淸潭). 병조좌랑(兵曹佐郎)을 역임. 이익(李瀷)의 학풍을 계승·선양하여 인문지리학의 선구자로서 활약했고, 영조 2년(1726)에 백망(白望) 사건과 관련되어 절도(絶島)에 귀양감. 저서로『택리지(擇里志)』가 있음.

이효석(李孝石) 1907-1942 소설가. 강원도 평창 출생. 경성제대 법문학부 영문과 졸업. 매일신보 신춘문예에 시 「봄」이 입선하여 등단, 경향적인 작품 발표. 총독부 검열계, 경성농업학교 교사, '9인회' 회원, 대동공업전문학교 교수를 역임. 단편 「메밀꽃 필 무렵」 「산」 「돈(豚)」, 장편 『화분』 『벽공무한(碧空無限)』 등이 있음.

이희승(李熙昇) 1896-1989 국어학자. 호는 일석(一石). 경기도 개풍 출생. 경성제대 조선어문학과 졸업. 조선어학회 사건에 관련, 검거되어 일제 말까지 복역. 서울대 문리과대 학장, 동아일보사 사장, 대구대 대학원장, 성균관대 대학원장, 학술원 부회장을 역임. 저서로 『국어대사전』 『국문학연구초』 등이 있음.

정인보(鄭寅普) 1892-1950 사학자. 시조시인. 호는 담원(舊園), 위당(爲堂). 서울 출생. 6·25 때 납북. 한학과 동양학을 수학하여 연희전문·이화여전·세브란스의전 등에서 동양학 강의. 신규식(申圭植) 등과 동제사(同濟社)를 조직하여 독립운동을 벌였고, 시대일보, 동아일보 등에서 논설위원을 역임하며 민족정신 고취에 힘씀. 저서로 『담원시조집』 『조선사연구』 『담원문록』 『조선문학원류고』 등이 있음.

정인섭(鄭寅燮) 1905-1983 평론가. 영문학자. 호는 눈솔. 경남 울주 출생. 일본 와세다대학 졸업. 재학 중 방정환, 조재호, 마해송, 윤극영 등과 색동회 발기. 동인지 『어린이』에 동시, 동극, 동화 발표. 김진섭, 이하윤, 손우성 등과 해외문학연구회 조직. 연희전문 교수로 있으면서 한글학회 회원, 극예술연구회 동인, 한국민속학회 회원으로 활동하는 등 다방면에 활약. 서울대 교수, 국제펜클럽 한국본부 위원장 역임. 평론 「한국문단 논고」, 수필 「애란기행」 「애급의 여수」, 아동극 「오뚜기」 등이 있음.

정인택(鄭人澤) 1909-? 소설가. 평론가. 서울 출생. 매일신보 학예부, 문장사(文章社) 기자 역임. 1930년 매일신보에 「나그네 두 사람」을 발표하면서 등단. 소설 「촉루(髑髏)」 「눈보라」 「향수」, 평론 「동경에서 본 조선문단에 주는 글월」 「문예시평」 등이 있음.

정지용(鄭芝溶) 1902-? 시인. 충북 옥천 출생. 일본 도오시샤(同志社)대학 영문과 졸업. 이화여전 문과 교수, 경향신문 편집국장 역임. 『시문학』 동인. 고전적 서정시와 모더니즘적인 시편을 창작. 해방 직후 조선문학가 동맹 가담. 6·25 당시 납북, 1953년경 사망한 것으로 알려짐. 시집으로 『정지용시집』『백록담』과 『문학독본』『산문(散文)』 등의 저술이 있음.

조윤제(趙潤濟) 1904-1978 국문학자. 호는 도남(陶南). 경북 예천 출생. 경성제대 조선어문학과 졸업. 일제 때 경성사범학교 조선어과에서 강의. 해방후 서울대, 성균관대 교수 역임. 민족사관의 입장으로 일제 관학파의 제국주의적 실증주의를 극복하고자 했으며 손진태, 이인영, 이병도와 함께 진단학회(震檀學會) 조직. 저서 『조선시가사강(朝鮮詩歌史綱)』 『국문학사』 『한국문학사』 등이 있음.

주요섭(朱耀燮) 1902-1972 소설가. 호는 여심(餘心). 평양 출생. 미국 스탠퍼드대 대학원 석사과정 수료. 『신동아』 창간 주간, 뻬이징 푸런대학(輔仁大學), 경희대 영문과 교수 역임. 김동인과 함께 등사판으로 『독립신문』을 발간하다 복역. 매일신보에 「깨어진 항아리」를 발표하면서 등단. 빈민층의 삶을 리얼한 휴머니즘 수법으로 묘사. 대표작으로 「인력거꾼」 「사랑손님과 어머니」 등이 있음.

채만식(蔡萬植) 1902-1950 소설가. 호는 백릉(白菱). 전북 옥구 출생. 중앙고보 졸업, 와세다대학 영문과 중퇴. 동아일보, 조선일보 기자, 잡지 『개벽』의 편집기자 역임. 작풍은 풍자적이고 비판적임. 대표작 『탁류(濁流)』를 비롯 『태평천하』 『아름다운 새벽』 『금(金)의 정열』 등의 장편이 있고, 단편으로 「레디메이드 인생」 「논 이야기」 「맹순사」 등 다수가 있음.

최명익(崔明翊) 1903- 소설가. 평양 출생. 중앙문단과 관계 없이 평양을 중심으로 활약한 구연묵(具然默), 김화청(金化淸) 유항림(兪恒林) 등과 창작동인지 『단층』에서 활동. 지식인계급의 불안의식을 표현했으며 심리소설을 씀. 해방 직후 평양에서 활동. 작품집 『장삼이사(張三李四)』와 대표적 심리주의 작품 「심문(心紋)」을 비롯, 「비 오는 길」 「무성격자」 등이 있음.

최서해(崔曙海) 1901-1932 소설가. 본명은 학송(鶴松). 함북 성진 출생. 궁핍한 유년을 보내고 간도에서 유랑생활을 체험. 1924년 『조선문단』에 「고국(故國)」을 발표하면서 문학활동 시작. 조선문단사에 입사하여 신경향파 작가로서 체험적인 작품들을 발표. 말년에 약물중독으로 병사.「탈출기(脫出記)」「십삼 원」「기아와 살육」등 30여 편의 작품이 있음.

최재서(崔載瑞) 1908-1964 영문학자. 평론가. 호는 석경우(石耕牛). 황해도 해주 출생. 경성제대 영문과 졸업, 런던대학 수료.「영국 현대 소설의 동향」「현대 주지주의 문학이론」「비평과 과학」등 주지주의의 소개 및 해설로 등장. I. A. 리처즈의『시와 과학』을 소개하여 비평의 아카데미화를 우리 문학사상 처음 도입. 조선일보를 통해 평론, 좌담회, 단평 등으로 활약.

최정희(崔貞熙) 1912-1990 소설가. 함남 단천 출생. 숙명여고보, 중앙보육학교 졸업.『삼천리(三千里)』의 기자로 문필활동 시작. 초기 작품세계는 자기고백적·폭로적이었으며 해방 후에는 객관적·사회적인 시대풍경을 다룸. 강렬한 사회의식의 일관성이 6·25를 기점으로 서정적 휴머니즘으로 변모. 대표작으로 단편「지맥」「인맥」「천맥」과 장편『인간사(人間史)』등이 있음.

한설야(韓雪野) 1900-? 소설가. 본명은 병도(秉道). 함남 함흥 출생. 함흥고보, 니혼대학(日本大學) 졸업. 소설「그날 밤」으로 등단. KAPF의 맹원으로 강경론자였음. 해방 직후 조선문학가동맹의 조직에 관여하다 월북. 주로 농촌을 무대로 하는 소박·강건한 작풍이었으며, 계급사상에 투철했음. 필력이 강인하며 둔탁한 문체. 대표작『탑(塔)』을 비롯,『황혼』『청춘기』『초향』등이 있음.

한유유(韓愈愈) 768-824 중국 당(唐)시대 문인. 호는 창려(昌黎), 자는 퇴지(退之). 어려서 부모를 잃고, 고학으로 진사(進士)에 급제. 사문박사(四門博士), 감찰어사(監察御史)를 역임. 불우한 관계(官界)생활로 불평과 자조의 글을 씀. 법문사(法門寺)의 석가 뼈를 궁중에 맞아들인 것을 간한「불골(佛骨)을 논하는 표(表)」를 바쳐, 헌종황제의 노여움을 사서 조주자사(潮州刺史)로 좌천됨.

현진건(玄鎭健) 1900-1943 소설가. 호는 빙허(憑虛). 일본 토오꾜오 세이조오중학(成城中學) 졸업.『백조(白潮)』동인.「빈처(貧妻)」를 발표함으로써 등단. 시대일보, 동아일보 기자를 거쳐 1935년 일장기 말소사건으로 사회부장직 사임. 실직 후 폭음으로 얻은 장결핵으로 사망. 단편 「빈처」
「술 권하는 사회」 「B사감과 러브레터」 「운수 좋은 날」, 장편 『적도』 등
이 있음.

혜경궁 홍씨 1735-1815 경의왕후(敬懿王后). 조선 장헌세자빈(嬪). 영의정 홍
봉한의 딸, 정조의 어머니. 아버지와 삼촌이 외척이면서도 장헌세자 옥
사 때 세자의 살해를 지지하는 입장에 있었던 까닭에 세자의 참담한 운
명을 보고 있을 수밖에 없는 처참한 운명을 겪음. 정조 즉위 후 궁호는
혜경(惠慶)에 오르고, 고종 때 장헌세자가 장조(莊祖)로 추존됨에 따라
왕후에 추존됨.

홍기문(洪起文) 1903-1992 국어학자. 중국, 일본 유학. 조선일보 기자 역임. 해
방 직후 부친 홍명희를 따라 월북. 평론 「염상섭 군의 반동적 사상을 반
박함」 「조선문학의 양의(兩義)」 「표준어 제정에 대하여」 「역사와 언어
와의 관계」 「조선 역사학의 선구자인 신단재 학설의 비판」 「박연암의
예술과 사상」 「한 사람의 언어학도로서 문단인에 향한 제의」, 저서로
『정음발달사』가 있음.

홍명희(洪命熹) 1888-1968 작가. 정치가. 호는 벽초(碧初). 충북 괴산 출생. 일
본 타이세이중학(大成中學) 유학. 중국과 남양 등지를 방랑하며 문일
평, 신채호, 정인보, 안재홍 등과 교우. 3·1운동 참여로 투옥됨. 동아일
보 편집국장, 시대일보 사장 등 역임. 신간회 조직. 해방 후 조선문학가
동맹 중앙집행위원회 위원장 역임. 1948년 월북하여 북한에서 부수상,
조국평화통일위원회 위원장 등을 지냄. 장편역사소설로 『임꺽정(林巨
正)』이 있음.

황진이(黃眞伊) ?-? 조선 중종 때의 명기(名妓). 본명은 진(眞), 기명은 명월(明
月). 아름다운 용모와 총명으로 명기로서 대성. 시서음률(詩書音律)이
뛰어나 문인·석유(碩儒) 들과 교우. 서화담, 박연폭포와 더불어 송도삼
절(松都三絶)이라 일컬어짐. 전통적인 민족의 리듬으로 교방 여성들의
정한을 시조로 표상. 『청구영언』 『가곡원류』 『대동풍아(大東風雅)』 등
에 작품이 전함. 시조 「만월대 회고시」 「박연폭포시」 등이 있음.

후 스(胡 適) 1891-1962 중국의 사상가. 교육가. 미국 컬럼비아대학에서 철

학 전공. 재학 중 잡지 『신청년(新靑年)』에 「문학개량추의(文學改良芻議)」를 실어 구어문학(口語文學)을 제창, 문학혁명의 도화선이 됨. 베이징(北京)대학 교수로 5·4운동의 중심적 역할을 함. 주미대사, 행정원 최고 고문, 베이징대학 총장 등을 지냄. 저서로 『사적 문학관념론(史的 文學觀念論)』 『건설적 문화혁명론(建設的 文化革命論)』 등이 있음.

인용문 색인

개정판
문장강화

초판 발행 • 1988년 11월 25일
개정판 1쇄 발행 • 2005년 3월 10일
개정판 37쇄 발행 • 2025년 2월 1일

지은이 • 이태준
펴낸이 • 염종선
책임편집 • 정소영
조판 • 박아경
펴낸곳 • (주)창비
등록 • 1986년 8월 5일 제85호
주소 • 10881 경기도 파주시 회동길 184
전화 • 031-955-3333
팩시밀리 • 영업 031-955-3399 편집 031-955-3400
홈페이지 • www.changbi.com
전자우편 • ya@changbi.com

ⓒ 창비 1988, 2005
ISBN 978-89-364-7100-2 03810

* 이 책 내용의 전부 또는 일부를 재사용하려면
  반드시 저작권자와 창비 양측의 동의를 받아야 합니다.
* 책값은 뒤표지에 표시되어 있습니다.